페스트

페스트

The Plague

알베르 카뮈 지음 | 변광배 옮김

더클래식

차례

한 종류의 감옥살이를

다른 종류의 감옥살이로

재현하는 것은,

실제로 존재하는 그 무엇을

존재하지 않는 어떤 것으로

재현하는 것과

마찬가지로 합리적이다.

- 대니얼 디포 -

제1부

이 연대기의 소재가 되는 기이한 사건들은 194×년 오랑에서 발생했다. 일반적인 견해에 따르면 이곳은 일상에서 약간 벗어난 이 사건들이 발생하기에 적당한 곳은 아니었다. 사실 오랑은 일견 평범한 도시이고, 알제리 해변가에 있는 프랑스의 한 도청 소재지에 불과하다.

고백컨대 오랑 시 자체는 보기에 흉했다. 평온한 모습을 하고 있어서 이 시를 같은 위도의 수많은 다른 상업도시들과 다르게 만드는 점을 알아차리려면 어느 정도의 시간이 필요하다. 가령 비둘기, 나무, 정원이 없어 새들의 날갯짓도 나뭇잎의 바스락거리는 소리도 접하지 못하는, 완전히 밋밋한 곳인 한 도시를 어떻게 상상할 수 있겠는가? 이 시에서는 계절의 변화를 하늘에서만 읽을 수 있을 뿐이다. 봄소식은 오직 공기의 질을 통해서만, 혹은 어린 장사꾼들이 교외에서 가져오는 꽃바구니를 통해서만 전해질 따름이다. 바로 시장에서 팔리는 봄인 것이다. 여름 동안 태양은 아주 건조한 집을 빨갛게 달구고 벽을 잿빛으로 덮어 버린다. 그래서 사람들은 덧창을 닫고 그늘에서 지낼 수밖에 없다. 이와는 달리 가을에는 온통 진흙탕이다. 좋은 날씨는 겨울에만 온다.

한 도시에서 사람들이 어떻게 일하고, 어떻게 사랑하고, 또 어떻게 죽는가를 아는 것이야말로 그곳을 아는 아주 쉬운 방법이다. 우리의 작은 시에서는 기후 때문인지는 모르지만 모든 일이 한꺼번에 일어나는데, 분위기는 광적이고 정신이 없을 정도이다. 그러니까 사람들은 여기에서 지루해하며 적응하려고 애쓴다. 이곳 시민들은 일을 많이 하지만, 그것은 항상 부자가 되기 위해서이다. 특히 상업에 관심을 갖고 있는 그들은, 자신들의 표현에 따르면, 우선 매상고를 올리는 데 열심이다. 당연히 그들은 단순한 쾌락의 맛도 알고, 여자, 영화, 해수욕을 좋아하기도 한다. 하지만 아주 합리적으로 이런 쾌락들을 토요일 저녁과 일요일로 예약해 두고 다른 요일에는 돈을 많이 벌려고 노력한다. 저녁에 퇴근하면 그들은 정해진 시간에 카페에 모이거나, 같은 길을 산책하거나, 아니면 각자 발코니에 앉아 있거나 한다. 가장 젊은 축에 속하는 자들의 욕망은 과격하고 순간적인 데 반해, 고령자들의 악습이라고 해 보았자 쇠공 굴리기 동호회, 친목회 회식, 카드 도박 모임을 넘지 않는다.

분명 이런 일들이 특별히 우리 시에만 있는 것은 아니라고, 그러니까 우리의 동시대인들 모두가 이런 일들을 한다고 말할 것이다. 분명 오늘날에는 사람들이 아침부터 저녁까지 일을 하고, 이어서 카드놀이를 하거나 카페에서 잡담을 하면서 여가 시간을 보내는 것을 목격하는 것은 지극히 당연한 일이다. 하지만 주민들이 때때로 다른 일을 해 볼 생각을 하는 도시들과 나라들도 있다. 일반적으로 말하자면 이런 것으로 인해 그들의 삶이 바뀌는 것은 아니다. 단지 다른 일을 해 보려는 생각이 있고, 또 그것은 항상 이로운 일이다. 이와는 반대로 오랑은 그럴 여지가 없는 도시, 다시 말해 완전히 현대적인 도시이다. 따라서 우리 시에서는 사람들이 서로 사랑하는 법에 대해 상술할 필요가 없다. 남녀들은 이른바 성행위라 불리는 행위에서 서로를 빠르게 소모해 버리거나, 아니면 둘만의 긴 교제를 시작하거나 한다. 이 두 극단 사이에서 종종 중간은 존재하지 않는다. 이것 역시 독특한 일은 아니다. 다른 곳에서처럼 오랑에서도 시간과 성찰이 모자라 사람들은 무턱대고 사랑할 수밖에 없다.

　　우리 시에서 더 독특한 점은 죽을 때 겪을 수 있는 어려움이다. 하물며 이 어려움이라는 단어는 적당한 단어가 아니다. 오히려 불편한 점이라고 말하는 것이 더 정확할 것이다. 아픈 것은 결코 기분 좋은 일이 못 된다. 하지만 와병 중에 있는 당신을 지지하는 도시들과 나라들도 있다. 그런 곳에서 사람들은 되는 대로 지낼 수 있다. 병자가 애정을 필요로 하고, 뭔가에 기대고자 하는 것은 아주 자연스러운 일이다. 하지만 오랑에서는 극단적인 기후, 거기서 거래되는 사업의 규모, 무미건조한 환경, 빨리 지는 황혼, 쾌락의 특성 등과 같은 모든 것이 건강을 요구한다. 오랑에서 병자는 아주 외롭다. 모든 주민이 전화로 혹은 카페에서 어음, 선하증권, 어음할인에 대해 이야기를 나누는 동안 열기가 지글거리는 벽 뒤에서 덫에 걸려 곧 죽게 될 누군가를 생각해 보라. 어느 건조한 장소에서 죽음이 그런 식으로 닥쳐온다면 지금이라 할지라도 죽음에는 불편한 점이 있을 수 있음을 사람들은 이해할 것이다.

이런 몇 가지의 표식들은 어쩌면 우리 시에 대해 충분한 생각을 갖게끔 해 준다. 하지만 그 어떤 것도 과장해서는 안 된다. 강조해야 할 것은 도시와 삶의 일상적인 모습이다. 하지만 사람이란 익숙한 것들이 있으면 곧 어렵지 않게 생활하는 법이다. 마침 우리 시는 익숙해지기 쉬운 곳인 만큼 모든 것이 최상이라 할 수 있다. 분명 이런 각도에서 보면 이곳에서의 삶은 아주 흥미진진한 것은 못 된다. 하지만 최소한 우리 시에서 무질서는 겪지 않을 것이다. 그리고 솔직하고 정겹고 활동적인 우리 시의 주민들은 여행자에게 항상 합당한 호감을 불러일으켰다. 다채롭지도 않고, 식물도 영혼도 없는 이 시가 안락해 보이기까지 해서 사람들은 결국 그곳에서 잠들게 된다. 하지만 이 시가 헐벗은 언덕 한가운데서, 완벽한 선을 이루는 만(灣)과 마주하고 환한 언덕으로 에워싸인 채 비할 바 없는 풍경과 접해 있다는 사실을 덧붙여야 마땅할 것이다. 단지 시가 이 만을 등지고 있기 때문에 바다를 볼 수 없는 것이 유감이다. 바다를 보려면 항상 찾아가야만 한다.

여기에 이르면, 우리 시민들은 결코 그해 봄에 일어난 사건 같은 것이 발생하리라고 상상할 수 없었음을 별로 힘들이지 않고 인정할 것이다. 우리는 여기 그 연대기를 적은 이 사건이 일련의 심각한 사건의 첫 신호 같은 것이었음을 곧 깨닫게 되었다. 어떤 사람들에게는 이런 일이 아주 자연스러워 보일 것이고 또 어떤 사람들에게는 반대로 있음 직하지 않게 보일 것이다. 하지만 연대기 기록자는 결국 이런 모순을 다 고려할 수는 없는 노릇이다. 그의 임무는 오직 이렇게 말하는 것이다. 즉, 그런 사건이 실제로 발생했다는 것, 그것이 한 민중 전체의 삶과 관련되었다는 것, 따라서 그가 말하는 것의 진실을 마음으로 평가해 줄 수천 명의 증인들이 있다는 것을 알고 있을 때, "그런 사건이 발생했다."고 말하는 것이 그것이다.

게다가 적당한 때가 되면 알게 되겠지만, 서술자가 우연히 상당수의 진술을 직접 수집할 수 있는 입장이 되었고, 진술하고자 하는 것 전부에 어쩔 수 없이 끼어들게 되지 않았다면, 그는 이런 종류의 작업에서 서술자의 자격을 절대로 갖지 못하리라. 바로 이런 정황으로 인해 그는 역사가로서의 소임을 행할 권리를 갖게 되는 것이다. 비록 아마추어라고 해도 역사가는 당연히 자료들을 가지고 있다. 따라서 이 이야기의 서술자 역시 그 나름의 자료를 가지고 있다. 우선 그 자신의 증언, 그다음으로 자신의 임무로 인해 이 연대기에 나오게 되는 모든 인물의 사적인 이야기의 수집 결과인 다른 사람들의 증언, 그리고 마지막으로 그의 수중에 들어온 서류들이다. 그는 적절하다고 판단이 되면 그것들을 참고하고 또 마음대로 이용할 생각이다. 그의 생각은 또한……. 하지만 이제 해설을 하고 언어를 선별하는 일은 그만하고 이야기의 본론으로 들어가야 할 시간인 듯하다. 처음 며칠 동안의 일에 대한 진술은 좀 자세히 해야 할 필요가 있다.

***

4월 16일 아침, 의사 베르나르 리외는 진료실을 나와 계단 중간에서 죽은 쥐 한 마리에 발이 걸렸다. 그 순간 그는 별다른 생각 없이 그 짐승을 옆으로 치우고 계단을 내려왔다. 하지만 거리로 나왔을 때, 그는 쥐가 있을 곳이 아니라는 생각이 들어 수위에게 알려 주려고 발길을 돌렸다. 늙은 미셸 씨의 반응 앞에서 그는 스스로 예사롭지 않은 뭔가를 발견했다는 사실을 더 분명하게 느꼈다. 죽은 쥐가 거기에 있다는 사실이 그에게 는 그저 이상해 보였을 뿐이었는 데 비해, 수위에게는 그것이 대소동이었다. 수위의 태도는 완강했다. 건물 안에는 쥐가 없다 는 것이다. 2층 계단에 죽은 듯한 쥐가 한 마리 있다고 의사가 아무리 강변해도 소용이 없었다. 미셸 씨의 확신은 그대로였다. 건물 안에는 쥐가 없기 때문에, 누군가 밖에서 쥐를 가져다가 거기에 놓았을 거라고 했다. 요컨대 장난질이라는 것이었다.

그날 저녁, 베르나르 리외는 집으로 올라가기 전에 건물 복 도에 서서 열쇠를 찾다가, 어두운 회랑 깊숙한 곳에서 잘 걷지 도 못하고 털이 젖은 큰 쥐 한 마리가 튀어나오는 것을 보았다. 그 짐승은 멈춰 서서 균형을 잡는 듯하더니 의사 쪽으로 왔고, 다시 한 번 멈춰 서서 작은 소리를 내며 제자리에서 돌다가 살 짝 벌어진 주둥이로 피를 뱉으면서 쓰러지고 말았다. 의사는 한동안 그 짐승을 쳐다보다가 집으로 올라갔다.

리외는 쥐를 생각하고 있지 않았다. 쥐의 각혈로 인해 그의 개인적인 걱정에 생각이 미쳤다. 1년째 병을 앓고 있는 아내가 이튿날 산림 요양소로 떠나야 했던 것이다. 그는 아내를 보러 갔다. 그가 시킨 대로 그녀는 방에 누워 있었다. 그녀는 그렇게 피곤한 이동에 대비하고 있었던 것이다. 아내는 미소를 지었다.

"컨디션이 좋아요." 그녀가 말했다.

의사는 침대 머리맡 전등 불빛 아래에서 자기 쪽을 향하고

15

있는 아내의 얼굴을 보았다. 리외가 보기에 이 얼굴은, 서른 살이라는 나이와 병색에도 불구하고 언제나 처녀 시절의 얼굴이었다. 어쩌면 이것은 모든 것을 물리치는 그 미소 때문인 것 같았다.

"가능하면 잠을 자 둬요. 간호사는 11시에 올 거고, 12시 기차에 맞춰 내가 두 사람을 데려다 줄게요." 그가 말했다.

그는 약간 땀에 젖은 아내의 이마에 입을 맞췄다. 그녀의 미소가 방문까지 그를 배웅했다.

이튿날 4월 17일 8시, 수위는 지나가는 의사를 불러 세웠다. 그러더니 그는 못된 장난꾼들이 죽은 쥐 세 마리를 복도 한복판에 던져 놓았다고 비난했다. 쥐들이 피투성이인 걸 보면, 누군가가 큰 덫으로 잡았을 것이다. 수위는 쥐들의 다리를 잡아서 들고 잠시 문턱에 서 있었다. 그는 범인들이 비웃음을 참지 못해 본색을 드러내지 않을까 하고 기다렸다. 하지만 아무 일도 일어나지 않았다.

"아! 이놈들을 꼭 잡고야 말 테다." 미셸 씨가 말했다.

꺼림칙해진 리외는 자기 환자 가운데 가장 가난한 사람들이 사는 지역부터 왕진을 시작하기로 했다. 그곳에서는 쓰레기가 아주 늦게 수거되어, 먼지 가득한 직선 길을 달리던 자동차는 인도 끝에 내놓은 쓰레기통들을 스치곤 했다. 그렇게 어느 길을 따라가다가 의사는 채소 찌꺼기와 더러운 넝마 위에 던져진

열두 마리 정도의 죽은 쥐를 헤아릴 수 있었다.

의사가 왕진을 한 첫 번째 환자는 거리로 창이 나 있는, 침실 겸 식당으로 사용되는 방의 침대에 있었다. 얼굴이 각지고 움푹한 늙은 스페인 사람이었다. 그의 앞에는 완두콩이 가득 찬 냄비 두 개가 이불 위에 놓여 있었다. 의사가 들어갔을 때 침대에서 반쯤 몸을 일으켜 앉아 있던 환자는 몸을 뒤로 젖히면서 만성 천식성의 거친 숨을 내뱉으려고 했다. 그의 아내가 타구를 가져왔다.

"그런데 선생님, 그것들이 나왔는데, 보셨나요?" 주사를 맞는 동안 그가 말했다.

"예, 이웃에 사는 사람이 세 마리나 모았대요." 그의 아내가 말했다.

노인은 손을 비벼 댔다.

"그것들이 밖으로 나오고, 모든 쓰레기통에서 보인다는 건, 배가 고파서죠!"

이어서 리외는 온 동네가 쥐 이야기를 하고 있다는 사실을 어렵지 않게 곧 알 수 있었다. 왕진이 끝나자 그는 집으로 돌아왔다.

"위에 선생님한테 전보가 와 있습니다." 미셸 씨가 말했다.

의사는 그에게 새로운 쥐를 보았느냐고 물었다.

"아! 없었습니다. 제가 감시하고 있는 거 아시잖아요. 그러니 이제 못된 놈들이 감히 그런 짓을 못하는 겁니다." 수위가 말했다.

전보를 통해 리외는 이튿날 어머니가 도착한다는 것을 알게 되었다. 환자인 아내가 없는 동안 어머니는 아들의 뒷바라지를 하기 위해 오고 있었던 것이다. 의사가 집에 들어왔을 때 간호사는 벌써 와 있었다. 리외는 정장 차림에 화장을 하고 서 있는 아내를 보았다. 그는 아내에게 미소를 지었다.

"좋아요. 아주 좋아요." 그가 말했다.

얼마 후, 그는 역에서 아내를 침대칸에 태웠다. 그녀는 객실을 둘러보았다.

"우리 형편에 너무 비싼 거 아니에요?"

"필요한 일이잖아요." 리외가 말했다.

"쥐 이야기는 뭐예요?"

"모르겠어요. 이상하기는 하지만, 잠잠해질 거예요."

그러고 나서 그는 아주 빠르게 미안하다고, 그녀를 돌보는 일에 많이 소홀했다고 말했다. 아내는 그에게 아무 말 말라는 듯이 머리를 저었다. 하지만 그는 이렇게 덧붙였다.

"당신이 돌아오면 모든 게 다 잘될 거예요. 우리는 다시 출발할 거예요."

"그래요, 우린 다시 출발하게 될 거예요." 그녀가 눈을 반짝이며 말했다.

잠시 후 그녀는 남편에게 등을 돌리고 창을 통해 밖을 보았다. 승강장에서는 사람들이 바쁘게 움직이다가 서로 부딪히곤 했다. 기차가 증기를 내뿜는 소리가 그들에게까지 들려왔다. 리외는 아내의 이름을 불렀다. 그녀가 고개를 돌렸을 때 그녀의 얼굴이 눈물로 뒤덮인 것을 보았다.

"울지 말아요." 그가 부드럽게 말했다.

눈물 젖은 아내의 얼굴에 미소가 되돌아왔지만, 약간 경직된 미소였다. 아내는 심호흡을 했다.

"이제 가세요. 다 잘 될 거예요."

그는 아내를 안았다. 이제 그는 승강장에서 유리창 건너편으로 그녀의 미소만 보고 있을 뿐이었다.

"제발, 몸을 잘 돌보도록 해요." 그가 말했다.

하지만 아내는 그의 말을 들을 수가 없었다.

출구 근처 승강장에서 리외는 예심판사 오통 씨와 마주쳤다. 그는 어린 아들의 손을 잡고 있었다. 의사는 그에게 여행을 떠나느냐고 물었다. 키가 크고 검은색 옷을 입은 오통 씨는 반은 이른바 옛날 사교계 사람을, 또 반은 상여꾼과 닮은 모습이었다. 그는 친근하지만 짧게 이렇게 대답했다.

"시집에 인사를 드리러 간 집사람을 기다리고 있는 중입니다."

기관차가 기적을 울렸다.

"쥐들이……." 판사가 말했다.

리외는 기차가 가는 방향으로 몸을 움직였으나 출구를 향해 돌아섰다.

"예, 별일 아니겠죠." 그가 말했다.

리외가 그 순간에 대해 기억하는 것이라곤 죽은 쥐들이 가득한 궤짝 하나를 팔에 낀 역원의 행로였다.

그날 오후, 진료를 시작할 무렵 리외는 한 젊은 남자의 방문을 받았다. 그는 신문기자이며 이미 아침에 왔다 갔었던 사람이라 했다. 그의 이름은 레몽 랑베르였다. 작은 키, 두툼한 어깨, 결의에 찬 얼굴, 맑고 총명한 눈을 가진 그는 활동복 차림이었는데, 안락하게 사는 것처럼 보였다. 그는 단도직입적으로 용건을 말했다. 파리에 있는 큰 신문사를 위해 아랍인들의 생활 여건을 취재하고 있는데, 따라서 그들의 보건 상태에 대한 정보를 얻기를 원했다. 리외는 그에게 그들의 보건 상태가 좋지 않다고 말했다. 하지만 리외는 더 자세한 얘기를 나누기 전에 기자가 진실을 말할 수 있는지를 알고 싶어 했다.

"그렇습니다." 상대방이 말했다.

"내가 말하고자 하는 것은 이겁니다. 당신이 모든 것을 폭로할 수 있느냐는 거지요."

"전부는 아니라고 말해야 할 것입니다. 하지만 제 추측으로 그런 폭로는 근거가 없는 것이 아닐까 하는데요."

리외는 이와 같은 폭로가 근거 없는 것일 수 있지만 이런 질문을 함으로써 랑베르의 증언이 제약 없이 이루어질 수 있는 것인지의 여부를 알고자 한 것뿐이라고 부드럽게 말했다.

"나는 제약 없는 보도만 받아들일 뿐입니다. 해서 당신이 내가 준 정보를 보도하는 것을 지지할 수 없습니다."

"생쥐스트식(式)의 직언이군요." 신문기자가 미소를 지으며 말했다.

리외는 목소리를 높이지 않은 채 이렇게 말했다. 리외 자신은 그런지 전혀 몰랐다, 하지만 그것은 자기가 살고 있는 세계에 대해 지쳤어도 사람들을 좋아하고 그 나름대로 불의와 타협을 거부하기로 결심한 사람의 언어이다, 하고 말이다. 랑베르는 어깨를 웅크린 채 의사를 바라보았다.

"이해가 됩니다." 마침내 그는 자리에서 일어서며 말했다.

의사는 그를 문까지 배웅하면서 말했다.

"이렇게 사정을 봐줘서 감사합니다."

랑베르는 초조한 듯 보였다.

"예, 이해합니다. 폐를 끼쳐 미안합니다." 그가 말했다.

의사는 그와 악수를 하며 요즘 시내에서 발견되는 수없이 많은 죽은 쥐에 대한 특별 취재를 할 수도 있을 거라고 말했다.

"어! 그거 흥미로운데요." 랑베르가 탄성을 발했다.

오후 5시, 의사는 다시 왕진을 나가면서 계단에서 아직은 젊은 편에 몸은 육중하고 얼굴은 묵직하고 파였으며 눈썹이 짙은 남자와 마주쳤다. 리외는 건물의 꼭대기 층에 사는 스페인 무용수들의 집에서 그 남자를 몇 번 만난 적이 있었다. 장 타루는 계단 위에 서서 자기 발 근처에서 죽어 가는 쥐가 최후의 경련을 일으키는 걸 바라보면서 열심히 담배를 피우고 있었다. 그는 침착하고 약간 힘이 들어간 회색 눈을 들어 의사 쪽을 바라보며 인사를 하고는 쥐들의 출현은 기이한 일이라고 덧붙였다.

"그래요, 하지만 짜증 나는 일이 되고 말 겁니다." 리외가 말했다.

"어떤 의미에서는 그렇죠. 의사 선생, 하지만 오직 그 의미에서만이에요. 우리는 결코 이와 비슷한 일을 한 번도 겪은 적이 없다는 것, 이게 전부입니다. 하지만 내 생각으론 이건 흥미로운 일입니다. 그래요, 아주 흥미로운 일입니다."

타루는 손으로 머리를 뒤로 쓸어 넘기고서, 이제 움직이지 않는 쥐를 다시 본 후 리외에게 미소를 지었다.

"하지만 의사 선생, 결국 이건 수위의 일이에요."

마침 의사는 건물 입구 근처의 벽에 등을 기대고 있는 수위를 발견하게 되었다. 평소에는 혈기왕성한 수위의 얼굴에 피로의 기색이 보였다.

"네, 압니다. 이젠 두세 마리씩 발견되네요. 다른 집들에서도 마찬가지예요." 쥐를 또 발견했다고 알린 리외에게 늙은 미셸이 말했다.

수위는 맥이 없고 근심이 있는 듯 보였다. 그는 기계적인 동작으로 목을 쓰다듬었다. 리외는 그에게 몸이 괜찮으냐고 물었다. 물론 수위는 상태가 안 좋다고 말할 수 없었다. 다만 입맛이 없을 뿐이었다. 그의 판단으로는 사기의 문제였다. 이 쥐들 때문에 한 방 먹었으니, 이것들이 사라진다면 모든 게 훨씬 나아질 것이다.

하지만 이튿날 4월 18일 아침, 의사는 역에서 어머니를 모시고 돌아오다가 미셸 씨가 더 파인 얼굴을 하고 있는 것을 보게 되었다. 지하실에서 다락까지, 계단마다 십여 마리의 쥐들이 널려 있었다. 이웃집 쓰레기통들도 쥐들로 가득했다. 의사의 어머니는 그 소식을 듣고 놀라지 않았다.

"그런 일이야 있을 수 있지."

그녀는 은발에 검고 부드러운 눈을 가진 자그마한 체구의 여인이었다.

"널 다시 보니 행복하구나, 베르나르야. 쥐들이 나왔다고 거리낄 게 뭐 있니." 그녀가 말했다.

그도 동의했다. 정말이지 어머니와 함께라면 모든 일이 늘 쉬워 보였다.

하지만 리외는 시청의 구서과(驅鼠科)에 전화를 했다. 그는 이 과의 과장을 잘 알았다. 과장은 수많은 쥐가 밖에 나와 죽어간다는 소식을 들었을까? 메르시에 과장은 그런 소식을 들었고, 부둣가에서 그리 멀지 않은 곳에 위치한 사무실에서 쥐를 50여 마리나 발견하기도 했다. 하지만 그는 그것이 심각한 일인지 자문해 보았다. 리외는 단정할 수는 없었지만, 그래도 구서과가 나서야 한다고 생각했다.

"그래야겠지. 명령을 받아서 말이야. 만일 자네 생각에 정말 그래야 할 가치가 있다면, 명령을 내리도록 할 수 있어." 메르시에가 말했다.

"늘 그래야 할 가치가 있어요." 리외가 말했다.

그의 가정부가 방금 그에게 남편이 일하는 큰 공장에서 수백 마리나 되는 죽은 쥐를 수거했다고 알려 줬다.

어쨌든 대략 그 무렵에 우리 시민들은 불안해하기 시작했다. 그도 그럴 것이 18일부터 공장들과 창고들에서 실제로 쥐의 사체들이 수백 마리씩 쏟아져 나왔기 때문이었다. 그 짐승들이 너무 오래 고통을 당하고 있어서 일부러 끝을 내 줘야 하는 경우도 없지 않았다. 하지만 외곽 지역에서 도심까지 리외가 지나가는 곳마다, 우리 시민들이 모여 있는 곳마다, 쥐들이 쓰레기통 속에서는 무더기로 혹은 도랑 속에서는 줄을 지어 기다리고 있었다. 석간신문은 그날부터 이 사건을 보도하기 시작하면서, 과연 시 당국이 행동을 개시할지의 여부를 물었고, 또 혐오스러운 쥐 떼들의 침해로부터 시민을 보호하기 위해 어떤 긴급 조치들을 고려하고 있는지를 물었다. 시 당국은 어떤 것도 제안하거나 고려하고 있지 않았지만, 이 사태를 심의하기 위한 대책 회의를 열기 시작했다. 죽은 쥐들을 매일 새벽에 수거하라는 지시가 구서과에 하달되었다. 수거가 끝나면 담당과의 차 두 대가 그 짐승들을 쓰레기 소각장으로 운반했는데, 그것들을 소각하기 위함이었다.

하지만 그 뒤로 며칠 사이에 상황이 악화되었다. 쌓여만 가는 설치류의 수가 늘어나 매일 아침 수거량이 더 많아졌다. 나흘째부터 쥐들은 떼를 지어 나와 죽기 시작했다. 헛간, 지하실, 지하 창고, 하수구 등에서 쥐들이 비스듬하게 줄지어 올라와 햇빛을 받고 휘청거리면서 제자리에서 맴돌다 사람들 근처에서 죽었다. 밤마다 복도나 골목길에서 쥐들의 짧은 단말마 소리가 뚜렷이 들렸다. 아침마다 변두리에서 어떤 쥐들은 뾰족한 주둥이에 작은 혈흔을 묻히고 부풀고 썩은 채로, 또 어떤 쥐들은 빳빳한 몸에 수염은 아직 꼿꼿한 채로 개울에 널브러져 있는 것을 볼 수 있었다. 시내에서조차 계단이나 안마당에서 쥐들이 작은 무더기로 발견되었다. 가끔은 한 마리씩 따로 관공서의 대기실에서, 학교 안뜰에서, 카페의 테라스에서 죽기도 했다. 당황한 우리 시민들은 가장 번화한 장소들에서도 쥐들을 발견했다. 아름 광장, 대로, 프롱 드 메르 산책로 등과 같은 곳도 군데군데 더럽혀져 있었다. 새벽에 죽은 쥐들을 치웠지만 시 전체에서는 쥐들이 낮 동안에 점점 많이 나타났다. 인도를 걸으면서 죽은 지 얼마 안 된 물컹한 시체 덩어리를 발밑에서 느낀 밤 산책자들 또한 한두 명이 아니었다. 집들이 서 있던 땅이 그 안에 고여 있던 체액을 짜내고, 지금까지 안에서 곪았던 진물과 피고름을 표면으로 솟아나게 한다고 말할 만했다. 응고 수치가 높은 피가 갑작스럽게 역류하기 시작한 건강한 사람처럼, 그때까지 너무나 평온하다가 불과 며칠 사이에 뒤집힌 우리 작은 시의 놀란 장면을 생각해 보라!

사태가 계속 악화되고 있었다. 랑스도크(랑스도크는 '정보, 자료 수집, 모든 주제에 대한 모든 정보를 모은다'의 준말) 통신이 무료 정보 제공용 라디오방송에서 25일 단 하루에 6,231마리의 쥐가 수거, 소각되었다고 보도했을 정도였다. 시민들이 자기들 눈앞에서 목격 중인 일상적인 장면의 분명한 뜻을 말해 주는 이 수치는 혼란을 더 가중시켰다. 그때까지만 해도 사람들은 그저 약간 혐오스러운 사건이라고 불평했을 뿐이다. 그런데 이제 그들은 아직 규모를 확정할 수도, 기원을 알 수도 없는 이 현상에 뭔가 위협적인 것이 있음을 알아차리게 되었다. 천식 환자인 스페인 노인만 계속 손을 비벼 대며 노망이 난 듯이 신이 나서 이렇게 되풀이했다. "그것들이 나온다, 그것들이 나와!"

하지만 4월 28일에 랑스도크가 약 8천 마리의 쥐를 수거했다고 보도하자 시의 불안은 절정에 달했다. 사람들은 근본적인 대책을 세우라고 요구하며 당국을 비난했고, 바닷가에 집을 갖고 있던 몇몇 사람들은 이미 그곳으로 피난 가는 것에 대해 말하고 있었다. 하지만 이튿날, 이 통신사는 이 현상이 급격히 멎었고 구서과에서 수거한 죽은 쥐의 수가 무시할 수 있는 정도에 불과하다고 보도했다. 시는 한숨을 돌렸다.

하지만 그날 정오, 의사 리외는 집 건물 앞에 차를 세우다가 길 저쪽 끝에서 수위가 고개를 숙인 채 팔다리를 벌리고 허수아비 같은 자세로 힘겹게 오는 것을 보았다. 노인은 의사도 알고 있는 한 신부의 팔에 의지하고 있었다. 그 사람은 파늘루 신부였다. 리외는 몇 번 그를 만난 적이 있었고, 우리 시에서 종교에 대해 무관심한 사람들 사이에서도 아주 존경받는 학식 있고 투사적인 예수교도였다. 의사는 두 사람을 기다렸다. 늙은 미셸의 눈은 하얗고 숨을 쉴 때는 거친 소리가 났다. 그는 몸이 안 좋다는 느낌이 들어 바람을 쐬러 나갔다. 하지만 목과 겨드랑이, 서혜부의 통증 때문에 돌아와야만 했고, 파늘루 신부에게 도움을 청할 수밖에 없었다.

"종기 때문이에요. 움직이기가 힘들어요." 그가 말했다.

의사는 차창 밖으로 팔을 뻗어 미셸이 내민 목 아래쪽을 손가락으로 만져 보았다. 거기에는 일종의 나무옹이 같은 것이 있었다.

"가서 누우시고 체온을 재세요. 오늘 오후에 보러 오겠습니다."

수위가 가고 난 뒤 리외는 파늘루 신부에게 이 쥐 문제를 어떻게 생각하느냐고 물었다.

"오! 이건 전염병일 겁니다." 신부가 말했다. 그리고 그의 두 눈은 둥근 안경 뒤에서 미소를 짓고 있었다.

점심 식사 후, 리외가 아내의 도착을 알리는 요양소의 전보를 다시 읽고 났을 때 전화가 울렸다. 그의 예전 환자 중 시청 서기로부터 온 전화였다. 그는 오랫동안 대동맥 협착증으로 고생했는데, 가난해서 리외가 무료로 치료해 준 적이 있었던 사람이었다.

"네, 나를 기억하시는군요. 그런데 이번엔 다른 사람이 문제입니다. 빨리 좀 와 주세요, 이웃집에 일이 발생했습니다." 그가 말했다.

숨이 가쁜 목소리였다. 리외는 수위를 생각하고, 이 일을 처리한 다음에 그를 보기로 했다. 몇 분 후, 그는 한 외곽 동네의 페데르브가(街)에 있는 나지막한 집의 문을 넘어섰다. 서늘하고 냄새가 고약한 계단 중간에서 그를 마중하러 내려오던 조제프 그랑을 만났다. 오십쯤 되는 나이에, 노란 콧수염을 기르고, 키는 크고 구부정하며 어깨가 좁고 몸이 마른 남자였다.

"훨씬 나아지고 있어요. 하지만 저 사람이 저세상으로 갈 거라고 생각했어요." 그는 리외에게 다가서면서 말했다.

그는 수건으로 코를 풀었다. 마지막 층인 3층, 왼쪽 문 위에

서 리외는 붉은 분필로 쓴 글씨를 읽었다. '들어오시오. 나는 목을 맸소.'

그들은 안으로 들어갔다. 엎어진 의자 위로 밧줄이 천장에 대롱대롱 매달려 있었고, 탁자는 구석으로 밀쳐져 있었다. 하지만 밧줄은 빈 채로 늘어뜨려져 있었다.

"제때에 내가 풀어 줬어요. 마침 밖으로 나가다가 소리를 들었어요. 그 글을 봤을 때, 어떻게 설명해야 할지 모르겠지만, 허풍이라고 생각했어요. 하지만 저 사람이 희한하고 심지어 음산하다고도 할 수 있는 신음 소리를 내는 거예요." 그랑이 말했다. 간단한 말이었지만, 그는 항상 적당한 말을 찾고 있는 것 같았다.

그는 머리를 긁적거렸다.

"고통스러운 일이었을 거라고 생각해요. 당연히 나는 안으로 들어갔지요."

그들은 문을 밀어 밝지만 가구가 별로 없는 문턱 위에 섰다. 몸이 땅딸막한 작은 사내가 구리 침대에 누워 있었다. 그는 숨을 거칠게 쉬고 있었고, 충혈이 된 눈으로 그들을 보았다. 의사는 멈춰 섰다. 의사의 귀에는 환자가 숨을 쉬는 사이에 쥐의 찍찍거리는 소리가 들리는 것 같았다. 하지만 방구석에서 움직이는 것은 아무것도 없었다. 리외는 침대 쪽으로 갔다. 그 사람은 아주 높은 곳에서 떨어진 것도, 아주 급히 떨어진 것도 아니어서 척추는 말짱했다. 물론 약간의 질식 증상은 있었다. 엑스레이를 찍어야 할 필요가 있을 것이다. 의사는 장뇌유 주사를 한 대 놓고 나서 며칠이 지나면 다 좋아질 것이라고 말했다.

"고맙습니다, 의사 선생님." 사내가 잠긴 목소리로 말했다.

리외가 경찰서에 신고했느냐고 묻자, 시청 서기인 그랑은 낭패한 표정이 되었다.

"아뇨. 아! 안 했어요. 내가 제일 급하다고 생각한 건……." 그가 말했다.

"당연하죠. 그럼 제가 신고할게요."

리외가 말을 끊었다.

하지만 바로 그 순간 환자가 동요했고, 자기는 괜찮으니 그럴 필요가 없다고 항변하면서 침대에서 몸을 일으켰다.

"진정해요. 아무 일 아니에요. 나를 믿으세요. 다만 내가 경위 진술을 해야 합니다." 리외가 말했다.

"이런!" 상대방이 내뱉었다.

그리고 뒤로 자빠지면서 눈물을 조금 흘렸다. 얼마 전부터 콧수염을 만지고 있던 그랑이 그의 곁으로 다가갔다.

"자, 코타르 씨. 이해하려고 해 보세요. 의사 선생님이 책임자라고 할 수가 있어요. 예컨대 혹시 또 그런 짓을 하고픈 생각이 들기라도 하면……." 그랑이 말했다.

하지만 코타르는 울면서 다시는 안 그럴 것이고, 자기가 지금 아주 흥분해 있으니 그냥 조용히 내버려 두길 바랄 뿐이라고 말했다. 리외는 처방전을 썼다.

"알았어요, 이 일은 그냥 덮어 두기로 하죠. 이삼일 내에 다시 올게요. 하지만 어리석은 짓을 해서는 안 됩니다." 그가 말했다.

계단에서 리외는 그랑에게 자기는 신고를 할 수밖에 없지만 형사에게 조사를 이틀 후에나 하라고 부탁하겠다고 말했다.

"오늘 밤에 저 사람을 좀 지켜봐야 합니다. 가족은 있나요?"

"가족에 대해서는 모릅니다. 하지만 내가 직접 지켜볼 수 있습니다."

그랑은 머리를 저었다.

"이건 알아주세요, 나도 이 사람을 잘 안다고 할 순 없어요. 하지만 서로 도와야 되겠죠."

리외는 이 집의 복도에서 기계적으로 구석 쪽을 쳐다보고는 그랑에게 쥐가 동네에서 완전히 사라졌느냐고 물었다. 시청 서기는 쥐에 대해서는 아는 바가 전혀 없었다. 사실 사람들이 그에게 쥐 이야기를 한 적이 있지만, 그는 그런 동네 소식통에 큰 관심을 기울이지 않았다.

"대신 다른 걱정거리가 있습니다." 그가 말했다.

리외는 이미 그와 악수를 하고 있었다. 아내에게 편지를 쓰기 전에 수위를 보아야 해서 마음이 조급했다.

석간신문 판매원들이 쥐의 침입은 완전히 멎었다고 소리치고 있었다. 하지만 리외가 보게 된 환자는 한 손을 배에 대고 다른 한 손을 목에 대고 침대 밖으로 몸을 반쯤 내민 채 크게 칵칵거리면서 오물통에 불그스름한 담즙을 게워 내고 있었다. 한동안 애를 쓴 후, 숨이 가빠진 수위는 다시 누웠다. 체온은 39도 5부였고 목의 신경절(神經節)과 사지가 부풀었고, 옆구리에서는 거무스름한 반점 두 개가 커지고 있었다. 이제 그는 체내 통증을 호소하고 있었다.

"몸이 타는 것 같아요. 이 몹쓸 것이 저를 태우는 것 같아요." 그가 말했다.

거무죽죽해진 입으로 단어를 어물거리며 그는 두통 때문에 눈물이 고인 불거진 눈을 의사 쪽으로 돌렸다. 그의 아내는 말이 없는 리외를 불안하게 보고 있었다.

"의사 선생님, 대체 무슨 일입니까?" 그녀가 말했다.

"여러 가지가 가능합니다. 하지만 확실한 건 아무것도 없습니다. 오늘 저녁까지는 굶고 피를 맑게 해야 합니다. 바깥양반께서는 물을 많이 마셔야 합니다."

마침 그때 수위는 갈증이 나서 미칠 지경이었다.

집에 돌아와 리외는 동료 의사이자 시에서 가장 권위 있는 의사 중 한 명인 리샤르에게 전화를 걸었다.

"아니오, 특이한 점은 아무것도 못 보았는데요." 리샤르가 말했다.

"국부 염증을 동반한 열 증상도요?"

"아! 예, 하지만 신경절이 심하게 부어오른 두 가지 사례였어요."

"비정상적으로요?"

"음, 정상이라 하면, 아시잖아요……." 리샤르가 말했다.

어쨌든 그날 저녁, 수위는 헛소리를 했고, 열이 40도가 되자 쥐를 원망해 댔다. 리외는 화농 촉진 치료를 해 보았다. 따가운 테레빈유(油)가 들어가자 수위는 고함을 질렀다.

"아! 그 몹쓸 것들!"

신경절은 더 커졌고, 손으로 만져 보면 딱딱하고 나무질이었다. 수위의 아내가 극도로 흥분했다.

"잘 지켜보셔야 합니다. 필요하시면 저를 부르시고요." 의사가 그녀에게 말했다.

그다음 날인 4월 30일, 파랗고 습한 하늘에서 벌써 더운 미풍이 불고 있었다. 가장 먼 교외 쪽에서 이 미풍을 타고 꽃향기가 실려 왔다. 거리에서 나는 아침 소음은 평상시보다 더 활기차고 유쾌한 듯했다. 한 주 동안 겪은 막연한 걱정에서 벗어난 우리의 작은 시 어디에서건 그날은 재생의 날이었다. 아내의 편지를 받고 안심이 된 리외 자신도 가벼운 마음으로 수위의 집으로 갔다. 그리고 실제로 아침에는 열이 38도로 떨어져 있었다. 쇠약해진 환자는 침대에서 미소를 짓고 있었다.

"좀 나은 것 같아요. 안 그래요, 선생님?" 그의 아내가 말했다.

"더 기다려 보십시다."

하지만 정오에는 열이 대번에 40도로 올랐고, 환자는 끊임없이 헛소리를 했으며, 구토가 다시 시작되었다. 목의 신경절은 만지기만 해도 아파 수위는 목을 가능한 한 몸에서 멀리 두고 싶어 하는 듯했다. 그의 아내는 침대의 발치에 앉아 두 손을 이불 위로 올려 환자의 두 발을 살짝 잡고 있었다. 그녀는 리외를 보고 있었다.

"저기요, 환자를 격리시켜 특수 치료를 해야겠습니다. 제가 병원에 전화를 걸 테니 구급차로 옮기도록 하죠." 리외가 말했다.

두 시간 후에 구급차 안에서 의사와 수위의 아내는 환자를 내려다보고 있었다. 곰팡이가 슨 듯한 환자의 입에서 말이 더듬더듬 튀어나왔다. "쥐!" 그가 말했다. 푸르스름하고 밀랍 같은 입술, 아래로 축 처진 눈꺼풀, 짧고 고르지 못한 숨결, 신경절에 의해 찢기고, 마치 간이침대로 자신을 덮고 싶다는 듯, 아니 마치 땅속에서 온 뭔가가 그를 계속 부르기라도 하는 듯 간이침대 깊숙이 몸을 움츠린 수위는 보이지 않는 무게에 눌려 질식한 것 같았다. 그의 아내는 울고 있었다.

"더 이상 희망이 없습니까, 선생님?"

"운명하셨습니다." 리외가 말했다.

***

　수위의 죽음은 당황스러운 징후들로 채워진 한 시기를 끝내고, 초기의 뜻하지 않은 놀라움이 점차 공황으로 변해 가는, 상대적으로 더 어려운 다른 한 시기의 시작을 보여 준다고 말할 수 있다. 이 작은 시가 양지바른 곳에서 쥐들이 죽고 기이한 병으로 수위가 비명횡사하는 곳으로 특별히 지정된 장소가 될 수도 있다고 우리 시민들이 생각한 적은 결코 없었다. 그런데 이제야 비로소 그들은 이 사실을 알게 된 것이다. 이런 관점에서 보면, 그들은 결국 오해를 하면서 잘못된 생각을 하고 있었던 것이다. 만일 모든 일이 거기에서 그쳤다면 계속해서 그들은 그렇게 지냈을 수도 있었을 것이다. 하지만 우리 시민 가운데 꼭 수위나 빈민이 아니었던 다른 사람들이 미셸 씨가 처음으로 들어선 길을 점차 따라가게 되었다. 정확히 그때부터 공포가, 그리고 공포와 더불어 성찰이 시작되었다.

　하지만 서술자의 생각으론 새로운 사건들을 상술하기 전에 방금 기술된 시기에 대한 다른 사람의 견해를 제시하는 것도 유용할 수 있을 것으로 보인다. 이 이야기의 시작 부분에서 이미 만난 바 있는 장 타루는 몇 주 전에 오랑에 정착했고, 그 이후로 시내의 한 대형 호텔에서 지내고 있다. 분명 그는 지내기에 넉넉한 수입을 가진 듯했다. 하지만 시민들이 그를 점점 더 자주 대하게 되었어도 그가 어디서 왔고 왜 그곳에 왔는지를 말할 수 있는 사람은 아무도 없었다. 그는 어느 공공장소에서나 눈에 띄었다. 사람들은 초봄부터 바닷가에서 그를 자주 볼 수 있었는데, 그는 종종 그리고 눈에 띌 정도로 즐겁게 수영을 했다. 호인이며 항상 웃는 낯인 그는 모든 정상적 쾌락을 즐기는 듯했지만, 그것의 노예가 되지는 않았다. 실제로 사람들이 알 만한 그의 유일한 습관은 우리 시에 꽤 많이 있는 스페인 무용수들이나 음악가들을 꾸준히 만나는 것이었다.

어쨌든 타루의 수첩들 또한 이 힘든 시기에 대한 일종의 연대기를 이룬다. 하지만 문제는 그것이 무의미한 선택에 따르는 것처럼 보이는 아주 특이한 연대기라는 것이다. 얼핏 보면 타루가 초연한 태도로 사물이나 존재를 생각해 보려고 고심했다는 생각을 할 수도 있을 것이다. 결국 그는 전반적으로 무질서한 상태에서 이야깃거리가 없는 것을 기록하는 역사가가 되려고 노력했다. 분명 사람들은 이런 그의 선택을 개탄하고, 그것이 그의 마음이 메말랐기 때문이라고 생각할 수도 있을 것이다. 하지만 그가 작성한 수첩들은 그 시대의 한 연대기로서 꽤 많은 부차적인 세부 사항들을 제공해 주는데, 이것들은 부차적임에도 불구하고 나름의 중요성을 지니고 있고, 또 그 기묘함 자체로 인해 이 흥미로운 인물에 대해 너무 성급한 판단을 하는 것을 막아 줄 것이다.

장 타루의 첫 기록은 오랑에 도착한 날의 것이다. 처음부터 이 기록은 타고났을 정도로 추한 도시에 와 있다는 것에 대한 기이한 만족감을 보여 준다. 시청을 장식하고 있는 쌍사자 동상에 대한 상세한 묘사, 나무가 없는 시내, 볼품없는 집, 부조리한 도시 구획 등에 대한 우호적인 평가를 거기에서 읽을 수 있다. 여기에 더해 전차나 거리에서 들었던 대화 역시 타루는 기록하고 있지만 거기에 대한 해석은 하지 않고 있다. 조금 뒤에 캉이라는 이름의 사람과 관련이 있는 화제는 예외이다. 타루는 두 전차 검표원이 이야기를 나누고 있는 장면을 보게 되었다.

"자네 분명 캉을 알걸." 한 사람이 말했다.

"캉? 검은 수염을 기른 키가 큰 친구?"

"맞아. 전철과(轉轍課)에서 근무했지."

"응, 그랬지."

"글쎄, 그 친구가 죽었어."

"아! 언제?"

"쥐 사건 후야."

"저런! 대체 무슨 일이었는데?"

"잘은 모르지만 열병이었어. 게다가 그 친구 건강하질 못했잖아. 겨드랑이에 종기가 났었지. 오래 못 버텼어."

"그래도 그 친구 체구는 웬만했는데."

"아니야, 폐가 약했어. 그래도 관악대에서 음악을 했어. 줄곧 나팔을 불면 폐가 약해지지."

"그래! 아플 때는 나팔을 불지 말아야 하는 건데." 다른 사람이 끝을 맺었다.

이런 사실들을 약간 지적한 후 타루는 캉이 왜 가장 분명한 자신의 이익에 반대되게도 관악대에 들어갔는지, 또 일요일 시가행진을 위해 목숨을 걸도록 그를 유도한 심오한 이유가 무엇이었는지 자문하고 있다.

이어서 타루는 그의 방 창문과 마주한 발코니에서 종종 벌어지던 한 광경에 대해 호감을 가진 듯했다. 실제로 그의 방은 작은 횡단로 쪽으로 나 있었는데, 그 길의 담 그늘에서 고양이들이 잠을 자곤 했다. 하지만 매일 점심 식사가 끝난 후, 도시 전체가 더위 속에서 졸 때면 길 건너편 발코니에 키가 작은 노인 한 사람이 모습을 나타냈다. 흰머리를 단정히 빗질하고 군복처럼 재단한 옷을 입고 꼿꼿하고 준엄한 용모를 가진 그는, 약간 거리감이 있으면서도 부드러운 목소리로 "나비야, 나비야." 하고 고양이들을 부르곤 했다. 고양이들은 몸은 바로 움직이지 않은 채 졸음에 겨운 창백한 눈을 쳐들었다. 이 노인이 종이를 잘게 찢어 거리 위로 날리면 고양이들은 비처럼 공중에서 떨어지는 흰 종이 나비들에 끌려 길 복판으로 나와 마지막 종잇조각들을 향해 한쪽 발을 주춤하면서 내밀었다. 그러면 이 키가 작은 노인은 고양이들에게 힘 있고 정확하게 침을 뱉었다. 그가 뱉은 침이 목표물에 맞으면 그는 웃었다.

마지막으로 타루는 외양과 활기, 심지어 쾌락까지도 상거래의 필요성에 의해 조종되는 것처럼 보이는 이 시의 상업적 성격에 완전히 매료된 것 같았다. 타루는 이런 특이성(수첩에서 사용된 표현이다.)을 인정했고, 그 결과 이 시에 대한 그의 찬사 조의 고찰 중 하나는 심지어 "아무렴!"이라는 감탄사로 끝나기도 했다. 이 날짜에 해당되는 이 여행자의 기록은 정확히 이 대목에서만 개성을 보여 주는 듯했다. 다만 이 기록이 의미 있고 진지하다는 평가를 받기는 어려워 보인다. 죽은 쥐를 발견한 호텔 경리가 계산을 하면서 실수를 범한 이야기를 자세히 하고 난 다음에, 타루는 평소보다 좀 불분명한 필체로 이렇게 덧붙이고 있다. "질문. 시간을 허비하지 않으려면 어떻게 해야 하는가? 답. 시간을 처음부터 끝까지 전부 체험해 보기. 방법. 치과 대기실에서 불편한 의자에 앉아 여러 날을 보내기, 집 발코니에서 일요일 오후를 보내기, 이해하지 못하는 외국어로 하는 강연을 듣기, 가장 길고 가장 불편한 기차 노선을 고르기, 그리고 당연히 입석으로 여행하기, 공연장의 매표구에서 줄을 섰다가 표는 구입하지 않기 등." 하지만 이런 엉뚱한 이야기와 엉뚱한 생각에 뒤이어 수첩은 우리 시에서 볼 수 있는 전차, 그 조각배 같은 모양, 그 어정쩡한 색깔, 그 일상적인 불결함에 대한 상세한 묘사로 시작했다가 '굉장하다'라는 별다른 뜻이 없는 말로 이런 고찰을 끝맺고 있다.

어쨌든 쥐 사건에 대해 타루가 제공해 준 정보는 다음과 같다.

"오늘 맞은편의 키 작은 노인은 난감해하고 있다. 이제 고양이가 한 마리도 없다. 길거리에서 많이 발견되는 죽은 쥐들에 의해 자극을 받은 고양이들이 정말 사라졌다. 내 생각으론 고양이가 죽은 쥐를 먹는다는 것은 어불성설이다. 내가 길렀던 고양이들은 그걸 싫어했다는 것이 기억난다. 어쨌든 고양이들은 지하실에서 뛰어다니고 있을 것이고, 해서 이 키 작은 노인은 난감해하고 있다. 머리카락 빗질도 전만 못하고, 활기도 덜하다. 그에게서 걱정하는 기색이 느껴진다. 얼마 지나지 않아 그는 방으로 들어가 버렸다. 하지만 허공에다 침을 한 번 뱉기는 했다.

오늘 시내에서 사람들이 전차를 세웠다. 어떻게 거기까지 왔는지 알 수 없지만, 죽은 쥐 한 마리가 발견되었기 때문이다. 두세 명의 여자가 전차에서 내렸다. 쥐는 밖으로 던져졌다. 전차는 다시 출발했다.

호텔에서, 믿을 만한 야간 경비원이 내게 이 모든 쥐로 인해 뭔가 불행이 예견된다고 말했다. '쥐가 배를 떠나면…….' 나는 배에서라면 그것이 사실이지만 도시에서는 결코 입증된 적이 없다고 답했다. 하지만 그의 확신은 강했다. 내가 그에게 어떤 불행이 다가올 것인지를 물었다. 불행이란 예측할 수 없기 때문에 그는 알지 못했다. 하지만 놀랍지도 않다는 듯이 그는 불행이 닥쳐온다면 그것은 지진이 아니겠느냐고 했다. 내가 그럴 수도 있다고 인정하자 그는 그것이 걱정되지 않느냐고 내게 물었다.

'저의 관심사는 딱 하나뿐입니다. 마음의 평화를 찾는 일입니다.' 내가 그에게 말했다.

그는 내 말을 완벽하게 이해했다.

호텔 식당에는 참 재미있는 한 가족이 있다. 아버지는 키가 크고 말랐고, 빳빳한 검은 양복 차림을 하고 있다. 머리 한가운데가 벗겨지고, 오른쪽과 왼쪽에 회색 머리가 수북하다. 작고 둥글며 엄한 눈, 가는 코, 얇은 입 등은 잘 훈련된 올빼미와 같은 인상이다. 그는 항상 맨 먼저 식당 문 앞에 도착해 비켜서서 까만 생쥐 같은 키 작은 아내를 지나가게 하고, 그다음에는 훈련받은 강아지처럼 차려입은 어린 아들과 딸을 발 뒤에 달고 들어간다. 식탁 앞에 오면, 아내가 자리에 앉기를 기다린 후에 그가 앉고, 두 어린애들도 비로소 의자에 앉을 수 있다. 그는 아내와 애들에게 '해요' 하고 존댓말을 하면서, 아내에게는 점잖은 핀잔을, 그리고 애들에게는 호령을 한다.

'니콜, 지금 아주 불쾌한 태도를 하고 있어요.'

그러자 딸아이는 곧 울상이 된다. 그렇게 되기 마련이다.

오늘 아침, 어린 아들은 쥐 사건 때문에 몹시 흥분해 있었다.

아들은 식탁에서 그 이야기를 하고 싶어 했다.

'필리프, 식탁에서는 쥐 이야기를 하는 게 아니에요. 앞으로 그런 얘기를 하는 건 금지입니다.'

'아버지 말씀이 옳아요.' 까만 생쥐가 말했다.

두 아이가 코를 박고 밥을 먹자 아버지는 별 뜻 없는 고갯짓으로 고마움을 표했다.

이런 좋은 예와 상관없이 시내에서는 쥐에 대한 이야기가 많았다. 신문이 거기에 가세했다. 평소에는 아주 다양했던 지역 소식란이 지금은 온통 시 당국에 대한 성토로 가득했다. '우리 시 당국자들은 설치류의 썩은 시체들이 초래할 수도 있는 위험을 알고 있기나 한가?' 호텔 지배인은 더 이상 다른 말이 없다. 하지만 그것은 그의 기분이 상해서였다. 그가 보기에 격 있는 호텔의 승강기에서 쥐가 발견된다는 것은 생각할 수 없는 일이었다. 그를 달래려고 나는 그에게 이렇게 말했다. '하지만 모두가 그런 상황을 겪고 있습니다.'

'바로 그겁니다. 우린 지금 모두 마찬가지입니다.' 그가 내게 대답했다.

내게 사람들이 걱정하기 시작한 놀라운 첫 열병 사례들을 이야기해 준 장본인이 바로 이 지배인이었다. 그의 호텔의 객실 담당 여직원 한 명이 열병을 앓고 있었다.

'하지만 분명 전염성은 없습니다.' 그는 서둘러 분명하게 말했다.

나는 그에게 상관없다고 말했다.

'아! 알겠습니다. 손님도 저처럼 운명론자이시네요.'

나는 그와 비슷한 말은 전혀 한 적이 없는 데다가 운명론자도 아니다. 나는 그에게 이렇게 말했다……."

여기서부터 타루의 수첩은 사람들이 벌써 드러내놓고 걱정하던 그 알 수 없는 열병에 대해 좀 더 상세하게 이야기하고 있다. 쥐가 사라지자 마침내 고양이를 다시 보게 된 그 키 작은 늙은이는 참을성 있게 침 뱉는 것을 조준하고 있다는 사실을 기록하고 나서, 타루는 대부분 치명적이었던 이 열병의 사례를 벌써 십여 건 들 수 있다고 덧붙이고 있다.

마지막으로 참고 자료가 될 수 있으니 타루가 묘사한 의사 리외의 모습을 그려 볼 수 있을 것이다. 서술자가 판단할 수 있는 한에서 보면 이건 아주 충실한 초상화라고 할 수 있다.

"서른다섯으로 보인다. 중간 키, 딱 벌어진 어깨, 거의 직사각형 얼굴, 색이 짙고 선이 바른 눈, 튀어나온 턱. 큰 코는 균형이 잡혀 있다. 아주 짧게 깎은 검은 머리. 입은 활처럼 둥글고, 입술은 도톰하고 거의 항상 다물어져 있다. 그을린 피부, 검은 털, 늘 짙은 색이지만 그에게는 잘 어울리는 옷 때문에 어느 정도는 시칠리아의 농부 같은 모습이다.

그는 빨리 걷는다. 걷는 속도를 바꾸지 않고 인도로 내려서지만, 세 번 중 두 번 정도 가볍게 뛰어 반대편 인도로 올라선다. 차를 몰 때는 방심하는 편이라 모퉁이를 돈 뒤에도 흔히 방향등을 안 끄고 그냥 간다. 항상 모자를 안 쓴 맨머리. 통달한 표정."

***

타루가 적은 수치는 정확했다. 의사 리외는 수치에 대해 어느 정도는 알고 있었다. 수위의 시신을 격리시키고 리외는 서혜부 열병에 대해 물어보기 위해 리샤르에게 전화를 걸었다.

"나는 전혀 이해가 안 됩니다. 두 명이 죽었는데, 한 사람은 48시간 만에, 다른 한 사람은 3일 만에 죽었어요. 이 사람은 아침에 완연한 회복세여서 가만 놔두고 있었어요." 리샤르가 말했다.

"또 다른 사례가 생기면 저에게 알려 주십시오." 리외가 말했다.

리외는 다시 몇몇 의사들에게 전화를 걸었다. 이렇게 조사해서 얻은 결과로는 며칠 동안에 약 20여 건의 유사한 사례가 발생했다. 거의 대부분 치명적인 사례였다. 그래서 리외는 오랑의 의사협회 회장인 리샤르에게 새로운 환자들의 격리를 요청했다.

"하지만 내가 할 수 있는 건 아무것도 없어요. 도청에서 조치를 취해야 할 겁니다. 그런데 누가 선생에게 전염의 위험이 있다고 말합니까?" 리샤르가 말했다.

"그 어떤 직접적인 증거도 없습니다. 하지만 증세가 걱정스럽습니다."

하지만 리샤르는 '나는 권한이 없다.'고 생각했다. 그가 할 수 있는 일이라고는 도지사에게 이야기하는 것이었다.

하지만 설왕설래가 있는 동안 날씨가 나빠졌다. 수위의 사망 다음 날 하늘에 짙은 안개가 끼었다. 짧게 억수같이 내리는 비가 여러 차례 도시를 강타했다. 갑자기 내린 소나기에 이어 폭우를 동반한 더위가 왔다. 바다도 짙은 푸른빛을 잃고 안개 낀 하늘 아래에서 눈을 아프게 하는 은빛이나 무쇠 빛으로 번뜩거렸다. 이와 같은 습한 봄 더위보다는 오히려 여름의 더위가 더 나았다. 언덕 위에 달팽이 모양으로 건설되어서 바다 쪽으로 약간 열려 있는 시내에는 맥없는 무기력증이 팽배해 있었다. 초벽칠이 된 긴 벽들 사이에서, 창문에 먼지가 낀 길가에서, 더러운 노란색의 전차 속에서, 사람들은 어느 정도 날씨의 포로가 된 느낌이었다. 리외의 늙은 환자만이 유일하게 천식을 이겨 내고 있어서 이런 날씨를 즐기고 있었다.

"푹푹 찌는데요. 그런데 이게 기관지에는 좋아요." 그가 말했다.

실제로 푹푹 찌는 날씨였지만 열병보다 더하지도 덜하지도 않았다. 시 전체가 열병을 앓고 있었다. 코타르의 자살 시도에 대한 조사에 입회하기 위해 페데르브가로 가던 날 아침, 의사 리외를 따라다니던 인상은 적어도 이랬다. 하지만 그에게는 이런 인상이 불합리해 보였다. 그는 이 인상을 자기를 괴롭히던 신경과민과 걱정거리 탓으로 돌리고, 무엇보다 머릿속을 정리하는 것이 급선무라고 생각했다.

리외가 도착했을 때 형사는 아직 그곳에 와 있지 않았다. 그랑이 계단에서 기다리고 있었다. 그들은 문을 열어 놓고 우선 그의 집에 들어가 있기로 했다. 시청 서기는 아주 단출한 가구가 딸린 방 두 개짜리 집에 살고 있었다. 다만 두세 권의 사전이 놓여 있는 흰색 나무 선반과 칠판이 눈에 들어왔을 뿐이다. 칠판에는 반쯤 지워졌으나 아직 읽을 수 있는 '꽃길'이라는 단어가 씌어 있었다. 그랑에 의하면 코타르는 밤에 잠을 잘 잤다. 하지만 아침에 머리가 아파 어쩔 줄 몰라 하며 깨어났다. 그랑은 피곤하고 신경질적으로 보였다. 그는 방 안을 이리저리 왔다 갔다 하고, 손으로 쓴 원고지가 들어 있는 두툼한 서류 봉투를 탁자 위에서 열었다 닫았다 했다.

그러면서 그랑은 의사에게 자기가 코타르를 잘 모르나 추측컨대 재산을 좀 가지고 있는 것 같다고 말했다. 코타르는 이상한 사람이었다. 오랫동안 그들의 관계는 계단에서 몇 차례 인사를 한 정도였다.

"그 사람하고 딱 두 번 얘기를 나눴을 거예요. 며칠 전에 분필 상자 한 통을 집으로 가져오다가 계단에서 쏟았어요. 빨간색과 파란색 분필들이었어요. 그때 마침 코타르가 나와 나를 도와 그것들을 주웠던 적이 있어요. 그가 나에게 여러 색의 분필을 어디에 쓰느냐고 물었어요."

그래서 그랑은 코타르에게 라틴어를 다시 하려 한다고 설명했다. 고등학교를 졸업한 이후로 그의 라틴어 지식은 점차 희미해져 가고 있었던 것이다.

"맞아요. 사람들 말에 의하면 라틴어가 프랑스 단어의 의미를 더 잘 아는 데 도움이 된다고 하던데요." 그랑이 의사에게 말했다.

그래서 그랑은 칠판에다 라틴어 단어들을 써 놓았던 것이다. 파란색 분필로는 어미변화와 동사변화에 따라 변하는 부분을, 빨간색 분필로는 변하지 않는 부분을 적어 두곤 했던 것이다.

"코타르가 내 말을 잘 이해했는지는 모릅니다. 하지만 그가 흥미를 가진 것처럼 보였고, 빨간색 분필을 하나 달라고 했어요. 약간 놀라긴 했지만, 여하튼…… 그 분필이 그의 자살 계획에 사용되리라고는 전혀 예상하지 못했습니다."

리외는 두 번째 대화의 내용에 대해 물었다. 하지만 형사가 조수와 함께 도착해서 먼저 그랑의 진술을 듣고자 했다. 그랑이 코타르 이야기를 할 때마다 항상 그를 '절망한 사람'이라고 부른다는 점에 의사는 주목했다. 어떤 때는 심지어 '숙명적 결단'이라는 표현을 사용하기도 했다. 그들은 자살 동기에 대해 의견을 나누었는데, 그랑은 어휘 선택에 신중했다. 마침내 그들은 '내적 비애'라는 단어를 찾아냈다. 형사가 코타르의 태도에서 그랑이 '그의 결심'이라 부른 것이 뭔지를 짐작하게 해 주는 것이 아무것도 없었느냐고 물었다.

"코타르가 어제 문을 두드렸어요. 성냥을 빌리기 위해서였지요. 그래서 성냥통을 주었습니다. 이웃 사이니까…… 하면서 미안하다고 하더군요. 또 돌려주겠다고 다짐했어요. 해서 그냥 가지라고 했죠." 그랑이 말했다.

형사는 시청 서기에게 코타르가 이상해 보였느냐고 물었다.

"이상해 보인 점은 그가 대화를 나누고 싶어 하는 것 같다는 거였어요. 하지만 내가 일을 하는 중이었어요."

그랑은 리외 쪽으로 돌아서더니 곤란한 듯한 모습으로 이렇게 덧붙였다.

"개인적인 일이었어요."

어쨌든 형사는 환자를 보고자 했다. 하지만 리외는 먼저 코타르에게 방문객을 맞을 준비를 시키는 것이 낫다고 생각했다. 그가 방 안으로 들어갔을 때, 코타르는 달랑 회색 플란넬 잠옷만 걸치고 침대에서 일어나 앉아 불안한 표정으로 문 쪽으로 몸을 돌렸다.

"경찰이죠, 그렇죠?"

"예. 흥분하지 마세요. 형식적으로 두세 가지 조사가 끝나면 조용해질 거예요." 리외가 말했다.

하지만 코타르는 그런 것은 아무런 소용이 없고, 그 자신은 경찰을 좋아하지 않는다고 답했다. 리외는 초조해졌다.

"나도 경찰은 좋아하지 않아요. 한 번에 일을 끝내기 위해서는 경찰의 질문에 빠르고 정확하게 답하는 게 중요해요."

코타르가 입을 다물었고, 의사는 문을 향해 돌아섰다. 하지만 키 작은 사내는 리외를 부르더니 그가 침대 가까이 오자 두 손을 잡으면서 말했다.

"환자를, 목매달았던 사람을 건드리지는 않겠죠, 그렇죠, 선생님?"

리외는 한동안 그를 보았다. 그리고 그런 종류의 문제가 발생한 적은 결코 없었을 뿐만 아니라 자기는 환자를 보호하기 위해 왔다고 그를 안심시켰다. 환자가 좀 차분해지는 듯하자 리외는 형사를 들어오게 했다.

형사는 코타르에게 그랑의 증언을 읽어 주면서 그가 한 행동의 동기를 말해 줄 수 있느냐고 물었다. 그는 형사를 보지 않은 채 "내적 비애, 정확히 그겁니다."라고만 답했다. 형사는 그런 행동을 다시 하고픈 심정인지 말하라고 다그쳤다. 흥분한 코타르는 그렇지 않으니 제발 자기를 조용히 놔두기를 바란다고 답했다.

"내가 당신에게 하고 싶은 말은 지금 다른 사람들에게 폐를 끼치는 건 바로 당신이라는 사실이오." 형사가 화가 난 어조로 말했다.

하지만 리외가 신호를 보내자 그쯤에서 멈췄다.

"아실 겁니다. 그 열병 때문에 시끄러워진 이후로 우리에게 더 다급한 일들이 있어서요……." 밖으로 나오면서 형사가 한숨을 쉬며 말했다.

형사가 사태의 심각성 여부를 묻자 리외는 아무것도 아는 바 없다고 대답했다.

"날씨 탓입니다. 그게 다예요." 형사가 결론을 내렸다.

분명 날씨 탓이었다. 날이 갈수록 모든 것이 손에 달라붙었고, 리외는 왕진 때마다 걱정이 커 가는 것을 느꼈다. 같은 날 저녁에도 변두리에서 늙은 환자의 한 이웃이 서혜부를 쥐고 헛소리를 하며 구토를 해 댔다. 그의 신경절은 수위의 그것보다 더 컸다. 그중 하나에서는 고름이 나오기 시작하더니 곧 상한 과일처럼 벌어졌다. 집에 돌아온 리외는 도청의 의약품 저장고에 전화를 걸었다. 그가 작성한 그날의 임상 일지에는 '부정적인 답'이라고만 적혀 있었다. 그리고 다른 곳에서도 이미 비슷한 사례들로 리외를 부르고 있었다. 종기를 터뜨려야 했다. 그건 명백했다. 열십자로 째자 신경절에서는 피가 섞인 반죽이 흘러나왔다. 환자들은 피를 흘리며 사지를 뒤틀었다. 하지만 배와 다리에는 반점들이 보였고, 신경절은 나오던 고름이 멈추자 다시 부어올랐다. 거의 대부분 환자는 끔찍한 악취를 풍기며 죽어 갔다.

한동안 쥐 문제로 유난히 수다를 떤다 싶더니 신문은 이제 아무 이야기도 하지 않고 있었다. 쥐는 거리에서 죽었고, 사람들은 방 안에서 죽어 갔기 때문이다. 그리고 신문은 거리의 일에만 신경을 썼다. 하지만 도청과 시청은 의아해하기 시작했다. 의사 각자가 기껏 두세 사례밖에 겪지 않았을 때에는 그 누구도 움직일 생각을 안 했다. 하지만 어쨌든 누군가가 이 모든 사례를 더해 볼 생각을 하는 것으로도 충분했을 것이다. 합계는 참담했다. 겨우 며칠 사이에 죽은 자들의 수가 배가되었고, 따라서 이 기이한 병에 주의를 기울여 온 사람들에게는 그것이 진짜 전염병이라는 것이 명백해졌다. 바로 그즈음 리외의 동료 의사이고 그보다 나이가 한참 많은 카스텔이 그를 보러 왔다.

"리외, 자넨 당연히 이게 뭔지 알고 있지?" 그가 리외에게 말했다.

"분석 결과를 기다리고 있는 중입니다."

"난, 그 결과를 알고 있네. 그리고 분석할 필요도 없어. 난 중국에서 의사 생활을 한 적도 있고, 파리에서도 몇몇 사례를 겪어 보았소. 20년 전이었지. 다만 당시에는 거기에 감히 이름을 붙이질 못했지. 여론이란 대단해. 당황해서는 안 된다는 거였지. 특히 당황해서는. 그러더니 한 동료 의사가 말했지. '이건 불가능하다, 서양에서는 이 병이 사라졌다는 것을 다들 알고 있다.' 그래, 다들 알고는 있지. 죽은 사람들만 빼고. 자, 리외, 자네도 나처럼 이게 뭔지 잘 알고 있지."

리외는 심사숙고했다. 그는 진료실의 창문으로 멀리 만(灣) 위에서 끝나는 암벽의 등마루를 보고 있었다. 하늘은 파랗지만 오후가 지남에 따라 연한 광채를 띠고 있었다.

"그렇습니다, 카스텔. 믿기 어려운 일입니다만, 페스트인 게 분명한 것 같습니다." 그가 말했다.

카스텔은 일어나 문 쪽으로 행했다.

"사람들이 우리에게 뭐라 답할지 알고 있네. '그 병은 온대지방에서는 수년 전에 이미 사라졌다, 이렇게 말할 걸세." 나이 든 의사가 말했다.

"사라졌다, 대체 그게 뭘 의미할까요?" 리외가 어깨를 으쓱하면서 대답했다.

"그러네. 그리고 잊지 말게. 거의 20년 전에 파리에서도 있었다는 걸 말일세."

"좋습니다. 이번이 그때보다 더 심각하지 않기를 기대해야죠. 하지만 정말 믿을 수 없는 일입니다."

***

‘페스트’라는 단어가 처음 입 밖으로 튀어나온 것이다. 이야기가 진행되는 이 시점에서 베르나르 리외를 창 뒤에 남겨 둔 채, 서술자가 이 의사의 망설임과 놀라움을 정당화하는 것을 허락해 주길 바란다. 왜냐하면 약간의 차이는 있지만 그의 반응은 우리 시민들 대부분의 반응과 같았기 때문이다. 사실 재앙이란 항상 있는 일이지만, 막상 들이닥치면 사람들은 그것에 대해 생각하기 어려운 법이다. 세상에는 전쟁만큼이나 페스트가 많이 있었다. 하지만 페스트나 전쟁이 들이닥치면 사람들은 항상 속수무책이었다. 우리 시민들이 그랬듯이 의사 리외도 속수무책이었다. 이런 식으로 그가 망설였던 것을 이해해야 한다. 그가 걱정과 자신감을 나눠 가졌던 것 역시 이런 식으로 이해해야 한다. 전쟁이 터지면 사람들은 이렇게 말한다. “오래 안 갈 거야, 너무 어리석은 짓이잖아.” 그리고 분명 전쟁은 너무 어리석지만, 그렇다고 해서 전쟁이 계속되지 않는 건 아니다. 어리석음은 항상 끈덕진 법이다. 만일 사람들이 늘 자기 생각만 하지 않았다면 그것을 알아차릴 것이다. 이 점에서 우리 시민들은 세상 사람들과 마찬가지여서 자기 생각만 하고 있었다. 달리 말하자면 그들은 인간주의자들이었던 것이다. 그들은 재앙에 대해 생각하지 않았던 것이다. 재앙이란 인간의 척도로 잴 수 없는 것이어서 사람들은 그것을 비현실적인 것, 즉 곧 사라지고 말 악몽으로 여긴다. 하지만 재앙은 사라지지 않으며, 반복되는 악몽 속에서 사라지는 것은 바로 사람들인데, 그 선두에 인간주의자들이 서 있다. 왜냐하면 그들은 재앙에 주의하지 않기 때문이다. 우리 시민들은 다른 사람들보다 죄가 크지 않았고 겸손할 줄 몰랐을 뿐이다. 그들은 그저 아직 모든 것이 자기들에게는 가능하다고 생각하고 있었다. 해서 재앙이 발생한다는 것은 불가능하다고 전제하고 있었던 것이다. 그들은 계속 사업을 했고, 여행을 준비했으며, 각자 나름의 신조를 가지고 있었다. 그들이 미래, 이동(移動), 협상 등을 모조리 앗아가 버리는 페스트를 생각이나 할 수 있었겠는가? 그들은 자유롭다고 생각해 왔지만, 재앙이 있는 한 그 누구도 결코 자유롭지 못할 것이다.

몇몇 환자들이 소리 없이 페스트로 죽었다는 사실을 친구 앞에서 인정했을 때조차도 의사 리외에게는 그 위험이 비현실적이었다. 다만 의사라는 직업을 가진 사람은 고통에 대해 생각을 해 봤기에 상상력을 조금 더 갖고 있을 수 있다. 변한 것이 없는 도시를 창을 통해 내다보면서 의사는 이른바 불안이라는 미래와 마주쳐 자기 내부에서 가벼운 구역질이 일어나는 것을 거의 느끼지 못하고 있었다. 그는 이 병에 대해 아는 것을 머릿속에 모아 보려고 노력했다. 몇몇 숫자들이 그의 기억 속에서 흘러갔다. 그는 역사상 알려진 30번 정도의 대규모 페스트가 1억 명에 가까운 사망자를 냈다는 사실을 떠올렸다. 하지만 1억 명의 사망자란 무엇인가? 전쟁을 치르고 나서 사람들은 사망자 한 명이 무슨 의미를 가지는지를 잘 알 수가 없다. 게다가 죽은 사람이란 사람들이 그가 죽는 것을 목격하는 경우에만 무게를 갖는 법이다. 따라서 역사에 걸쳐서 산재되어 있는 1억 구의 시신들은 그저 상상 속에 피어나는 한 줄기 연기에 불과할 따름이다. 프로코피우스에 의하면 하루 동안 만 명의 희생자를 낸 콘스탄티노플의 페스트를 리외는 떠올렸다. 사망자 만 명이라면 대형 영화관 관객의 다섯 배에 해당되는 수치이다. 다음과 같이 해 보아야 할 것이다. 즉, 다섯 개의 영화관에서 나오는 사람들을 모아 시의 한 광장으로 데리고 가서 무더기로 죽이는 일을 말이다. 그러면 그 수치가 조금 더 분명하게 보일 것이다. 그다음에는 최소한 아는 얼굴들을 익명의 시체 더미 위에 올려놓을 수 있어야 할 것이다. 하지만 이것은 당연히 실현 불가능하다. 게다가 누가 만 명의 얼굴을 알고 있단 말인가? 한편, 프로코피우스 같은 사람들은 수를 셀 줄 몰랐다. 70년 전 중국 광둥에서는 주민들이 재앙에 관심을 갖기 전에 이미 4만 마리의 쥐가 페스트로 죽었다. 하지만 1871년에는 사람들이 쥐의 수를 세는 방법을 몰랐다. 그들은 그저 어림짐작으로, 뭉뚱그려서, 그러니까 오차가 날 가능성이 큰 계산을 했던 것이다. 하지만 쥐 한 마리의 길이가 30센티미터일 때, 쥐 4만 마리를 늘어놓으면 그 길이가 얼마냐 하면…….

하지만 리외는 초조해지고 있었다. 그는 방관만 해 왔는데, 그래서는 안 되었다. 몇 가지 사례로만 전염병이 되는 것은 아니다. 따라서 예방책들만 세우면 충분하다. 알고 있는 것에 충실해야 한다. 인사불성, 쇠약, 눈의 충혈, 오염된 입, 두통, 가래톳, 심한 갈증, 헛소리, 전신에 돋는 반점, 체내 파열 등, 그리고 이 모든 것이 끝나면……. 이 모든 것을 생각하자 리외의 기억에서 한 문장이 되살아났다. 의학서에서 증세를 열거한 후에 내려진 결론의 한 문장이었다. "맥박이 실같이 약해지고 미동하다가 숨이 끊어진다." 그렇다. 이 모든 것이 끝나면 환자는 실 한 가닥에 매달린 형국이 되고, 정확하게 네 명 중 세 명은 견디지 못하고 죽음을 재촉하는 이런 미세한 동작을 하게 되는 것이다.

리외는 줄곧 창을 통해 밖을 보고 있었다. 유리창의 한쪽에는 서늘한 봄 하늘이, 다른 쪽에는 '페스트'라는 단어 하나가 여전히 방에서 울리고 있었다. 이 단어에는 과학이 거기에 넣고자 하는 것뿐만 아니라 길게 이어지는 이례적인 이미지들도 포함되어 있었다. 다만 이것들은 이 시간 때면 적당히 활기를 띠어 시끄럽지 않게 웅성대는 이 도시, 만일 생기 없는 행복도 가능하다면 결과적으로 행복하다고 할 수 있는 이 누런 잿빛 도시와 어울리지 않는 것이었다. 그리고 아주 평화롭고도 무심한 평온함이 거의 힘을 들이지 않고 재앙으로 인해 발생한 오랜 이미지들을 부인하고 있었다. 예컨대 페스트에 휩쓸리고 새들이 사라진 아테네, 침묵 속에 죽어 가는 사람들로 가득했던 중국의 도시들, 썩은 물이 떨어지는 시체들을 구덩이에 쌓는 마르세유의 부역자들, 페스트의 광풍을 막기 위한 프로방스의 거대한 성벽 축조, 자파 시와 그 시의 더러운 거지들, 콘스탄티노플 병원의 흙바닥에 깔린 축축하고 썩은 침대들, 갈고리에 의해 질질 끌려가는 환자들, '대(大)페스트' 때 마스크를 쓴 의사들의 카니발, 밀라노의 공동묘지에서 행해지는 산 자들의 성교, 몸서리치는 런던의 시체 운반 수레, 그리고 언제 어디에서나 사람들의 계속되는 비명으로 가득했던 낮과 밤. 아니다. 이 모든 이미지도 그날의 평화를 깨기에는 결코 충분하지 못했다. 유리창 저쪽으로부터 갑작스럽게 울린 보이지 않는 전차의 경적이 이런 잔혹함과 고통을 즉각 부인했다. 침침한 체크무늬를 한 집들 끝에서 오직 바다만이 불안하게 하고 결코 쉬는 법이 없는 뭔가가 이 세상에 있다는 것을 증언해 주고 있었다. 그리고 의사 리외는 만(灣)을 보면서, 루크레티우스가 얘기한 바 있는, 병의 공격을 받은 아테네 사람들이 바다 앞에 세웠다는 화장터를 생각했다. 사람들은 밤에 시신들을 그곳으로 옮겼으나 자리가 모자랐다. 산 자들은 자기들에게 소중했던 사람들의 시신을 그곳에 안치하기 위해 시체를 포기하기보다는 피 터지는 싸움을 하면서 횃불로 서로를 때리며 싸웠다. 잔잔하고 어두운 바닷물을 앞에 두고 빨갛게 타오르는 장작, 땅을 살피는 하늘을 향해 솟아오르는 짙고 독한 연기와 불티가 이는 나는 한밤중의 횃불 싸움을 그려 볼 수 있었다. 우려되는 것은……

하지만 이런 어지러움은 이성 앞에서 버티지 못했다. '페스트'라는 단어가 입 밖으로 나온 것도, 지금 이 순간에 재앙이 한두 명의 희생자를 바닥에 내친 것도 모두 사실이었다. 어쨌거나 이것은 멈출 수도 있을 것이다. 필요한 것은, 인정해야 할 것을 깨끗이 인정하고, 쓸데없는 잔영을 쫓아 버리면서 적절한 대책을 세우는 것이다. 그다음, 이 재앙이 페스트로 생각되지 않거나, 혹은 잘못해서 페스트로 생각된 경우라면, 페스트는 멈출 수도 있다. 만일 페스트가 멈추고 있다면, 그리고 이것이 가장 개연성이 큰데, 모든 것이 괜찮아질 것이다. 그 반대의 경우라면, 사람들은 무엇이 페스트이고, 또 그것을 먼저 수습하고 나중에 물리치는 방법이 없었는가를 알게 될 터이다.

의사가 창문을 열자 도시의 소음이 커졌다. 가까운 공장으로부터 짧고 반복되는 날카로운 기계톱 소리가 들려왔다. 리외는 머리를 흔들었다. 확신은 저기, 바로 매일매일의 노동에 있었다. 그 나머지는 실오라기나 무의미한 움직임에 달려 있었으니 그것에 의지할 수는 없는 노릇이었다. 중요한 것은 자기 본분을 충실히 수행하는 것이었다.

* * *

의사 리외가 이런저런 생각을 하고 있던 중에 조제프 그랑이 그를 만나러 왔다는 전갈이 있었다. 시청 서기인 그는 아주 다양한 업무를 맡고 있었지만, 정기적으로는 통계과와 호적과에서 일을 했다. 이렇게 해서 그는 사망자의 수를 집계하게 되었다. 그리고 그는 남을 돕는 것을 좋아해서 집계 결과의 사본을 리외에게 직접 갖다 주기로 약속했었던 것이다.

의사는 그랑이 이웃인 코타르와 함께 들어오는 것을 보았다. 시청 서기는 서류 한 장을 흔들었다.

"숫자가 늘어나고 있어요, 선생님. 48시간 사이에 사망자가 11명입니다." 그가 말했다.

리외가 코타르에게 인사를 하며 어떠냐고 물었다. 그러자 그랑은 코타르가 의사에게 고마움을 전하고 폐를 끼친 점을 사과하고자 했다고 설명했다. 하지만 리외는 통계표를 보았다.

"자, 어쩌면 이 병에 정확한 이름을 붙여 줘야 할 것 같습니다. 지금까지 우리는 제자리걸음을 했습니다. 자, 저랑 같이 가시죠. 검사소에 가야 합니다." 리외가 말했다.

"그래요, 그렇습니다. 뭐든지 정확한 이름으로 불러야 합니다. 그런데 대체 이건 병명이 뭡니까?" 의사를 따라 계단을 내려가면서 그랑이 말했다.

"그건 말해 줄 수 없어요. 더군다나 두 분께 도움도 되지 않을 겁니다."

"그것 보세요. 그게 그렇게 쉬운 일이 아니에요." 시청 서기가 미소를 지었다.

그들은 아름 광장 쪽으로 향했다. 코타르는 계속 입을 다물고 있었다. 거리에는 사람들이 붐비기 시작했다. 우리 고장의 짧은 황혼은 벌써 어둠에 밀려 물러가고 있었고, 아직 환한 지평선 위로 첫 별이 뜨고 있었다. 조금 후에 거리의 가로등이 켜지며 하늘을 가렸고, 대화는 한 음정 높아지는 것 같았다.

"미안합니다. 나는 전차를 타야 할 것 같습니다. 저녁에 꼭 할 일이 있어서요. 고향 속담대로 '절대로 내일로 미루지 말라…….'" 아름 광장의 모퉁이에서 그랑이 말했다.

리외는 몽텔리마르 출신인 그랑이 그의 고향 속담을 끌어다 쓰고, 또 '꿈같은 시간'이라든가 '선계(仙界)의 빛' 등과 같은 출처가 불명확한 평범한 문구들을 덧붙이는 기벽이 있음을 이미 파악했다.

"아! 맞아요. 저녁 식사 후에는 저 사람을 집 밖으로 나오게 할 수 없어요." 코타르가 말했다.

리외는 그랑에게 시청 일을 하느냐고 물었다. 그랑은 그게 아니라 사적인 일을 한다고 답했다.

"아! 그래요. 잘되어 가나요?" 리외는 별 뜻 없이 말했다.

"일을 한 지 여러 해 지났으니, 그럴 수밖에요. 다른 의미에서라면 별다른 진전이 없을 수도 있어요."

"대략 무슨 일인가요?" 의사가 멈춰 서면서 말했다.

그랑은 둥근 모자를 커다란 두 귀까지 눌러쓰면서 얼버무렸다. 리외는 어렴풋하게나마 이것이 그의 개성 발휘와 관련된 것이라고 이해했다. 하지만 시청 서기는 벌써 그들과 헤어져 빠른 걸음으로 마른 가(街)의 무화과나무 밑을 거슬러 올라가고 있었다. 검사소 입구에서 코타르는 의사에게 조언을 얻기 위해 꼭 만나 보고 싶다고 말했다. 호주머니 속에서 통계표를 만지작거리던 리외는 그에게 진찰 시간에 오라고 하려다가 곧 생각을 바꿔 내일 코타르의 동네로 가는 길에 오후 늦게 그를 보러 들르겠다고 말했다.

코타르와 헤어지자 리외는 자신이 그랑을 생각하고 있었다는 것을 알았다. 리외는 분명 심각하지 않은 여기의 페스트가 아니라 역사적인 대규모 페스트의 한복판에 있는 그랑을 상상했다. "그런 경우에도 목숨을 부지할 수 있는 종류의 사람이다." 페스트가 약한 체질의 사람들은 살려 뒀고 특히 활발한 사람들을 파괴했다는 것을 리외는 읽은 기억이 났다. 그리고 계속 이런 생각을 하다가 의사는 시청 서기에게서 조금 신비로운 분위기를 발견했다.

얼핏 보기에도 조제프 그랑은 있는 그대로의 모습대로 시청의 하급 서기에 불과했다. 키가 크고 마른 그는 헐렁하게 옷을 입었는데, 큰 옷이 자기에게 더 유용하다는 착각 속에서 늘 자기 체구보다 너무 큰 옷만을 골랐다. 아랫잇몸에는 대부분의 이가 그대로 있는 반면, 위턱의 이는 다 빠져 있었다. 웃을 때는 윗입술이 특히 위로 치켜져 휑한 입 모양이 되었다. 이런 모습에다가 신학교 학생의 몸가짐, 벽에 딱 붙어 가다 문 안으로 미끄러지듯 들어가는 기술, 담배 연기와 지하실 냄새, 무의미한 온갖 표정을 덧붙여 보자. 그러면 시내의 공중목욕탕 요금을 재검토하거나 혹은 젊은 주사(主事)를 위해 신규 쓰레기 수거세에 관련된 자료들을 수집하는 일에 열중하면서 사무실 책상 앞에 있는 모습이 아닌 다른 곳에 있는 그를 상상할 수가 없다는 점을 인정하게 될 것이다. 심지어 선입견이 없는 사람에게도 그는 하루 62프랑 30상팀을 받는 시청 임시 서기라는, 이목을 끌지 않지만 없어서는 안 될 업무를 수행하기 위해 세상에 태어난 사람인 것처럼 보였다.

위의 급료는 실제로 그랑이 고용계약서의 '근로조건'란에 명기해 달라고 부탁한 기재 사항이었다. 22년 전, 돈이 없어 진학이 불가능해서 학사 과정을 마친 후에 이 직급을 받아들였을 때, 사람들은 그에게 빠른 '정식 발령'을 기대할 수 있을 거라고 말하곤 했다. 우리 시의 행정에 관련된 미묘한 문제를 해결할 능력이 그에게 있다는 것을 일시적으로 보여 주기로 한 계약일 뿐이었다. 그다음에 사람들은 그에게 넉넉한 생활을 할 수 있도록 해 줄 주사직에 반드시 오를 수 있다고 단언하곤 했다. 분명 조제프 그랑은 야심 때문에 움직이는 사람이 아니었다. 음울한 미소를 지으면서 그는 이 점에 대해 장담했다. 하지만 정직한 방법으로 물질적인 생활이 보장될 수 있다는 전망, 그 자신이 즐겨 하는 일에 후회 없이 집중할 수 있으리라는 가능성 등이 그의 마음에 들었던 것이다. 그가 자기에게 제안된 자리를 수용한 것은 이런 정직한 이유와 예컨대 모종의 이상에 대한 믿음 때문이었다.

한동안 이런 임시직 상태가 계속되었다. 물가는 턱없이 올랐지만 그랑의 급여는 몇 차례의 전체적인 인상에도 불구하고 여전히 보잘것없었다. 그랑이 리외에게는 이런 점에 대해 불평을 한 적이 있지만, 다른 사람들은 그것을 모르는 듯했다. 그랑의 독특한 점, 아니 적어도 그의 특징 중 하나는 바로 거기에 있었다. 실제로 그랑은 그로서는 자신 있게 내세울 권리는 아니더라도 최소한 사람들이 그에게 준 조건을 주장할 수는 있었을 것이다. 하지만 우선 그를 채용했던 상관이 오래전에 죽었고, 서기 자신도 어떤 조건을 보장받았는지를 정확하게 기억하고 있지 못했다. 그다음으로, 그리고 특히 조제프 그랑은 어떤 단어를 써야 할지 알 수 없었다.

리외가 주목할 수 있었듯이, 이것이 바로 보통 시민 그랑을 가장 잘 보여 주는 특징이었다. 실제로 이런 특징 때문에 그는 고심했던 청원서를 쓴다든가, 상황에 필요한 신청서를 제출한다든가 하는 일을 늘 주저했던 것이다. 그랑의 말을 믿자면, 그는 그 자신 단호하게 주장하지 못했던 '권리'라는 단어나, 자기의 몫을 요구한다는 의미를 포함하게 되어 결과적으로 그가 맡고 있던 평범한 직책과 어울리지 않는 과감한 성격을 갖게 될지도 모르는 '약속'이라는 단어를 사용하는 일을 특히 불편하게 느끼고 있었다. 다른 한편 그는 개인적인 자존심에 어울리지 않는다고 판단한 '호의', '간청하다', '감사' 등과 같은 단어를 사용하는 것을 거부했다. 적절한 단어를 찾지 못한 시민 그랑은 이렇게 해서 나이가 제법 들어서까지 뚜렷하지 않은 직책을 계속 수행했던 것이다. 게다가 그가 의사 리외에게 한 말에 의하면, 그는 어쨌든 수입에 소비를 맞추는 것으로 충분했기 때문에, 비교적 안정된 물질적 생활이 보장되고 있다는 사실을 알게 되었다. 이렇게 해서 그는 우리 시의 대사업가인 시장(市長)이 즐겨 쓰는 단어 중 하나가 옳은 말이라는 것을 인정했다. 시장은 결코(시장은 자기 추론의 모든 무게를 떠받치고 있는 이 단어를 강조했다.) 진짜 굶어 죽는 사람을 결코 본 적이 없다고 힘을 주어 단언하곤 했다. 어쨌든 거의 고행에 가까운 생활을 영

위해 온 덕택에 조세프 그랑은 결국 이런 종류의 모든 근심에서 해방될 수 있었던 것이다. 그는 계속 단어들을 찾고 있었다.

어떤 의미에서 보면, 그랑의 생활은 모범적이었다고 할 수 있다. 그는 다른 곳에서와 마찬가지로 우리 시에서도 드문 경우지만, 자신들의 선한 감정에 대해 항상 용기를 가진 사람들 중 한 명이었다. 자신에 대해 털어놓았던 얼마 안 되는 내용은 실제로 요즘 사람들이라면 감히 털어놓을 수 없는 선의와 애착을 보여 주는 증거물이었다. 그는 얼굴을 붉히지 않으면서 자기에게 남은 유일한 친척이자 2년마다 프랑스로 만나러 가는 조카들과 누이를 사랑한다는 사실을 인정했다. 그는 자기가 아직 젊었을 때 돌아가신 부모님을 떠올리면 슬퍼진다는 사실도 인정했다. 그는 오후 5시경에 조용히 울리는 동네의 종소리를 그 무엇보다 좋아한다는 것을 부인하지 않았다. 하지만 단순한 감정을 상기시키기 위한 것임에도 가장 사소한 단어 하나를 선택하는 것도 그에게는 아주 힘든 일이었다. 결국 이런 어려움이 그의 가장 큰 걱정거리였다. "아! 의사 선생님, 나는 나 자신을 잘 표현하는 법을 배우고 싶습니다." 그가 말했다. 그는 리외를 만날 때마다 이것에 대해 말하곤 했다.

그날 저녁, 의사는 떠나가는 시청 서기인 그랑을 보다가 그가 말하고 싶어 한 것을 갑자기 알게 되었다. 그러니까 그는 분명 책이나 혹은 그와 비슷한 것을 쓰고 있었던 것이다. 마침내 도착한 검사실 안에서까지 이 사실로 인해 리외는 계속 안도감을 느꼈다. 리외는 자신의 이런 느낌이 어리석다는 것은 알고 있었다. 하지만 훌륭한 장기들을 발휘하는 소박한 공무원들을 볼 수 있는 한 도시에 페스트가 정말로 기승을 부릴 수 있다는 사실이 믿기지 않았다. 정확히 말하자면 리외는 페스트가 기승을 부리는 가운데 그런 장기들이 발휘된다는 것을 상상할 수 없었다. 그러니까 리외의 판단으로는 현실적으로 페스트는 우리 시민들 사이에서 미래가 없었던 것이다.

***

그다음 날, 적절하지 못하다는 소리를 들으며 고집을 피워 리외는 도청으로부터 보건위원회 소집 허가를 얻어 냈다.

"주민들이 불안해하는 것은 사실입니다. 더군다나 설왕설래로 인해 모든 것이 과장되고 있습니다. 도지사가 나에게 이렇게 말했어요. '원하신다면 빨리 해 버리죠. 하지만 조용한 가운데요.' 그런데 도지사는 이 모든 것이 잘못된 경종이라고 확신하고 있습니다." 리샤르가 말했다.

베르나르 리외는 도청으로 가면서 카스텔을 차에 태웠다.

"도청에 혈청이 하나도 없다는 걸 알고 있는가?" 카스텔이 리외에게 물었다.

"알고 있습니다. 의약품 저장고에 전화했어요. 소장이 놀라 자빠지던데요. 파리에서 가져오게 해야 합니다."

"오래 걸리지 않았으면 좋겠는데."

"제가 벌써 전보를 쳤습니다." 리외가 대답했다.

도지사는 친절했으나 신경이 날카로워져 있었다.

"시작합시다, 여러분. 제가 상황을 요약해야 할까요?" 그가 말했다.

리샤르는 그럴 필요가 없다고 생각했다. 의사들은 상황을 잘 알고 있었다. 다만 문제는 어떤 조치를 취하는 것이 적절한지 아는 것이었다.

"문제는 이게 페스트인지 여부를 아는 것입니다." 늙은 카스텔이 갑작스럽게 말했다.

두세 명의 의사가 탄성을 발했다. 다른 의사들은 주저하는 것 같았다. 도지사로 말할 것 같으면, 그는 펄쩍 뛰었고, 이 굉장한 단어가 복도로 퍼지지 못하도록 문이 잘 닫혀 있는지를 확인하려는 듯 기계적으로 문 쪽으로 몸을 돌렸다. 리샤르는, 자기가 보기에 흥분에 휩쓸리면 안 될 것 같다고 말했다. 그는 서혜부 부위의 발병에 따른 고열 증세가 문제인데, 우리가 말할 수 있는 전부는 과학에서나 실생활에서나 가설은 항상 위험하다는 것이라고 주장했다. 조용히 노란 콧수염을 깨물고 있던 늙은 카스텔이 맑은 눈으로 리외를 보았다. 그러고 나서 참석자들을 호의 어린 시선으로 바라보더니 자기는 그것이 페스트라는 것을 잘 알고 있으나 이 사실을 공식적으로 인정하게 되면 당연히 가혹한 조치들을 취할 수밖에 없을 것이라는 점을 지적했다. 그는 동료 의사들이 뒤로 물러나는 것은 결국 그것 때문이라는 것을 꿰뚫어 보고 있으며, 따라서 그들의 안정을 위해 그것이 페스트가 아니기를 진정으로 바랐다. 흥분한 도지사는 여하튼 이런 식의 추론은 바람직하지 않다는 뜻을 표했다.

"중요한 건 이런 식의 추론이 바람직한가의 여부가 아니라 이런 식의 추론이 깊은 성찰을 하게끔 한다는 겁니다." 카스텔이 말했다.

리외가 침묵을 지키고 있자 사람들이 그의 견해를 물었다.

"이건 장티푸스성 열병입니다만, 거기에는 가래톳과 구토증이 동반되고 있습니다. 저는 가래톳 절개 시술을 해 보았습니다. 이렇게 해서 여러 분석 실험을 할 수 있었는데, 연구소에서는 이 실험을 통해 땅딸막한 페스트 간상균을 확인했습니다. 하지만 완벽을 기하기 위해서는 이 미생물의 몇몇 특수 변이체가 과거의 전통적인 설명과는 일치하지 않는다는 점을 지적해야 할 필요가 있습니다."

리샤르는 그로 인해 판단을 주저하고 있으니, 최소한 며칠 전부터 시작된 일련의 분석 실험의 통계 결과를 기다릴 필요가 있다는 사실을 강조했다.

잠시 침묵한 후에 리외가 말을 계속했다.

"어떤 미생물로 인해 비장의 크기가 사흘 동안에 네 배로 불어나고, 장간막의 신경절이 오렌지 크기만큼 커지면서 죽처럼 물러지면 당연히 판단을 내리는 데 주저하지 말아야 할 것입니다. 전염된 가정의 수가 계속 늘어나고 있습니다. 병이 퍼지는 추세로 보아, 지금 멈추지 않는다면 2개월이 지나기 전에 이 병은 시민 절반의 생명을 앗아 갈 위험이 있습니다. 따라서 여러분이 이걸 페스트라 부르거나 지혜열(智慧熱)이라 부르는 것은 중요하지 않습니다. 다만 이 병이 시민 절반의 생명을 앗아 가는 걸 여러분이 막아 내는 것이 중요할 따름입니다."

리샤르는 무엇이건 비관적인 쪽으로 너무 밀고 나가선 안 되며, 그리고 어쨌든 그의 환자들의 가족들은 아직 무사한 까닭에 이 병이 전염성을 가지고 있다는 것은 증명되지 않았다고 판단하고 있었다.

리외가 말했다.

"하지만 다른 사람들은 죽었습니다. 그리고 주지하다시피 전염성이란 무조건 전염된다는 의미는 아닙니다. 그렇지 않다면 산술적으로 무한히 증가하게 되어 갑작스러운 인구 감소 현상이 발생하게 될 겁니다. 결코 비관적인 쪽으로 밀어붙이려는 게 아닙니다. 예방책을 강구하자는 겁니다."

하지만 리샤르는 다음과 같은 사실을 상기시키면서 상황을 정리하려는 생각이었다. 즉, 병이 멈추지 않는 경우, 이 병을 멈추기 위해 법률에 규정된 예방 조치를 취해야 하고, 또 그렇게 하자면 이 병이 페스트라는 것을 공식적으로 인정해야 하는데, 이 점에 대한 확실성이 절대적이지 않으니 심사숙고할 필요가 있다고 말이다.

리외가 주장했다.

"문제는 법률에 규정된 조치의 가혹성 여부가 아니라, 시민 절반이 생명을 잃는 것을 막기 위해 그것들이 필요한지 여부를 아는 것입니다. 그 나머지는 행정적인 일이고, 현행 제도는 정확히 이런 문제를 해결하라고 도지사를 둔 겁니다."

"분명 그렇습니다. 하지만 나에게 필요한 것은 우선 여러분께서 공식적으로 이 병을 페스트라는 전염병으로 인정해 주시는 겁니다." 도지사가 말했다.

"저희가 그 사실을 인정하지 않는다 해도, 이 병은 시민 절반을 죽일 위험이 있습니다." 리외가 말했다.

리샤르가 조금 신경질적으로 끼어들었다.

"이 동료 의사는 이 병을 페스트라고 생각하고 있는 게 사실입니다. 그의 증상 묘사가 그걸 증명해 주고 있습니다."

리외는 증상을 묘사한 것이 아니라 자기가 직접 눈으로 본 것을 묘사했다고 답했다. 그리고 그가 직접 눈으로 본 것은 가래톳, 반점, 정신을 잃게 하고 48시간 내에 치명적이 되는 고열이었다. 리샤르는 과연 책임을 지고 가혹한 예방 조치 없이도 이 전염병이 멈춰질 거라고 단언할 수 있었겠는가?

리샤르는 주저하다가 리외를 쳐다보았다.

"당신의 생각을 성실하게 말해 주시오. 이 병이 페스트라는 걸 확신하나요?"

"문제를 잘못 제기하셨습니다. 이건 어휘의 문제가 아니라 시간의 문제입니다."

"이 병이 설령 페스트가 아니라고 해도, 페스트가 발생했을 때 필요한 보건 예방 조치가 적용되어야 한다는 것이 선생님의 생각이신지요?" 도지사가 물었다.

"반드시 제가 어떤 의견을 가져야 한다면, 그것이 바로 제 의견입니다."

의사들은 서로 의견을 주고받았으며, 마침내 리샤르가 결론을 내렸다.

"그러면 우리는 마치 이 병이 페스트인 것처럼 행동하는 책임을 져야 합니다."

이 표현은 열렬한 동의를 얻었다.

"이것이 당신의 의견이기도 하지요?" 리샤르가 물었다.

"저는 표현에는 관심이 없습니다. 다만 우리가 마치 시민 절반의 생명을 빼앗길 위험이 없는 듯이 행동해서는 안 된다는 것입니다. 그렇게 행동하면 정말 그렇게 될지도 모릅니다." 리외가 말했다.

모두가 인상을 찌푸리고 있는 가운데 리외는 자리를 떴다. 얼마 되지 않아 튀김 냄새와 지린내가 나는 변두리에서 한 여인이 서혜부가 피투성이가 된 채 죽을 듯이 소리치면서 그를 쳐다보았다.

* * *

토론회 다음 날, 열병의 기세는 약간 더 세졌다. 열병 소식은 신문에도 보도되었지만 그래도 논조는 가벼운 편이었다. 열병에 대한 암시를 하는 것에 그친 때문이었다. 어쨌든 토론회 이틀 후에 리외는 도청에서 가장 이목을 끌지 않는 시의 길모퉁이들에 신속하게 붙이도록 한 작은 흰색 벽보를 볼 수가 있었다. 이 벽보에서 당국이 상황을 정면으로 바라보고 있다는 증거를 끌어내기는 어려웠다. 조치들은 준엄하지 않았고, 여론을 불안하게 만들지 않으려는 바람으로 당국은 많은 것을 희생한 것 같았다. 실제로 포고령에는 아직까지 전염성인지의 여부를 말할 수 없는 몇 건의 악성 열병 사례가 오랑에 발생했다, 이 사례들은 현실적으로 염려할 정도로 증상이 뚜렷하지 않으니 주민들이 침착함을 유지하리라는 것은 의심의 여지가 없다, 그러나 누구나 이해할 수 있는 일이지만 신중해야 한다는 생각에서 도지사는 몇몇 예방 조치를 취한다, 이 조치들은 상응하는 이해와 협조가 있다면 전염병의 위협을 완전히 근절할 수 있는 성격의 것이다, 따라서 도지사는 도민들이 자신의 개인적 노력에 대해 지극히 헌신적인 협조를 아끼지 않으리라는 것을 한순간도 의심치 않는다,라고 씌어 있었다.

이어서 벽보에는 개괄적인 대책들이 공고되어 있었는데, 그중에는 하수구에 독가스를 분사하는 과학적 쥐잡기, 수돗물의 철저한 감독 등과 같은 조항들이 들어 있었다. 벽보는 주민들에게 극도의 청결을 권장했고, 몸에 벼룩이 있는 사람들은 시립 보건소들에 출두해 줄 것을 권고했다. 다른 한편 환자의 가족들은 의사의 진단이 내려진 경우, 이를 의무적으로 당국에 신고하고, 환자들을 병원의 특별 병실에 격리하는 데 동의해야 했다. 게다가 이 병실들은 최단 기간에 최대의 완치 기회를 가질 수 있도록 환자를 위한 치료 설비를 갖추고 있었다. 몇 가지 부가 조항에는 환자의 방과 운송 차량에 대한 의무 소독이 포함되어 있었다. 벽보의 나머지 부분은 환자를 돌보는 주위 사람들에게 위생 보호 관찰에 응하라고 권장하는 데 그치고 있었다.

의사 리외는 벽보로부터 갑작스럽게 몸을 돌려 자신의 진료실로 가는 길로 들어섰다. 그를 기다리고 있던 조제프 그랑이 그를 보자 두 팔을 쳐들었다.

"그래요. 저도 알아요. 수치가 늘어나고 있죠." 리외가 말했다.

전날 밤, 시에서 십여 명의 환자가 죽었다. 의사는 그랑에게 자기가 코타르를 방문하러 갈 것이기 때문에, 어쩌면 저녁에 그를 볼 수 있을 것 같다고 말했다.

"선생님 말씀이 옳습니다. 선생님이 가시면 좋아할 거예요, 내가 보기에 그 사람 변했거든요." 그랑이 말했다.

"그래 어떻게요?"

"공손해졌어요."

"전에는 안 그랬나요?"

그랑은 주저했다. 그는 코타르가 공손하지 않았다고 말할 수는 없었다. 정확한 표현이 아니었을 것이다. 코타르는 조용히 틀어박혀 지내는 조금은 멧돼지 같은 사람이었다. 그의 방, 수수한 식당, 아주 수상한 외출, 이런 것이 코타르의 생활 전부였다. 형식적으로 그는 포도주와 주류 대리 판매원이었다. 드문드문 두세 사람의 방문이 있었는데, 그의 고객들이었을 것이다. 저녁때는 가끔 집 맞은편에 있는 영화관에 갔다. 시청 서기는 코타르가 갱영화를 좋아하는 것 같다는 지적도 했다. 이처럼 이 대리 판매원은 늘 혼자였고 의심이 많았다.

그랑에 의하면, 이 모든 것이 그야말로 바뀌었다는 것이다.

"어떻게 말해야 할지 모르겠지만, 뭐랄까 사람들과 잘 지내려고 애쓰고 모든 사람을 자기편으로 만들고 싶어 한다는 인상을 받았어요. 나한테 말을 자주 걸고 같이 외출하자고 제안하는데, 매번 거절할 수는 없잖아요. 게다가 나도 그 사람이 흥미로웠어요. 어쨌든 내가 그 사람의 목숨을 구해 줬잖아요."

자살 시도 이후 코타르는 아무런 방문도 더 이상 받지 않았다. 거리에서, 가게에서 그는 환심을 사려고 했다. 잡화상 주인에게 그렇게까지 부드럽게 이야기하는 사람도, 담배 가게 여주인의 이야기를 그렇게까지 관심 있게 들어 주는 사람도 없었다.

"담배 가게 여주인은 진짜 독사같아요. 코타르한테 그런 말을 해 줬지만, 내가 틀렸다며 그 여자에게는 좋은 면들이 있으니 그것들을 발견할 수 있어야 한다고 말하더군요." 그랑이 말했다.

어쨌든 코타르는 그랑을 두세 번 정도 시내의 호화로운 식당과 카페로 데려간 적이 있었다. 그는 실제로 그런 곳들을 자주 드나들고 있었다.

"거긴 편해요. 게다가 분위기도 좋아요." 그랑이 말했다.

그랑은 종업원들이 그 대리 판매원에게 특별한 관심을 쏟는다는 것을 알아차렸는데, 코타르가 과도한 팁을 주는 것을 보자 그 이유를 이해했다. 코타르는 그 대가로 돌아오는 친절에 아주 민감한 것 같았다. 하루는 호텔 지배인이 그를 배웅하고 외투 입는 것을 거들자, 코타르는 그랑에게 이렇게 말했다.

"괜찮은 친구라서, 증인이 될 수 있겠어요."

"뭘 증언하는데요?"

코타르가 망설였다.

"그러니까 내가 나쁜 사람이 아니라는 거죠."

한편 코타르는 변덕이 심했다. 잡화상 주인이 덜 친절했던 어느 날, 그는 지나치게 흥분해서 집으로 돌아와서 이렇게 반복했다.

"다른 사람들하고 어울리다니, 그 비열한 놈."

"어떤 다른 사람들이죠?"

"전부 다요."

그랑은 여주인의 담배 가게에서 이상한 장면을 보기도 했다. 한참 이야기를 주고받다가 여주인이 알제에서 떠들썩했던 최근의 어떤 체포 건에 대해 말했다. 해변에서 아랍인을 살해한 어느 젊은 직장인의 이야기였다.

"그런 천한 작자들을 모두 감옥에 처넣어야 정직한 사람들이 마음껏 숨을 쉴 수 있지." 여주인이 말했다.

하지만 그녀는 코타르가 실례한다는 말 한마디 없이 갑자기 부산을 떨며 가게 밖으로 몸을 내던지다시피 나가자 말을 멈춰야 했다. 그랑과 여주인은 팔을 내려뜨린 채 그가 도망가는 것을 쳐다보고 있었다.

그것에 이어 그랑은 리외에게 코타르의 변화된 다른 성격을 알려 주게 되었다. 코타르는 항상 아주 자유로운 의견을 가졌었다. 그가 즐겨 쓰는 문장인 "큰 것이 항상 작은 것을 먹어요."
가 그것을 잘 증명해 주었다. 하지만 얼마 전부터 그는 오랑의
온건파 신문만 구입했다. 그리고 그가 그 신문을 공공장소에서
약간 우쭐거리면서 읽고 있다는 생각을 하지 않을 수 없었다.
또한 회복한 지 며칠 후에 그는 우체국에 가던 그랑에게 멀리
떨어져 있는 누이에게 매달 보내던 우편환 100프랑을 대신 부
쳐 줄 것을 간청한 적이 있었다. 하지만 그랑이 출발하려던 순
간 코타르가 이렇게 부탁했다.

"200프랑을 보내 줘요. 누이가 꽤 놀랄 거예요. 누이는 내가
자기 생각을 전혀 안 한다고 믿거든요. 하지만 사실 나는 누이
를 아주 사랑해요."

마지막으로 그는 그랑과 이상한 대화를 나눈 적이 있었다.
그랑은 자신이 저녁마다 매달리는 사소한 일을 궁금해하는 코
타르의 질문에 대답을 해야만 했다.

"알겠어요, 책을 쓰는군요." 코타르가 말했다.

"그렇다고 할 수 있지만 그보다 더 복잡해요."

"아! 나도 정말 당신처럼 해 보고 싶어요." 코타르가 탄성을
냈다.

그랑이 놀라는 것처럼 보였다. 그러자 코타르는 예술가가 된
다면 많은 일이 정리될 것이라고 더듬거렸다.

"왜요?" 그랑이 물었다.

"그야 예술가는 다른 사람보다 더 많은 권리가 있기 때문이죠. 그건 다들 알아요. 사람들은 예술가의 사정을 더 많이 봐주잖아요."

"그러니까 쥐 사건으로 인해 그 사람도 다른 많은 사람들처럼 머리가 어찔해진 것뿐일 거예요. 아니면 그 사람도 열병이 두렵든지요." 벽보가 나붙은 날 아침에 리외가 그랑에게 말했다.

그랑이 대답했다.

"내 생각은 안 그래요, 선생님, 내 의견을 알고자 한다면……."

쥐잡이 차가 큰 배기음을 내면서 창문 밑으로 지나갔다. 리외는 서로의 말을 들을 수 있을 때까지 입을 다물고 있다가 건성으로 시청 서기의 의견을 물어보았다. 그는 심각하게 리외를 보았다.

"그 사람 뭔가 죄가 있는 사람이에요." 그랑이 말했다

의사는 어깨를 으쓱했다. 형사가 말했듯이 다른 시급한 일이 있었던 것이다.

리외는 그날 오후에 카스텔과 만났다. 혈청은 도착하지 않았다.

"그런데 그게 유용할까요? 이 간균은 이상합니다." 리외가 물었다.

"오! 내 의견은 다르네. 이 생물체들은 늘 독특한 모습을 갖

고 있지. 하지만 근본적으로는 같아." 카스텔이 말했다.

"선생님께서는 최소한 그렇게 가정하시는 겁니다. 사실 우리는 그것에 대해 전혀 아는 바가 없습니다."

"분명 내 가설이지. 하지만 모두 가설을 세우네."

그날 하루 종일 리외 의사는 매번 페스트를 생각할 때마다 일어나는 미세한 현기증이 커져 가는 것을 느꼈다. 결국 그는 자신이 겁을 먹고 있다는 것을 인정했다. 그는 사람들로 가득 찬 카페에 두 번이나 들어갔다. 코타르처럼 그도 또한 사람의 온기에 대한 욕구를 느끼고 있었다. 리외는 그걸 어리석다고 생각했다. 하지만 대리 판매원과 방문 약속이 있다는 것을 기억해 내는 데 도움이 되었다.

그날 저녁, 리외 의사는 코타르가 식탁 앞에 있는 것을 발견했다. 그가 들어섰을 때 식탁 위에는 탐정소설 한 권이 펼쳐져 있었다. 하지만 이미 저녁이 되어 어두워지는 속에서 책을 읽는 것은 어려웠을 것이다. 코타르는 오히려 조금 전까지 어둠 속에 앉아 생각을 하고 있었을 것이다. 리외는 그에게 잘 지내냐고 물었다. 자리에 앉으면서 코타르는 잘 지내고 있고, 그 누구도 자기에게 관심을 가지지 않는다는 확신이 들면 더 잘 지낼 것이라고 투덜댔다. 리외는 사람이란 항상 혼자일 수만은 없는 법이라고 알려 주었다.

"오! 그게 아닙니다. 저는 남을 성가시게 하려는 사람들을 말하는 겁니다."

리외는 입을 다물고 있었다.

"저는 그렇지 않습니다. 이건 알아주세요. 하지만 저는 이 소설을 읽고 있었습니다. 한 불쌍한 사람이 어느 날 아침에 느닷없이 체포된 겁니다. 사람들이 그의 일에 관여하고 있었는데, 그는 아무것도 모르고 있었던 겁니다. 여러 기관에서 그에 대한 이야기를 입에 올렸고, 또 그의 이름이 명단에도 올랐어요. 그게 옳다고 생각하십니까? 한 사람에 대해 그런 짓을 할 권리가 있다고 생각하시는지요?"

"그야 경우에 따라 다르죠. 어떤 의미로 보면 사람들은 결코 그럴 권리가 없어요. 하지만 그런 건 다 부차적입니다. 너무 오랫동안 집에 박혀 지내지 마세요. 외출을 할 필요가 있습니다." 리외가 말했다.

이 말에 흥분을 한 것 같은 코타르는 자기가 하는 일은 외출밖에 없고, 만일 필요하다면 온 동네 사람들이 증인이 될 수도 있을 것이라고 말했다. 동네 밖에서도 그는 많은 사람과 어울렸다.

"리고 씨라는 건축가를 아세요? 그 사람도 제 친구입니다."

방 안의 그림자가 짙어졌다. 변두리 지역의 거리는 활기를 띠었고, 가로등이 켜지는 순간 밖에서는 안도감이 섞인 탄성이 어렴풋하게 들렸다. 리외가 발코니로 가자 코타르 역시 그를 따랐다. 우리 시의 매일매일의 저녁처럼 모든 인근 동네로부터 가벼운 미풍에 실려 사람들의 속삭임, 고기 굽는 냄새, 시끌벅적한 젊은이들 차지가 된 거리를 차츰 부풀리던 유쾌하고 향기로운 자유의 파동이 전해지고 있었다. 밤, 보이지 않는 선박들의 힘찬 고동 소리, 바다와 흘러가는 군중으로부터 올라오는 소음, 리외가 잘 알고 전에는 좋아한 이 시간, 이 모든 것이 오늘은 그가 알고 있는 모든 것 때문에 마음을 내리누르는 것처럼 느껴졌다.

"불을 켤까요?" 리외가 코타르에게 말했다.

불이 켜지자 키 작은 사내는 눈을 깜박이며 그를 쳐다봤다.

"저기요, 선생님, 만일 제가 병들어 쓰러지면 선생님이 진료하는 병원에서 받아 주실 거죠?"

"그렇게 안 할 이유가 뭐 있을까요?"

그러자 코타르는 진료소나 병원에 있는 환자를 체포하는 일이 발생한 적이 있느냐고 물었다. 리외는 그런 일이 발생했을 수도 있지만 모든 것이 환자의 상태에 달려 있다고 답했다.

"저는 선생님을 믿습니다." 코타르가 말했다.

그러고 나서 그는 의사에게 차로 시내까지 태워다 줄 수 있느냐고 물었다.

중심가의 거리에는 벌써 사람들이 드물었고 불도 많이 꺼져 있었다. 아이들이 아직도 문 앞에서 놀고 있었다. 코타르가 부탁하자 의사는 한 무리의 아이들 앞에 차를 세웠다. 아이들은 소리를 지르면서 사방치기 놀이를 하고 있었다. 하지만 그중에서 착 달라붙은 검은색 머리에 가운데 가르마를 탄 더러운 얼굴의 한 아이가 맑고 매서운 눈초리로 리외를 보고 있었다. 의사는 시선을 돌렸다. 코타르는 인도 위에서 의사와 악수를 했다. 그 대리 판매원은 목이 쉬어서 힘들게 말했다. 그는 두세 번 뒤를 돌아보았다.

"사람들이 전염병 이야기를 하던데요. 그게 사실입니까, 선생님?"

"사람들은 늘 이야기를 하죠. 당연합니다." 리외가 말했다.

"선생님이 옳습니다. 그런 다음에 십여 명이 죽으면 말세처럼 떠들어 댈 겁니다. 우리에게 필요한 건 그런 일이 아닐 테죠."

자동차 엔진이 벌써 털털댔다. 리외는 기어의 손잡이를 잡고 있었다. 하지만 그는 그 아이를 다시 보았는데, 아이는 심각하면서도 침착한 태도로 계속 리외를 주시하고 있었다. 그러다 갑자기 그 아이는 이가 다 드러나도록 그에게 미소를 지었다.

"그럼 어떤 일이 우리에게 필요한 거죠?" 아이에게 미소를 던지면서 의사가 물었다.

코타르는 느닷없이 자동차 문의 손잡이를 붙잡더니 눈물과 분노가 가득한 목소리로 이렇게 외치고 도망을 쳤다.

"지진요. 진짜 지진 말이에요!"

하지만 지진은 일어나지 않았고, 그다음 날 리외는 환자 가족들과 상의하고 환자들과 대화를 나누면서 시내 곳곳을 누비고 다녔을 뿐이다. 리외는 자기 직업이 그렇게 버겁다고 느낀 적이 없었다. 그 전까지만 해도 환자들이 일을 덜어 주었고, 그에게 자신들을 내맡겼다. 하지만 리외는 처음으로 그들이 불신이 섞인 일종의 놀라움으로 인해 망설이며 자신들의 병 속에 깊이 숨어 있는 것 같다는 인상을 받았다. 그것은 그가 아직 익숙하지 않은 싸움이었다. 그날 밤 10시쯤, 마지막으로 들른 늙은 천식 환자의 집 앞에 차를 세우고 나서 리외는 좌석에서 몸을 빼내기가 힘들었다. 그는 어두운 거리와 검은 하늘에 나타났다 지는 별들을 바라보며 지체했다.

늙은 천식 환자는 침대에서 일어나 앉아 있었다. 호흡은 더 나아진 듯했고, 병아리콩을 한 용기에서 다른 용기로 옮기면서 수를 세고 있었다. 환자는 즐거운 얼굴로 의사를 맞이했다.

"그래, 선생님, 콜레라예요?"

"어디서 그런 말을 들으셨어요?"

"신문에서 읽고, 또 라디오에서도 그러던데요."

"아닙니다. 콜레라가 아니에요."

"하여튼 이 작자들은 너무 심해요. 이런, 잘난 척하는 작자들 같으니라고!" 노인이 몹시 흥분해서 말했다.

"그런 건 아무것도 믿지 마세요." 의사가 말했다.

노인을 진찰하고 나서 이제 리외는 초라한 부엌 한가운데 앉아 있었다. 그렇다. 그는 두려웠다. 그는 이 변두리에서도 그다음 날 아침에 십여 명의 환자들이 가래톳으로 몸을 구부린 채 그를 기다릴 것이라는 점을 알고 있었다. 단지 두세 경우만이 가래톳 절개수술로 나아졌을 뿐이었다. 하지만 대부분의 경우에는 병원으로 가게 될 것이고, 그는 병원이 가난한 자들에게 뭘 의미하는지 잘 알고 있었다. "이 사람이 실험에 이용되는 건 바라지 않아요."라고 한 환자의 아내가 그에게 말한 적이 있었다. 환자는 실험에 도움도 주지 못하고 죽게 될 뿐이었다. 시행된 조치들이 충분하지 않다는 것은 분명했다. '특별히 설비된' 병실들에 대해 말해 보자면, 리외는 이 병실들을 잘 알고 있었다. 다른 환자들을 급히 옮기고 창문을 밀폐해 방역선을 친 두 개의 병동이었던 것이다. 전염병이 저절로 멈추지 않는다면 당국이 고안해 낸 조치들로는 물리칠 수 없을 터였다.

하지만 그날 저녁 공식 발표는 낙관적이었다. 그다음 날, 랑스도크 통신은 도청의 조치들이 차분하게 수용되었고, 벌써 30여 명의 환자들이 자진 신고했다고 보도했다. 카스텔이 리외에게 전화를 걸었다.

"병동에는 병상이 몇 개인가?"

"80개입니다."

"시내의 환자가 확실히 30명이 넘겠지?"

"겁먹은 환자들이 있습니다. 다른 많은 환자들은 아마 시간이 없었을 겁니다."

"시신 매장은 감독되고 있나?"

"아닙니다. 제가 리샤르에게 전화를 해서 말이 아니라 완벽한 조치가 필요하며, 또한 전염병에 맞서 진짜 차단벽이 아니면 아무것도 세우지 말아야 한다고 했습니다."

"그래서?"

"자기는 권한이 없다고 하더군요. 제 의견으론 수치가 곧 상승할 겁니다."

실제로 사흘 만에 두 개의 병동이 가득 찼다. 리샤르는 학교를 하나 징발해 보조 병원으로 쓸 수 있을지 알아볼 생각이었다. 리외는 백신을 기다렸고 가래톳을 쨌다. 카스텔은 옛날 책을 다시 보았고 도서관에 가서 오랫동안 앉아 있기도 했다.

"쥐들은 페스트나 이와 아주 비슷한 뭔가에 의해 죽었소. 쥐들이 수만 마리의 벼룩을 퍼뜨려서 제때에 막지 못한다면 벼룩들이 기하급수적으로 병을 전염시킬 겁니다." 카스텔이 결론을 내렸다.

리외는 침묵을 지키고 있었다.

그 무렵에 날씨가 일정해지는 듯했다. 태양은 지난번 소나기로 파인 웅덩이들을 물을 퍼내듯 말려 버렸다. 노란빛이 넘쳐나는 아름다운 파란 하늘, 시작된 더위 속에서 나는 비행기 소리, 이 계절에는 모든 것이 침착해졌다. 하지만 나흘 동안 열병은 놀랍게도 네 단계나 뛰어 올랐다. 사망자가 16명, 24명, 28명, 32명으로 늘어난 것이다. 넷째 날, 한 유치원에 보조 병원이 개설된다고 알렸다. 그때까지 줄곧 농담 속에 불안감을 숨겨 왔던 우리 시민들은 거리에서 더 기가 죽어 더 조용한 듯했다.

리외는 도지사에게 전화를 걸기로 결심했다.

"그 조치들로는 충분하지 않습니다."

"나도 수치는 알고 있소. 참으로 걱정이 되는 수치요." 도지사가 말했다.

"걱정 이상입니다. 명백한 수치입니다."

"내가 총독부에 지시를 요청할 겁니다."

리외는 카스텔 앞에서 전화를 끊었다.

"지시! 융통성을 발휘해야 할 텐데."

"혈청은?"

"이번 주 내로 도착할 겁니다."

도청에서는 리샤르를 통해 리외에게 식민지 수도에 보내게 될 지시 요청 보고서를 작성해 줄 것을 의뢰했다. 리외는 거기에 임상적인 설명과 수치를 적어 넣었다. 같은 날, 사망자 수는 약 40명에 이르렀다. 도지사는 자신이 말한 것처럼, 자기 책임 아래 그다음 날부터 해당 조치들을 더 강화하기로 했다. 의무적 신고와 격리가 계속 이루어졌다. 환자의 집은 폐쇄되고 소독되어야 했고, 주변 사람들은 격리 보호에 따라야 했으며, 매장은 추후 정해질 조건에 따라 시에서 하기로 했다. 하루가 지나 혈청이 비행기 편으로 도착했다. 현재 치료 중인 사람들에게 충분한 양이었다. 전염병이 확산되는 경우라면 이 혈청만으로는 부족했다. 리외의 전보에 대한 답은 구급용 재고가 떨어졌고, 새로 제조가 시작되었다는 것이었다.

그동안 인접한 모든 교외 지역으로부터 봄이 시장에 도착했다. 수천 송이의 장미꽃이 인도를 따라 늘어선 꽃장수들의 바구니 속에서 시들어 가고 있었고, 그 달콤한 향기가 온 시내에 감돌고 있었다. 겉으로는 변한 것이 아무것도 없었다. 전차는 여전히 러시아워에는 만원이었다가 낮에는 텅 비고 더러웠다. 타루는 키 작은 노인을 관찰하고 있었고, 이 노인은 고양이들에게 침을 뱉고 있었다. 그랑은 그의 신비로운 일을 위해 매일 저녁 집으로 돌아갔다. 코타르는 여전히 배회하고 있었고, 예심 판사 오통 씨는 여전히 그의 집짐승을 끌고 다녔다. 늙은 천식 환자는 콩을 옮겨 담고 있었고, 사람들은 조용하면서도 호기심이 많은 표정의 신문기자 랑베르를 종종 만났다. 저녁에는 인파가 시가를 메웠고, 영화관 앞에서 길게 줄을 서곤 했다. 게다가 전염병이 물러가는 듯했고, 며칠 동안 사망자 수가 불과 십여 명에 지나지 않았다. 그러다가 병은 단번에 다시 급상승했다. 사망자 수가 다시 30명에 도달한 날, 베르나르 리외는 도지사가 "그들이 겁먹었어요."라고 말하면서 내민 공식 전보를 받아 읽었다. 전보에는 이런 내용이 적혀 있었다. '페스트 사태를 공표하라. 도시를 폐쇄하라.'

제2부

그 순간부터 페스트는 우리 모두의 문제였다고 말할 수 있다. 그때까지는 그 기이한 사건들이 야기한 놀라움과 걱정에도 불구하고 우리 시민들 각자는 보통 자기 자리에서 가능한 한 자기 일을 계속해 오고 있었다. 또한 계속 그랬으면 분명 좋았을 것이다. 하지만 일단 관문(關門)들이 폐쇄되자 서술자를 포함해 그들 모두가 같은 자루에 들어 있는 처지였고, 또 거기에 잘 적응해야 한다는 것을 깨닫게 되었다. 이렇게 해서 첫 주부터 갑자기 예컨대 사랑하는 사람과의 이별이라는 개인적 감정이 공포와 더불어 모든 사람의 감정이자 긴 귀양살이 시절의 주된 고통이 되었다.

　관문 폐쇄로 인한 가장 뚜렷한 결과 중 하나는 사실 이 병에 대해 준비를 하지 못했던 사람들이 처한 갑작스러운 이별이었다. 며칠 전만 해도 일시적인 이별이라고 생각해 역의 승강장에서 두세 가지 당부만 하면서 서로를 껴안았고, 며칠 혹은 몇 주 후에 다시 만난다고 확신했으며, 미래에 대한 어리석은 인간적인 믿음 속에 빠진 채 작별로 인해 일상사에서 조금 벗어나 있던 어머니들과 자식들, 부부들, 연인들은 단번에 돌이킬 수 없이 떨어져 있게 되거나 혹은 재회하거나 교류하는 것도 막힌 상황이 되어 버렸다. 그도 그럴 것이 관문 폐쇄는 도청 시행령이 공시되기 몇 시간 전에 이루어졌고, 따라서 개별적인 경우를 고려하는 것은 당연히 불가능했기 때문이었다. 병의 기습으로 인한 첫 번째 영향은 우리 시민들로 하여금 마치 개인 감정이 없는 사람처럼 행동하도록 한 것이라고 말할 수 있다. 시행령이 발효된 날 이른 시각부터 도청은 많은 진정인에 의해 시달렸다. 이들은 전화를 걸거나 혹은 공무원들을 찾아와서 하나같이 이해는 가지만 동시에 하나같이 검토가 불가능한 상황들을 털어놓았다. 진실을 말하자면 타협의 여지가 없는 상황이어서 '양해', '특전', '예외'라는 단어들이 더 이상 아무런 의미를 갖지 못한다는 것을 우리는 여러 날이 지나서야 비로소 깨닫게 되었다.

우리에게는 심지어 편지를 쓴다는 가벼운 욕구를 충족시키는 것마저도 거절되었다. 한편으로 이 시는 실제로 일상적인 통신수단으로 더 이상 다른 지역과 연락이 되지 않았고, 다른 한편으로 편지가 감염 매체가 되는 것을 피하기 위해 새로운 시행령에 따라 모든 우편물을 주고받는 것이 금지되기도 했다. 초기에 몇몇 운 좋은 사람들은 경비소 보초병들을 통해 편지를 시 밖으로 전하는 것을 허락받기도 했다. 이런 행동은 경비병들이 보기에 아직은 동정심에 양보하는 것이 당연하게 여겨졌던 전염병 초기라서 가능했다. 하지만 얼마쯤 시간이 지나자 이 경비병들도 상황의 심각성을 알게 되어 파장을 예측할 수 없는 일의 책임을 지려고 하지 않았다. 초기에 허용되었던 시외전화는 공중전화와 회선이 지나치게 혼잡해졌기 때문에 며칠 동안 완전히 중단되었다가, 나중에 사망, 출산, 결혼과 같은 이른바 긴급한 경우로 엄격하게 제한되었다. 그래서 전보가 유일한 방편이 되었다. 지성, 마음, 몸으로 연결되었던 사람들이 열 단어 정도의 대문자로 된 전문(電文)에서 오랜 공감의 표시들을 찾아내야 했다. 그리고 실제로 전보에서 사용할 수 있는 문구들은 빠르게 동이 나 오랫동안 공유해 온 삶이나 혹은 고통스러운 열정은 다음과 같은 규칙적인 서식 문구로 바뀌어 버렸다. '잘 지낸다', '너를 생각한다', '애정'.

그럼에도 우리 가운데 몇몇은 고집스럽게 편지를 써서 바깥 세계와 서신 교환을 하려고 여러 가지 꾀를 쉬지 않고 상상해 냈는데, 이것들은 늘 환상으로 끝나고 말았다. 설사 우리가 상상해 낸 방법 가운데 어떤 것은 성공적이었을지 모르지만, 우리가 답장을 받지 못했으니 그 사실을 전혀 알 수 없었다. 그래서 우리는 몇 주 동안 같은 편지를 계속 다시 쓰고 같은 호소를 다시 베껴 쓸 수밖에 없었다. 이렇게 해서 처음에는 우리의 심장에서 피를 흘리며 나왔던 말들이 어느 정도 시간이 지나자 의미를 잃고 텅 비게 되었다. 그래도 우리는 기계적으로 그 말들을 다시 베껴 썼고, 죽은 문장들을 통해 우리의 힘든 생활을 전하려고 노력했다. 결국 우리에게는 이런 보람도 없고 고집스러운 독백보다, 또 벽과의 이런 무미건조한 대화보다 전보문의 통상적인 호소가 더 나아 보였다.

게다가 며칠이 지나 아무도 우리 시에서 밖으로 나갈 수 없다는 것이 분명해졌을 때, 사람들은 전염병 발병 이전에 떠난 사람들의 귀가가 허용될 수 있는지를 물어보자는 생각을 갖게 되었다. 며칠 동안의 검토 끝에 도청은 긍정적인 답을 했다. 하지만 일단 돌아온 자는 어떤 경우에도 다시 시에서 나갈 수가 없다는 점, 그리고 되돌아오는 것은 자유이지만 다시 떠날 자유는 없다는 점을 분명히 했다. 그런데도 드물기는 했지만 몇몇 가정은 상황을 여전히 가볍게 생각했고, 그래서 신중을 기하기보다 가족을 다시 보고 싶은 욕망을 앞세워 가족에게 그 기회를 이용하라고 권하기도 했다. 하지만 페스트의 포로였던 사람들은 자신들의 행동으로 가까운 사람들이 위험에 노출된다는 것을 곧바로 깨닫고는 이런 이별의 고통을 감수하기로 했다. 이 병이 가장 심각한 상태였을 때 고문당하는 것 같은 죽음의 공포보다 인간적인 감정이 더 강했던 경우는 단 한 차례밖에 없었다. 사람들이 기대하듯, 그것은 고통을 넘어서 사랑으로 서로에게 향하는 두 연인의 경우가 아니었다. 결혼한 지 오래된 늙은 의사 카스텔과 그의 아내가 유일한 경우였다. 카스텔 부인은 전염병 발병 며칠 전에 이웃 도시에 들렀다. 심지어 이 부부는 세상 사람들에게 행복의 모범을 보여 주는 한 쌍의 부부가 아니었으며, 서술자는 모든 개연성으로 보아 이 부부가 그때까지 자신들의 결합에 만족한다는 확신은 없었다고 말할 수 있다. 하지만 갑작스럽고 길어진 이별로 인해 그들은 서로 떨어져 살 수 없다는 사실과 한순간 백일하에 드러난 이 진실에 비해 페스트는 하찮은 것임을 확신하게 되었던 것이다.

이 부부의 경우는 정말 예외였다. 대다수의 경우 이별은 전염병이 끝나야 끝날 수 있었다. 이것은 분명했다. 그리고 우리 모두에게는 우리의 삶이 되었고, 그런 만큼 우리가 잘 안다고 생각해 온 감정(이미 지적한 바 있듯이 오랑 시민들은 단순한 정열의 소유자들이다.)이 새로운 면모를 보이기 시작했다. 배우자를 가장 신뢰하던 남편들과 연인들이 질투심을 드러냈다. 사랑을 가볍게 여기던 남자들은 의연함을 되찾았다. 곁에 있으면서도 자신들의 어머니에게 무관심했던 자식들이 그들의 기억을 사로잡고 있는 어머니 얼굴의 주름살에서 모든 걱정과 후회를 보았다. 이 갑작스럽고 가차 없으며 기약 없는 이별로 인해 우리는 당황스러워했다. 우리는 여전히 그토록 가까우면서도 벌써 너무 멀리 있으며, 이제는 우리의 나날을 점령하고 있는 그 존재에 대한 추억을 떨쳐 버리는 것이 불가능했다. 사실 우리는 이중으로 고통스러웠다. 우선 우리 자신의 고통이었고, 그다음으로는 부재자들, 즉 자식들, 아내 혹은 연인을 상상해 보는 고통이었다.

다른 상황에서라면 우리 시민들은 어쩌면 더 외향적이고 더 적극적인 생활을 통해 탈출구를 발견했을 수도 있다. 하지만 페스트로 인해 그들은 일거에 무위도식을 하게 되었고, 음산하고 활기 없는 시내를 맴돌거나 매일매일의 맥 빠지는 추억 놀이에 몰두하게 되었다. 그도 그럴 것이 목적 없이 산책을 하면서 그들은 늘 같은 길을 지나가곤 했고, 또 대부분의 경우 아주 좁은 시내에서는 그 길이 바로 과거에 부재자들과 함께 다니던 길이기 때문이었다.

이처럼 페스트가 우리 시민들에게 맨 먼저 가져다준 것은 귀양살이였다. 그리고 서술자는 여기에 모두의 이름으로 자기가 그때 겪은 것을 쓸 수 있다고 확신하고 있다. 왜냐하면 그는 수많은 우리 시민들과 함께 그것을 겪었기 때문이다. 그렇다, 그때 우리가 마음속에 지녔던 그 휑함, 그 정확한 감정은 바로 귀양살이의 감정이었다. 그러니까 우리는 뒤로 돌아가거나 혹은 반대로 시간의 흐름을 재촉하는 비이성적인 욕구, 이런 기억의 불붙은 화살을 마음속에 품고 지냈던 것이다. 우리는 종종 마음대로 상상해서 귀가 초인종 소리 혹은 계단에서 나는 친근한 발소리를 기대하며 즐거워하기도 했다. 우리는 또한 바로 그 순간에는 기차의 운행이 멈췄다는 것을 잊기로 마음을 먹기도 했다. 또한 우리는 그때 저녁 급행을 타고 온 여행자가 우리 동네에 도착한 시간에는 집에서 그를 기다릴 수 있도록 시간을 조정하기도 했다. 하지만 이 모든 유희는 지속될 수 없었다. 기차가 오지 않는다는 사실을 분명하게 깨닫는 순간이 항상 오고 말았다. 우리는 그때 이별이 오래 계속될 것이며, 또한 시간에 적응하려고 애써야 한다는 것을 알고 있었다. 그때부터 우리는 결국 수감자가 되어 과거밖에 없는 자들이 되었다. 그리고 우리 가운데 몇몇은 미래를 기대하며 살려는 유혹을 갖고 있었던 것은 사실이지만, 그들은 이런 유혹을 재빨리 포기했다. 적어도 아직은 그럴 수 있는 자들은, 상상이란 그것을 신뢰하는 자에게 결국 상처를 주고 만다는 것을 겪으면서 말이다.

모든 시민은 특히 이별의 기간을 헤아려 보는 습관을 재빨리 심지어는 공공연하게 버렸다. 그 까닭은 무엇이었을까? 그것은 가장 낙담한 비관주의자들이 이별의 기간을 예컨대 6개월로 정해 놓고 있었다 해도, 그들이 다가올 이 6개월 동안의 아픔을 소진시키고 또 그들의 용기를 이런 시련의 수준까지 끌어올려 마지막 힘을 다해 아주 긴 나날 동안 계속된 고통에도 흐트러지지 않고 버텨 냈다고 해도, 그때 우연히 만난 친구, 신문에 실린 의견, 찰나간의 의심이나 갑작스러운 혜안 등이 때때로 그들로 하여금 결국 이 병이 6개월 이상, 어쩌면 1년이나 그 이상 지속되지 못할 이유도 없다는 생각을 갖게 했기 때문이었다.

바로 그 순간, 그들의 용기, 의지, 인내는 아주 급격히 붕괴되어 그들의 판단으로 그들은 이제 더 이상 수령에서 다시 올라올 수 없을지도 모른다는 생각을 하게 되었다. 그 결과 그들은 자신들이 해방될 때까지의 기한을 결코 생각하지 않으려고, 더 이상 미래를 향해 돌아서지 않으려고, 이렇게 말하자면 항상 두 눈을 아래로 떨구고 있으려고 노력했다. 하지만 당연히 이런 신중함, 이런 식으로 고통을 피하고 싸움을 거부하기 위해 방어 자세를 포기하는 방법은 좋은 결과를 얻지 못했다. 그들은 결코 원하지 않던 붕괴를 피함과 동시에 사실 언젠가 올 사람들과의 재회를 머릿속으로 상상하면서 페스트를 잊을 수 있는 순간들, 요컨대 아주 빈번히 나타나는 그런 순간들을 포기했다. 그 결과 이런 심연과 절정의 중간 거리에 좌초된 그들은 산다기보다는 부유(浮遊)하고 있었다. 방향 없는 많은 날과 아무 소용이 없는 추억에 내던져진 그들은 고통의 흙 속에 뿌리를 내리는 것을 받아들여야 힘을 얻을 수 있는 그런 방황하는 망령들이었다.

이렇게 해서 그들은 모든 포로와 유형수의 심한 고통, 아무

데도 소용이 없는 기억을 간직한 채 살아가는 고통을 맛보고 있었다. 그들이 계속 생각하던 과거조차 회한의 쓴맛밖에 없었다. 실제로 그들은 그들이 기다리던 남자 또는 여자와 함께 아직 뭔가를 할 수 있었을 때 하지 않았다고 개탄하던 모든 것을 그 과거에 덧붙일 수 있기를 바랐을 수도 있다. 이와 마찬가지로 생활의 모든 상황, 심지어는 상대적으로 행복한 포로 생활의 상황에다 부재자를 넣어 생각하고 있었으며, 해서 그들은 자신들의 처지에 만족스러워할 수가 없었던 것이다. 현재를 참지 못하고, 과거에 대해 적대적이며, 미래를 빼앗긴 우리는, 이렇게 해서 인간적 정의나 증오에 의해 철창 뒤에서 살게 된 자들과 많이 닮아 있었다. 결국 이 견딜 수 없는 휴가에서 벗어나는 유일한 방법은 상상 속에서 다시 기차를 가게 하고, 고집스럽게 침묵하고 있는 경적을 반복해서 울리게 함으로써 시간을 메워 가는 것이었다.

하지만 이것이 귀양살이이기는 했지만, 대부분의 경우 자기 집에서 하는 귀양살이였다. 서술자가 모든 사람의 귀양살이를 겪은 것은 아니라 할지라도, 그는 신문기자 랑베르나 다른 사람들처럼 페스트에 붙잡혀 시내에 억류된 여행자들, 다시 재회할 수 없는 사람은 물론, 고향에서도 멀리 떨어져 있게 되어 이별의 고통을 배로 느끼는 사람들을 잊지 말아야 했다. 귀양살이를 하는 사람들 중에 그들이 가장 비참하게 귀양살이를 하는 사람들이었다. 왜냐하면 모두에게 그렇게 하듯이 시간이 그들에게도 그 고유의 불안을 야기하는 동안, 그들은 또한 공간에도 묶여 있고, 또한 페스트에 감염된 임시 거처와 잃어버린 그들의 본고장을 갈라놓은 벽에도 계속 부딪히고 있었기 때문이다. 침묵 속에서 자기들만이 알게 밤과 고향의 아침을 부르며 하루 종일 먼지투성이 시내를 방황하면서 돌아다니는 자들이 눈에 들어오곤 했는데, 바로 그들이 가장 비참하게 귀양살이를 하는 자들이었다. 그때 그들은 제비들의 비행, 황혼의 이슬방울, 또는 태양이 종종 텅 빈 시가에 쏟아붓는 기이한 빛과 같은 뭔지 모를 징조들과 황당한 계시들로 자신들의 화(禍)를 키워 가고 있었다. 언제든 모든 것을 면하게 해 줄 수 있던 이 바깥 세계, 그들은 이 세계에 대해 눈을 감아 버렸다. 그러면서 그들은 너무 실재적인 자신들의 망상을 어루만졌으며, 어느 계절의 빛, 두세 개의 언덕, 좋아하는 나무, 여자의 얼굴들 등이 그들에게는 대신할 수 없는 생활환경 요소인 고향 땅의 이미지들을 전력을 다해 쫓아가는 것이 자기들의 일이라고 고집을 피우기도 했다.

마지막으로 가장 흥미롭고, 그들에 대해 이야기하기에는 아마도 서술자가 더 나은 위치에 있는 연인들에 대해 더 자세히 이야기해 보자. 실제로 그들은 다른 시름 때문에 더 고통받고 있었는데, 그중에서 특기해야 하는 것은 바로 회한이었다. 사실 이런 상황으로 인해 그들은 일종의 과열된 객관성을 가지고서 자신들의 감정을 들여다볼 수 있게 되었다. 이 기회에 그들이 자신들의 결함을 명백하게 보지 못하는 일은 드물었다. 그들은 먼저 그들이 부재자의 일거일동을 정확히 상상하기 어렵다는 점에서 이 결함들을 확인하게 되었다. 해서 그들은 사랑하는 사람의 일과를 알지 못한다는 점을 개탄했다. 또한 사랑하는 사람의 일과를 알아보는 일을 경솔하게 하거나, 사랑하는 사람에게 연인의 일과는 그의 모든 기쁨의 원천이 아니라고 생각하는 척하거나 또 그렇게 생각했던 경솔함을 자책했다. 그 순간부터 그들에게는 각자의 사랑을 거슬러 올라가 불완전했던 점을 살펴보는 것은 용이한 일이었다. 우리는 모두 평소에 의식적이든지 무의식적이든지 간에 한계를 넘지 못하는 사랑은 존재하지 않는다는 것을 알고 있었다. 하지만 우리는 다소 담담하게 우리의 사랑이 보잘것없다는 것을 용인했다. 하지만 추억은 더 까다롭다. 그리고 아주 당연한 일이지만, 우리의 외부에서 왔고, 또 시 전체를 강타한 이 불행은, 우리가 분개해야 할 부당한 고통만 안겨 준 것은 아니었다. 이것은 또한 우리가 스스로를 괴롭히도록 함으로써 우리로 하여금 고통을 받아들이도록 하기도 했다. 이것이 바로 우리의 주의를 산만하게 하고, 또 카드를 뒤죽박죽으로 섞어 버린 이 병이 가진 여러 가지 수법 중 하나였다.

이처럼 각자 매일매일 홀로 하늘을 바라보며 살아가는 것을 받아들여야 했다. 이런 전반적인 체념은 결국 사람들의 성질을 무디게 할 수는 있었으나 경박하게 만들기 시작했다. 우리 시민들 몇몇에 대해 말하자면, 예컨대 그들은 그때 태양과 비를 섬기는 또 다른 노예 상태에 빠져 있었다. 그들의 모습을 보면, 그들은 날씨의 영향을 처음으로 직접 받게 된 것 같았다. 단지 황금빛 햇빛이 난 것뿐인데도 그들은 즐거운 표정을 지었던 반면, 비가 오는 날에는 얼굴과 생각에 두꺼운 장막이 드리워져 있었다. 몇 주 전만 해도 그들은 이런 허약함과 비이성적인 노예화에서 벗어나 있었다. 그도 그럴 것이 그들은 혼자 세계와 마주한 것이 아니었고, 어느 정도까지는 그들과 함께 지냈던 존재가 그들의 세상 앞에 자리 잡고 있었기 때문이었다. 이와는 달리 그들은 이때부터 분명 하늘의 변덕에 자신들을 내맡기고 있었던 것이다. 다시 말해서 아무런 이유 없이 괴로워하고 희망을 가졌던 것이다.

결국 이와 같은 극단적인 고독 속에서는 누구도 이웃의 도움을 기대할 수 없었고, 각자 자기만의 걱정거리를 안고 홀로 있었다. 우리 가운데 한 명이 우연히 자기의 감정에서 뭔가를 털어놓거나 말하려 했을 때, 돌아오는 대답은 어떤 것이든지 간에 대부분의 경우 그에게 상처를 주었다. 그때 그는 상대방과 그 자신이 같은 것에 대해 이야기하지 않고 있음을 깨달았다.

그의 경우 사실 숙고와 고통의 긴 나날에 입각해서 표현했고, 그가 상대방에게 전하고자 한 이미지는 기다림과 열정의 불 속에서 오랫동안 익혀 온 것이었다. 이와는 달리 상대방은 의례적인 감동, 그러니까 시장에서 판매되는 고통, 상투적인 우울함을 상상했던 것이다. 호의적이든지 적대적이든지 간에 답은 언제나 엉뚱했으며, 따라서 거기에 답하는 것을 포기해야 했다. 혹은 적어도 어떤 사람들에게 침묵이란 견딜 수 없는 것이었지만, 다른 사람들은 마음에서 나오는 진실된 언어를 찾을 수 없었기 때문에, 그들 모두 시장용어(市場用語)를 빌려 쓰면서 의례적으로, 그러니까 단순한 소식, 신변잡기, 신문 고정란 같은 식으로 이야기하는 데 만족하고 있었다. 거기서도 여전히 가장 솔직한 고통이 진부한 대화의 표현들로 바뀌곤 했다. 이와 같은 대가를 치러야만 페스트의 포로들은 건물 수위의 동정이나 듣는 사람들의 관심을 끌 수가 있었을 뿐이다.

하지만 자신들의 고뇌가 아무리 컸다고 해도, 비어 있으면서도 무거운 마음이 짊어지기에는 아주 버거운 것이었다고 해도, 페스트 발병 초기의 유형자들은 혜택 받은 자들이었다고 분명히 말할 수 있다. 이것이 가장 중요한 사실이다. 시민들이 미쳐 날뛰기 시작한 그 순간에도 실제로 유형자들의 마음은 온통 그들이 기다리던 존재를 향해 있었다. 전반적인 슬픔 속에서 사랑의 이기주의가 그들을 보호해 주었고, 그들은 오직 페스트가 그들의 이별이 영원하게 될 위험을 가져다주는 범위에서만 그것에 대해 생각했을 뿐이다. 이처럼 그들은 전염병이 한창일 때도 위안거리를 제공했는데, 그들은 이것을 냉정함이라 생각하고 싶어 했다. 그들의 절망이 그들을 공황으로부터 구했고, 그들의 불행에는 좋은 점도 없지 않았다. 가령 그들 가운데 한 명이 이 병으로 목숨을 잃는 일이 생긴다고 해도, 이것이 거의 항상 조심한다고 해서 생기지 않을 일이 아니었던 것이다. 그 자신이 계속해 온 이 그림자와의 마음속 대화로부터 끌려 나온 후에, 리외는 곧바로 가장 깊은 대지의 침묵 속으로 내던져졌다. 그에게는 남아 있는 시간이라곤 전혀 없었다.

* * *

우리 시민들이 난데없는 귀양살이와 타협하려고 애쓰고 있는 동안, 페스트로 인해 관문마다 보초들이 서게 되었고, 오랑으로 오던 선박들이 우회를 하게 되었다. 시의 폐쇄 이후, 한 대의 차량도 시내로 들어가지 못했다. 바로 그날부터 자동차들이 맴돌기 시작한다는 인상을 갖게 되었다. 항구도 또한 대로들의 높은 곳에서 그것을 바라보는 자들에게 기이한 모습을 보여 주고 있었다. 오랑을 해안에서 가장 중요한 항구 중 하나로 만들어 주었던 일상적 활기는 갑작스럽게 가라앉아 버렸다. 격리된 선박들이 아직 몇 척 보이기는 했다. 하지만 부두 위에 있는 빈 손의 커다란 기중기들, 뒤집어진 소화물 운반차, 한적하게 쌓여 있는 나무통들과 부대들은 이곳의 거래 역시 페스트로 인해 죽 어 버렸다는 사실을 잘 보여 주고 있었다.

이와 같은 익숙하지 않은 광경에도 불구하고 분명 우리 시민 들은 자기들에게 무슨 일이 발생한 것인지 이해하기 힘들었다. 이별이나 공포처럼 공통의 감정은 있었지만, 사람들은 그래도 여전히 개인적인 일에 우선순위를 두고 있었다. 아직 그 누구 도 이 병을 현실로 받아들이지 않고 있었다. 그들 대부분은 자 신들의 일상적인 습관을 방해하거나 자신들의 이해관계에 영 향을 미치는 것에 대해 특히 예민했다. 그로 인해 그들은 짜증 을 내고 화를 냈지만, 이런 감정들은 페스트와 맞설 수 있는 것 들이 아니었다. 예컨대 그들의 첫 반응은 행정 당국을 비난하 는 것이었다. 언론이 한목소리로 제기한 여러 비판('예고된 조치 의 완화는 불가능한가?')에 맞서 도지사는 예상 밖의 답변을 했다. 그때까지는 신문들도 랑스도크 통신사도 이 병의 통계를 공식 적으로 전달받지 못하고 있는 상황에 있었다. 도지사는 주별로 보도해 달라고 간청을 하면서 통계 수치를 그날그날 통신사에 전달했다.

하지만 이렇게 했는데도 그 당시 사람들의 반응은 즉각적이 지 않았다. 페스트 발병 후 3주 만에 사망자 수가 302명에 달한다는 공지는 상상력에 호소하지 못했다. 한편으로 어쩌면 그들 모두가 페스트로 인해 죽은 것은 아닐 것이다. 다른 한편으로 시민 누구도 평상시에 주당 몇 명이 사망하는지를 모르고 있었다. 오랑 시의 인구는 20만 명이었다. 그런 사망률이 정상인지를 몰랐던 것이다. 심지어 이것은 그 분명한 중요성에도 불구하고 사람들이 결코 신경 쓰지 않는 종류의 정확성이기도 하다. 그러니까 대중은 비교 기준을 가지고 있지 않았던 것이다. 대중은 한참 시간이 지나 사망자 수의 증가를 확인하면서 비로소 진실을 알게 되었을 뿐이다. 실제로 다섯째 주에는 321명, 여섯째 주에는 345명이었다. 이런 수치들은 최소한의 설득력을 발휘하긴 했다. 하지만 이것들은 충분히 강력하지 못해 우리 시민들은 걱정은 하면서도 분명 기분이 나쁘기는 하지만 결국 일시적인 사고(事故)라는 인상을 갖지 않을 수 없었다.

이렇게 해서 시민들은 계속 길거리를 돌아다니고 노천카페에 앉아 있었다. 전체적으로 그들은 겁쟁이들이 아니었고, 한탄보다 농담을 더 주고받았고, 분명 일시적일 불편함을 기분 좋게 받아들이는 기색이었다. 겉모습은 멀쩡했다. 하지만 그달 말이자 나중에 이야기하게 될 기도 주간에 즈음해서, 우리 시의 모습은 더 심각한 변화로 인해 바뀌게 되었다. 맨 먼저 도지사는 차량 운행과 식량 보급에 관련된 조치를 취했다. 식량 보급은 제한되었으며 연료 배급제가 실시되었다. 절전 명령도 떨어졌다. 필수품만이 육로와 항공로로 오랑에 반입되었다. 이렇게 해서 차량 운행이 거의 없게 될 때까지 점차 줄어들었고, 사치품 가게들은 하루 만에 문을 닫았으며, 구매자들의 줄이 문 앞에 늘어서 있는 다른 상점들의 진열장에는 품절 안내문이 붙는 것을 목격할 수 있게 되었다.

이렇게 해서 오랑의 모습은 기이하게 변했다. 보행자들의 수가 더 많아졌고, 가게나 몇몇 사무실의 폐쇄로 할 일이 없어진 많은 사람이 심지어 한가한 시간대에도 거리와 카페를 채우고 있었다. 그 당시 그들은 아직 실업 상태가 아니라 휴직 상태였다. 오랑은 그때, 가령 오후 3시경에, 맑은 하늘 아래에서 공개 행사가 진행될 수 있도록 또 주민들이 축하 공연에 참여하기 위해 거리를 점령할 수 있도록, 교통을 차단하고 가게들의 문을 닫은 축제의 도시라는 거짓된 인상을 풍기고 있었다.

당연히 영화관들은 전면 휴직 상태의 덕으로 매출액이 크게 올랐다. 하지만 도내에서 이루어졌던 필름 유통이 중단되었다. 2주가 지나자 영화관들은 상영작을 서로 맞교환할 수밖에 없게 되었고, 또 얼마 후에는 영화관마다 늘 같은 영화를 상영하게 되었다. 그런데도 영화관들의 매출액은 줄어들지 않았다.

끝으로 카페들은 손님들에게 물품을 고루 공급할 수 있었다. 그건 포도주와 술 거래가 주된 자리를 차지하고 있는 어느 도시에나 상당량 비축되어 있는 재고 덕분이었다. 사실을 말하자면 사람들은 많이 마셔 댔다. 한 카페에서는 '제대로 된 포도주는 미생물을 박멸한다.'고 써 붙였는데, 술이 감염성 질병을 예방해 준다는, 대중에게는 이미 자연스러웠던 생각이 여론 속에 굳건히 뿌리내리게 되었다. 매일 밤 2시쯤, 카페에서 쫓겨난 상당수의 주정꾼들이 거리를 채우고 낙관적인 얘기를 마구 퍼뜨렸다.

하지만 어떤 의미에서는 이런 모든 변화가 너무 유별났고 너무 신속하게 이루어졌기 때문에, 그것들을 정상적이고 지속적인 것으로 여기기는 쉽지 않았다. 결과적으로 우리는 계속해서 개인적인 감정에 우선순위를 두고 있었던 것이다.

관문들이 폐쇄된 지 이틀 후, 의사 리외는 병원에서 나오면서 코타르를 만났다. 코타르는 그를 향해 만족해하는 얼굴을 들어 올렸다. 리외는 그에게 안색이 좋다고 축하해 주었다.

"예, 아주 잘 지내고 있습니다. 그런데 선생님, 그 망할 놈의 페스트, 이런! 심각해지기 시작하네요." 키 작은 사내가 말했다.

의사는 그렇다고 시인했다. 그러자 상대방은 유쾌하다는 투로 이렇게 단언했다.

"지금 그게 멈출 리가 없습니다. 모든 게 뒤죽박죽이 될 겁니다."

그들은 잠시 함께 걸었다. 코타르는 자기 동네의 한 큰 식료품상이 나중에 비싸게 팔 생각으로 식료품을 저장했었는데, 그를 병원으로 데려가려고 온 사람들이 그의 침대 밑에서 통조림 깡통들을 발견했다는 이야기를 했다. "그 친구는 거기서 죽었어요. 페스트에 걸리면 살 수 없지요." 이처럼 코타르는 사실인지 거짓말인지 모를 전염병에 대한 이야기를 많이 알고 있었다. 예컨대 어느 날 아침 시내에서 한 남자가 페스트 증상을 보였는데, 병으로 머리가 이상해져 밖으로 나가 첫 번째로 만난 여자에게 달려들어 자기는 페스트에 걸렸다고 외치면서 꼭 껴안았다는 이야기도 있었다.

"그래요! 우리 모두 미칠 겁니다. 분명히 그럴 거예요." 코타르는 단정하는 내용에 어울리지 않는 상냥한 어조로 말했다.

이와 마찬가지로 같은 날 오후, 조제프 그랑이 의사 리외에게 개인적인 비밀 얘기를 털어놓았다. 그는 책상 위에 놓여 있는 리외 부인의 사진을 발견하더니 의사를 쳐다보았다. 리외는 아내가 시외에서 요양 중이라고 대답했다. "어떤 면에서는 다행이네요." 그랑이 말했다. 의사는 분명 다행이고, 그저 아내가 완쾌되길 빈다고 대답했다.

"아! 이해합니다." 그랑이 말했다.

그리고 그랑은 리외가 자기를 알게 된 후 처음으로 생각나는 대로 말을 하기 시작했다. 여전히 적합한 말을 찾느라 애를 썼지만, 그랑은 마치 자기가 말하는 것에 대해 오래전부터 생각해 온 듯이 거의 매번 적합한 말을 찾아내는 데 성공했다.

그랑은 꽤 이른 나이에 가난한 이웃집 처녀와 결혼했다. 심지어 공부를 중도에 그만두고 직장을 갖게 된 것도 결혼을 위해서였다. 그의 부인 잔도 그도 그들이 살았던 동네를 결코 떠난 적이 없었다. 그는 잔을 보러 그녀의 집에 가곤 했는데, 잔의 부모는 말없고 서투른 이 구혼자를 약간 비웃었다. 그녀의 아버지는 역무원이었다. 그는 쉴 때면 늘 창문 근처의 구석에 앉아 큼직한 두 손을 펴서 허벅지에 얹고 생각에 잠겨 거리의 움직임을 바라보곤 했다. 잔의 어머니는 항상 집안일을 했고, 잔은 그녀를 돕곤 했다. 잔의 몸은 아주 호리호리해서 그녀가 길을 건너는 것을 볼 때마다 그랑은 걱정을 하지 않을 수가 없을 정도였다. 그럴 때면 그의 눈에는 차들이 비정상적일 만큼 커 보였다. 어느 날, 성탄절 선물 가게 앞에서 잔은 진열장을 감탄스러워하며 바라보다가 "참, 아름다워요!"라고 말하면서 그랑에게 몸을 기댔다. 그는 그녀의 손목을 꼭 쥐었다. 이렇게 해서 그들의 결혼이 결정되었던 것이다.

　그랑에 따르면 나머지 이야기는 아주 간단했다. 모든 사람이 다 그렇듯이, 그도 결혼하고, 조금 더 사랑하고, 일했다. 일을 너무 많이 해서 사랑하는 것을 잊을 정도였다. 잔 역시 일을 했다. 국장이 약속을 지키지 않았기 때문이다. 여기서 그랑이 말하고 싶어 하는 것을 이해하려면 약간 상상력이 필요하다. 피로가 더해져 그는 되는대로 지냈고, 차츰 말수가 줄어 젊은 아내가 사랑받고 있다는 생각을 계속하도록 받쳐 주지 못했다. 일하는 남자, 가난, 서서히 닫혀 가는 미래, 밤이면 식탁에서 흐르는 침묵, 이런 세계에 열정이 파고들 만한 여지는 없었다. 잔은 아마 괴로워했을 것이다. 그녀는 그래도 제자리에 있었다. 사람에게는 모르는 사이에 오랫동안 괴로워하는 일이 생길 수 있다. 그렇게 몇 해가 지났다. 후일 그녀는 떠났다. 물론 그녀는 혼자 떠나지 않았다. '당신을 많이 사랑했지만 이제는 피곤해요. 떠나는 것이 기쁘지는 않지만 다시 시작하기 위해 행복해야 할 필요는 없어요.' 대략 이것이 그녀가 그에게 썼던 편지 내용이다.

이번에는 조제프 그랑이 괴로워했다. 리외가 그에게 말했듯이, 그도 역시 다시 시작할 수 있었을 것이다. 하지만 그는 자신이 없었던 것이다.

단지 그랑은 항상 그녀를 생각하곤 했다. 그가 바라는 것이 있다면, 그것은 자기의 입장을 정당화하기 위해 그녀에게 편지를 한 통 쓰는 것이었다. 그가 말했다. "하지만 그건 어려운 일입니다. 그런 생각을 한 지는 오래됩니다. 서로를 사랑하는 동안에는 말없이도 서로를 이해할 수 있었습니다. 하지만 사람이란 서로를 계속 사랑하지는 못하는 법이죠. 적당한 순간에 그녀를 붙잡을 수 있는 말을 찾아냈어야 했어요. 하지만 그러질 못했죠." 그랑은 사각형 무늬가 새겨진 냅킨 같은 것에 코를 풀었다. 그러고 나서 콧수염을 닦았다. 리외는 그를 바라보았다.

"미안해요, 선생님. 하지만 뭐랄까…… 선생님은 믿음이 가는 분이에요. 선생님하고는 이야기를 할 수 있어요. 그래서 감동하는 거예요." 그랑이 말했다.

보기에도 그랑은 페스트로부터 아주 멀리 떨어져 있는 것 같았다.

그날 저녁, 리외는 아내에게 시가 폐쇄되었다, 자기는 잘 지낸다, 계속 스스로를 잘 돌봐라, 그녀를 생각한다는 내용의 전보를 쳤다.

관문 폐쇄 후 셋째 주에, 병원 출입구에서 리외는 그를 기다리는 한 젊은 남자를 만났다.

"저를 알아보시리라고 생각합니다만." 젊은 남자가 말했다.

리외는 그를 안다고 생각했지만 잠시 망설였다.

"이 사건이 터지기 전에 찾아뵈었지요. 아랍인들의 생활 여건에 대한 정보를 부탁했었던 적이 있는데요. 제 이름은 레몽 랑베르입니다." 상대방이 말했다.

"아! 그랬었지요. 그래, 좋은 취잿거리를 찾은 거네요." 리외가 말했다.

상대방은 신경이 날카로워 보였다. 그는 이번에는 그것 때문이 아니라 의사 리외에게 도움을 청하러 왔다고 말했다.

"죄송합니다만, 이 도시에 아는 사람이 한 명도 없는 데다 불행히 저희 신문사 통신원이 바보 같아서요." 그가 덧붙였다.

리외는 몇 가지 지시를 해야 할 사항이 있어서 시내에 있는 보건소까지 같이 걸어가자고 그에게 제안했다. 그들은 흑인들이 사는 골목길을 따라 걸었다. 저녁이 가까워지고 있었다. 예전에는 이 시간 때에 시끌벅적했던 시가 이상하게도 한적해 보였다. 아직 황금빛인 하늘에 울리던 몇 번의 나팔 소리가 군인들이 자신들의 일과를 수행하고 있다는 것을 알려 주고 있을 뿐이었다. 그동안 무어인식(式) 가옥들의 파랗고, 붉고, 자주색인 벽들 사이로 가파른 길들을 따라가며 랑베르는 아주 흥분해서 이야기를 했다. 그는 아내를 파리에 두고 왔던 참이었다. 사실을 말하자면, 아내는 아니었지만 아내나 같았다. 오랑이 폐쇄되자 그는 즉시 그녀에게 전보를 쳤다. 처음에는 그저 임시 사태라고 생각하고 그녀와 연락을 취하는 길만 모색했을 따름이었다. 오랑 주재 동료 기자들은 그에게 그들로서는 아무것도 할 수 없다고 말했고, 우체국은 그를 되돌려 보냈으며, 도청에서 근무하는 한 여자 비서는 그에게 콧방귀를 뀌었다. 마침내 그는 두 시간 동안 줄을 서서 기다린 끝에 '다 좋소. 곧 봅시다.'라고 쓴 전보를 겨우 접수시켰을 뿐이었다.

하지만 랑베르는 아침에 일어나면서 어쨌거나 이 사태가 어느 정도 지속될지 알 수 없다는 생각이 갑자기 들었다. 해서 그는 떠나기로 결심했다. 그는 추천을 받아(그의 직업은 여러모로 편리했다.) 도지사의 비서실장과 접촉할 수가 있었다. 랑베르는 그에게 자신은 오랑과는 아무런 관계가 없고, 자기 일은 여기에 머무르는 것이 아닌데 우연히 여기에 있게 되었으며, 따라서 밖으로 나가면 일단 격리 수용된다고 해도 자기가 이곳을 떠나는 것을 허락해 주는 것이 옳다고 말했다. 비서실장은 사태를 잘 이해하지만 예외를 둘 수는 없으며, 검토는 해 보겠지만 상황이 심각해 아무런 결정도 내릴 수 없다고 대답했다.

"하지만 어쨌든 저는 이 도시에서는 이방인입니다." 랑베르가 말했다.

"분명 그렇습니다만, 여하튼 전염병이 계속되지 않기를 희망해 봅시다."

끝으로 비서실장은 오랑에서 재미있는 취잿거리를 얻을 수 있을 것이고, 잘 생각해 보면 좋은 면을 가지지 않은 사건이란 없다고 말하면서 랑베르를 위로하려고 노력했다는 것이다. 랑베르는 어깨를 으쓱했다. 리외와 랑베르는 중심가에 도착했다.

"어리석은 일입니다, 선생님. 잘 아실 겁니다. 기사를 쓰기 위해 제가 세상에 태어난 게 아닙니다. 어쩌면 여자하고 살기 위해서 세상에 태어난 것 같기도 하고요. 이게 정상이지 않습니까?"

리외는 어쨌든 그것이 더 합당해 보인다고 말했다.

중심가의 대로들은 보통 때처럼 북적대지 않았다. 몇몇 행인들이 멀리 있는 집을 향해 바삐 가고 있었다. 그 누구도 미소를 짓고 있지 않았다. 리외는 그것이 그날 발표된 랑스도크 통신사의 뉴스가 낳은 결과라고 생각했다. 24시간이 지나면 우리 시민들은 다시 희망을 갖기 시작할 것이다. 하지만 당일에는 통계 수치가 그들의 기억 속에 너무 생생하게 남아 있었다.

"그도 그럴 것이 그녀와 저는 얼마 전에 만나 서로 잘 통했거든요." 랑베르가 다짜고짜 말했다.

리외는 아무 말도 하지 않았다.

"이런, 선생님을 지루하게 하는 것 같네요. 저는 그저 제가 그 망할 놈의 병에 걸리지 않았다는 사실을 확인하는 증명서를 써 주실 수 없는지 부탁하고 싶었습니다. 제 생각엔 그게 도움이 될 것 같거든요." 랑베르가 말을 이었다.

리외는 고개를 끄덕여 동의했고, 다리 사이로 뛰어든 한 남자아이를 받아 부드럽게 일으켜 세워 주었다. 리외와 랑베르는 다시 출발해 아름 광장에 도착했다. 공화국을 상징하는 먼지투성이에 더러운 동상 주위에는 무화과나무와 종려나무 가지들이 움직임 없이 회색빛을 띠고 축 처져 있었다. 그들은 그 기념물 아래에 멈춰 섰다. 리외는 하얀 켜가 덮인 두 발로 번갈아 가며 땅을 쳤다. 그는 랑베르를 바라보았다. 조금 뒤로 젖혀진 펠트 모자를 쓰고, 넥타이 아래 단추가 풀어진 와이셔츠 깃을 올리고, 제대로 깎지 않은 수염을 하고 있는 그 신문기자는 곤경에 처해 있고 불만족스러운 모습이었다.

"내가 당신 사정을 이해한다는 것은 알아주길 바랍니다. 하지만 당신이 생각하는 방식은 좋지 않습니다. 그런 증명서를 발급해 줄 수 없습니다. 실제로 당신이 그 병에 걸렸는지 안 걸렸는지도 모르고, 심지어 안다고 해도 내 진찰실을 나가는 순간부터 도청에 들어가는 순간까지 당신이 감염이 안 된다고 증명할 수는 없으니까요. 그리고 또……." 리외가 말했다.

"그리고 또요?" 랑베르가 말했다.

"그리고 내가 문제의 증명서를 발급해 준다고 해도 그건 당신에게 아무 소용이 없을 겁니다."

"왜 그렇죠?"

"이 시에는 당신과 같은 경우가 수천 건임에도 불구하고 그들을 밖으로 나가게 두지 않으니까요."

"하지만 그들이 페스트에 걸린 사람들이 아니라면요?"

"그건 충분한 이유가 못 됩니다. 이게 한심한 이야기라는 건 나도 잘 압니다. 하지만 이건 우리 모두와 관계됩니다. 사태를 있는 그대로 받아들여야 합니다."

"그래도 저는 이곳 사람이 아닙니다!"

"유감스러운 일이지만, 당신은 지금부터 모든 사람들처럼 이곳 사람입니다."

상대방은 흥분했다.

"다짐컨대 이건 인도적인 문제입니다. 선생님께서는 어쩌면 서로 마음이 맞는 두 사람에게 이런 이별이 뭘 의미하는지 모르는 것 같습니다."

리외는 곧바로 대답하지 않았다. 그러더니 그는 자기가 그것을 잘 알고 있다고 생각한다고 말했다. 그는 랑베르가 아내와 재회하고, 서로 사랑하는 사람들 모두가 재결합하기를 진정으로 갈망했다. 하지만 시행령과 법률이라는 것이 있고 또 페스트가 있어서 자신의 역할은 해야 할 것을 해야 하는 것으로 생각한다고 말했다.

"아닙니다. 선생님께서는 이해할 수 없습니다. 이성적으로 말하고 있고, 생각이 추상적입니다." 랑베르가 씁쓸해하면서 말했다.

의사는 공화국을 상징하는 동상을 향해 눈을 들며 자신이 이성적으로 말하는 것인지는 알 수 없으나 현실적으로 말하는 것이며, 그것이 반드시 같은 것이 아니라고 말했다. 신문기자는 넥타이를 바로 맸다.

"그렇다면 제가 다른 방식으로 일을 풀어 나가야 한다는 건가요? 그래도 저는 이 도시를 떠날 겁니다." 그는 도전적인 어투로 말을 이었다.

의사는 그것 역시 이해하지만 그것은 자기와는 상관이 없다고 말했다.

"그렇지 않습니다. 상관이 있습니다. 제가 선생님을 찾아온 것은 이번 결정에서 큰 역할을 하셨다는 말을 들었기 때문입니다. 그래서 저는 그런 결정에 기여한 만큼 적어도 한 건 정도는 해결해 줄 수도 있을 거라 생각했고요. 하지만 그런 건 상관없으시다는 거군요. 선생님은 다른 사람 생각은 해 보신 적이 없습니다. 이별을 당한 사람들의 상황을 고려하지 않고 있습니다." 랑베르가 갑자기 큰 소리로 말했다.

리외는 어떤 의미에서는 이 모든 것이 사실이고, 또 자기는 그런 부류의 사람들을 생각하고 싶지 않다는 것도 인정했다.

"아! 알겠어요. 공적인 일이라고 말하겠죠. 하지만 공공의 선은 개개인의 행복으로 이루어지는 겁니다." 랑베르가 말했다.

"그래요. 그런 면도 있고 또 다른 면도 있습니다. 딱 잘라 판단해서는 안 됩니다. 하지만 당신이 화를 내는 것은 잘못된 겁니다. 만일 당신이 이 사태에서 벗어날 수 있다면 나는 마음속 깊이 기뻐할 겁니다. 다만 직무상 금지된 일들이 있습니다." 방심한 상태에서 빠져나온 듯한 의사가 말했다.

상대방은 초조하게 머리를 흔들었다.

"예, 화를 낸 건 제 잘못입니다. 게다가 이 일로 많은 시간을 빼앗았군요."

리외는 랑베르에게 앞으로 상황의 진척을 자기에게 알려 주고, 자기를 원망하지 말라고 부탁했다. 분명 그들이 의기투합할 수 있는 면이 있었다. 랑베르는 갑자기 혼란스러워 보였다.

"그럴 생각입니다. 저 자신이나 당신이 저한테 말한 모든 것에도 불구하고 그럴 생각입니다." 침묵이 흐른 후에 그가 말했다.

랑베르는 주저했다.

"하지만 제가 선생님 말씀에 동의할 수는 없습니다."

랑베르는 펠트 모자를 이마 위로 내려쓰고 빠른 걸음으로 떠났다. 리외는 그가 장 타루가 묵고 있는 호텔로 들어가는 것을 보았다.

잠시 후, 의사는 머리를 흔들었다. 이 신문기자가 행복에 조바심을 내는 것은 옳았다. 하지만 그가 리외 자신을 비난한 것은 옳았을까? '추상적인 생각 속에서 살고 계십니다.' 페스트가 희생자의 수를 주당 평균 500명으로 끌어올리며 두 배로 입을 다시던 병원에서 그가 보낸 나날들이 정말로 추상이었을까? 그렇다. 불행 속에는 추상적이고 비현실적인 면이 있다. 하지만 추상이 당신을 죽이기 시작할 때는 분명 그 추상에 마음을 써야 한다. 그리고 리외는 단지 그것이 결코 쉽지 않은 일이라는 것을 알고 있었을 뿐이다. 예컨대 그가 책임을 지고 있던 보조 병원(지금은 세 개가 되었다.)을 관리하는 일은 쉽지 않았다. 그는 진찰실을 향해 있는 방을 접수실로 꾸미게 했다. 바닥을 파크레졸(cresol)수로 욕탕을 만들었는데, 그 중앙에 벽돌로 된 작은 섬이 있었다. 환자를 그 섬으로 옮겨 빠르게 옷을 벗기고, 옷은 물속에 넣었다. 몸이 씻기고 말려져 거친 병원용 내의를 입은 환자는 리외의 손으로 넘어왔다가, 그다음 단계로 병실 중

한 곳으로 옮겨졌다. 한 학교의 지붕만 있는 뜰을 어쩔 수 없이 이용할 수밖에 없었고, 그곳에는 지금 총 500개의 병상이 있는데, 거의 전부 환자들로 차 있었다. 자신이 직접 지휘하던 오전의 환자 접수, 백신주사, 가래톳 절개 후에 리외는 통계 자료를 검토했고 오후 회진을 돌았다. 끝으로 저녁이 되면 왕진을 다녔고 밤늦게 집으로 돌아왔다. 전날 밤에 리외의 어머니는 며느리에게서 온 전보를 건네주다가 아들의 손이 떨리는 것을 보았다.

"네, 하지만 끈기를 가지고 견디다 보면 덜 예민해질 거예요." 리외가 말했다.

리외는 정력적이고 강인했다. 사실 그는 아직 피곤하지는 않았다. 하지만 왕진 같은 것은 견디기 힘들어졌다. 유행성 열병이라는 진단을 내리는 것은 환자를 곧바로 데리고 가도록 하는 것이었다. 바로 그때 실제로 추상과 어려움이 시작되었다. 그도 그럴 것이 환자의 가족은 완치되거나 죽어야만 환자를 다시 볼 수 있으리라는 것을 알고 있었기 때문이었다. "제발 봐주세요, 선생님!" 타루의 호텔에서 일하는 청소부 여자의 어머니인 로레 부인의 말이었다. 무슨 의미였을까? 물론 의사는 동정이 갔다. 하지만 그런 것은 그 누구에게도 발전적이지 않았다. 전화를 걸어야 했다. 얼마 안 있어 구급차의 경적이 울렸다. 처음에는 이웃 사람들이 창문을 열고 쳐다보았다. 나중에는 창문을 서둘러 닫아 버렸다. 그러면 언쟁, 눈물, 설득, 결국 추상이 시작되었다. 열병과 불안으로 과열된 아파트에서 난장판이 벌어졌다. 하지만 환자는 어쩔 수 없이 끌려갔다. 그러면 리외는 떠날 수 있었다.

리외는 처음에 몇 번은 전화만 걸고 구급차를 기다리지 않고 다른 환자에게 달려갔었다. 하지만 그럴 때마다 환자의 가족들은 이제는 결과를 알고 있는 이별보다는 차라리 페스트와 상대하기를 더 선호하면서 문을 잠가 버렸다. 아우성, 독촉, 경찰의 개입, 나중에는 무장 군인의 개입이 있게 되고, 결국 환자는 공략되고 마는 것이었다. 처음 몇 주 동안에 리외는 구급차가 도착할 때까지 남아 있을 수밖에 없었다. 그다음 단계에서 의사마다 자원봉사 감독관을 동반하고 순회를 하게 되었을 때, 리외는 이 환자로부터 저 환자에게 달려갈 수 있었다. 하지만 초창기에는 매일 저녁이 그가 로레 부인의 집으로 갔던 그날 저녁과 같았다. 부채와 조화로 장식된 조그만 아파트에서 그를 맞이한 환자의 어머니는 어색한 미소를 지으면서 그에게 이렇게 말했다.

"모두가 말하는 그 열병은 아니겠죠."

리외는 이불과 셔츠를 들치고 배와 넓적다리의 빨간 반점, 부푼 신경절을 말없이 들여다보았다. 자기 딸의 다리를 바라보던 어머니는 참지 못하고 소리를 질렀다. 매일 저녁 어머니들이 치명적인 징후가 다 드러난 배 앞에서 넋을 잃은 표정을 지은 채 그렇게 울부짖었고, 매일 저녁 사람들의 팔이 리외의 팔을 붙들고 늘어졌고, 그들은 또한 소용없는 말들, 약속들, 눈물들을 쏟아 냈으며, 매일 저녁 구급차의 경적은 모든 고통과도 같은 쓸데없는 경기를 일으키게 했다. 그리고 항상 비슷한 저녁들을 겪은 끝에 리외는 무한정 다시 시작되는 이와 비슷한 광경이 길게 이어지는 것 말고는 그 어떤 것도 바랄 수가 없었다. 그렇다. 페스트는 마치 추상처럼 단조로웠다. 어쩌면 단 한 가지가 변했는데, 그것은 리외 자신이었다. 그가 이것을 느낀 것은 그날 저녁 공화국을 상징하는 기념물 아래에서였으며, 그때 그는 그의 내부를 채우기 시작한 힘겨운 무관심만을 의식하며 랑베르가 사라진 호텔의 문을 계속 바라보고 있었던 참이었다.

힘겨운 몇 주가 지나고 시민들이 거리로 나와 거리를 맴돌던 그 모든 석양을 본 이후, 리외는 더 이상 동정심을 막으려고 하지 않아도 된다는 것을 깨달았다. 동정심이 소용없어지면 사람은 동정심에 대해 피곤을 느끼는 법이다. 그리고 서서히 저절로 닫혀 가는 마음의 감각을 느끼며 의사는 짓누르는 듯한 이 며칠 동안에 유일한 위안거리를 얻게 되었다. 그는 자기 일이 그것으로 인해 수월해지리라는 것을 알았다. 정확히 이런 이유에서 그는 이 감각을 반겼다. 그의 어머니가 새벽 2시에 그를 맞이하면서 자신을 바라보는 아들의 텅 빈 시선에 마음 아파했을 때, 그녀는 그때 정확히 리외가 받아들일 수 있을 유일한 안도감을 보여 주었던 것이다. 추상에 맞서기 위해서는 어느 정도 그것과 닮아야 한다. 그런데 어떻게 랑베르가 그런 것을 느낄 수 있었겠는가? 랑베르에게는 자신의 행복에 대립되는 것은 모두 추상이었다. 그리고 리외는 어떤 의미에서는 이 신문기자가 옳다는 것을 알고 있었다. 하지만 리외는 추상이 행복보다 더 강한 것으로 나타나는 일이 있으며, 그럴 때는 오직 추상만을 고려해야 한다는 것 또한 알고 있었다. 정확히 이런 일이 랑베르에게 생겼고, 리외는 랑베르가 나중에 그에게 털어놓은 속내 이야기를 통해 그것에 대해 자세히 알 수 있었다. 이렇게 해서, 그리고 새로운 차원에서 리외는 그 긴 시기에 우리 도시의 삶 전체를 형성했던, 각자의 행복과 페스트라는 추상 사이에서 그런 종류의 지긋지긋한 투쟁을 계속할 수 있었던 것이다.

* * *

하지만 일군의 사람들이 추상을 보고 있던 곳에서 다른 사람들은 진실을 보고 있었다. 페스트가 발발했던 첫 달의 끝은 실제로 이 전염병의 현저한 증가와 미셸 영감이 앓기 시작했을 때 도와준 예수회 파늘루 신부의 신랄한 설교 때문에 암울했다. 파늘루 신부는 오랑 지리학회 회보에 종종 기고를 해서 이미 주목을 받고 있었는데, 이 학회에서 그의 금석문(金石文) 재구성은 권위가 있었다. 하지만 그는 현대 개인주의에 대한 일련의 강연을 통해 어느 전문가보다 더 많은 청중을 끌어 모았다. 그는 강연에서 현대의 방종이나 지난 세기들의 몽매주의에서나 똑같이 거리가 먼 엄격한 기독교를 열렬히 옹호했다. 그 기회에 그는 청중에게 가혹한 진실을 돌려 말하지 않았다. 이것이 그의 명성의 원천이었다.

그런데 그달 말경에 우리 시의 성직자들이 공동 기도 주간을 정해 그들 나름의 방법으로 페스트에 대항하기로 결정했다. 대중적 신앙심을 나타내려는 이 행사는 그 주 일요일, 페스트에 걸렸던 성(聖) 로크의 가호 아래 드리는 공식 미사로 막을 내리게 되어 있었다. 이 기회에 사람들이 파늘루 신부에게 연설을 부탁했다. 그는 성 아우구스티누스와 아프리카 교회에 대한 연구로 자신의 종파에서 특별한 지위를 얻고 있었는데, 2주일 정도 전부터 연구에서 손을 뗐다. 팔팔하고 열정적인 천성을 가진 그는 자기에게 맡겨진 그 사명을 결연히 받아들였다. 행해지기도 전에 벌써 사람들의 입에 오르내렸던 이 설교는 그 시기의 역사 속에 중요한 한 날짜를 새겨 넣게 되었다.

많은 사람들이 기도 주간을 지켰다. 그것은 평상시에 오랑 시민들의 신앙심이 특별히 돈독해서가 아니었다. 가령 일요일 아침에는 해수욕과 미사 사이에 치열한 경쟁이 벌어졌다. 갑작스러운 개종으로 그들이 뭔가를 깨달은 것도 아니었다. 하지만 한편으로 시의 폐쇄와 항구의 차단으로 해수욕이 불가능했다. 다른 한편으로 그들은 자기들에게 들이닥친 놀라운 사건을 마음속 깊이 받아들이지 않고서도 뭔가 변한 것은 뚜렷하게 잘 느끼는 아주 특이한 정신 상태를 가지고 있었다. 하지만 많은 사람들은 전염병이 곧 멈출 것이고, 또 자기들이 가족들과 함께 무사했으면 하는 희망을 줄곧 품고 있었다. 그 결과 그들은 아직 뭔가에 의해 전혀 강제되어 있다고 느끼지 않고 있었다. 그들에게 페스트란 그냥 왔기 때문에 언젠가는 떠나게 될 불쾌한 방문자에 불과했던 것이다. 겁은 먹었으나 완전히 절망하지 않은 그들의 눈에 페스트가 그들의 생활양식 자체가 되고, 이 병의 발병 전까지 그들이 영위할 수 있었던 삶을 잊게 될 그 순간은 아직 오지 않았다. 요컨대 그들은 대기 상태에 있었던 것이다. 종교에 대해 말하자면, 다른 많은 문제와 마찬가지로 페스트는 그들에게 열성뿐만 아니라 무관심과도 거리가 멀고 '객관성'이라는 말로 충분히 정의될 수 있는 특이한 영적 국면을 제공했다. 예컨대 기도 주간을 지켰던 대부분의 사람들은, 신자 한 명이 의사 리외 앞에서 말한 다음 표현을 자신의 심정을 나타낸 것으로 여겼을 것이다. "여하튼 이게 해가 될 리는 만무하죠." 이와 비슷한 경우에 중국인들은 페스트 귀신 앞에서 작은 북을 칠 것이라고 수첩에 적은 후, 타루 자신은 작은 북을 치는 것이 예방 조치들보다 더 실질적인 효과를 낼지를 아는 것은 절대 불가능하다고 지적했다. 그는 다만 그 문제를 해결하려면 우선 페스트 귀신의 실재에 대해 잘 알아야 할 텐데, 우리가 그것을 모르니 그것에 대한 사람들의 모든 의견을 무의미하게 만든다고 덧붙이고 있다.

어쨌든 우리 시의 대성당은 기도 주간 내내 신자들로 거의 가득 찼다. 처음 며칠 동안에는 많은 주민이 거리까지 퍼져 나오는 청원과 기도를 듣기 위해 성당 문 앞에 늘어선 종려나무와 석류나무 정원에도 자리를 잡고 있었다. 이 청중 역시 점차 다른 사람들을 따라 성당 안으로 들어가 미약한 목소리나마 청중의 기도 소리에 보태기로 결심했다. 일요일에는 어마어마한 군중이 성당의 주랑을 가득 채웠는데, 앞뜰과 마지막 계단까지 사람들로 넘쳐났다. 전날부터 하늘은 어두워져 있었고, 비가 많이 내리고 있었다. 밖에 있던 사람들은 우산을 펼치고 있었다. 성당 안에 향로 냄새와 젖은 옷 냄새가 감도는 가운데 파늘루 신부가 설교단에 올랐다.

파늘루 신부는 중간 정도의 키였지만 어깨가 딱 벌어졌다. 설교단의 난간에 기대어 큰 손으로 나무틀을 쥐었을 때, 사람들의 눈에는 그가 얼룩처럼 붉게 타오르는 양쪽 볼이 철테 안경 아래에 달려 있는 두텁고 검은 하나의 형체로밖에 보이지 않았다. 그는 멀리까지 울리는 크고 열정적인 목소리를 갖고 있었다. 그가 "형제님들, 여러분은 불행을 겪고 계십니다. 형제님들, 여러분은 그래야 마땅합니다."라는 신랄하고 강세를 넣은 단 한 구절을 청중에게 내뱉자 성당 앞뜰의 청중까지 동요가 일어났다.

논리적으로 보면 그 뒤의 설교 내용은 비장한 첫 구절과 일치하지 않는 듯했다. 우리 시민들은 그다음 연설을 통해서야 비로소 이 신부가 능란한 웅변술로 자신의 설교 전체의 주제를 마치 치명타를 가하듯 단번에 제시했다는 사실을 알아차리게 되었다. 파늘루 신부는 실제로 첫 구절에 이어 이집트에서의 페스트와 관계된 〈출애굽기〉의 한 구절을 인용하면서 이렇게 말했다. "이 재앙이 역사 속에 처음으로 나타난 것은 신의 적을 치기 위해서였습니다. 파라오가 하느님의 영원한 계획에 대항하자 페스트는 그의 무릎을 꿇게 합니다. 모든 역사의 시작부터 하느님의 재앙은 오만한 자들과 눈먼 자들을 그 발 아래에 뒀습니다. 이 점을 잘 생각하시고 무릎을 꿇으십시오."

밖에서는 비가 더 많이 내리고 있었다. 유리창을 때리는 폭우 때문에 더 깊어진 완전한 침묵 한복판에 던져진 이 마지막 구절이 강하게 울렸다. 이 울림이 얼마나 컸던지 몇몇 청중은 잠시 망설이다가 의자에서 기도용 무릎 받침대 위로 미끄러지기도 했다. 다른 사람들도 그들의 행동을 따라야 한다고 생각해 결국 몇몇 의자가 삐걱거리는 소리를 낸 것 이외는 다른 소리 없이 모든 청중이 곧 무릎을 꿇었다. 그때 파늘루는 다시 몸을 일으켜 심호흡을 하고서 점점 더 강한 어조로 말을 이었다. "오늘 페스트가 여러분의 문제가 된 것은 바로 성찰할 때가 왔기 때문입니다. 올바른 사람들은 이 일을 두려워하지 않지만 악인들이 떠는 것은 당연합니다. 우주라는 이 거대한 곳간에서, 이 가차 없는 재앙은 쭉정이와 알곡을 구분하기 위해 인간이라는 밀을 타작할 것입니다. 알곡보다는 쭉정이가, 택함을 받은 자들보다는 부름을 받은 자들이 더 많을 것입니다. 하지만 이 불행은 하느님이 원하신 것이 아닙니다. 너무 오랫동안 이 세상은 악과 타협했고, 너무 오랫동안 신적 자비에 의지했습니다. 회개하는 것으로 충분했고, 모든 것이 허용되어 왔습니다. 그리고 누구나 회개에는 자신 있다고 느껴 왔습니다. 때가 되면 사람들은 틀림없이 이걸 경험하게 될 것입니다. 여기서 거기까지, 가장 쉬운 회개는 되는대로 지내는 것이었고 그 나머지는 하느님의 자비가 알아서 하실 겁니다. 그런데 이런 일은 지속될 수 없었습니다. 너무 오랫동안 이 도시의 사람들 위에 연민의 얼굴을 드리우고 계셨던 하느님께서 기다리다 지치시고 당신의 무궁한 희망이 무너져 막 시선을 돌리셨습니다. 그래서 우리는 이렇게 하느님의 광명을 잃고 오랫동안 페스트의 암흑 속에서 지내는 겁니다!"

성당 안에서 누군가가 마치 놀란 말처럼 콧바람 소리를 냈다. 잠깐 쉰 후에 신부는 더 낮은 목소리로 말을 이었다. "《황금전설》에 이런 이야기가 나옵니다. 롬바르디아의 움베르토 왕 시대에 이탈리아는 페스트로 참화를 당했는데, 페스트가 너무나 광폭해 산 사람들로는 죽은 사람들을 매장할 수 없을 정도였으며, 특히 로마와 파비아에서 폐해가 더 심했다고 합니다. 그리고 멧돼지 사냥용 창을 든 악의 천사한테 지시를 내리던 한 착한 천사가 모습을 드러내더니, 악의 천사한테 집들을 두드리라고 명했답니다. 그러자 집마다 두드린 숫자만큼 사망자가 발생했다는 것입니다."

이 부분에서 파늘루는 짧은 두 팔을 성당 앞뜰 방향으로 뻗었는데, 이는 마치 내리고 있는 비의 장막 뒤에 있는 뭔가를 가리키는 듯했다. 그는 힘차게 말했다. "형제님들! 바로 이와 같은 죽음의 사냥이 오늘 우리의 거리에서 행해지고 있는 겁니다. 그를 보십시오, 이 페스트 천사를 말입니다. 루시퍼처럼 아름답고 악 그 자체처럼 빛나며, 여러분의 지붕 위에 서서 오른손으로는 머리 높이에 빨간 사냥용 창을 들고, 왼손으로는 여러분의 집 가운데 하나를 가리키고 있습니다. 지금 이 순간 어쩌면 그의 손가락은 당신의 문을 향해 뻗어 있고, 사냥용 창은 나무 위에서 떨고 있을지도 모릅니다. 지금 이 순간에도 페스트는 당신의 집에 들어가 방에 앉아 당신의 귀가를 기다리고 있습니다. 페스트는 참을성 있고 주의 깊은 자세로 거기에 있습니다.

마치 이 세계의 질서처럼 태연하게 말입니다. 지상의 그 어떤 권능도, 또 잘 알아 두길 바라건대, 심지어는 공허한 인간의 과학도 여러분에게 뻗친 그 손을 뗄 수가 없을 겁니다. 그리고 피투성이가 된 고통의 타작마당에서 여러분은 쭉정이로 내쳐질 것입니다.”

이 대목에서 신부는 재앙의 비통한 형상을 더 확장해 다시 말을 이었다. 그는 “진리의 수확을 준비할 터인 파종을 위해” 오랑 시의 하늘에서 소용돌이치며 닥치는 대로 후려쳐 피를 뒤집어쓰고 다시 일어나 결국 인간의 피와 고통을 뿌리는 거대한 나무토막을 상기시켰다.

이 긴 구절이 끝나자 파늘루 신부는 말을 멈췄다. 그의 머리카락은 이마 위로 흘러내려 있었고, 그의 몸은 떨림으로 인해 흔들리고 있었는데, 그 떨림은 두 손을 통해 설교단에 전달되고 있었다. 그리고 그는 더 차분한 음성이기는 하나 비난하는 어조로 말을 이었다. “그렇습니다. 성찰의 시간이 왔습니다. 여러분은 주일에 하느님을 찾아뵈면 충분하니 다른 날들은 자유롭다고 믿었습니다. 여러분은 몇 번 무릎을 꿇는 것으로 여러분의 죄스러운 무관심을 하느님께 충분히 사죄할 수 있다고 생각했습니다. 하지만 하느님은 미지근한 분이 아닙니다. 이런 한가한 관계는 그분의 삼킬 듯한 애정에 충분하지 않습니다. 그분은 여러분을 더 오래 보고 싶어 하셨는데, 이것이 여러분을 사랑하는 그분의 방식이자, 사실을 말하자면, 사랑하는 유일한 방식입니다. 이런 이유로 여러분이 오기를 기다리다 지치신 그분은 재앙이 인간에게 역사 시대 이후 죄지은 모든 도시를 방문했듯이, 그것이 여러분을 방문하도록 하신 겁니다. 이제 여러분은 죄가 뭔지를 압니다. 카인과 그의 후손들이, 노아의 대홍수 이전의 후손들이, 소돔과 고모라의 후손들이, 파라오와 욥, 모든 저주받은 자들이 그것의 정체를 알았던 것처럼 말입니다. 그리고 이 모든 사람이 그렇게 했듯이, 이 도시가 여러분과 재앙을 함께 벽으로 가둔 그날 이래로 여러분은 정말 새로운 눈으로 모든 사람과 사물들을 보고 있습니다. 지금 그리고 마침내, 여러분은 본질적인 것으로 돌아와야 한다는 것을 알고 있습니다."

그때 습한 바람이 성당의 주랑 아래에서 불었고, 큰 양초 불이 휘어지면서 지지직댔다. 진한 촛농 냄새, 기침 소리, 재채기 소리가 파늘루 신부에게까지 들렸는데, 신부는 대단한 반응을 일으킨 정교함을 보여 주는 자신의 설교로 되돌아와 조용한 음성으로 말을 다시 시작했다. "여러분 중 대다수는, 저는 그것을 알고 있습니다만, 도대체 제가 무슨 이야기를 할지 궁금해하실 겁니다. 저는 여러분이 진실을 보도록, 제가 말한 모든 것에도 불구하고 여러분이 기쁨을 누리도록 가르쳐 드리고 싶습니다. 지금은 많은 조언들, 우애의 손길이 여러분을 선(善) 쪽으로 밀어 주는 수단이 있던 그런 시절이 더 이상 아닙니다. 오늘날 진실이란 하나의 명령입니다. 그리고 구원의 길, 그것은 이 길을 여러분에게 보여 주고 또 여러분을 그곳으로 밀어 가는 빨간 사냥용 창입니다. 바로 여기서, 형제님들, 선과 악, 분노와 연민, 페스트와 구원을 만물 속에 가득히 넣어 두신 하느님의 자비가 모습을 드러내는 것입니다. 여러분을 상심케 하는 이 재앙 자체가 여러분을 고양하고 또 여러분에게 길을 보여 주고 있습니다."

"아주 오래전에 아비시니아의 기독교도들은 페스트에서 하느님이 그 기원이신 영생을 얻는 효과적인 수단을 보았습니다. 병에 걸리지 않은 자들은 확실하게 죽을 목적으로 페스트 환자들이 사용했던 홑이불을 몸에 감고 있기도 했습니다. 분명 구원에 대한 이와 같은 격정은 바람직하지 않을 겁니다. 이 격정은 오만에 가까운 안타까운 경솔함을 보여 주고 있습니다. 하느님보다 더 서둘러서는 안 됩니다. 그리고 하느님이 궁극적으로 세운 불변의 순서를 앞당기려고 하는 것 모두가 이단에 이릅니다. 하지만 적어도 이 예에는 교훈이 담겨 있습니다. 이런 예는 사물을 예리하게 뚫어 보는 정신의 소유자들에게 오직 모든 고통의 바닥에 놓여 있는 영생의 황홀한 미광을 돋보이게 해 줍니다. 이 미광은 해방에 이르는 황혼의 길을 비춰 주기도 합니다. 이 미광은 또한 어김없이 악을 선으로 바꾸는 하느님의 의지를 분명히 보여 줍니다. 오늘도 역시 이 빛은 죽음, 고뇌, 비명의 길을 통해 본연의 침묵과 모든 생명의 원칙으로 우리를 인도하고 있습니다. 형제님들, 이것이 바로 제가 여러분에게 드리고 싶었던 커다란 위안입니다. 물론 그 목적은 여러분이 이곳으로부터 응징의 말씀은 물론이거니와 마음을 달래 주는 말씀 역시 가지고 돌아갈 수 있게 하기 위함입니다."

사람들은 이제 파늘루의 설교가 끝났다고 느꼈다. 밖에는 비가 그쳐 있었다. 물기와 해가 뒤섞인 하늘은 광장 위에 더 싱싱한 햇살을 쏟고 있었다. 사람들의 소리와 차들이 미끄러져 가는 소리, 깨어난 도시의 온갖 언어가 거리에서 올라오고 있었다. 청중은 나지막하고 어수선한 분위기 속에서 조심스럽게 소지품을 챙기고 있었다. 하지만 신부는 말을 이어 갔다. 그는 페스트의 신적 기원과 재앙의 징벌적인 성격을 밝힌 후 설교를 일단락 지었다. 하지만 그는 어울리지 않는 웅변을 동원해 아주 비극적인 주제를 다루는 이 설교의 결론을 내리지는 않을 거라고 말했다. 그가 보기에는 모든 사람에게 모든 것이 명백해져야 했다. 그는 다만 마르세유의 대(大)페스트 창궐 당시, 연대기 기록자인 마티외 마레가 지옥에 빠진 처지를 한탄했으며, 따라서 구제도 희망도 없이 살아야 했다는 점만을 상기시켰다. 그렇다! 마티외 마레는 혜안이 없었던 것이다! 이와 반대로 파늘루 신부가 모두에게 주어진 하느님의 구제와 기독교적 희망을 오늘보다 더 많이 느껴 본 적은 결코 없었다. 그는 우리 시민들이 매일매일의 참상과 단말마의 비명에도 불구하고, 기독교의 말씀이자 사랑의 말씀인 유일한 말씀을 하늘에 고하기를 그어떤 희망보다도 더 희망하고 있었던 것이다. 나머지 일은 하느님께서 알아서 하실 것이다.

＊＊＊

이 설교가 우리 시민들에게 영향을 끼쳤을까를 말하는 것은 어려운 일이다. 예심판사인 오통 씨는 의사 리외에게 파늘루 신부의 설교가 "절대적으로 이론의 여지가 없는" 것으로 보인다고 말했다. 하지만 모든 사람이 이 정도로 단정적인 의견을 가지고 있는 것은 아니었다. 다만 그 설교로 인해 몇몇 사람은 자신들이 그때까지 막연했던 어떤 생각, 이를테면 미지의 어떤 죄악으로 인해 상상할 수 없는 감금형에 처해 있다는 생각에 더욱 민감하게 되었다. 그리고 어떤 사람들은 보잘것없는 일상의 삶을 계속해 가며 그 유폐 생활에 적응해 간 반면, 또 어떤 사람들은 그때부터 이 감옥에서 탈출해야겠다는 생각만 하며 지내기도 했다.

사람들은 마치 자신들의 몇몇 일상만을 방해할 뿐인 일시적인 불편은 어떤 것이라도 받아들일 수 있을 것처럼 외부와 차단되는 것을 우선 받아들였다. 하지만 여름이 지글대기 시작한 솥뚜껑 같은 하늘 아래에서 갑작스럽게 일종의 유폐를 의식하게 된 그들은, 이 유폐로 인해 자신들의 삶 전체를 위협받고 있다는 것을 막연히 느끼게 되었고, 해서 저녁이 되면 서늘함과 더불어 되찾은 기력으로 간혹 절망적인 행동을 하기도 했다.

무엇보다도 먼저, 그리고 그것이 우연의 영향 여부에 관계없이, 파늘루 신부의 설교가 있었던 그 일요일부터 우리 시는 전반적이고도 상당히 심한 일종의 공포에 휩싸이게 되었다. 그 결과 우리 시민들이 정말 자신들이 처한 상황을 의식하게 된 것은 아닌가 하는 생각이 들 정도였다. 이런 시각에서 보면 우리가 살고 있는 시의 분위기에 약간의 변화가 있었다고 할 수 있다. 하지만 이 변화가 실제로 분위기에 관련된 것인지 아니면 마음에 관련된 것인지, 이것이 문제였던 것이다.

설교가 있은 후 얼마 지나지 않아 그랑과 함께 변두리 동네로 향하면서 이 일에 대해 논하던 리외는 어둠 속에서 그들 앞에서 앞으로 가려고도 하지 않으면서 비틀거리는 한 남자와 부딪혔다. 바로 그 순간, 점차 늦게 밝혀지던 우리 시의 가로등에 불이 들어왔다. 그러자 돌연 두 보행자의 뒤쪽에 위치한 높이 달린 전구가 눈을 감고 말없이 웃고 있던 그 남자를 비추었다. 말없는 조소로 일그러진 그의 희멀건 얼굴에서는 굵은 땀방울이 흐르고 있었다. 그들은 그를 지나쳤다.

"미친 사람이네요," 그랑이 말했다.

끌고 가기 위해 시청 서기의 팔을 잡았던 리외는 그가 신경이 날카로워져 떨고 있음을 느꼈다.

"머지않아 시내에는 미친 사람밖에 없게 될 거예요." 리외가 말했다.

피로가 더해져 그는 목이 마른 느낌이었다.

"뭐 좀 마십시다."

그들이 들어간 조그만 카페는 스탠드바 위에 있는 전등 하나만으로 조명되고 있었고, 손님들은 메케하고 불그스름한 분위기 속에서 별다른 이유 없이 낮은 목소리로 이야기하고 있었다. 의사의 예상과 달리 그랑은 스탠드바에서 술을 한 잔 주문해 단숨에 마시더니 자기는 술을 잘 마신다고 말했다. 그러더니 그는 나가고 싶어 했다. 리외의 생각으로 카페 밖의 밤은 신음으로 가득한 듯했다. 가로등 저 위의 검은 하늘 어딘가에서 나는 나지막한 휙휙 소리를 들으면서 그는 지칠 줄 모르고 더운 공기를 휘젓고 있는 보이지 않는 재앙을 떠올렸다.

"다행이에요, 다행입니다." 그랑이 말했다.

리외는 그가 말하고자 하는 바가 궁금했다.

"다행히도, 나는 할 일이라도 있는 편이에요." 상대방이 말했다.

"그래요. 그건 장점입니다." 리외가 말했다.

그리고 그는 휙휙 소리를 듣지 않으려고 작정을 하고 그랑에게 그 일에 만족하느냐고 물었다.

"뭐랄까, 잘하고 있다는 생각이 들긴 해요."

"아직 한참 걸리나요?"

그랑은 생기가 돌아 보였고, 술기운이 목소리에 섞여 있었다.

"모릅니다. 하지만 문제는 그게 아니에요, 선생님, 그건 문제가 아니에요, 절대."

어둠 속에서 리외는 그랑이 두 팔을 흔들고 있다고 짐작했다. 그랑은 유유히, 갑작스럽게 생각이 난 뭔가를 말할 준비를 하는 듯했다.

"내가 원하는 거는요, 선생님, 이런 겁니다. 그러니까 내 원고가 출판업자에게 도착하는 날, 그가 그것을 읽고 일어나서 직원들에게 '여러분, 모자를 벗어 경의를 보냅시다!'라고 말하는 겁니다."

리외는 이 갑작스러운 선언에 놀랐다. 리외는 그의 동행자가 한 손을 머리로 가져가 팔을 수평으로 뻗는 동작, 모자를 벗는 동작을 하는 것처럼 보였다. 저기 높은 곳에서 이상한 휙휙 소리가 더 크게 다시 이어지는 듯했다.

"그래요, 그건 완전해야 합니다." 그랑이 말했다.

문단의 관례에 대해 아는 바가 거의 없지만, 리외는 일이 그런 식으로 간단하게 될 리가 없을 것이고, 예컨대 출판업자들은 사무실에서 모자를 쓰고 있지 않으리라는 생각이 들었다. 하지만 사실 그것은 알 수 없는 일이어서 리외는 차라리 침묵을 지켰다. 그는 자기도 모르게 페스트의 신비한 소리에 귀를 기울였다. 그랑이 사는 동네에 가까워졌다. 그곳은 조금 높은 지대여서 가벼운 바람이 그들을 식혀 줌과 동시에 도시의 온갖 소음을 씻어내 주었다. 하지만 그랑은 계속 말을 했고, 리외는 이 사람이 하는 말을 다 이해하지는 못했다. 리외는 단지 문제의 작품이 벌써 많은 분량에 이르렀지만, 작가가 그것을 완전하게 만들기 위해서 고생이 아주 심하다는 사실만 이해했을 뿐이다. "단어 하나에 며칠 저녁, 몇 주 동안 내내…… 또 때로는 단지 단순한 접속사 하나에." 이 대목에서 그랑은 멈춰 서서 의사의 겉옷 단추를 잡았다. 이가 빠진 그의 입에서 말이 떨리듯이 나왔다.

"잘 이해해 보세요, 선생님. 엄밀히 말하자면 '그러나'와 '그리고' 둘 중에서 하나를 고르는 건 아주 쉬운 편입니다. '그리고'와 '그다음에' 사이에서 하나를 고르는 건 벌써 더 어려워요. '그러고서'와 '이어서'가 되면 어려움은 더 커집니다. 하지만 가장 힘든 것은 '그리고'를 넣어야만 하느냐의 여부를 결정하는 겁니다."

"그렇습니다. 이해합니다." 리외가 말했다.

그러고 나서 리외는 다시 길을 가기 시작했다. 상대방은 어리둥절해하다가 다시 그를 따라잡았다.

"용서하세요, 오늘 저녁에 내가 왜 이러는지 모르겠습니다!" 그랑이 중얼댔다.

리외는 그의 어깨를 가볍게 두드리면서 그를 돕고 싶고, 그의 이야기가 아주 흥미롭다고 말했다. 그랑은 기분이 좀 좋아진 듯이 보였다. 집 앞에 도착했을 때 조금 주저하다가 의사에게 잠깐 올라왔다 가라고 제안했다. 리외는 이 제안을 받아들였다.

식당에서 그랑은 리외에게 깨알 같은 글씨 위에 삭제된 부분들이 많은 원고지가 펼쳐져 있는 탁자 앞에 앉으라고 권했다.

"네, 바로 그거예요. 뭐 좀 마실래요? 포도주가 좀 있어요." 그랑은 문득이 자기를 쳐다보는 리외에게 말했다.

리외는 거절했다. 그는 원고지를 들여다보고 있었다.

"읽지 마세요. 이건 첫 구절이에요. 그것 때문에 애를 먹고 있어요, 많이요." 그랑이 말했다.

그랑 역시 원고지 전체를 물끄러미 보고 있었는데, 저항할 수 없는 힘에 손이 끌린 듯이 그중 한 장을 집어 들어 갓 없는 전등 앞에 대고 보았다. 그의 손에서 원고지가 떨리고 있었다. 리외는 시청 서기의 이마가 촉촉하다는 것을 알아차렸다.

"앉으세요. 그걸 읽어 주세요." 리외가 말했다.

상대방은 리외를 보더니 고맙다는 듯이 미소를 지었다.

"네, 그러고 싶은 생각이 드네요." 그가 말했다.

그랑은 그 원고지를 계속 바라보며 잠시 기다리다가 앉았다. 리외는 그와 동시에 시내에서 재앙의 획획거리는 소리에 답하는 듯한 희미한 윙윙거리는 소리 같은 것을 듣고 있었다. 바로 그 순간, 그는 자신의 발 아래에 펼쳐진 이 도시, 이 도시가 만들어 놓은 갇힌 세계, 이 도시가 어둠 속에서 억누르고 있던 끔찍한 울부짖음을 아주 예민하게 지각할 수 있었다. 그랑의 목소리가 은은하게 울렸다. "5월의 어느 아름다운 오전, 우아한 한 여기사가 멋진 알레잔 암말을 타고 불로뉴 숲의 꽃이 만발한 오솔길을 누비고 있었다." 침묵이 돌아왔고, 이 침묵과 함께 고통받는 도시의 웅얼거리는 소음도 돌아왔다. 그랑은 원고지를 내려놓고 물끄러미 보고 있었다. 잠시 후 그는 눈을 들었다.

"어떻게 생각하세요?"

리외는 첫 부분이 다음 부분에 대한 궁금증을 품게 만든다고 생각한다고 대답했다. 하지만 상대방은 그런 시각은 정확한 시각이 아니라고 힘차게 말했다. 그는 손바닥으로 원고를 두들겼다.

"이것은 대충 한 거예요. 내가 상상하고 있는 그림을 완벽하게 그리는 데 성공하고, 내 문장이 하나 둘 셋, 하나 둘 셋 하고 가볍게 걷는 말을 타고 산책하는 모습을 띠게 되면, 그때 나머지는 더욱 쉬워질 겁니다. 특히 시작부터 환상의 정도가 '모자를 벗어 경의를 보냅시다!' 하는 소리가 나올 수 있을 만큼 대단해질 겁니다."

하지만 그러기 위해 그랑은 여전히 할 일이 많았다. 그는 이 문장을 그 상태로 인쇄소에 넘기는 것에 결코 동의하지 않을 것이다. 왜냐하면 때로는 만족을 주기는 하지만 이 문장이 아직도 실재성과 완전히 맞아떨어지지 않는다는 것과 이 문장을 실재성에 가깝게 하지만 상투적인 것에도 가깝게 하는 안이한 어조를 여전히 포함하고 있다는 것을 알고 있기 때문이다. 최소한 그랑은 이런 의미로 말을 한 것이었다. 그런데 그때 창문 아래에서 사람들이 뛰어가는 소리가 들려왔다. 리외가 일어섰다.

"이걸 내가 어떻게 만드는지 나중에 보게 될 겁니다." 그랑은 이렇게 말하고 나서 창문 쪽으로 돌아서서 덧붙였다.

"이 일이 다 끝나면 말입니다."

하지만 급한 발소리가 다시 이어졌다. 리외는 벌써 계단을 내려가고 있었다. 그가 거리로 나왔을 때 두 남자가 그의 앞을 지나갔다. 그들은 분명 관문들을 향해 가고 있었다. 우리 시민 중 몇몇은 사실 더위와 페스트 사이에서 정신을 잃고 이미 폭력 쪽으로 경도되어, 시외로 도망치기 위해 방책 감시망을 따돌리려는 시도를 하고 있었던 것이다.

***

랑베르와 같은 다른 사람들 역시 막 시작된 이와 같은 공황의 분위기에서 빠져나가기 위해, 더 많은 성공을 거둔 것은 아니었지만 더 끈기 있고 수완 있게 노력했다. 랑베르는 우선 공식적인 절차를 계속 밟았다. 그의 말에 따르면, 그는 줄곧 끈기가 모든 것을 이겨 내고야 만다고 생각했고, 또 어떤 시각에서는 요령이 좋아야 하는 것이 그의 직업이기도 했다. 따라서 그는 평상시에는 두말없이 능력 있는 사람들에 속하던 수많은 관리들과 인사들을 찾아갔다. 하지만 시를 빠져나가는 이 문제에서만큼은 이런 능력이 그들에게 전혀 쓸모가 없었다. 대개의 경우 그들은 은행, 수출, 청과물 등과 같은 것을 비롯해 포도주 거래와 관련해서는 정확하고 잘 정리된 생각을 가진 사람들이었고, 소송이나 보험과 관련된 문제에서는 탁월한 졸업장이나 상당한 의욕을 제외하고서라도 정통한 지식을 갖추고 있었다. 그리고 심지어 그들 모두에게서 가장 두드러진 점은 바로 선의였다. 그러나 페스트에 대해서만큼은 그들이 가진 지식은 거의 아무런 소용이 없었다.

하지만 랑베르는 그들 한 사람 한 사람 앞에서, 그리고 가능할 때마다 그 자신의 사정을 호소했다. 그의 주장의 핵심은 그가 여전히 우리 시의 이방인이며, 따라서 그의 경우는 특별히 검토되어야 한다는 데 있었다. 일반적으로 이 신문기자의 대화 상대자들은 이 점을 기꺼이 인정했다. 하지만 그들은 흔히 랑베르에게 다른 사람들의 경우를 제시했고, 따라서 그의 사례는 그가 생각하는 것만큼 특수한 것은 못 된다고 말했다. 이에 대해 랑베르는 그런 것으로 인해 그 자신의 주장의 핵심이 결코 바뀔 수 없다고 대답했다. 그러면 사람들은 그에게 그런 것으로 인해 뭔가가 바뀐다면, 그것은 아주 꺼림칙한 표현으로 말하자면 이른바 전례(前例)를 낳을 위험이 있는 일체의 특별 대우에 반대되는 행정적 어려움으로 이어진다고 대답했다. 랑베르가 의사 리외에게 제시한 분류에 의하면, 이런 종류의 추론가들은 형식주의자의 범주에 속했다. 이런 사람들 곁에서 말 잘하는 사람들을 여전히 볼 수 있었는데, 그들은 이런 일이 계속될 수는 없다고 청원자인 랑베르를 안심시켰고, 또 결정을 내려 달라고 부탁하면 좋은 충고를 아낌없이 해 주는 사람들인 그들은 이런 일은 일시적인 고초에 불과하다고 말하면서 랑베르를 위로하려고 들었다. 또한 높은 분들도 있었는데, 그들은 방문자에게 사정을 요약해 쪽지로 남겨 달라고 부탁하면서 그런 사정에 대해 조만간 결정을 내릴 거라고 그에게 말해 주기도 했다. 그에게 숙박권이나 저렴한 하숙집 주소를 주겠다고 제안했던 시시한 작자들. 서류를 작성하게 한 다음 잘 분류해 두던 원칙주의자들. 두 손을 들어 버리던 바쁜 사람들. 눈을 돌리면서 외면하던 자들. 마지막으로 전통파도 있었다. 다른 종류의 사람들보다 훨씬 더 수가 많았던 이 전통파는 랑베르에게 다른 기관이나 다른 절차를 밟아 보라고 일러 주기도 했다.

이렇게 신문기자는 사람들을 찾아다니면서 진을 뺐고, 시청이나 도청에 대한 정확한 생각을 갖게 되었다. 그것은 세금이 면제되는 국채를 신청하라거나 식민지 군대에 지원하라고 권하는 커다란 포스터 앞의 인조가죽 걸상에 앉아 기다리다가, 직원들의 얼굴이 문서 정리함과 서류함만큼이나 쉽게 답을 예측하게 해 주던 사무실에 들어간 적이 너무 많았던 까닭이었다. 랑베르가 리외에게 쓸쓸한 어조로 말했던 것처럼, 이런 일의 장점은 이런 모든 일을 통해 그가 진짜 상황을 알 수 있었다는 것이었다. 페스트의 진행은 실질적으로 그의 관심 밖에 있었다. 시간이 더 빠르게 흘러갔다는 것과 시 전체가 처해 있는 상황에서는 죽지 않는다는 조건하에 하루가 지날 때마다 각자가 시련의 끝에 더 가까워진다고 말할 수 있었다는 것은 제외하고서라도 말이다. 리외는 이 점이 사실이기는 해도 약간 지나칠 정도로 일반론임을 인정해야 했다.

한때 랑베르는 희망을 품기도 했다. 그는 도청으로부터 정확히 기입해 달라는 요청이 딸린 신원 조회용 빈 서류를 받은 적이 있었다. 그의 신분, 가족 상황, 과거와 현재의 수입, 이른바 '이력'에 관해 묻는 문서였다. 그는 이것이 원거주지로 송환될

후보자들의 사례를 조사할 목적의 설문지라는 인상을 받았다. 어느 사무실에서 수집된 몇몇 불분명한 정보들이 이런 인상을 확인해 줬다. 그런데 몇 가지 정확한 탐색 끝에 그는 이 서류를 보낸 부처를 찾아내는 데 성공했고, 그때 사람들은 그에게 이런 정보들을 수집한 것은 "만일의 경우를 위해서."라고 대답해 주었다.

"어떤 만일의 경우를 위해서입니까?" 랑베르가 물었다.

사람들은 그에게 이것은 혹여 그가 페스트를 앓게 되어 사망하는 경우, 한편으로 가족에게 기별하고, 다른 한편으로 병원비를 시의 예산으로 처리할 것인지 아니면 친척으로부터 상환을 기대할 수 있는지를 알아보려는 목적이라고 대답해 주었다. 분명 이것은 다음과 같은 점을 증명해 주는 것이었다. 사회가 랑베르와 그의 애인에게 모두 관심을 갖고 있으며, 그를 기다리고 있는 애인과 그가 완전히 갈라져 있지 않다는 것이 그것이었다. 하지만 지금 그에게는 이런 것은 아무런 위안이 못 되었다. 보다 주목할 만한 사실이자 결과적으로 랑베르 자신도 주목하게 된 사실은, 바로 이런 업무를 위해 만들어진 기관이라는 단 하나만의 이유로 한 기관이 극심한 재난 상황에서도 업무를 계속 수행해 나가며, 또 종종 최고 책임자들과 상관없이 다른 시기에도 주도권을 쥐고 통치해 나가는 방식에 관계된 것이었다.

그때 이후로 랑베르는 가장 쉬운 동시에 가장 어려운 시기를 보냈다. 이 시기는 정말로 무기력한 시기였다. 그는 모든 기관을 찾아다녔고 모든 절차를 밟아 보았지만, 그쪽에서의 활로는 당장은 막힌 상태였다. 해서 그는 이 카페에서 저 카페로 전전했다. 아침에는 어느 테라스에서 미지근한 맥주 한 잔을 앞에 놓고 앉아 병이 머지않아 끝나리라는 몇몇 징조를 찾으려는 희망으로 신문을 읽었고, 행인들의 얼굴을 쳐다보다 그 슬픈 표정에 질려 눈을 돌렸으며, 맞은편 상점들의 간판에서 이미 더이상 팔지 않는 유명한 술 광고를 백 번째로 읽은 후에 자리에서 일어나 누런 시가를 이리저리 무작정 걸어 다니곤 했다. 고독한 산책에서 카페로, 카페에서 식당으로, 그는 이런 식으로 저녁이 될 때까지 지냈다. 그러던 어느 날 저녁에 리외는 저녁에 한 카페의 문에서 랑베르를 보게 되었는데, 이 신문기자는 들어갈지 말지 주저하고 있었다. 그는 결심한 듯 홀 안쪽에 앉았다. 상부의 명령에 의해 공공장소에서 점등 시간을 최대한 늦게까지 미룬 시간대였다. 황혼이 마치 회색 물처럼 홀로 밀려들고 있었고, 저물어 가는 하늘의 장밋빛이 유리창에 반사되고 있었으며, 식탁의 대리석은 막 시작된 어둠 속에서 흐릿하게 반질거리고 있었다. 인적이 드문 홀 한복판에 있는 랑베르는 버려진 그림자 같았으며, 리외는 그때가 그가 자포자기를 하는 시간이라고 생각했다. 하지만 이 시간은 또한 이 시의 모든 포로가 자포자기를 하는 시간이기도 했으며, 따라서 그들의 해방을 서두르기 위해서는 뭔가를 해야 했다. 리외는 몸을 돌렸다.

랑베르는 기차역에서 긴 시간을 보내기도 했다. 승강장에 접근하는 것은 금지되어 있었다. 하지만 외부로 나 있는 대합실은 그대로 열려 있었고, 그늘지고 시원했기 때문에 무더운 날이면 종종 거지들이 와서 자리를 잡곤 했다. 랑베르는 거기에서 옛 시간표, 침을 뱉지 말라는 푯말, 열차의 공안 규칙 등을 읽곤 했다. 그런 다음에 그는 한구석에 앉아 있었다. 홀은 어두웠다. 오랫동안 물을 뿌린 흔적이 있는 팔자 모양의 홀 중앙에 낡은 주물 난로 하나가 몇 달 전부터 식은 채 놓여 있었다. 벽에는 몇 장의 홍보물이 방돌이나 칸에서의 행복하고 자유로운 삶을 선전하고 있었다. 그곳에서 랑베르는 헐벗음의 밑바닥에서 보게 되는 것과 같은 종류의 참혹한 자유를 접했다. 어쨌든 그가 리외에게 말한 바에 따르면, 그때 그에게 가장 견디기 힘들었던 영상들은 파리의 영상들이었다. 오래된 돌과 강물의 풍경, 팔레 루아얄의 비둘기, 북역, 팡테옹의 황량한 동네, 그리고 그가 그처럼 좋아한 줄 모르고 있었던 이 도시의 몇몇 다른 장소가 랑베르를 쫓아다니며 그에게 아무것도 할 수 없게 방해했다. 리외는 단지 랑베르가 이 영상들과 그의 사랑의 영상들을 동일시한다고만 생각했다. 그리고 랑베르가 자신은 새벽 4시에 일어나 자기가 떠나온 도시를 생각하는 것을 좋아한다고 말한 날, 의사는 자기의 경험을 바탕으로 별 어려움 없이 결국 그가 두고 온 여자를 상상하기를 좋아한다는 말로 이해했다. 그 시간은 실제로 그가 그녀를 소유할 수 있던 시간이었다. 새벽 4시, 보통 사람들은 아무것도 하지 않으며, 비록 그날 밤이 기만적인 밤이었다 해도 잠을 잔다. 그렇다, 사람들은 그 시간에 잠들어 있고, 그것은 안심되는 일이다. 그도 그럴 것이 불안한 마음이 가장 갈망하는 것은 사랑하는 존재를 한없이 소유하는 것이거나, 아니면 부재의 시간이 온다면 이런 존재를 오직 재회의 날에만 끝이 날 꿈 없는 잠 속에나 가라앉혀 둘 수 있어야 하는 것이기 때문이다.

***

설교 후 얼마 되지 않아 더위가 시작되었다. 6월 말이 되었다. 설교가 있었던 일요일에 깊은 인상을 남긴 때늦은 장마 다음 날, 여름이 하늘과 집들 위에서 단번에 작열했다. 우선 불타는 듯한 강한 바람이 일어 하루 종일 불어 대며 벽을 말렸다. 해가 붙박인 것 같았다. 더위와 햇빛의 파도가 계속 밀려와 하루 종일 도시를 뒤덮었다. 지붕 덮인 통로와 아파트를 제외하고 눈을 멀게 할 정도로 가장 강한 반사광을 받지 않는 장소는 이 시에는 없는 것 같았다. 태양이 거리 구석구석까지 우리 시민들을 쫓아다녔고, 그들이 서면 강타했다. 첫 더위는 주당 거의 700명을 헤아리는 희생자 수의 급상승과 일치했으며, 그 결과 우리 시는 일종의 실의에 휩싸였다. 변두리에서, 평지의 거리와 테라스가 있는 집에서 활기가 줄어들었고, 사람들이 늘 문 앞에 나와서 지내던 동네의 모든 문은 닫혀 있었으며, 페르시아식 덧문들도 닫혀져 있었다. 그렇게 해서 페스트를 막으려는 것인지 햇빛을 가리려는 것인지 알 수가 없었다. 하지만 몇몇 집에서는 앓는 소리가 새어 나왔다. 얼마 전만 하더라고 이런 일이 생기면 거리에 서서 귀를 기울이는 호기심 어린 자들을 많이 볼 수 있었다. 하지만 오랜 경계 상태 이후에는, 각자의 마음이 아마 굳어진 것처럼 보였고, 해서 마치 신음 소리가 인간의 타고난 언어라는 듯이 모두 그 주위에서 걸어 다니거나 살아가고 있었다.

관문에서 충돌이 생길 경우, 헌병들은 무기를 사용할 수밖에 없었는데, 이런 충돌로 인해 보이지 않는 동요가 발생하기도 했다. 분명 부상자들이 있긴 했지만, 더위와 공포의 영향으로 모든 것이 과장되던 시내에서는 사망자들이 있었다고들 수군 댔다. 어쨌든 불만은 계속해서 커져 가고 있었고, 우리 당국자들이 최악의 상황을 고려해서 재앙의 포로가 된 주민들이 반항심에 휩쓸릴 경우에 대비해 취할 조치를 진지하게 검토했다는 것은 사실이었다. 신문들은 외출 금지령을 갱신하고 위반자들을 투옥하겠다는 시행령을 계속해서 보도했다. 시내에 순찰병들이 돌아다녔다. 황량하고 이글대는 거리에서, 포장도로를 밟는 말발굽 소리로 먼저 예고된 기마 경비병들이 줄을 지어 닫힌 창문들 사이로 지나가는 것을 자주 볼 수 있었다. 순찰대가 지나가고 나면 위협받고 있는 도시 위로 육중하고 경계하는 듯한 침묵이 다시 내리눌렀다. 새로운 명령에 의해, 벼룩을 퍼뜨렸을지도 모르는 개와 고양이를 죽이는 임무를 띤 특별 전담조의 발포 소리가 멀리서 이따금씩 들려왔다. 그 둔탁한 폭발음은 우리 시를 경계 태세 분위기로 몰아넣는 데 일조했다.

게다가 더위와 침묵 속에서, 그리고 우리 시민들의 겁먹은 마음에서는 모든 것이 더 큰 중요성을 갖게 되었다. 모두가 처음으로 계절의 변화를 나타내는 하늘빛과 흙냄새에 민감해졌다. 누구나 더위가 전염병을 거들게 될지도 모른다는 것을 질겁하며 깨달음과 동시에 여름이 진을 치고 있다는 것도 알고 있었다. 저녁 하늘 속의 귀제비 울음소리는 도시의 상공에서 더욱 가냘파졌다. 이 소리는 우리 고장의 지평선을 멀리 후퇴시키는 6월의 황혼과 더 이상 어울리지 않았다. 시장에서 파는 꽃들은 이제 더 이상 꽃망울이 맺은 상태로 도착하지 않고 이미 만개한 상태였으며, 따라서 아침 거래 후에는 꽃잎들이 먼지투성이의 보도를 뒤덮었다. 봄은 약해졌고, 또한 이 봄이 근방 곳곳에 만개한 수많은 꽃 속에서 완전히 소진되었다가 곧 페스트와 더위라는 이중의 압박 아래에서 약해지고 서서히 짓눌리게 될 것이 분명했다. 우리 시민들 모두에게 이 여름 하늘과 먼지와 권태의 색조를 띠며 창백해져 가던 이 거리들에는 매일 도시의 분위기를 무겁게 만들던 백여 구의 주검들과 같은 불길한 의미가 배어 있었다. 멈추지 않는 태양, 잠과 휴가의 맛이 나는 이 시간들은 이제 더 이상 과거와 같은 물과 육체의 향연으로의 초대가 아니었다. 이와 반대로 이 시간들은 폐쇄되어 조용한 시내에서 텅 빈 소리를 내고 있을 뿐이었다. 이 시간들은 행복한 계절의 구릿빛 광채를 잃고 있었다. 페스트의 태양으로 인해 모든 색깔이 지워졌고, 모든 기쁨이 달아났던 것이다.

이것이 바로 이 병으로 인해 발생한 대혁명 중 하나였다. 보통 때라면 우리 모든 시민들은 환희에 들떠 여름을 맞이하곤 했다. 여름이 오면 오랑 시는 바다를 향해 활짝 열렸고, 이 젊음을 해변 위에 쏟아부었다. 하지만 이번 여름에는 그와 반대로 가까운 바다로의 통행이 금지되어 육체는 더 이상 기쁨을 누릴 권리가 없었다. 이런 상황에서 무엇을 할 수 있겠는가? 다시 한 번 타루가 그 당시 우리의 생활상을 가장 충실하게 전해 주고 있다. 그는 당연히 페스트의 전반적인 진행 사항을 추적하고 있었는데, 사망자 수가 주당 몇백 명이 아니라 하루에 92명, 107명, 120명이라고 보도를 하기 시작한 라디오에 의해 이 병의 전환점이 마련되었다고 정확히 적고 있었다. "신문들과 당국자들은 페스트를 상대로 재주를 부리고 있다. 그들은 130이 910보다 훨씬 적은 수이기 때문에 페스트를 상대로 점수를 얻었다고 상상하고 있다." 타루는 또한 전염병의 비참한 측면을 상기시켰다. 덧창이 쳐 있는 황량한 어떤 동네에서 한 여성이 그의 머리 위에서 느닷없이 창문을 열어젖히고 두 번 비명을 지르더니 짙은 그늘이 진 방 쪽으로 덧창을 다시 세게 닫았다는 이야기 같은 것이 그 예이다. 하지만 타루는 이것 말고도 약국에서 박하 정제(錠劑)가 떨어졌는데, 그 이유는 많은 사람이 전염병을 예방하기 위해 그것을 빨아 먹기 때문이라고 적고 있었다.

타루는 또한 그가 좋아하는 인물들을 계속 관찰하고 있었다. 고양이들과 놀던 그 키 작은 노인 역시 비참하게 지낸다는 소식이 있었다. 타루가 적고 있듯이, 어느 날 아침 총소리가 실제로 나더니, 몇 발의 납으로 된 총알이 가래침같이 날아가 대부분의 고양이들을 죽였고, 다른 고양이들을 떨게 만들었다. 고양이들은 그 거리를 떠났다. 같은 날, 그 키 작은 노인은 평상시와 같은 시간에 발코니로 나와 놀라워하면서 몸을 굽혀 거리의 위아래를 둘러본 후 체념하고 기다렸다. 그는 손으로 발코니의 난간을 살살 두드리고 있었다. 그는 더 기다리다 종이를 조각내고는 들어가 버렸다. 그러고 나서 다시 나와 시간이 어느 정도 흐르자 갑자기 화를 내며 문을 닫고 사라졌다. 그다음 며칠 동안 같은 장면이 되풀이되었다. 하지만 그 키 작은 노인의 얼굴에서 점점 더 뚜렷해지는 슬픔과 혼란스러움을 읽을 수 있었다. 한 주가 지났을 때, 타루는 노인이 평상시처럼 나타나기를 기다렸으나 소용없었고, 창문은 충분히 이해되는 모종의 비애를 안에 가둔 채 완강하게 닫혀 있었다. "페스트가 돌 때에는 고양이에게 침을 뱉지 말 것." 이것이 수첩의 결론이었다.

다른 한편, 타루는 저녁 귀가 때면 이리저리 거니는 야간 경비원의 어두운 얼굴과 홀에서 마주치리라 늘 확신했다. 이 경비원은 만나는 사람마다 자기는 무슨 일이 생길지 예상했다는 것을 계속 상기시켰다. 타루는 그가 어떤 불행을 예언하는 것을 들은 적이 있다고 인정했지만, 그것이 지진이었다고 하자 늙은 경비원이 이렇게 대답했다. "아! 그게 지진이었으면! 크게 한 번 흔들리고 나서 더는 아무 이야기도 안 하게 되죠……. 사망자, 생존자의 수를 헤아리면 다 끝나잖아요. 하지만 이 더러운 병! 병에 안 걸린 사람조차 속병이 난다니까요."

호텔 지배인이라고 해서 덜 괴로운 것은 아니었다. 초기에는, 시를 떠날 수 없게 된 여행객들이 시의 폐쇄로 인해 호텔에 묵이게 되었다. 하지만 전염병이 길어지자 많은 사람이 점차 친구 집에서 묵는 쪽을 선호했다. 그리고 같은 사정으로 인해 모든 호텔 방이 차 있다가 그때부터는 비게 되었다. 우리 시로 이제 더 이상 새로운 여행객들이 오지 않았기 때문이었다. 타루는 남아 있는 몇 안 되는 숙박자 중 한 명이었다. 그런데 지배인은 기회가 있을 때마다 타루에게 자신은 마지막 손님에게까지 친절을 베풀고자 하는 생각이 없었다면 오래전에 호텔 문을 닫았을 것이라는 점을 알아달라고 했다. 그는 자주 전염병이 얼마나 계속될 것으로 예상하느냐고 물었다. 타루가 말했다. "추위가 이런 종류의 병을 막는다고들 하던데요." 지배인은 미칠 지경이었다. "그런데 여기 날씨는 정말이지 전혀 춥지 않아요, 손님. 여하튼 추워지려면 아직 여러 달이 있어야 하고요." 어쨌든 여행객들이 더 오랫동안 시로부터 발길을 돌리리라는 것은 분명했다. 페스트는 관광업의 파산선고였다.

얼마 동안 나타나지 않던 올빼미 신사 오통 씨가 호텔 식당에 다시 모습을 나타냈는데, 말 잘 듣는 강아지 같은 두 아이만 데리고 왔다. 알아봤더니 그의 부인은 친정어머니를 간호하고 장례를 치러 지금은 격리 보호 관찰을 받고 있었다.

"마음에 안 드는데요. 격리 상태건 아니건 간에, 그 여자는 감염이 의심됩니다, 저들도 그렇고요." 지배인이 타루에게 말했다.

타루는 그에게 그런 시각에서라면 모든 사람이 전부 감염의 의심을 받게 된다고 지적했다. 하지만 상대방은 단호했고, 이 문제에 대해서는 딱 부러진 관점을 가지고 있었다.

"아닙니다, 손님. 손님이나 저는 감염이 의심되지 않습니다.

하지만 저 사람들은 안 그렇습니다."

하지만 오통 씨는 거의 달라진 것이 없었고, 이 경우라면 페스트는 수고만 하고 아무것도 얻지 못했다고 할 수 있다. 그는 똑같은 태도로 식당에 왔고, 아이들보다 먼저 앉아 여전히 그들에게 특유의 나무라는 말을 하고 있었다. 어린 아들의 모습만 달라져 있었다. 누이처럼 검은 옷을 입고 전보다 약간 더 웅크린 모습이 아버지의 작은 그림자처럼 보였다. 오통 씨를 좋아하지 않았던 야간 경비원이 타루에게 이렇게 말한 적이 있다.

"허! 저자는 정장을 하고 죽을 겁니다. 그러면 꾸밀 필요가 없지요. 그냥 가 버릴 겁니다."

타루의 수첩에는 파늘루 신부의 설교 또한 적혀 있었지만 다음과 같은 평이 달려 있었다. "나는 이런 열의에 찬 호의를 이해한다. 재앙의 초기와 그것이 끝났을 때 사람들은 항상 말에 약간 수사를 가미한다. 전자의 경우에는 아직 습관을 버리지 않아서이고, 후자의 경우에는 이미 습관이 되돌아와서이다. 불행한 순간이 되어야 사람들은 진실, 그러니까 침묵에 익숙해지는 법이다. 기다려 보자."

마지막으로 타루는 의사 리외와 긴 대화를 한 적이 있다고 적고 있는데, 그 결과가 괜찮았다고만 상기했다. 그는 리외 어머니의 눈이 맑은 밤색이라고 적고 나서, 그렇게나 선의가 읽혀지는 시선은 항상 페스트보다 강할 것이라고 기이하게도 그녀에 대해 단정 짓고 있다. 끝으로 그는 리외의 치료를 받던 늙은 천식 환자에 대해 상당히 긴 부분을 할애하고 있다.

이 대화가 있었던 후에 타루는 의사와 함께 이 늙은 천식 환자를 보러 갔었다. 노인은 억지로 웃고 두 손을 비비며 타루를 맞이했다. 그는 완두콩이 든 두 개의 냄비를 아래쪽에 놓고, 침대에서 등을 베개에 대고 있었다. "오! 다른 의사군요. 세상이 거꾸로 돼서 환자보다 의사가 더 많네요. 그게 빠르게 번져서죠, 그렇죠? 신부가 옳아요, 마땅히 일어날 일이에요." 노인이 타루를 보면서 말했다. 이튿날 타루는 기별 없이 그 환자에게로 다시 갔다.

타루의 수첩을 믿는다면, 늙은 천식 환자는 잡화상이었는데, 쉰 살 때 그 장사도 충분히 할 만큼 했다고 판단했다. 그는 드러누운 후로 더 이상 일어나지 않았다. 하지만 그의 천식은 일어서서 지낼 만한 병이었다. 그는 소액의 연금으로 일흔다섯까지 별다른 문제없이 생계를 꾸려 왔다. 그는 시계가 눈에 띄면 참질 못했다. 실제로 그의 집 전체에는 시계가 한 개도 없었다. "시계는 비싸고 멍청해요." 그는 이렇게 말하곤 했다. 그는 두 개의 냄비를 가지고 시간을, 특히 그에게 유일하게 중요했던 시간인 식사 시간을 쟀는데, 잠에서 깨면 그중 하나에 완두콩이 가득했다. 그는 부지런하고 규칙적인 동작으로 콩을 다른 냄비에 하나하나 채워 갔다. 이렇게 해서 그는 냄비로 측정되는 하루 속에서 그만의 지표를 얻었다. "열다섯 번째 냄비가 채워지면 수저를 들어야 합니다. 아주 간편해요." 그는 이렇게 말했다.

게다가 이 늙은 천식 환자 아내의 말을 믿는다면, 그에게는 아주 젊어서부터 그런 사람이 될 징조가 있었다. 실제로 일, 친구, 카페, 음악, 여자, 산책 등 그 어떤 것도 결코 그의 흥미를 끌지 못했다. 그는 결코 자기 시를 떠난 적이 없었는데, 집안일로 어쩔 수 없이 알제에 가야 했으나 더 이상 모험을 할 수가 없어 오랑에서 가장 가까운 정거장에서 내린 하루만이 예외였다. 그는 첫 기차를 타고 집으로 돌아와 버렸다.

자기가 영위해 온 은둔 생활에 대해 놀라는 타루에게, 이 늙은 천식 환자는 대략 이렇게 설명했다. 즉, 종교에 따르면, 한 사람의 반생은 상승이고, 나머지 반생은 하강인데, 하강 중에 그 사람의 하루하루는 더 이상 그의 것이 아니어서 언제라도 그것들을 빼앗길 수 있으니, 그것들에 대해 아무것도 할 수 없으며, 따라서 최선은 아무것도 하지 않는 데 있다고 말이다. 더군다나 그는 모순을 두려워하지 않았다. 그도 그럴 것이 그는 얼마 후에 타루에게 신은 분명 존재하지 않는다며, 만일 신이 있다면 신부들은 필요 없다고 말했기 때문이었다. 하지만 그 뒤로 생각을 좀 해 본 결과, 이와 같은 철학은 노인이 속했던 교구의 빈번한 헌금이 그를 짜증 나게 한 것과 밀접하게 연관되어 있다는 것을 알게 되었다. 하지만 이 노인이 어떤 사람인지를 결정적으로 묘사해 준 것은, 그가 자신의 대화 상대자를 앞에 두고 여러 번에 걸쳐 말한 마음속 깊이 자리 잡은 다음과 같은 하나의 소원이었다. 그는 아주 오래 살다가 죽고 싶어 했던 것이다.

"이 늙은 천식 환자가 성자(聖者)일까?" 타루는 자문했다. 그리고 대답했다. "그렇다. 성스러움이 습관들의 총체라면 말이다."

하지만 이와 동시에 타루는 페스트에 휩싸인 도시의 하루를 아주 자세하게 묘사하려고 함으로써 그 여름 동안의 우리 시민들의 관심사와 생활에 대한 하나의 정확한 의견을 제시하고 있었다. 타루는 이렇게 말했다. "주정꾼들 이외에는 아무도 웃지 않고, 그들은 지나치게 웃는다." 이어서 그는 묘사를 시작하고 있다.

"새벽에 산들바람이 여전히 인적이 드문 도시를 훑고 지나가고 있다. 밤에 죽은 자들과 송장처럼 낮을 지내는 자들 사이에 있는 이 시간, 페스트는 한순간 작동을 멈추고 숨을 돌리는 듯하다. 모든 가게가 닫혀 있다. 하지만 몇몇 가게 위에 달린 '페스트로 인해 문을 닫음'이라는 팻말은 다른 가게들과는 달리 그곳들이 잠시 후에 열리지 않을 것임을 보여 준다. 여전히 졸음에 겨운 신문팔이들은 속보를 외쳐 대지는 않지만, 길모퉁이에 등을 기대고 가로등 불빛 아래에서 몽유병 환자와 같은 동작으로 신문을 내밀고 있었다. 잠시 후면 첫 전차에 의해 잠이 깬 그들은 온 도시로 흩어져 '페스트'라는 글자가 눈에 확 들어오는 신문을 팔을 쭉 뻗어 내밀 것이다. '페스트는 가을까지 갈 것인가? B교수······ 아니라고 대답', '사망자 124명, 페스트 발병 94일째 집계.'

종이 위기가 점차 심해져 몇몇 간행물은 부득이 지면을 줄이지 않을 수 없었음에도 불구하고, 〈전염병일보〉라는 신문이 창간되었다. 이 신문의 사명은 '병세의 진행 또는 퇴조에 대해 엄정한 객관성을 중시하면서 우리 시민들에게 정보를 제공하고, 전염병의 전망에 대한 가장 권위 있는 증언을 전달하고, 유명 무명을 불문하고 재앙에 맞서 싸울 준비가 된 모든 사람을 지면을 통해 지지하고, 주민들의 사기를 진작하고, 당국의 지시를 전달하는 것, 한마디로 말해 우리를 강타하고 있는 불행에 효과적으로 대항하기 위해 모든 선의를 결집시키는' 것이었다. 실제로 이 신문은 곧장 페스트 예방에 효력이 확실하다는 신상품들의 광고를 게재하는 데 그쳤다.

아침 6시경, 모든 신문이 개점 한 시간 전부터 가게들의 문 앞에 늘어선 줄에서, 또한 만원이 되어 도심 근처에 도착하는 전차에서 팔리기 시작한다. 전차는 유일한 교통수단이 되었고, 승강구의 계단과 바깥 난간이 깨질 정도로 승객을 많이 싣고 힘들게 달렸다. 그래도 신기한 것은 가능한 한 모든 승객이 상호 전염을 피하기 위해 서로 등을 돌리고 있다는 것이었다. 정류장마다 전차로부터 한 무더기의 남녀 승객들이 쏟아져 나오면 그들은 서로에게서 멀어져 혼자 있으려고 서두른다. 일상이 되어 가는 언짢은 기분 탓으로 연출되는 장면만이 빈번히 촉발되고 있었다.

첫 전차들이 지나간 후, 도시는 차츰 잠에서 깨어났고, 첫 간이음식점들이 문을 여는데, 스탠드바에는 '커피 매진', '설탕 지참' 등의 팻말이 가득했다. 이어서 가게들이 문을 열고 거리는 활기를 띤다. 이와 동시에 해가 오르고 더위가 7월의 하늘을 조금씩 납빛으로 물들인다. 아무 할 일 없는 사람들이 마음먹고 큰길로 나오는 시간대이다. 대부분의 사람들은 사치품의 과시를 통해 페스트를 물리치기로 결심한 것처럼 보인다. 매일 11시경, 중심가에서 젊은 남녀들이 행렬을 이루는데, 이 행렬에서 사람들은 큰 불행을 겪는 와중에서 자라나는 삶의 열정을 경험할 수 있다. 전염병이 확산되면 윤리 의식 역시 느슨해질 것이다. 우리는 밀라노의 묘지 근처에서 벌어지던 사투르누스 축제를 다시 보게 될 것이다.

정오, 식당들은 눈 깜박할 사이에 꽉 찬다. 자리를 못 얻은 작은 무리가 식당들 문에서 아주 빠르게 나타난다. 하늘은 과도한 더위로 빛을 잃기 시작한다. 커다란 차양의 그늘 아래에서,

햇볕에 말라 버린 소리를 내는 길가에서 사람들이 식사를 하려고 차례를 기다린다. 식당들에 손님들이 넘쳐 나는 것은 식당들이 많은 사람의 식사 문제를 간단하게 해 주기 때문이다. 하지만 식당들에서도 전염에 대한 불안은 그대로이다. 함께 식사하는 사람들은 인내심을 가지고 식탁 용구들을 닦느라 긴 시간을 소비한다. 얼마 전까지 몇몇 식당은 이런 광고를 붙였다. '저희 식당에서는 식탁 용구들을 끓는 물에 소독합니다.' 하지만 식당들은 점차 광고를 일체 그만두었다. 왜냐하면 손님들은 어쩔 수 없이 식당에 와야 했기 때문이다. 게다가 소비자는 기꺼이 지갑을 열었다. 좋거나 좋다고 하는 포도주들, 가장 비싼 안주들이 있으면 경쟁적으로 구매가 시작되었다. 또한 어떤 식당에서는 몸이 불편해진 한 손님이 얼굴이 창백해져 일어서더니 비틀거리며 급히 문밖으로 나간 까닭에 공황 상태라 할 장면이 벌어지기도 했던 것 같다.

2시경이 되면 도시는 점차 비어 가고, 그 순간 침묵, 먼지, 태양, 페스트가 거리에서 서로 조우한다. 커다란 회색 집들을 따라 더위가 멈추지 않고 흐른다. 이 시간이 바로 긴 감옥살이 시간인데, 사람과 소음으로 가득한 도시 위로 떨어지는 불붙은 저녁 무렵이 되어야 끝난다. 더위가 시작된 처음 며칠 동안, 저녁 시간은 종종, 그리고 까닭 모르게 황량하기도 했다. 하지만 지금은 선선한 첫 기운이 희망은 아닐지라도 안도감을 가져다 주고 있기는 하다. 모든 사람이 이때 거리로 나와 이야기를 하느라 정신을 빼앗기거나 서로 다투거나 서로를 갈구하거나 해서, 7월의 붉은 하늘 아래에서 쌍쌍의 남녀들과 고성을 지르는 사람들을 실은 도시는 숨 가쁜 밤을 향해 표류한다. 매일 저녁, 대로 위에서 신들린 한 늙은이가 펠트 모자에 나비넥타이를 매고 군중 사이를 헤치고 다니며, '하느님은 위대하십니다, 그분에게로 오십시오.'를 헛되이 계속 반복하고 있는 반면, 모든 사람은 잘 알지도 못하는, 자신들에게는 아마도 하느님보다 더 시급해 보이는 그 뭔가를 향해 서둘러 가고 있다. 그들이 이 병은 다른 병들과 같다고 생각한 초기에는 종교가 제자리를 지키고 있었다. 하지만 이 병이 심각하다는 것을 알았을 때, 그들은 향락이라는 것을 기억해 냈다. 낮 동안 얼굴에 어리는 모든 고뇌가 뜨겁고 먼지투성이인 황혼 녘에는 일종의 광적인 흥분이나 모든 시민을 열에 들뜨게 하는 어설픈 자유 속에서 해소되어 버린다.

그리고 나 역시 그들과 같다. 그런데 뭐! 죽음은 나 같은 인간들에게는 아무것도 아니잖아! 그건 그들이 옳다고 인정하는 하나의 사건이야."

***

리외에게 만나자고 요청했던 것은 바로 타루였고, 타루는 이 사실을 그의 수첩에서 말하고 있다. 타루를 기다리던 날 저녁, 리외는 부엌 한쪽의 의자에 차분히 앉아 있는 어머니를 보게 되었다. 그녀는 집안일을 더 이상 하지 않아도 될 때면 거기서 하루를 보냈다. 그녀는 두 손을 모아 무릎에 얹고 기다리고 있었다. 리외는 그녀가 자기를 기다린다는 확신조차 없었다. 하지만 그가 모습을 나타내자 어머니의 얼굴에서 뭔가가 변했다. 힘겨운 삶으로 인해 얼굴로 말하지 못한 것 전부가 그때 생기를 띠는 듯했다. 그러고 나서 어머니는 또다시 침묵으로 빠져들었다. 그날 저녁 그녀는 창을 통해 지금은 황량해진 거리를 보고 있었다. 야간 조명이 3분의 2 정도 줄어들었다. 그래서 듬성듬성 아주 희미한 전등이 도시의 어둠을 어렴풋하게 비추고 있었다.

"페스트 내내 불을 줄이고 지내겠지?" 리외 부인이 말했다.

"아마도요."

"겨울까지 계속될까 걱정이구나. 그러면 너무 서글퍼질 게다."

"예." 리외가 말했다.

그는 어머니의 시선이 자기의 이마에 놓이는 것을 보았다.

그는 지난 며칠 동안의 근심과 과로로 자기의 얼굴이 여윈 것을 알고 있었다.

"오늘 일이 잘 안 됐니?" 리외 부인이 물었다.

"아! 늘 그래요."

늘 그렇다! 다시 말해 파리에서 보낸 새 혈청은 처음 것보다 효력이 떨어지는 것 같았고, 통계 수치는 증가 추세에 있었다. 이미 감염된 가정들 이외의 사람들에게 예방 혈청을 접종할 가능성은 여전히 없었다. 혈청을 고루 쓰려면 엄청난 양이 필요했다. 대부분의 가래톳은 마치 경화기가 온 듯 절개가 잘 되지 않아 환자들을 고문했다. 전날 밤부터 시내에서 새로운 형태의 전염병 사례가 두 건 발생했다. 그 시기에 페스트는 폐(肺)페스트가 되고 있었다. 그날 모임 도중에 기력이 쇠진한 의사들은 갈피를 잡지 못하는 도지사 앞에서 입에서 입으로 이뤄지는 폐페스트의 전염을 피하기 위한 새로운 조치를 요구해서 얻어 냈다. 늘 그렇듯이 여전히 아무것도 알 수 없었다.

리외는 어머니를 보았다. 그 아름다운 밤색 시선은 리외의 마음속에 정겨웠던 시절을 떠오르게 했다.

"무서우세요, 어머니?"

"내 나이가 되면 더 이상 크게 무서워할 게 없단다."

"하루하루가 긴데, 제가 여기에 있질 못하네요."

"네가 올 거라는 걸 알고 있으면 기다리는 건 큰일이 아니란다. 그리고 네가 여기 없는 동안, 나는 네가 무엇을 하고 있는지를 생각한단다. 소식은 있니?"

"네, 다 괜찮아요. 지난번 집사람 전보를 믿으면 그래요. 하지만 집사람이 나를 안심시키려고 그런 말을 했을 거예요."

문에서 초인종이 울렸다. 의사는 어머니에게 미소를 짓고 문을 열러 갔다. 어두운 계단에서 타루의 모습은 회색 옷차림의 큰 곰 같았다. 리외는 방문객을 책상 앞에 앉게 했다. 리외 자신은 안락의자 뒤에 그냥 서 있었다. 그들은 그 방에 유일하게 켜져 있는 사무용 책상 위의 전등에 의해 나뉘어져 있었다.

"내가 알기론 당신하고는 단도직입적으로 이야기할 수 있을 것 같은데요." 타루가 대뜸 말했다.

리외는 침묵으로 동의를 표시했다.

"두 주나 한 달 안에 당신은 이곳에서 아무런 쓸모가 없게 될 겁니다. 당신은 이 사건을 해결하기에는 역부족입니다."

"사실입니다." 리외가 말했다.

"보건위생과의 조직이 허술합니다. 당신에겐 사람과 시간이 부족하고요."

리외는 이번에도 그것이 사실임을 인정했다.

"건강한 사람들을 구조 작업에 강제로 참가시키려고 도청에서 일종의 시민 의무 봉사를 검토하고 있다는 사실을 알게 되었습니다."

"잘 알고 있군요. 하지만 이미 불만이 커서 도지사는 주저하고 있습니다."

"왜 자원봉사자들을 모집하지 않는 거요?"

"해 봤지만 결과가 빈약했어요."

"별다른 믿음 없이 사무적인 방식으로 했겠죠. 그들한테 부족한 것은 바로 상상력입니다. 그들은 결코 재앙의 규모에 맞서지 못해요. 그리고 그들이 고안해 내는 대책들은 겨우 코감기 정도의 수준이에요. 만일 그들이 하는 대로 내버려 두면, 그들은 죽을 것이고, 우리도 그들과 함께 죽을 겁니다."

"그럴 수 있죠. 하지만 내가 힘든 일이라고 부르는 것을 처리하기 위해 그들이 죄수들 생각도 했다는 사실을 말해야겠네요." 리외가 말했다.

"그게 자유인들이면 훨씬 좋겠어요."

"동감이에요. 그런데 대체 왜 그런 생각을?"

"사형선고는 질색입니다."

리외는 타루를 보았다.

"그래서요?" 리외가 말했다.

"그러니까 내게 자원 보건위생대 조직을 위한 방안이 하나 있습니다. 내가 그 일을 맡도록 승인해 주고, 행정 당국은 일단 제쳐 둡시다. 게다가 행정 당국은 일에 치이고 있잖아요. 친구들이 거의 모든 곳에 있어서 그들이 첫 번째 구심점이 되어 줄 겁니다. 나도 당연히 거기에 참여할 겁니다."

"당연히 내가 기쁘게 받아들인다는 건 짐작할 겁니다. 특히 이 직업에서는 도움을 받아야 할 필요가 있습니다. 이 구상을 도청에서 받아들이도록 제가 책임지겠습니다. 게다가 그들은 선택의 여지가 없을 겁니다. 하지만……." 리외가 말했다.

리외는 곰곰이 생각했다.

"하지만 이건 목숨을 잃을 수도 있는 일임을 잘 알 겁니다. 그리고 어떤 경우에도 나는 당신에게 이것을 알려야 합니다. 제대로 생각해 본 건가요?"

타루는 회색빛 눈으로 그를 보았다.

"의사 선생, 파늘루의 설교를 어떻게 생각합니까?"

질문이 자연스럽게 제기되자 리외도 자연스럽게 거기에 대답했다.

"집단적 처벌이라는 생각을 좋아하기에는 나는 병원에서 너무 많은 것을 겪었습니다. 하지만, 알잖아요, 기독교인들은 가끔 그런 식으로 이야기하지만, 실제로는 절대 그렇게 생각하지 않아요. 그들은 보기와 달리 더 훌륭합니다."

"하지만 당신은 파늘루처럼 페스트가 유익한 점이 있고, 사람들의 눈을 뜨게 해 주며, 그들로 하여금 생각하게 만든다고 믿는 거죠!"

리외는 참지 못하고 머리를 흔들었다.

"이 세상의 모든 병들처럼요. 하지만 이 세상의 모든 악에 대해 사실인 것은 페스트에 대해서도 역시 사실입니다. 그런 것은 몇몇 사람을 성장시키는 역할을 할 수 있기는 합니다. 하지만 그 병이 가져오는 비참과 고통을 볼 때, 체념하고 이 병을 받아들이려면 미쳤거나, 눈이 멀거나, 비겁해야 합니다."

리외는 어조를 거의 올리지 않았다. 하지만 타루는 그를 진정시키려는 듯한 손동작을 했다. 그는 미소를 짓고 있었다.

"그래요. 하지만 아직 나에게 답을 안 했습니다. 심사숙고해 봤나요?" 리외는 어깨를 으쓱하면서 말했다.

타루는 안락의자에서 조금 편안하게 앉더니 불빛 속으로 머리를 내밀었다.

"의사 선생, 신을 믿나요?"

질문은 다시 한 번 자연스럽게 던져졌다. 하지만 이번에는 리외가 망설였다.

"아니요. 하지만 그게 뭘 뜻하는 걸까요? 나는 어둠 속에서 분명하게 보려고 애쓰고 있습니다. 나는 오래전에 신을 근본적인 것으로 여기는 것을 그만뒀습니다."

"바로 그게 당신과 파늘루를 가르는 것이 아닐까요?"

"그렇게 생각하지 않습니다. 파늘루는 연구자입니다. 그는 사람이 죽는 것을 많이 못 봤기 때문에, 진리의 이름으로 말하는 겁니다. 하지만 아무리 하찮은 시골 신부라도 자기 교구 사람들의 종부성사를 집전하고 임종하는 사람의 숨소리를 들어 봤다면 나처럼 생각할 겁니다. 그는 비참함이 왜 좋은지를 증명하고 싶어 하기 전에 그것을 보살펴 줄 겁니다."

리외가 일어서자 그의 얼굴은 이제 그늘 속에 있었다.

"그런 건 젖혀 둡시다. 당신이 대답하고 싶어 하지 않으니까요." 리외가 말했다.

타루는 의자에 가만히 앉아 미소를 지었다.

"하나의 질문으로 대답해도 될까요?"

이번에는 의사가 미소를 지었다.

"수수께끼를 좋아하는군요. 해 보세요." 그가 말했다.

"이렇습니다." 타루는 말했다.

"왜 당신 자신은 신을 믿지 않는데도 그렇게 헌신하는 겁니까? 당신의 대답이 어쩌면 내 자신이 대답하는 데도 도움이 될 겁니다."

그늘에서 나오지 않은 채, 의사는 자기는 벌써 대답했고, 또 만일 어떤 전능한 신을 믿는다면, 사람들을 치료하는 것을 그만둔 다음, 이런 수고를 신에게 넘겼을 것이라고 말했다. 또한 의사는 이렇게 말했다. 자기 자신을 완전히 포기하는 사람은 아무도 없기 때문에, 세상 그 누구도, 아니 신을 믿는 파늘루조차도 이런 종류의 하느님은 믿지 않으며, 또 최소한 이 점에서 리외 자신은 창조되어 있는 세계에 맞서 싸우면서 진리의 길

위에 있다고 생각한다고 말이다.

"아! 그러니까 이게 당신의 직업에 대해 당신이 가진 생각인 거죠?" 타루가 말했다.

"거의 그렇습니다." 의사가 빛 속으로 다시 돌아오면서 말했다.

타루가 부드럽게 휘파람을 불자 의사는 그를 보았다.

"그렇군요. 직업에 대한 자긍심이 있어야 한다고 생각하는 거군요. 하지만 나는 필요한 정도의 자긍심밖에 없어요, 정말입니다. 나를 기다리고 있는 것이 무엇인지도 모르고, 또 이 모든 일이 끝난 다음에 무엇이 도래할지도 모릅니다. 지금 환자들이 있으니 그들을 치료해야 합니다. 그다음에 그들은 생각할 것이고, 나 또한 그럴 겁니다. 하지만 가장 시급한 것은 그들을 치료하는 것입니다. 나는 내가 할 수 있는 만큼 그들을 보호할 따름입니다." 리외가 말했다.

"누구로부터 보호합니까?"

리외는 창문 쪽으로 몸을 돌렸다. 그는 지평선 저 멀리, 어둠이 더욱 짙어진 곳에 바다가 있을 거라고 생각했다. 그는 피곤을 절감했을 뿐이었다. 이와 동시에 그는 특이하지만 우정을 느낀 이 사람에게 좀 더 많은 것을 털어놓고 싶은 갑작스럽고 비이성적인 욕망과 싸우고 있었다.

"그것에 대해 아는 게 없습니다, 타루. 맹세컨대 아무것도 모릅니다. 나는 어찌 보면 이 직업에 추상적으로 들어섰어요. 그도 그럴 것이 난 이 직업이 필요했고, 또 다른 직업과 마찬가지로 이 직업도 사회적 지위, 그것도 젊은 사람들이 목표로 하는 사회적 지위 중 하나였기 때문이었어요. 어쩌면 나와 같은 노동자의 자식으로서는 특히 어려운 일이었기 때문이기도 했을 거예요. 그런 다음에는 사람들이 죽어 가는 것을 보아야 했어요. 죽기를 거부하는 사람들이 있다는 것을 압니까? 한 여자가 죽는 순간에 '절대 안 돼!'라고 소리치는 것을 들어 본 적이 있나요? 나는 있어요. 그때 난 그런 것에 익숙해질 수 없다는 것을 깨달았어요. 그때 난 젊었고, 내가 느낀 혐오감은 세계의 질서 자체에 맞서는 것이라고 생각했죠. 그 후에 더 겸손해졌어요. 다만 죽는 것을 보는 것은 여전히 익숙하지 못해요. 그 이상은 아무것도 모릅니다. 하지만 결국……."

리외는 입을 다물고 다시 앉았다. 입이 마르는 느낌이었다.

"결국?" 타루가 부드럽게 물었다.

"결국……." 의사는 말을 잇다가 타루를 주의 깊게 바라보며 다시 망설였다. "이런 건 당신 같은 사람이면 이해할 수 있는 일이에요. 그렇죠? 하지만 세계의 질서는 죽음에 의해 조절되기 때문에, 어쩌면 신으로서는 사람들이 자기를 믿지 않고 자기가 침묵을 지킨 채 있는 하늘을 쳐다보지 않은 채 온 힘을 다해 죽음과 투쟁하는 것이 더 나을 겁니다."

"네, 이해할 수 있습니다. 하지만 당신의 승리는 늘 일시적일 뿐이죠. 그게 다예요." 타루가 동의했다.

리외는 침울해지는 것 같았다.

"항상 그렇습니다. 그건 나도 알아요. 그렇다고 그것이 투쟁을 그만둘 이유는 못 됩니다."

"예, 그건 이유가 아니죠. 하지만 그렇다면 당신에게 이 페스트가 어떤 존재일지 생각해 봅니다."

"맞아요. 그건 끝없는 패배예요." 리외가 말했다.

타루는 한동안 의사를 쳐다보고 나서 일어서더니 묵직한 걸음으로 문 쪽으로 향했다. 리외가 그의 뒤를 따랐다. 리외가 이미 그를 따라잡았을 때 자기 발을 보고 있는 것 같던 타루가 그에게 말했다.

"의사 선생, 이 모든 것을 누가 가르쳐 주었나요?"

즉시 대답이 왔다.

"가난입니다."

리외는 진료실 문을 열고 복도에서 타루에게 변두리 동네의 환자 한 명을 진찰하러 가기 위해 자기도 내려가야 한다고 말했다. 타루가 함께 가겠다고 하자 의사는 수락했다. 복도 끝에서 그들은 리외 부인을 만났고, 의사는 어머니에게 타루를 소개했다.

"친구예요." 그가 말했다.

"오! 알게 되어 아주 반가워요." 리외 부인이 말했다.

어머니가 가자 타루는 다시 그녀 쪽으로 몸을 돌렸다. 의사는 계단에서 스위치를 켜려고 했으나 헛수고였다. 계단은 어둠 속에 잠겨 있었다. 의사는 그것이 새로운 절전 조치의 결과가 아닐까 자문했다. 하지만 알 수 없었다. 벌써 얼마 전부터 집이나 도시에서 모든 것이 망가져 있었다. 그것은 어쩌면 단지 수위들이, 그리고 우리 시민들 전체가 더 이상 아무것에도 주의하지 않는 탓이었다. 하지만 의사는 더 따져 볼 시간이 없었다. 타루의 음성이 뒤에서 울려 왔기 때문이었다.

"한마디만 더요, 의사 선생, 비록 우습게 생각한다 해도 말할게요. 당신이 전적으로 옳아요."

리외는 어둠 속에서 자기 혼자 어깨를 으쓱했다.

"나는 아무것도 모릅니다, 정말요. 하지만 당신은 뭔가 알고 있지 않나요?"

"오! 나는 배워야 할 게 별로 없어요." 타루는 동요하지 않고 말했다.

의사가 멈춰 서자 그의 뒤에서 타루의 발이 한 계단 미끄러졌다. 타루는 리외의 어깨를 잡으면서 균형을 잡았다.

"삶에 대해 다 안다고 생각합니까?" 리외가 물었다.

여전히 차분한 음성에 실려 어둠 속에서 대답이 들려왔다.

"네."

거리로 나서자 그들은 꽤 늦은 시간이라는 것을 알게 되었다. 아마 11시쯤이었을 것이다. 도시는 말이 없었고 바스락거리는 소리만 가득 차 있었다. 아주 멀리서 구급차의 경적이 울렸다. 그들은 차에 올랐고, 리외는 시동을 걸었다.

"내일 예방 백신을 맞기 위해 꼭 병원에 와야 합니다. 그런데 확실히 매듭짓고 그 이야기에 들어가기 전에 해 두는 말인데요, 거기서 벗어날 확률은 3분의 1이라는 사실을 알아 두세요."

"그런 추정은 의미가 없습니다, 의사 선생. 나와 마찬가지로 선생도 이건 알고 있잖아요. 백 년 전에 전염병 페스트가 페르시아 시민을 모두 죽였죠. 결코 멈추지 않고 자기 일을 해 온 염(殮)하는 사람만 빼고요."

"그 사람은 3분의 1의 행운을 가졌을 뿐입니다. 하지만 우리가 그것에 대해 배워야 할 게 많다는 건 사실입니다." 리외는 갑자기 더 가라앉은 목소리로 말했다.

그들은 지금 변두리 지역으로 접어들고 있었다. 차 전조등이 황량한 거리를 밝혀 주었다. 차가 섰다. 자동차 앞에서 리외가 타루에게 들어가겠느냐고 묻자, 상대방은 좋다고 말했다. 하늘이 반사되어 그들의 얼굴을 비추고 있었다. 리외는 갑자기 우정 어린 웃음을 터뜨렸다.

"그런데 타루 씨, 이런 일을 하라고 당신을 움직인 것이 대체 뭐죠?" 그가 말했다.

"모릅니다. 어쩌면 내 도덕관이겠죠."

"어떤 도덕관이지요?"

"이해심이에요."

타루는 집 쪽으로 돌아섰고, 리외는 그들이 늙은 천식 환자의 집에 들어갈 때까지 더 이상 그의 얼굴을 보지 못했다.

* * *

그다음 날로 타루는 일에 착수해서 제1조를 모았고, 다른 많은 조가 그 뒤를 이어 조직되었다.

그렇다고 해서 서술자의 의도가 이 보건위생대에 실제 이상의 중요성을 부여하는 데 있는 것은 아니다. 사실 수많은 우리 시민들이 서술자의 입장이라면, 오늘날 보건위생대의 역할을 과장해서 기술하고픈 유혹에 넘어갈 수도 있을 것이다. 하지만 서술자는 오히려 이런 훌륭한 행동에 지나친 중요성을 부여함으로써 결국 악에 대해 간접적이고 강력한 찬사를 바치게 된다고 믿는다. 왜냐하면 이런 훌륭한 행동이 그렇게도 대단한 가치를 지니는 것은 아주 드물기 때문일 뿐이고, 또 인간의 행동에서 악의와 무관심이 더 흔한 원동력이라고 미루어 짐작하게 하기 때문이다. 하지만 서술자는 이런 생각에 공감하지 않는다. 세계 속의 악은 거의 항상 무지에서 비롯되고, 또 무식한 선의는 악의만큼이나 많은 피해를 입힐 수가 있다. 사람들은 악하다기보다는 선하다. 사실 문제는 이것이 아니다. 하지만 사람들의 무지는 더하기도 덜하기도 하며, 바로 이것이 미덕 또는 악덕이라 불리는 것이다. 이런 이유로 가장 절망적인 악덕은 모든 것을 알고 있다고 믿고서 누군가를 죽일 권리를 자신에게 인정하는 무지의 악덕이다. 살인자의 영혼은 맹목적이며, 분명 가능한 통찰력 없이는 참된 호의도 아름다운 사랑도 없을 것이다.

정확히 이런 까닭으로 타루 덕택에 조직된 우리의 보건위생대는 객관적인 만족감과 더불어 평가되어야 할 필요가 있다. 또 정확히 이런 까닭으로 서술자는 의지에 대해, 그 자신 합리적인 중요성만을 부여할 뿐인 영웅주의에 대해 지나치게 웅변적인 칭송을 하지 않게 될 것이다. 하지만 서술자는 페스트가 그때 모든 우리 시민들로 하여금 갖게끔 한 찢기고 애타는 심정을 기록하는 역사가 역할만큼은 계속해 나갈 작정이다.

사실, 보건위생대에 헌신한 사람들이 아주 대단한 자질이 있어서 그렇게 한 것은 아니었다. 그들은 자기들이 해야 할 유일한 일이 그것임을 알고 있었고, 또 그때는 그런 결단을 내리지 않는 것이 믿기 힘든 일이었기 때문에 그렇게 한 것뿐이었다. 보건위생대는 우리 시민들이 페스트 속에서 앞으로 나아갈 수 있도록 도와주었고, 그 병이 거기 있는 까닭에 그들이 이 병과 싸우는 데 필요한 일을 해야 한다는 것을 부분적으로 납득시키기도 했다. 이처럼 페스트는 몇몇 사람의 의무가 되었으며, 그렇기 때문에 페스트는 사실상 실체로서, 즉 모든 사람이 관련된 문제로서 모습을 드러내게 되었다.

이런 것은 좋은 일이다. 하지만 사람들은 2 더하기 2는 4라고 가르친다고 교사에게 찬사를 보내지 않는다. 사람들은 어쩌면 그가 이런 훌륭한 직업을 선택한 것에 찬사를 보낼 것이다. 따라서 타루와 다른 사람들이 반대쪽을 선택하기보다는 2 더하기 2는 4라는 것을 입증하는 쪽을 선택한 것은 칭찬받을 만한 행동이었다고 치자. 하지만 이런 선의 또한 교사와 그들의 공통점이고, 교사와 같은 마음을 가지고 있는 의외로 많은 사람의 ― 인간의 명예를 위해서는 다행스럽게도 ― 공통점이었다고 하자. 적어도 이것이 바로 서술자의 신념이었다. 한편 서술자는 자신에게 가해질 반론, 즉 그 사람들이 생명의 위협을 감수했다는 반론을 잘 알고 있다. 하지만 2 더하기 2는 4라고 용기 있게 말하는 사람이 사형당하는 경우가 역사에서는 반드시 있기 마련이다. 교사는 이 사실을 잘 알고 있다. 그리고 문제는 이런 수학적 논리가 받는 보상 혹은 벌이 무엇이냐를 아는 것이 아니다. 문제는 2 더하기 2가 과연 4가 되느냐 안 되느냐를 아는 것이다. 그 당시 목숨을 걸었던 우리 시민들에 대해 말하자면, 그들에게는 자신들이 페스트 속에 있느냐 없느냐, 페스트와 싸워야 하느냐 아니냐를 결정하는 것이 문제였던 것이다.

그때 우리 시의 많은 신도덕주의자들은 백약이 무효이며, 따라서 무릎을 꿇는 수밖에 없다고 말하고 다녔다. 타루도 리외도 그들의 친구들도 이런저런 대답을 할 수는 있었다. 하지만 결론은 항상 그들이 알던 것이었다. 그러니까 이런 식이든 저런 식이든 간에 계속 싸워야지 무릎을 꿇어서는 안 된다는 것이었다. 되도록 많은 사람이 죽는다든가 돌이킬 수 없는 이별을 겪지 않도록 하는 것이 관건이었다. 그러기 위해서는 오직 페스트와 싸우는 방법밖에는 없었다. 이 진리는 대단한 것이 하나도 없는 필연적인 것이었다.

정확히 이런 이유로 늙은 카스텔은 임시변통한 재료로 현장에서 혈청을 만드는 데 모든 믿음과 정력을 바쳤다. 그와 리외는 시에 퍼져 있는 병원체 자체를 배양해 만든 혈청이 외부에서 온 혈청보다 더 직접적인 효과가 있기를 희망했다. 왜냐하면 이 세균이 전통적으로 규정된 페스트 간균과 약간 달랐기 때문이다. 카스텔은 빨리 자신의 첫 혈청을 얻게 되기를 바랐다.

다시 한 번 정확히 이런 이유로 영웅다운 면모라곤 전혀 없는 그랑은 이제 보건대에서 일종의 서기 역할을 맡고 있었다. 타루가 편성한 일부 조는 사실 과밀 지역에서 예방 보조 작업에 투입되었다. 그들은 그곳에 필요한 위생을 갖춰 주려고 노력했고, 소독반이 다녀가지 못한 헛간과 지하실의 수를 세었다. 다른 일부의 조는 의사들의 왕진을 보조했고, 페스트 환자의 이송을 맡았으며, 나중에는 기술직원이 없어서 심지어 환자와 사망자용 차량을 운전하기도 했다. 이 모든 일에는 등록이나 통계 작업이 필요했는데, 그랑이 그것을 하겠다며 나섰다.

서술자는 이런 관점에서 그랑이 리외나 타루 이상으로 보건위생대에 활기를 불어넣은 조용한 미덕의 실재적 대표자였다고 평가한다. 그랑은 주저하지 않고 자신이 지녀 온 선의를 가지고 긍정적으로 답을 했다. 그는 다만 자질구레한 일에 도움이 되도록 해 달라고만 부탁했을 뿐이다. 그는 그 외의 일을 하기에는 나이가 너무 많았다. 그는 오후 6시부터 8시까지 시간을 낼 수 있었다. 그리고 리외가 열렬히 감사를 표시하자 그랑은 놀랐다. "뭐 제일 어려운 일도 아니잖아요. 페스트가 있으니, 스스로 지켜야 하죠. 이건 당연한 일이에요. 아! 모든 일이 이렇게 단순했으면!" 그리고 그는 자기가 쓰고 있는 문장 이야기로 다시 돌아왔다. 가끔씩 저녁때 목록을 작성하는 일이 끝나면 리외는 그랑과 이야기를 했다. 그들은 결국 타루를 대화에 끼워 넣게 되었고, 그랑은 점차 눈에 띄게 기뻐하며 두 동반자에게 마음을 털어놓았다. 두 사람은 그랑이 페스트가 창궐하는 중에도 계속하고 있던 인내심이 필요한 작업을 관심 있게 따라가고 있었다. 그들 역시 결국에는 거기에서 일종의 여유를 얻고 있었다.

"그 여기사 잘 지내죠?" 타루가 자주 물었다. 그러면 그랑은

늘 같은 대답이었다. "걷고 또 걷고 있어요." 이렇게 말하며 그
는 힘겹게 미소를 지었다. 어느 날 저녁, 그랑은 자신의 여기사
에 대해 '우아한'이라는 형용사를 완전히 포기하고, 그 뒤에 그
녀를 '날씬한'으로 묘사했다고 말했다. "더 구체적이에요." 그는
이 말을 덧붙였다. 언젠가 한번은 두 명의 청중에게 다음과 같
이 고친 첫 구절을 읽어 주었다. "어느 아름다운 5월 오전 나절,
날씬한 한 여기사가 멋진 알레잔 암말을 타고 불로뉴 숲의 꽃
이 만발한 오솔길을 누비고 있었다."

"어때요? 여인이 더 잘 보이고, '5월 오전 나절'이 더 좋았어
요. 왜냐하면 '5월, 그 달의'는 보폭이 좀 늘어져요." 그랑이 말
했다.

그랑은 후에 '멋진'이라는 형용사를 가지고 고심하는 것이
역력했다. 그에 따르면 이것은 별로 뜻이 없었다. 그는 그 자신
이 상상하는 화려한 암말을 사진처럼 단번에 찍어 줄 수 있는
어휘를 찾고 있었다. '살이 찐'은 어울리지 않았는데, 구체적이
지만 약간 비하하는 어투였기 때문이었다. '윤기 흐르는'이 잠
깐 그의 관심을 끌었지만, 박자가 맞지 않았다. 어느 날 저녁,
그는 의기양양하게 '검은 알레잔 암말'이라는 표현을 발견했다
고 알려 줬다. 그에 따르면, 검은 빛깔은 은밀하게 우아함을 보
여 준다는 것이었다.

"그건 불가능해요." 리외가 말했다.

"왜 그러죠?"

"알레잔은 말의 품종이 아니라 색깔을 가리켜요."

"무슨 색깔인데요?"

"그게, 어쨌든 검은색이 아닌 어떤 색깔이에요!"

그랑은 아주 괴로워 보였다.

"고마워요, 선생님이 있어 다행이네요. 그건 그렇고, 알겠죠, 이게 얼마나 어려운 일인지요." 그가 말했다.

"'화려한'은 어때요?" 타루가 말했다.

그랑이 그를 보았다. 그는 곰곰 생각하다가 말했다.

"좋은데요, 좋아요!"

그의 얼굴에 점차 미소가 어렸다.

그로부터 얼마 있다가 '꽃이 만발한'이라는 말 때문에 골치가 아프다고 털어놓았다. 그는 오랑과 몽텔리마르밖에는 아는 곳이 없었기 때문에, 가끔 두 사람에게 불로뉴 숲의 오솔길에 꽃이 어떤 식으로 만발하는지 예를 들어 달라고 부탁했다. 정확하게 말해서, 불로뉴 숲의 오솔길이 리외나 타루에게 그런 인상을 준 적은 없었지만 시청 서기의 확신은 그들을 흔들어 놓았다. 그랑은 그들에게 확신이 없다는 것에 놀라워했다. "볼줄 아는 자들은 화가들뿐이에요." 하지만 의사는 언젠가 그가 몹시 흥분해 있는 것을 보았다. 그는 '꽃이 만발한'을 '꽃이 가득한'으로 바꿨던 것이다. 그는 두 손을 비벼 대고 있었다. "드디어 꽃이 보이고, 향기가 느껴져요. 여러분, 모자를 벗어 경의를 표하세요!" 그는 의기양양하게 그 구절을 읽었다. "어느 아름다운 5월 오전 나절, 날씬한 한 여기사가 화려한 알레잔 암말을 타고 불로뉴 숲의 꽃이 가득한 오솔길들을 누비고 있었다." 하지만 이 구절을 마칠 때 큰 소리로 읽은 속격(屬格) 세 개가 거슬리게 들리자 그랑은 약간 더듬거렸다. 그는 기운 빠진 모습으로 자리에 앉았다. 그러고 나서 집에 가도 되겠느냐고 의사에게 양해를 구했다. 그는 생각이 좀 필요했던 것이다.

나중에 알게 된 일이지만, 그랑은 그 무렵 사무실에서 산만한 증세를 보였는데, 이 증세는 시청으로서는 감소된 인원으로 짓누르는 업무들에 대처해야 했던 때라 유감스러운 것으로 여겨졌다. 그로 인해 부서가 힘들어지자 국장은 그를 엄중하게 야단치며 그가 완수하지 못한 바로 그 일을 완수하라고 나라에서 봉급을 주는 것이라고 지적했다. 국장은 이렇게 말했다. "내가 알기로 당신은 당신 업무 외에 보건위생대에서 자원봉사를 하고 있는 것 같던데. 그건 나와 상관이 없는 일이오. 나와 상관 있는 건 당신의 업무요. 그런데 이 끔찍한 상황에서 당신이 유익한 일을 할 수 있는 첫 번째 방법은 담당 업무를 잘하는 거요. 그러지 않으면, 그 나머지는 아무 소용도 없소."

"국장 말이 맞아요." 그랑이 리외에게 말했다.

"그래요, 그가 옳아요." 의사가 동의했다.

"그런데 정신이 산만해져서, 문장을 어떻게 끝내야 할지 잘 모르겠어요."

그랑은 모든 사람이 알아들을 것이라고 예상하면서 '불로뉴'란 단어를 지워 버릴까 생각했다. 하지만 그때 이 구절은 실상 '오솔길'에 연결되던 '숲'을 '꽃'에 연결시켜 주는 모양새였다. 그는 또한 '꽃이 가득한 숲의 오솔길'이라는 표현의 가능성도 검토해 보았다. 하지만 그가 임의적으로 갈라놓은 명사와 수식어 사이의 '숲'의 위치가 살에 박힌 가시였다. 며칠 밤 동안, 그는 정말로 리외보다도 더 피곤한 모습이었다.

그렇다. 그랑은 그 자신을 온통 흡수해 버리던 그런 연구로 인해 피곤한 건 사실이었다. 그렇다고 해서 그가 보건위생대에 필요한 합산과 통계 일을 계속 못해 낸 것은 아니었다. 인내심을 가지고 그는 매일 저녁 목록을 간명하게 정리했고, 거기에 곡선 도표를 첨부했으며, 될 수 있는 한 정확한 상황도를 제시하려고 천천히 심혈을 기울였다. 그는 아주 자주 리외를 만나러 병원으로 와서 아무 사무실이나 진료실 안에 책상 하나를 내달라고 부탁하기도 했다. 그는 정확히 시청의 자기 책상에 앉듯이 서류를 가지고 앉아서 소독약과 병(病) 자체에 의해 짙어진 공기 속에서 잉크를 말리려고 종잇장을 흔들어 대곤 했다. 그때 그는 자기가 고안해 낸 여기사에 대해 더 이상 생각하지 않고 오직 해야 할 일을 하려고 성실히 노력하고 있었다.

그렇다. 인간은 영웅이라 부르는 사람을 본보기와 귀감으로 삼는 것을 좋아하는 것이 사실이어서 이 이야기 속에 영웅 한 명이 정말 필요하다면, 서술자는 가진 것이라고는 그저 약간의 선한 마음과 보기에도 우스꽝스러운 이상만을 가지고 있을 뿐인 이 보잘것없고 존재감 없는 영웅을 제안한다. 이런 제안을 통해 진리에 대해서는 그 본래 의미가, 2와 2의 덧셈에 대해서는 4라는 합이 주어지게 될 것이다. 또한 이런 제안을 통해 영웅주의에 대해서는 부차적이라는 원래 자리, 즉 행복에 대한 지대한 욕망 바로 뒤이지 결코 앞이 아닌 부차적 자리가 주어지게 될 것이다. 그리고 이런 제안을 통해 연대기의 특징도 주어지게 될 것이다. 좋은 기분으로 하는 진술, 그러니까 보란 듯이 기분 나빠하지 않고 천박한 흥행물처럼 자극이 없는 기분으로 하는 진술이라는 특징 말이다.

이것은 어쨌든 외부 세계가 페스트에 휩싸인 오랑 시에 전달하고자 했던 후원과 격려를 신문에서 읽거나 라디오에서 들을 때, 의사 리외가 가졌던 의견이었다. 항공로와 육로로 전달된 구호품과 동시에 동정적이거나 찬양적인 발언이 전파나 인쇄물의 형태로 이제 고립된 이 도시 위로 매일 저녁 헤아릴 수 없이 쏟아지고 있었다. 하지만 의사 리외는 거기에 포함된 서사시적이거나 수상식용 연설 어조를 도저히 참을 수가 없었다. 분명 그는 이런 염려가 가식이 아니라는 것은 알고 있었다. 하지만 이것은 관례적 언어로 표현될 수밖에 없었고, 그런 언어를 통해 사람들은 그들을 인류와 연결해 주는 무언가를 표현하려고 애썼다. 그리고 예컨대 이런 언어는 페스트의 와중에서 그랑이 의미하는 바가 뭔지를 설명해 줄 수 없기에 그의 작은 일상적 노력에는 적용될 수 없었다.

황량해진 도시의 깊은 침묵 속에서 너무나 짧은 잠을 청하기 위해 자정에 잠자리에 들 때 의사는 종종 라디오의 스위치를 돌리곤 했다. 그러면 세계의 끝에서부터 수천 킬로미터를 가로질러 생면부지의 우정 어린 음성들은 서툴게나마 연대감을 전하려 애를 썼고, 분명 그것을 말했지만 동시에 볼 수 없는 어떤 고통을 진정으로 공유할 수 없다는, 모든 사람이 처한 끔찍한 무력감을 증명해 주고 있었다. "오랑! 오랑!" 헛되이 이런 부름이 바다를 건너왔고, 리외는 헛되이 주의를 기울이고 있었으며, 곧 웅변은 고조되어 그랑과 이 웅변가를 낯선 두 사람으로 만들어 버리는 본질적인 경계를 훨씬 더 두드러지게 했다. '오랑! 그래, 오랑! 그러나 아니야. 함께 사랑하거나 죽거나야. 그 외의 다른 방법은 없어. 그들은 너무 멀리 있어.' 리외는 이렇게 생각했다.

***

정확히 이때부터 페스트 절정기에 이르기 전까지, 즉 재앙이 시를 완전히 탈취하려고 온 힘을 모아 쏟아붓던 시기에 대해 이야기해야 할 것은, 랑베르 같은 마지막 별종들이 행복을 되찾기 위해, 그리고 모든 침해에 맞서 지켜 온 그들 자신의 일부를 페스트로부터 구하기 위해 기울인 절망적이고 단조로운 긴 노력들이다. 그들은 자신들을 위협하는 속박을 이런 방식으로 거부하고 있었다. 비록 이런 거부가 다른 거부만큼 보기에도 효과적이지 않았지만, 서술자의 의견으로는 그것은 큰 의의를 가지고 있었고, 또 비록 헛되고 심지어는 모순되어도 그때 우리 모든 사람의 마음속에 자리 잡고 있었던 자랑스러운 그 뭔가를 보여 주는 것이었다.

랑베르는 페스트가 자기를 덮치는 것을 막기 위해 투쟁했다. 합법적인 방법으로는 이 도시를 빠져나갈 수 없다는 확증을 얻었기 때문에, 그 자신이 리외에게 말했던 대로 다른 수단을 강구하기로 마음을 굳혔다. 신문기자는 카페 종업원들로부터 시작했다. 카페 종업원이라면 항상 많은 소식을 알고 있는 법이다. 하지만 랑베르가 처음에 캐물었던 몇몇 종업원은 그런 종류의 탈출 시도에 과해지는 중벌에 대해 특히 정통했다. 어떤 경우에 그는 심지어 선동자로 여겨지기까지 했다. 일이 조

186

금 진척된 것은 리외의 집에서 랑베르가 코타르를 만나게 되면서였다. 그날 리외와 코타르는 그 신문기자가 관청에서 밟았던 헛된 절차들에 대해 다시 이야기를 나누었다. 며칠 후, 코타르는 거리에서 랑베르를 만나자 그 당시에 그가 모든 인간관계에서 취하던 붙임성 있는 태도로 그를 대했다.

"여전히 별 성과 없나요?" 코타르가 말했다.

"네, 아무것도요."

"관청에 기대할 수는 없을 겁니다. 도대체 그들은 이해해 주려고 하지를 않아요."

"사실이에요. 하지만 난 다른 걸 찾고 있어요. 어렵네요."

"아! 그렇게 보이네요." 코타르가 말했다.

줄이 닿는 곳이 있던 코타르는 놀란 랑베르에게 자기가 오래전부터 오랑에 있는 모든 카페의 단골이고, 거기에는 여러 친구가 있어서 이런 종류의 일을 취급하는 조직에 대한 정보를 가지고 있다고 설명했다. 진실을 말하자면, 그 당시 수입보다 지출이 많아진 코타르는 배급품의 암거래에 관여하고 있었다. 그러니까 그는 담배와 값싼 술을 되팔고 있었는데, 그 가격이 계속 올라 그는 소소한 밑천을 마련하고 있는 중이었다.

"확실한가요?" 랑베르가 물었다.

"그럼요, 나한테 그걸 제안했으니까요."

"그럼 그걸 이용하지 않았고요?"

"의심하지 말아요. 난 떠날 생각이 없었기 때문에 이용하지 않았어요. 내 나름의 이유가 있죠." 코타르는 호인 같은 태도로 말했다.

그는 침묵 후에 이렇게 덧붙였다.

"무슨 이유인지 물어보지 않네요?"

"내 생각으로는 그건 나와 상관없는 일일 것 같네요." 랑베르가 말했다.

"어떤 의미에서는 사실 그쪽하곤 상관이 없어요. 하지만 다른 의미에서라면……. 결국 하나 명백한 것은 우리가 페스트와 함께 지낸 날부터 나는 여기가 참 좋다는 느낌이 든다는 겁니다."

상대방은 그의 말을 자르며 말했다.

"그 조직과 접촉하려면 어떻게 해야 하죠?"

"아! 그건 쉬운 일이 아닙니다. 같이 가죠." 코타르가 말했다.

오후 4시였다. 무더운 하늘 아래에서 도시는 서서히 데워지고 있었다. 모든 상점에 발이 내려져 있었다. 인도에는 인적이 드물었다. 코타르와 랑베르는 지붕이 있는 상점가로 들어서서 한참 말없이 걸었다. 페스트가 모습을 드러내지 않는 그런 시간의 일부였다. 이와 같은 침묵, 이와 같은 색채와 움직임의 정지는 재앙과 마찬가지로 여름의 한 특성일 수 있었다. 공기가 무거운 것이 위협 때문인지 먼지와 폭염 때문인지 알 수 없었다. 페스트와 다시 접촉하려면 관찰하고 깊이 생각해 봐야 했다. 왜냐하면 페스트는 오직 음성적인 징조를 통해서만 모습을 드러내기 때문이다. 예컨대 페스트와 친숙한 코타르는 복도의 문턱에서 옆으로 자빠져 몸을 식히려고 헐떡거리고 있어야 할 개들이 없음을 랑베르에게 지적했다.

코타르와 랑베르는 팔미에 대로로 들어섰다가 아름 광장을 가로질러 마린 동네 쪽으로 내려갔다. 왼쪽에는 초록색으로 단장한 카페 하나가 넓은 노란색 천으로 된 비스듬히 처진 발 아래에 가려져 있었다. 안으로 들어서며 그들은 이마를 닦았다. 그들은 초록색 철판 탁자 앞의 정원용 접이식 의자에 앉았다. 홀은 텅 비어 있었다. 공중에서 파리들이 윙윙거렸다. 기우뚱한 스탠드바 위에 놓여 있는 노란 새장 안에는 털이 빠진 앵무새 한 마리가 횃대 위에 앉아 있었다. 전투 장면을 담은 오래된 그림이 땟국과 촘촘한 거미줄에 덮인 채 벽에 걸려 있었다. 모든 철판 탁자들과 랑베르 자신 앞에 있는 탁자에도 닭똥이 말라붙어 있었다. 조금 소란스러운 소리가 나더니 어두운 한구석에서 멋진 수탉 한 마리가 팔짝대면서 나오기 전까지는 닭똥이 왜 거기에 있는 것인지를 설명하기 어려웠다.

그 순간, 더위가 더 기승을 부리는 것 같았다. 코타르는 웃옷을 벗고 철판 탁자를 두드렸다. 긴 파란 앞치마에 파묻힌 키가 작은 남자가 안에서 나오더니 코타르를 보고 멀리서 인사를 했다. 그는 수탉을 발로 세게 걷어차 쫓아 버리고 앞으로 와 수탉이 꼬꼬댁거리는 와중에도 손님에게 주문을 받고 있었다. 코타르는 백포도주를 주문하려다가 가르시아라는 사람에 대해 캐물었다. 땅꼬마에 따르면 그 사람을 카페에서 본 지 벌써 며칠이 되었다는 것이었다.

"오늘 저녁에 올 거라고 생각하나?"

"글쎄요! 그 사람 속을 어떻게 압니까? 하지만 손님께서는 그 사람이 언제 올지 아시죠?" 상대방이 말했다.

"알지, 하지만 그게 대수로운 건 아니지. 그저 소개해 줄 친구가 한 명 있어서."

종업원은 앞치마 자락에 축축한 손을 닦고 있었다.

"아! 손님도 역시 그 일을 하시는군요?"

"응." 코타르가 말했다.

땅꼬마는 코를 킁킁거렸다.

"그렇다면 오늘 저녁에 다시 오세요. 그 사람한테 애를 보낼게요."

밖으로 나오면서 랑베르는 그 일이라는 것이 뭐냐고 물었다.

"당연히 암거래죠. 시의 관문을 통해 물건이 들어옵니다. 아주 비싼 값에 팔아요."

"그렇다면, 공모자들이 있겠군요?" 랑베르가 말했다

"그렇죠."

그날 저녁, 발은 걷혀 있었고, 앵무새는 새장 속에서 재잘거리고 있었으며, 철판 탁자에는 셔츠 바람의 남자들이 둘러앉아 있었다. 그중 한 명은 밀짚모자를 뒤로 젖혀 쓰고 그을린 흙과 같은 색의 가슴이 드러난 흰 와이셔츠 차림이었는데, 코타르가 들어서자 일어섰다. 반듯하고 햇볕에 탄 구릿빛 얼굴, 검고 작은 눈, 하얀 이, 두세 개의 반지를 낀 그는 서른 살쯤으로 보였다.

"안녕하신가, 바에서 한잔해야지." 그가 말했다.

그들은 말없이 세 잔을 마셨다.

"나가는 게 어때?" 가르시아가 그때 말했다.

그들은 항구 쪽으로 내려갔다. 가르시아는 자기에게 뭘 원하느냐고 물었다. 코타르는 그에게 랑베르를 소개하려고 한 것은 정확히는 사업을 위해서가 아니라 코타르 자신의 표현대로 '외출'을 위한 것일 뿐이라고 말했다. 가르시아는 담배를 피우면서 앞으로 곧장 가고 있었다. 그는 랑베르에 대해 말하면서 '그'라고 부르며 몇 가지 질문을 했는데, 랑베르가 옆에 있다는 것을 아는 것 같지도 않았다.

"뭘 하려고?" 가르시아가 말했다.

"프랑스에 아내가 있대."

"아하!"

그리고 조금 있다가 그가 말했다.

"그 사람 직업이 뭐야?"

"신문기자."

"말이 많은 사람들 직업이네."

랑베르는 입을 다물고 있었다.

"친구야." 코타르가 말했다.

그들은 아무 말 없이 앞으로 갔다. 높은 철조망에 의해 진입이 금지된 부둣가에 도착했다. 하지만 그들은 정어리 튀김을 파는 조그마한 간이식당 쪽으로 향했는데, 그 냄새가 그들이 있는 곳까지 풍겨 오고 있었다.

"어쨌든 그건 내가 아니라 라울이 관여하는 문제야. 그리고 내가 그를 다시 만나야 해. 쉽지 않을 거야." 가르시아가 결론을 내렸다.

"아! 그는 숨어 지내나?" 코타르가 흥분하며 물었다.

가르시아는 대답하지 않았다. 그는 간이식당 가까이에서 멈춰 서더니 처음으로 랑베르 쪽으로 돌아섰다.

"모레 11시, 시내 위쪽에 있는 세관 건물 모퉁이요."

가르시아는 떠나려고 하다가 다시 두 사람에게로 돌아섰다.

"비용이 들 거요." 그가 말했다.

그건 확인용이었다.

"당연히 그러겠죠." 랑베르가 동의했다.

잠시 후에 신문기자는 코타르에게 감사를 표했다.

"오! 아니에요. 당신을 도와줘서 즐겁습니다. 그리고 말이죠,

당신은 신문기자니까 언젠가 저를 도와주셔야 합니다." 상대방이 쾌활하게 말했다.

이틀 후, 랑베르와 코타르는 우리 시의 꼭대기로 난 그늘 없는 큰길을 따라 올라갔다. 세관 건물의 일부분이 간병소로 변해 있었고, 커다란 문 앞에는 사람들이 진을 치고 있었다. 허락될 수 없는 면회를 기대하고 왔거나 시시각각으로 무효가 되어버리는 정보들을 찾으러 온 사람들이었다. 어쨌든 이런 모임에는 많은 사람의 왕래가 가능했고, 따라서 이런 배려가 가르시아와 랑베르의 만남 약속이 정해진 이유와 무관하지 않다고 추측할 수 있었다.

"이상하군요. 왜 그렇게 고집스럽게 떠나려고 하는지. 어쨌든 벌어지는 일이 꽤 흥미롭습니다." 코타르가 말했다.

"난 그렇지 못합니다." 랑베르가 답했다.

"오! 당연히 위험부담이 있죠. 하지만 따지고 보면 페스트 이전에도 아주 복잡한 교차로를 건너려면 그런 정도의 위험부담은 있었죠."

그 순간, 리외의 차가 그들 옆에 와서 멈춰 섰다. 타루가 운전을 하고 있었고, 리외는 반쯤 조는 것 같았다.

리외는 잠에서 깨서 그들을 인사시켜 주려고 했다.

"우리는 서로 구면이죠. 같은 호텔에 묵고 있어요." 타루가 말했다.

타루는 랑베르에게 시내까지 태워다 주겠다고 제안했다.

"아닙니다, 여기서 약속이 있어요."

리외가 랑베르를 쳐다보았다.

"여깁니다." 랑베르가 말했다.

"아! 선생님도 알고 있었어요?" 코타르가 놀라워했다.

"저기 예심판사가 오네요." 타루가 코타르를 보면서 넌지시 말했다.

코타르의 안색이 변했다. 과연 오통 씨가 길을 내려와 힘차지만 절제된 걸음걸이로 그들 쪽으로 오고 있었다. 그는 그들 앞을 지나가면서 모자를 벗었다.

"안녕하십니까, 판사님!" 타루가 말했다.

판사는 차에 있는 사람들에게 답례를 하더니 뒤로 물러서 있던 코타르와 랑베르를 보며 고개로 정중하게 인사를 했다. 타루가 하숙인과 신문기자를 소개했다. 판사는 잠깐 하늘을 쳐다보고 나서 한숨을 쉬며 서글픈 시기라고 말했다.

"제가 듣기로 타루 씨, 선생께서는 예방 조치를 실시하는 일을 맡고 있다고 하더군요. 제가 선생을 칭찬할 자격이나 있을지 모르겠습니다. 의사 선생, 병이 확산될 거라고 생각하십니까?"

리외가 그렇게 안 되기를 바라야 한다고 말하자, 판사는 항상 희망을 가져야 한다고 반복했다. 하지만 신의 섭리가 계획한 것을 누가 알 수 있겠는가. 타루는 그에게 이번 사태로 일이 늘었느냐고 물었다.

"그 반대입니다. 이른바 공법 관련 사건들은 줄었습니다. 제가 심리하는 것들은 새 조치들에 대한 중대한 위반 사건들밖에는 없습니다. 기존의 법률들은 결코 이 정도로 잘 지켜지지 않았어요."

"비교해 보면 그건 기존의 법률들이 훌륭해서죠. 당연한 일입니다." 타루가 말했다.

판사는 마치 우러러보는 듯이 시선을 하늘로 향하고 꿈꾸는 표정을 짓고 있다가 시선을 돌렸다. 그리고 차가운 표정으로 타루를 훑어봤다.

"그런 것이 뭐가 대수죠? 중요한 건 법이 아니라 판결입니다. 그건 우리가 어떻게 할 수 있는 것이 아닙니다." 판사가 말했다.

"저 사람이 제1의 적이야." 판사가 떠나자 코타르가 말했다.

차가 출발했다.

잠시 후, 랑베르와 코타르는 가르시아가 도착하는 것을 보았다. 그는 아무 신호 없이 그들 쪽으로 오더니 인사 대신에 말했다. "기다려야 되겠어."

여자가 압도적으로 많은 그들 주위의 군중은 완전한 침묵 속에서 기다리고 있었다. 거의 모든 여자가 바구니를 들고 있었는데, 그녀들은 이것들을 병든 친척들에게 전달할 수 있으리라는 헛된 희망과 이 친척들이 그것들을 식량으로 쓸 수 있으리라는 더욱더 정신없는 생각을 하고 있었다. 무장한 파수병들이 관문을 지키고 있었고, 이상한 외침 소리가 이따금 정문과 건물 사이에 있는 마당을 가로질렀다. 그러면 모인 사람 가운데 여러 명이 불안에 찬 얼굴을 간병소 쪽으로 돌리는 것이었다.

세 남자는 이 광경을 바라보다가 등 뒤에서 "안녕하십니까."라는 선명하고 굵은 인사 소리가 나자 돌아섰다. 더위에도 불구하고 라울은 단정한 차림이었다. 키가 크고 건장한 그는 어두운 색의 더블 정장에 챙이 위로 말려 올라간 펠트 모자를 쓰고 있었다. 얼굴은 꽤 핼쑥했다. 갈색 눈과 얇은 입을 가진 라울은 빠르고 정확하게 말했다.

"시 쪽으로 갑시다. 가르시아, 너는 이제 가도 돼." 그가 말했다.

가르시아는 담뱃불을 붙이고 그들과 헤어졌다. 그들은 가운데 있는 라울의 보폭에 맞춰 빠르게 걸었다.

"가르시아가 설명했어요. 가능한 일입니다. 어쨌든 만 프랑은 들 겁니다." 그가 말했다.

랑베르는 받아들인다고 대답했다.

"같이 점심 식사를 합시다. 내일 마린가(街)에 있는 스페인 식당에서요."

랑베르가 알았다고 말하자, 라울은 처음으로 미소를 지으며 악수를 했다. 그가 떠난 후 코타르가 양해를 구했다. 그는 그다음 날 시간이 없었고, 랑베르는 이제 그가 없어도 되었다.

그 이튿날 신문기자가 스페인 식당으로 들어서자 모든 사람이 그가 지나가는 쪽으로 고개를 돌렸다. 햇볕에 말라 누렇고 작은 길 아래쪽에 위치한 이 그늘진 굴 같은 식당에 드나드는 사람들은 대부분 스페인계 남자 손님들이었다. 하지만 안쪽의 탁자에 자리 잡은 라울이 신문기자에게 신호를 하고, 랑베르가 그를 향해 몸을 돌리자마자 호기심이 사라진 사람들은 접시로 얼굴을 돌렸다. 라울 옆에는 한 사내가 앉아 있었는데, 키가 크고 말랐으며, 수염은 덥수룩하고 어깨가 엄청 넓으며, 얼굴은 말상이고 머리숱이 적었다. 걷어 올린 윗옷 밑으로 시커먼 털로 덮인 길고 가느다란 두 팔이 보였다. 랑베르를 소개받자 그는 고개를 세 번 끄덕였다. 그의 이름은 입 밖으로 나온 적이 없었고, 라울은 그저 '우리 친구'라고 말하면서 그에 대해 말했다.

"우리 친구가 당신을 도울 수 있을 것 같다고 해요. 그가 곧 당신을……."

라울이 말을 멈췄다. 여종업원이 랑베르의 주문을 받으러 끼어들었기 때문이다.

"이 친구가 당신을 우리 친구 중 두 사람과 곧 연결해 줄 거고, 또 그 친구들이 우리가 매수해 놓은 보초병들을 당신에게 소개해 줄 거요. 그렇다고 다 끝나는 것이 아닙니다. 보초병들

스스로 절호의 시기를 판단할 겁니다. 가장 간단한 방법은 그들 가운데 시의 관문 근처에 사는 사람 집에서 며칠 밤을 묵는 겁니다. 하지만 그 전에 우리 친구가 필요한 접선을 해 줘야 합니다. 모든 일이 준비되면 비용은 이 친구한테 지불하면 됩니다."

그 친구는 한입 가득 토마토와 피망 샐러드를 쉬지 않고 씹으며 말같이 생긴 머리를 다시 한 번 끄덕였다. 그러고 나서 그는 가벼운 스페인 억양으로 말했다. 그는 랑베르에게 이틀 후 아침 8시에 대성당 정문에서 만나자고 제의했다.

"또 이틀 후로군요." 랑베르가 말했다.

"쉬운 일이 아니어서 그렇습니다. 그 사람들을 다시 만나야 해요." 라울이 말했다.

말상이 한 번 더 머리를 끄덕이자 랑베르는 열의 없이 수락했다. 나머지 식사 시간은 얘깃거리를 찾다가 지나갔다. 하지만 말상이 축구 선수였다는 것을 랑베르가 알게 되면서부터 모든 일이 쉬워졌다. 랑베르 역시 축구를 많이 했던 것이다. 해서 프랑스 전국 시합, 영국 프로 선수 팀의 실력, W형 전술에 대해 이야기를 했다. 점심이 끝날 무렵에 말상은 한창 신이 나 있었고, 축구팀에서는 미드필더보다 더 훌륭한 포지션은 없다는 것을 랑베르에게 납득시키려 할 때에는 말을 놓기도 했다. 그가 말했다. "자네도 알지, 미드필더는 공을 배분하는 사람이야. 그리고 공을 배분하는 게 바로 축구라고." 랑베르는 항상 센터포 워드를 맡았지만, 말상과 같은 견해였다. 이 토론은 라디오 수신기 때문에 중단되었는데, 라디오에서는 감상적인 멜로디가 은은하게 되풀이된 후 전날 페스트로 인해 137명의 희생자가 발생했다는 소식이 보도되었다. 거기에 있는 사람 중 그 누구도 반응을 나타내지 않았다. 말상의 사내는 어깨를 으쓱하더니 일어났다. 라울과 랑베르도 그를 따라 일어났다.

떠나면서 미드필더는 랑베르의 손을 힘차게 쥐었다.

"내 이름은 곤살레스네." 그가 말했다.

랑베르에게 이틀은 끝나지 않을 것처럼 보였다. 그는 리외를 찾아가서 일의 경과를 자세히 말했다. 그러고 나서 그는 왕진을 가는 리외와 같이 갔다. 그는 페스트로 의심받는 환자가 리외를 기다리는 집의 문 앞에서 작별 인사를 나누었다. 복도 안에서 뛰는 소리와 목소리가 들려왔다. 누군가 가족에게 의사가 왔다고 알리는 것이었다.

"타루가 늦지 않으면 좋겠는데." 리외가 중얼거렸다. 피로한 모습이었다.

"전염병이 아주 빨리 진행되고 있죠?" 랑베르가 물었다.

리외는 그건 그렇지 않으며 통계 곡선조차 전보다 덜 빠르게 오른다고 말했다. 다만 페스트에 맞설 수단이 충분하지 않았을 뿐이었다.

"물자가 부족해요. 보통 세계의 어느 군대에서나 물자가 부족하면 인력으로 보충하죠. 하지만 우리에게는 인력마저도 부족합니다." 리외가 말했다.

"외부에서 의사들과 보건부 직원들이 왔잖아요."

"예. 의사 열 명과 백여 명 정도의 사람들이 왔죠. 분명 많은 수예요. 하지만 전염병의 현재 상황에서 보면 그 정도로는 빠듯해요. 병이 확산되면 부족합니다." 리외가 말했다.

리외는 안에서 나는 소리에 귀를 기울이고 나서 랑베르에게 미소를 지었다.

"그래요. 서둘러 일을 성사시키세요." 그가 말했다.

랑베르의 얼굴에 어두운 그늘이 지나갔다.

"아시죠. 제가 그런 걸로 인해 떠나는 건 아니라는 걸 말입니다." 그는 가라앉은 목소리로 말했다.

리외가 그건 안다고 대답했으나 랑베르가 계속 말을 했다.

"최소한 저는 제가 비겁하지 않은 편이라고 생각합니다. 그것을 경험할 기회가 있었어요. 단지 제가 견딜 수 없는 생각들이 있을 뿐입니다."

의사가 그를 정면으로 쳐다보았다.

"연인을 다시 보게 될 겁니다." 리외가 말했다.

"어쩌면요. 하지만 이런 상태가 지속될 거라는 것과 그러는 동안 그녀가 늙을 것이라는 생각을 하면 견딜 수가 없습니다.

사람은 서른 살이 되면 늙기 시작하니 모든 기회를 활용해야 합니다. 선생님이 이해하실는지 모르겠어요."

리외가 자신이 생각하기에 이해가 된다고 중얼거리고 있을 때, 타루가 아주 신이 나서 도착했다.

"방금 파늘루 신부에게 우리와 합류해 달라고 부탁했어요."

"아, 그랬더니요?" 의사가 물었다.

"곰곰 생각하더니 그러겠다고 했어요."

"그거 흐뭇한 일이군요. 그가 자기 설교보다 더 나은 사람이 라는 걸 알게 돼서 흐뭇하네요." 의사가 말했다.

"모든 사람이 그렇습니다. 다만 그들에게 기회를 줘야 합니다." 타루가 말했다.

그는 미소를 짓더니 리외를 향해 눈을 깜빡했다.

"평생 내가 할 일이 그런 거죠. 기회를 제공하는 거 말입니다."

"실례지만 가 봐야겠습니다." 랑베르가 말했다.

약속일인 목요일, 랑베르는 8시 5분 전에 대성당의 정문 아래에 도착했다. 공기는 아직 선선했다. 치솟는 더위가 한 번에 삼켜 버릴 둥글고 작은 흰 구름들이 하늘에 떠다니고 있었다. 잔디밭에서는 여전히 흐릿한 습기 냄새가 올라오고 있었지만 말라 있었다. 동쪽 집들 뒤의 태양은 광장을 장식하고 있는 전신이 금도금된 잔 다르크의 투구만을 덥히고 있었다. 시계의 종이 8시를 쳤다. 랑베르는 황량한 정문 아래로 몇 발 걸었다. 안에서 나는 희미한 잠언 낭송 소리가 지하실 냄새와 향냄새와 함께 그에게 들려왔다. 갑자기 낭송 소리가 멎었다. 십여 개의 자그마한 검은 형상들이 성당에서 나와 시를 향해 빠른 걸음으로 걷기 시작했다. 랑베르는 초조해지기 시작했다. 다른 검은 형상들이 큰 계단을 올라 정문으로 오고 있었다. 그는 담배에 불을 붙이고 나서 이 장소에서는 어쩌면 흡연이 허락되지 않을 것이라는 생각을 했다.

8시 15분이 되자, 대성당의 오르간이 은은하게 연주를 시작했다. 랑베르는 어두운 궁륭 아래로 들어섰다. 곧이어 그의 앞을 지나갔던 검은 그림자들을 주랑 안에서 알아볼 수 있었다. 이 그림자들은 우리 시의 한 공방에서 급조한 성 로크 상을 막 설치한 일종의 임시 제단 앞의 한구석에 모여 있었다. 무릎을 꿇은 그림자들은 계속 움츠러들고 있는 듯했는데, 마치 응고된 그림자 덩어리처럼 회색 배경 속에 버려져 있었고, 그것들이 그 속에서 떠다니던 안개보다 군데군데 약간 더 짙어 보였다. 오르간은 이 그림자들 위에서 끝없는 변주곡을 울리고 있었다.

랑베르가 나왔을 때 곤살레스는 이미 계단을 내려가 시내 쪽으로 가고 있었다.

"자네가 가 버렸다고 생각했네. 보통 그랬거든." 그가 신문기자에게 말했다.

그는 8시 10분 전에 거기서 멀지 않은 다른 장소에서 친구들을 만나기로 해서 기다리고 있었다고 설명했다. 하지만 20분을 기다렸어도 허탕이었다.

"분명 무슨 사정이 생긴 걸 거야. 우리가 하는 일이 늘 쉬운 것은 아니니까."

곤살레스는 그다음 날 같은 시간에 전몰 용사 추모비 앞에서 다시 만나자고 제안했다. 랑베르는 한숨을 쉬더니 펠트 모자를 뒤로 젖혔다.

"이건 아무것도 아니야. 한 골 넣기 전에 해야 할 모든 작전, 기습 공격, 패스를 생각해 보라고." 곤살레스가 웃으면서 결론지었다.

"물론 그래. 하지만 축구 경기는 한 시간 반밖에 안 걸려." 랑베르가 말했다.

오랑의 전몰 용사 추모비는 바다를 볼 수 있는 유일한 장소에 있었는데, 항구가 굽어보이는 낭떠러지를 짧게 끼고 도는 일종의 산책로였다. 그다음 날 약속 장소에 먼저 나온 랑베르는 영예의 전사자 명단을 주의 깊게 읽고 있었다. 몇 분 후에 두 남자가 다가와 무심하게 그를 보더니 산책로의 난간에 팔꿈치를 괴었다. 그들은 텅 빈 황량한 부두를 관망하는 데 빠져 있는 것 같았다. 그들은 둘 다 같은 키였고, 푸른 바지에 수부용 줄무늬 웃옷을 입고 있었다. 랑베르는 조금 더 가서 긴 의자에 앉아 그들을 느긋하게 살필 수 있었다. 이때 그는 분명 그들이 스무 살 이상은 먹지 않았다는 것을 알아차렸다. 바로 그 순간, 그는 곤살레스가 사과를 하면서 자기에게로 오는 것을 보았다.

"우리 친구들이네." 이렇게 말하면서 그는 랑베르를 두 젊은 이 쪽으로 데려갔고, 그들을 마르셀하고 루이라는 이름으로 소개했다. 앞에서 보니 서로 많이 닮아 랑베르는 그들이 형제라고 추측했다.

"자, 이제 인사는 끝났고. 본격적으로 일을 해야겠지."

그때 마르셀인지 루이인지 누군가 자신들의 경비 순번이 이틀 내에 시작되어 일주일 동안 계속되니 가장 편리한 날을 골라야 한다고 말했다. 네 명이 서쪽 관문을 지키는데, 다른 두 사람은 직업군인이었다. 그들을 이 일에 끌어들이는 것은 말도 안 되었다. 그들은 확실한 사람들도 아닌 데다가 그렇게 되면 비용이 더 올라갈 수 있었다. 하지만 그 두 동료가 저녁 시간의 일부를 단골 술집의 뒷방에서 지내는 일이 있곤 했다. 해서 마르셀인지 루이인지 누군가가 랑베르에게 관문 근처에 있는 자기들 집에 와서 있다가 찾으러 올 때를 기다리라고 제안했다. 그렇게 되면 관문 통과는 아주 용이할 수 있을 터였다. 하지만 서둘러야 했다. 그도 그럴 것이 얼마 전부터 시외에 이중 감시 초소를 설치한다는 소문이 돌았기 때문이었다.

랑베르는 동의를 표하고 남은 담배 몇 개비를 그들에게 권했다. 두 명 중에서 그때까지 말이 없던 자가 곤살레스에게 비용 문제가 해결되었는지, 선금을 받을 수 있겠는지를 물었다.

"아니. 그럴 필요 없어. 친한 친구야. 비용은 출발할 때 낼 거야." 곤살레스가 말했다.

그들은 다시 만날 약속을 정했다. 곤살레스가 이틀 후에 스페인 식당에서 저녁 식사를 하자고 제안했다. 거기에서 바로 보초병들의 집으로 갈 수도 있었다.

"첫날 밤엔 나도 같이 있을 거야." 그가 랑베르에게 말했다.

그다음 날 랑베르는 방으로 올라가다가 호텔의 계단에서 타루와 마주쳤다.

"리외를 보러 가는 길입니다. 같이 갈래요?" 타루가 말했다.

"그분한테 방해가 안 될지 모르겠네요." 잠깐 망설이다가 랑베르가 말했다.

"내 생각엔 아닐 겁니다. 당신 얘기를 많이 해 주었어요."

신문기자는 곰곰이 생각했다.

"이렇게 합시다. 저녁 식사가 끝난 후에 시간이 있으면 늦더라도 괜찮으니 호텔 스탠드바로 두 사람이 같이 오세요." 그가 말했다.

"그거야 그 사람하고 페스트한테 달려 있죠." 타루가 말했다.

하지만 그날 밤 11시, 리외와 타루가 작고 비좁은 스탠드바로 들어왔다. 서른 명가량의 손님들이 팔꿈치를 맞대고 큰 소리로 떠들고 있었다. 페스트에 휩싸인 도시의 침묵 속에서 온 두 손님은 약간 어리둥절해 멈춰 섰다. 아직 술을 팔고 있는 것을 보자 그들은 이 소란함을 이해했다. 랑베르는 스탠드바 한쪽 끝에 있었는데, 등받이 없는 의자에 앉아 그들에게 신호를 보냈다. 두 사람은 그의 옆에 섰는데, 타루가 떠들썩한 옆자리 사람을 가만히 밀쳤다.

"두 분, 술이 겁나진 않죠?"

"아니오. 그 반대입니다." 타루가 말했다.

리외는 자기 잔의 쌉쌀한 허브 향기를 맡아 보았다. 시끄럽기도 했지만 랑베르가 특히 술을 열심히 마셔서 이야기하기가 어려웠다. 의사는 그가 취했는지를 아직은 판단할 수 없었다. 그들이 서 있던 좁은 구석의 나머지 부분을 차지하고 있는 두 개의 탁자 중 하나에서 양팔에 여자를 낀 해군 장교 한 명이 얼굴이 불그레한 뚱뚱한 사람에게 카이로의 장티푸스 전염병 이야기를 하고 있었다. 그는 이렇게 말했다. "수용소 말이야. 원주민들을 위해 환자용 천막으로 수용소를 세우고 둘레에 보초선을 삥 둘렀는데, 가족이 몰래 민간요법 약을 가져오려 하면 총을 쏴 댔지. 가혹했지. 하지만 그게 옳았던 거야." 다른 탁자에는 멋쟁이 청년들이 앉아 있었는데, 그들의 대화는 알아들을 수가 없었고, 높은 곳에 설치된 전축에서 쏟아져 나오는 〈세인트 제임스 인퍼머리〉의 박자 속으로 사라지고 있었다.

"만족스럽나요?" 리외가 목소리를 크게 하며 물었다.

"그렇게 되어 갑니다. 아마 이번 주 중일 거예요." 랑베르가 말했다.

"유감이네요." 타루가 외쳤다.

"왜요?"

타루가 리외를 보았다.

"아! 타루가 이런 말을 하는 것은, 당신이 여기서 우리에게 도움이 될 수도 있을 거라고 생각했기 때문입니다. 하지만 나는 당신이 떠나겠다는 욕망을 아주 잘 이해해요." 리외가 말했다.

타루는 한 잔 더 돌렸다. 랑베르는 의자에서 내려와 처음으로 그의 얼굴을 마주 보았다.

"제가 두 분을 위해 어디에 쓸모가 있을까요?"

"그야, 우리 보건위생대 내에서죠." 타루가 서두르지 않고 술잔에 손을 가져가면서 말했다.

랑베르는 그에게서 늘 보던 막다른 고민에 부딪힌 듯한 표정을 짓더니 다시 의자에 앉았다.

"그런 단체가 필요해 보이지 않습니까?" 막잔을 비우고서 랑베르를 유심히 쳐다보던 타루가 말했다.

"대단히 필요하죠." 이렇게 말하고 신문기자도 잔을 비웠다.

리외는 랑베르의 손이 떨리는 것을 보았다. 리외는 그래, 그는 완전히 취했어, 하고 생각했다.

그다음 날, 랑베르는 그 스페인 식당에 두 번째로 들어가면서 입구에 의자를 놓고 겨우 더위가 주춤하기 시작한 초록빛과 황금빛의 밤을 즐기던 사람들의 작은 무리 사이를 지나갔다. 그들은 매콤한 냄새가 나는 담배를 피우고 있었다. 식당 안은 거의 비어 있었다. 랑베르는 곤살레스를 처음 만났던 안쪽의 탁자로 가서 앉았다. 그는 여종업원에게 사람을 기다린다고 말했다. 저녁 7시 30분이었다. 차츰차츰 남자들이 식당 안으로 들어와 자리를 잡았다. 그들은 식사를 하기 시작했고, 반궁륭형 천장은 식기 부딪치는 소리와 조용한 대화로 채워져 갔다. 8시, 랑베르는 여전히 기다리고 있었다. 불이 켜졌다. 새 손님들이 그가 있는 탁자에 와서 앉았다. 그는 저녁을 시켰다. 8시 30분, 그는 곤살레스도 두 젊은이도 보지 못하고 저녁 식사를 마쳤다. 담배를 여러 대 피웠다. 식당은 서서히 비어 가고 있었다. 밖에는 밤이 아주 빠르게 깔리고 있었다. 바다에서 불어온 미지근한 바람 때문에 창문의 커튼이 슬며시 들어 올려지곤 했다. 9시가 되자, 랑베르는 식당이 비었다는 것과 여종업원이 놀라서 자기를 쳐다본다는 것을 알아차렸다. 그는 계산을 하고 나왔다. 식당 맞은편에 문을 연 카페가 하나 있었다. 랑베르는 스탠드바에 자리를 잡고 식당 입구를 주의 깊게 보았다. 9시 30분, 그는 어디 사는지도 모르는 곤살레스를 다시 만날 방법을 부질없이 생각하며 호텔 쪽으로 향했는데, 다시 밟아야만 할 모든 절차를 생각하니 마음이 허전했다.

바로 그 순간, 그 자신이 후일 의사 리외에게 말하듯이, 랑베르는 질주하는 구급차들이 가로지르던 어둠 속에서 자기를 아내와 갈라놓고 있는 벽에서 출구를 찾는 일에만 몰입해 그동안 아내를 잊고 있었다는 것을 깨닫게 되었다. 하지만 그 순간은 또한 모든 길이 다시 한 번 더 막히게 되자 그가 자기 욕망의 한복판에서 그녀를 되찾은 순간이기도 했다. 그리고 그는 너무 갑작스럽게 폭발한 고통을 느끼면서 호텔을 향해 달리기 시작했다. 여전히 마음속에 남아 관자놀이를 파먹는 끔찍한 화상(火傷)으로부터 벗어나기 위해서였다.

그다음 날 아주 이른 시간에 랑베르는 코타르를 만날 방법을 물어보기 위해 리외를 보러 와서 이렇게 말했다.

"저한테 남은 일이라고는 같은 길을 다시 가는 겁니다."

"내일 저녁에 오세요. 타루가 나한테 코타르를 불러 달라고 부탁했는데, 이유를 모르겠어요. 10시에 오기로 되어 있습니다. 10시 30분에 오세요." 리외가 말했다.

그다음 날 코타르가 의사의 집에 도착했을 때, 타루와 리외는 리외의 담당 부서에서 발생한 기대하지 않았던 완치 사례에 대해 말하고 있었다.

"열에 하납니다. 그 사람은 운이 좋았어요." 타루가 말했다.

"아! 그래요. 그건 페스트가 아니었네요." 코타르가 말했다.

그들은 그에게 그 병이 분명 페스트라고 장담했다.

"그건 불가능하죠, 완치되었으니까요. 나만큼이나 두 분은 잘 알잖아요, 페스트는 용서가 없다는 것 말입니다."

"일반적으로는 불가능하죠. 하지만 좀 더 집요하게 물고 늘어지면 놀라운 일도 생깁니다." 리외가 말했다.

코타르는 웃고 있었다.

"그래 보이지 않는데요. 오늘 저녁 수치를 들으셨어요?"

호의에 찬 시선으로 하숙인을 바라보던 타루가, 자기는 수치를 알고 있으며, 상황은 심각하지만 그것이 증명하는 바가 무엇이냐 묻는다면, 그건 더 비상한 대책들이 필요하다는 것을 증명하는 것이라고 말했다.

"에이! 벌써 그런 대책들은 세워 봤잖아요."

"예, 하지만 누구나 그것들을 자기 일로 생각해야 합니다."

코타르는 이해하지 못한 채 타루를 바라보았다. 타루는 너무 많은 사람이 아무 일도 하지 않고 있다고 설명했다. 전염병은 모두의 문제이기 때문에 모두 자기의 의무를 다해야 하며, 자원봉사대는 모두에게 열려 있다고 말했다.

"그거 좋은 생각입니다. 하지만 아무런 쓸모가 없을 거예요. 페스트는 너무 강합니다." 코타르가 말했다.

"그건 나중에 알게 될 겁니다. 우리가 모든 걸 다 해 본 후에 말이에요." 타루는 끈기 있는 어조로 말했다.

그동안 리외는 책상에서 수치를 옮겨 적고 있었다. 타루는 의자에서 몸을 흔들거리던 하숙인을 여전히 바라보고 있었다.

"우리와 함께하지 못할 이유가 없잖아요, 코타르 씨?"

상대방은 기분 나쁜 듯한 태도로 일어서더니 손으로 둥근 모자를 집어 들었다.

"그건 제 직업이 아닙니다."

이어서 그는 거리낌 없는 어조로 이렇게 말했다.

"더군다나 저는 여기 페스트 속에서 지내는 것이 좋은데, 왜 그것을 멈추게 하는 데 끼어야 할지 모르겠네요."

타루는 문득 진실을 깨달은 듯 이마를 치더니 이렇게 말했다.

"아! 맞아요. 내가 잊고 있었네요, 이 일이 없었다면 당신은 체포되었을지 모르죠."

코타르는 몸이 뻣뻣해져 마치 쓰러질 것처럼 의자를 잡고 있었다. 리외는 필기를 멈추고 진지하고 관심 어린 태도로 그를 보고 있었다.

"누가 그런 말을 했죠?" 하숙인이 소리쳤다.

놀란 것처럼 타루가 말했다.

"그야 당신이 했죠. 아니, 어쨌거나 의사 선생하고 나는 바로 그렇게 이해했습니다."

그러고 나자 코타르는 도가 지나친 격분에 휩싸여 느닷없이 종잡을 수 없는 말을 주절댔다.

"흥분하지 말아요. 의사 선생이나 나나 당신을 고발할 사람들이 아닙니다. 당신 개인사는 우리하고는 아무런 관계도 없습니다. 또 우리는 결코 경찰을 좋아해 본 적이 없어요. 자, 좀 앉아요." 타루가 덧붙였다.

하숙인은 의자를 쳐다보고는 한 번 주춤한 후에 거기에 앉았다. 조금 지나자 그는 한숨을 내쉬었다.

"그건 오래된 이야기인데, 그들이 다시 끄집어낸 거예요. 그건 잊힌 일이려니 했어요. 하지만 누군가가 그걸 떠벌렸어요. 그들이 저를 호출하더니 조사가 끝날 때까지 그들의 말을 따라야 한다고 했어요. 그래서 결국 저를 체포하고야 말 것이라는 것을 깨달았죠." 그가 인정했다.

"중죄인가요?" 타루가 물었다.

"당신이 의미하는 바가 뭐냐에 따라 달라요. 어쨌든 살인은 아닙니다."

"감옥, 아니면 강제 노역?"

코타르는 완전히 풀이 죽어 보였다.

"감옥일 겁니다. 혹시라도 운이 좋으면……"

하지만 잠시 후 그는 드세게 말을 이어 갔다.

"실수였어요. 누구나 실수를 하잖아요. 그리고 그로 인해 내가 끌려가 내 집, 내 일상, 내가 아는 모든 것과 헤어져야 한다는 생각을 하면 견딜 수가 없어요."

"아! 그것 때문에 목을 맬 생각을 했던 거예요?" 타루가 물었다.

"네, 바보짓이죠, 당연히."

리외가 처음으로 입을 열어 코타르에게 그의 불안을 이해하지만 어쩌면 모든 것이 잘 정리될 수도 있다고 말했다.

"오! 지금 당장에는 두려워할 게 아무것도 없다는 걸 알아요."

"보아하니 우리 보건위생대에는 안 들어올 것 같은데요." 타루가 말했다.

두 손으로 모자를 돌리던 상대방은 자신 없는 시선을 타루에게로 돌렸다.

"저를 탓하지는 말아요."

"당연히 안 하죠. 하지만 최소한 노력을 해 봐요. 고의로 그 세균을 퍼뜨리지 않도록 말이에요." 타루가 미소를 지으면서 말했다.

코타르는 자기가 페스트를 원한 것이 아니라 그냥 벌어진 일이고, 페스트 덕분에 당장은 자기 일이 잘되는 것은 자기 잘못이 아니라고 항의했다. 그리고 랑베르가 문에 도착했을 때 하숙인은 힘이 많이 들어간 목소리로 이렇게 덧붙였다.

"어쨌거나 제 생각에 여러분은 아무것도 하지 못할 겁니다."

랑베르는 코타르가 곤살레스의 주소를 모르지만 그 작은 카페에 언제든지 다시 가 볼 수 있다는 것을 알게 되었다. 그들은 그다음 날 만나기로 약속했다. 그리고 리외가 소식을 알고 싶다는 뜻을 표했으므로, 랑베르는 주말 저녁에 아무 때나 자기 방으로 오라고 그를 타루와 함께 초대했다.

아침에 코타르와 랑베르는 그 작은 카페로 가서 가르시아에게 저녁에, 또는 곤란하면 그다음 날 만나자는 메시지를 남겼다. 그날 저녁, 그들은 가르시아를 기다렸으나 허사였다. 그다음 날, 가르시아가 거기에 와 있었다. 그는 말없이 랑베르의 이야기를 들었다. 그는 랑베르의 사정은 몰랐지만, 호별 검사를 할 목적으로 여러 동네 전체의 통행이 24시간 동안 차단되었다는 것은 알고 있었다. 곤살레스와 두 젊은이가 차단선을 통과하지 못했을 가능성도 없지 않았다. 하지만 그가 그나마 할 수 있는 일은 다시 그들을 라울과 접촉시켜 주는 것이었다. 당연히 그것은 이틀 사이에 될 일은 아니었다.

"보아하니 전부 다시 시작해야 하는군요." 랑베르가 말했다. 이틀 후, 한 길모퉁이에서 라울은 가르시아의 추측을 확인시켜 주었다. 아래쪽 동네의 통행이 차단되었다고 말이다. 곤살레스와 다시 연락을 취해야 했다. 이틀 후, 랑베르는 그 축구 선수와 점심 식사를 하고 있었다.

"바보 같은 짓이야. 서로 다시 만날 방법을 정해 놓았어야 했어." 곤살레스가 말했다.

이것은 또한 랑베르의 의견이기도 했다.

"내일 아침, 그 애들한테 가 보자고, 내가 모두 다시 조정해 볼게."

그다음 날, 애들은 집에 없었다. 그들에게 이튿날 정오에 리세 광장에서 만나자는 메시지를 남겼다. 그리고 랑베르는 그날 오후에 그를 본 타루에게 충격을 줬을 정도의 표정으로 숙소로 돌아왔다.

"일이 잘 안 돼요?" 타루가 그에게 물었다.

"하도 다시 시작하다 보니 그래요." 랑베르가 말했다. 그리고 그는 초청 날짜를 바꿨다.

"오늘 저녁에 오세요."

그날 저녁 두 사람이 랑베르의 방으로 들어갔을 때 그는 누워 있었다. 그는 일어나 준비해 둔 술잔을 채웠다. 리외는 잔을 받으면서 그에게 괜찮은 방법인지 물었다. 신문기자는 다시 한 바퀴를 뺑 돌아 같은 지점에 도달했으며, 곧 마지막 만남을 갖게 될 것이라고 말했다. 그는 잔을 비우더니 이렇게 덧붙였다.

"당연히 그들은 안 올 거예요."

"단정 짓지는 마세요." 타루가 말했다.

"아직 이해를 못 하셨군요." 랑베르가 어깨를 으쓱하면서 대답했다.

"뭘요?"

"페스트요."

"아!" 리외가 탄성을 발했다.

"그렇습니다. 당신은 처음부터 다시 시작하는 게 페스트의 속성이란 걸 이해하지 못한 겁니다."

랑베르는 방 구석으로 가서 작은 전축을 틀었다.

"이 판이 뭐죠? 들어 본 적이 있는 판인데." 타루는 물었다.

랑베르가 〈세인트 제임스 인퍼머리〉라고 대답했다.

판이 반쯤 돌아갔을 때 멀리서 두 번의 총소리가 들렸다.

"개 아니면 탈주자군." 타루가 말했다.

잠시 후, 판이 다 돌아간 후에 구급차 소리가 뚜렷해지며 점점 커지다가 호텔 방의 창 밑을 지나자 점점 작아져 이윽고 사라졌다.

"이 판은 별로예요. 더군다나 난 오늘 이 판을 열 번이나 들었어요." 랑베르가 말했다.

"그 정도로 그 판을 좋아해요?"

"아니요. 하지만 가진 게 그것뿐이에요."

그리고 잠시 후에 이렇게 말했다.

"다시 시작하는 것이 그것의 속성이라고 말했죠."

랑베르는 리외에게 보건위생대는 어떻게 되어 가고 있느냐고 물었다. 다섯 조가 활동 중이었다. 사람들은 다른 조들이 조직되길 희망하고 있었다. 신문기자는 침대 위에 앉아 손톱에 정신을 팔고 있는 듯 보였다. 리외는 침대 가에 드리워져 있는 작고 힘찬 그의 실루엣을 보고 있었다. 그는 문득 랑베르가 자신을 보고 있었다는 것을 알아차렸다.

"저기요, 선생님. 선생님 조직에 대해 많이 생각해 봤습니다. 제가 함께하지 않는 것은 그만한 이유가 있어서입니다. 다른 이유였다면, 다시 제 몸을 바칠 수 있으리라 생각합니다. 저는 스페인 전쟁에 종군했거든요." 랑베르가 말했다.

"어느 편이었죠?" 타루가 물었다.

"패배한 사람들 편이었죠. 하지만 그 후에 생각을 좀 해 봤어요."

"뭐에 대해서요?" 타루가 물었다.

"용기에 대해서요. 지금 저는 인간이 위대한 행동을 할 수 있다는 것을 압니다. 하지만 만일 그 인간이 위대한 감정을 가질 수 없다면, 저는 그 인간에 대해 흥미가 없습니다."

"인간이 모든 것을 할 수 있다는 느낌을 갖는 게 인지상정이죠." 타루가 말했다.

"그렇지 않아요. 인간은 오랫동안 고통을 버텨 내거나 행복해하는 능력이 없습니다. 따라서 인간은 가치 있는 일에는 아무런 능력도 없습니다."

랑베르는 두 사람을 쳐다보다가 말을 계속했다.

"자, 타루, 사랑을 위해 죽을 수 있어요?"

"모르겠어요. 하지만 내 생각엔 불가능할 것 같은데요. 지금은요."

"바로 그거예요. 그런데 당신은 하나의 이상을 위해서는 죽을 수 있어요. 그게 지금 맨눈에도 보이거든요. 그런데 저에게는 하나의 이상 때문에 죽는 사람들은 별로예요. 저는 영웅주의를 믿지 않아요. 전 그것이 쉬운 일이라는 것을 알고 있고, 또 그것은 살인적인 것임을 배웠어요. 제 관심을 끄는 것은 사랑을 위해 살고 또 죽는 겁니다."

리외는 신문기자의 말을 주의 깊게 들었다. 계속 그를 바라보면서 리외는 부드럽게 말했다.

"인간은 하나의 이상이 아닙니다, 랑베르."

상대방은 격정에 얼굴이 상기되어 침대에서 튀어 올랐다.

"인간이 사랑에 등을 돌리는 그 순간부터, 하나의 이상, 그것은 근시안적인 이상이 됩니다. 그리고 우리는 분명 더 이상 사랑할 능력이 없어요. 체념하고 받아들입시다, 선생님. 그렇게 되기를 기다립시다. 그리고 정말 그것이 불가능하다면, 영웅이 되려 하지 말고 전체의 해방을 기다립시다. 저는 그 이상 나아가지 않겠습니다."

리외는 갑자기 피로를 느낀 모습으로 몸을 일으켰다.

"당신 말이 옳아요, 랑베르. 절대로 옳아요. 그리고 이 세상에 무슨 일이 벌어져도 내 눈에는 지금 당신이 하고자 하는 일이 정당하고 좋아 보이니 그 일에서 당신을 떼어 놓고 싶지 않습니다. 하지만 이건 말해야겠네요. 이 모든 일이 영웅주의와는 아무런 관계가 없다고 말입니다. 이건 도의의 문제입니다. 웃기게 보일지 모르지만, 페스트와 싸우는 유일한 방법은 바로 도의뿐입니다."

"대체 도의가 뭐죠?" 랑베르는 돌연 진지한 태도로 물었다.

"전체적으로 그게 뭔지 나는 모릅니다. 하지만 내 경우, 그것은 내 본분을 다하는 데 있다고 믿습니다."

"아! 저는 어떤 것이 제 본분인지 모르겠어요. 어쩌면 결국 사랑을 택하는 제가 잘못을 저지르는 거군요." 랑베르가 격렬하게 말했다.

리외는 그를 마주 보았다.

"아니요. 잘못을 저지르는 게 아니에요." 리외가 힘주어 말했다.

랑베르는 그들을 곰곰이 보았다.

"두 분은요, 이 모든 일에서 아무것도 잃을 것이 없다고 추측됩니다. 착한 편에 서는 게 더 쉬운 일이죠."

리외가 잔을 비우고 말했다.

"가죠. 우리는 할 일이 있어요."

그가 나갔다.

타루는 그를 따라갔으나 문을 나서는 순간 생각이 바뀐 듯, 신문기자 쪽으로 몸을 돌리며 이렇게 말했다.

"리외의 부인이 여기서 수백 킬로미터 떨어진 요양소에 있다는 걸 아나요?"

랑베르는 놀란 몸짓을 했지만 타루는 이미 떠났다.

이튿날 꼭두새벽에 랑베르는 의사에게 전화를 걸었다.

"제가 시를 떠날 방도를 찾을 때까지 함께 일하는 걸 허락해주시겠습니까?"

잠시 수화기 저쪽에서 침묵이 흐르다가 곧 이런 답이 들려왔다.

"그럼요, 랑베르. 고마워요."

제3부

이처럼 한 주일 내내 페스트의 포로들은 가능한 한 발버둥을 쳤다. 그리고 그들 가운데 랑베르와 같은 몇몇 사람은 보다시 피 아직도 자유인으로서 행동하고 있고 선택할 수 있다고 상상 하고 있었다. 하지만 사실 그때 8월에는 페스트가 모든 것을 뒤 덮어 버렸다고 할 수 있었다. 거기에는 더 이상 개인적인 운명 같은 것은 없었고, 페스트라는 집단적 역사와 모두가 공유하는 여러 가지 감정이 있었다. 가장 큰 감정은 공포와 반항을 내포 한 이별과 귀양살이에서 비롯되는 감정이었다. 정확히 이런 이 유로 서술자는 더위와 병이 절정에 달했을 때의 전반적인 상 황, 예컨대 살아 있는 우리 시민들의 폭거, 사망자의 매장, 헤어 져 있는 연인들의 고통을 묘사하는 것이 적절하다고 생각한다.

　그해 중반이 되었을 즈음, 페스트에 휩싸인 시에 바람이 일 더니 여러 날 동안 세차게 불었다. 오랑의 주민들은 특히 바람을 무서워했다. 그도 그럴 것이 바람은 이 시가 서 있는 고원 위에서는 자연 장애물을 하나도 거치지 않고 아주 난폭하게 거리로 몰아치기 때문이었다. 지난 몇 달 동안 이 시를 식혀 줄 비는 한 방울도 내리지 않았고, 해서 이 시는 부는 바람에 비늘처럼 벗겨지는 회색 먼지의 막으로 뒤덮여 있었다. 또한 이 바람은 먼지와 종잇조각의 파도를 일으키며 전보다 더 드문 보행객들의 다리를 때리곤 했다. 그들이 몸을 앞으로 숙이고 손수건이나 손을 입에 댄 채 서둘러 걷는 것을 볼 수 있었다. 저녁에는 하루하루가 마지막이 될 수도 있는 날들을 가능한 한 연장시키기를 시도하는 모임들 대신에 서둘러 집이나 카페로 들어가는 사람들로 이루어진 몇몇 작은 무리들을 만날 수 있었다. 그 결과 그 시기의 며칠 동안은 더 빨리 깔린 황혼 무렵의 거리는 황량했으며 바람만이 연신 하소연을 내뱉고 있었다. 늘 보이지 않는 바다는 파고가 높아졌고 해초와 소금 냄새를 풍겨 왔다. 황량하고, 먼지로 희멀게져 있고, 바다 냄새가 흠뻑 배어 있고, 바람의 비명으로 아주 소란한 시는 마치 불행한 하나의 섬처럼 신음하고 있었다.

지금까지 페스트는 도심에서보다 인구밀도는 높고 살기는 더 불편한 외곽 지역에서 더 많은 희생자를 냈다. 하지만 페스트는 단번에 더 가까워져 번화가에도 자리를 잡은 듯했다. 주민들은 바람이 감염의 씨를 날라 왔다고 비난했다. "바람이 엉

망진창으로 만들어 버리네요." 호텔 지배인이 말했다. 하지만 어쨌든 중심 지역에 사는 사람들은 자신들의 차례가 왔다는 것을 알고 있었다. 창문 아래에서 페스트의 음산하고도 무정한 호출을 알리는 구급차 경적의 진동을 그들 곁에서, 밤에, 점점 자주 들으면서 말이다.

시내에서도 피해가 극심한 동네들을 격리하고 오직 불가피한 일을 맡은 사람들만 외출을 허락하자는 계획이 세워졌다. 그때까지 그곳에서 살아온 사람들은 이런 조치가 특히 자신들을 겨냥한 박대로 생각할 수밖에 없었으며, 따라서 자기들에 비해 다른 동네 주민들은 어쨌든 더 자유롭다고 생각하고 있었다. 다른 동네 주민들은 반대로 다른 사람들이 자기들보다 더 자유롭지 못하다고 상상하면서 힘든 순간에 위안거리를 찾아내기도 했다. '항상 나보다 더 자유롭지 못한 사람이 있는 법이다.', 이것이 바로 유일하게 가능한 하나의 희망을 요약하는 구절이었다.

거의 그 시기에, 시의 서쪽 관문들 근처의 별장 동네에서는 특히 화재가 자주 발생했다. 조사를 해 본 결과, 문제는 예방 격리에서 돌아와 장례와 불행 때문에 제정신이 아닌 상태로 페스트를 태워 없앤다는 환상 속에서 자기 집에 불을 지른 사람들이었다. 거센 바람 탓에 여러 동네 전체를 끊임없이 위험에 빠뜨리는 일이 잦았는데 이런 행동은 막기가 매우 힘들었다. 당국에서 실시하는 가옥 소독으로 모든 전염 위험을 충분히 제거할 수 있다고 설명했으나 허사였으며, 나중에는 그런 철없는 방화자들에게는 아주 엄격한 형을 부과할 수밖에 없다는 법령을 공포해야 했다. 그때 이 불행한 사람들을 주춤거리게 했던 것은, 분명 감옥에 대한 두려움이 아니라, 시의 교도소에서 집계된 과도한 사망률에 따르자면 투옥되는 것은 사형당하는 것과 같다는 주민 모두의 공통된 확신 때문이었다. 물론 이와 같은 믿음에는 근거가 없는 것은 아니었다. 당연한 이유이지만 페스트는 특히 군인들, 수도승들, 죄수들처럼 단체로 생활하는 모든 사람을 물고 늘어지는 것으로 보였다. 몇몇 수감자의 격리에도 불구하고 감옥이 하나의 공동체라는 것을 잘 증명하는 것은, 바로 우리 시의 감옥에 갇혀 있는 죄수들만큼이나 많은 수의 간수들이 병치레를 하고 있었다는 점이었다. 페스트라는 상부의 시각에서 보면 형무소장에서부터 말단 죄수에 이르기까지 모든 사람이 유죄 선고를 받았으며, 따라서 어쩌면 처음으로 하나의 절대적 정의가 감옥 안에 군림하고 있는 셈이었다.

행정 당국이 직무 수행 중에 순직한 간수들에게 훈장을 수여하는 구상을 통해 이와 같은 균질화 속에 위계질서를 도입하려고 했지만 허사였다. 계엄령이 선포되어 있었고, 어떤 각도에서는 감옥 간수들이 동원병들로 간주될 수 있었으니만큼, 그들에게는 사후에 무공훈장이 추신되었다. 수감자들이 항의를 한 것은 아니었지만, 군 관계자들은 이런 조치를 좋지 않게 받아들였으며, 그로 인해 유감스럽게도 시민 정신에 혼란이 발생할 수도 있다는 점을 지적하기도 했다. 행정 당국은 이들의 요구를 받아들여 가장 간단한 방법은 간수들에게 방역훈장을 수여하는 것이라는 생각을 해냈다. 먼저 무공훈장을 받은 간수들의 경우에는 이미 잘못이 저질러졌으며, 따라서 그들에게서 훈장을 회수한다는 것은 생각할 수 없는 일이었다. 하지만 군 관계자들은 여전히 자신들의 관점을 고집했다. 다른 한편 방역훈장에 대해 말하자면, 이 훈장은 무공훈장의 수여보다 사기를 진작시키는 효과를 내지 못한다는 곤란한 점이 있었다. 그도 그럴 것이 전염병이 창궐하는 시기에 이런 종류의 훈장 하나 얻는 것은 흔해 빠진 일이었기 때문이다. 결국 모두가 불만이었던 것이다.

게다가 교도 행정은 교권(敎權)처럼, 또 더 작은 일에서도 군권(軍權)처럼 작동될 수 없었다. 시내에 오직 두 개뿐인 수도원의 수도승들은 실제로 독실한 신자들의 집에 임시로 분산, 기거하도록 조치되었다. 이와 마찬가지로 소대들도 사정이 허락되는 한 병영에서 분리되어 학교나 공공건물에 주둔하도록 조치되었다. 이처럼 시민들에게 감금자들 사이에서 볼 수 있는 결속을 강요했던 그 병은 동시에 전통적인 결사(結社)들을 해체해 개개인을 고독으로 내몰고 있었다. 그로 인해 대혼란이 야기되었다.

바람에 더해져 이런 모든 정황 또한 몇몇 사람들의 정신에 불을 지폈다고 생각할 수 있다. 밤사이 여러 번에 걸쳐, 하지만 이번에는 무장한 소규모의 무리에 의해 시의 관문들이 재차 습격당하는 일이 발생했다. 총격전이 벌어져 부상자들과 도망자들이 생겼다. 경비 초소들이 강화되자 이런 시도는 상당히 빠르게 중지되었다. 하지만 이런 시도가 있었다는 사실만으로도 모종의 급변하는 기운이 시중에서 돌아 몇 차례 폭력적인 장면을 연출하기에 충분했다. 위생상의 이유로 소각되거나 폐쇄된 집들이 약탈당했다. 사실을 말하자면, 이런 행위들이 계획적이었다고 가정하기는 어렵다. 대부분의 경우 그때까지 점잖게 행동했던 사람들이 돌발 상황으로 인해 비난받을 만한 행동을 하게 되었고, 또 이런 행동들은 곧바로 모방되었다. 예컨대 고통으로 멍해진 집주인 앞에서 아직 불길에 싸인 그의 집으로 정신없이 뛰어드는 미치광이들도 있었다. 집주인이 가만히 있자 많은 구경꾼이 앞사람들의 행동을 따라 하기도 했으며, 또한 화재의 불빛이 어른거리는 어두운 거리에서 꺼져 가는 화염이나 어깨에 든 물건들이나 가구들에 의해 변형된 그림자들이 사방으로 도망치는 것을 볼 수 있었다. 이런 불미스러운 사건들로 인해 당국은 페스트 사태를 계엄 사태와 동일시하면서 그에 입각한 법을 적용할 수밖에 없게 되었다. 절도범 두 명이 총살

되었지만, 이런 일이 다른 사람들에게 충격을 주었는지는 의문이다. 왜냐하면 많은 죽음 사이에서 두 번의 사형 집행은 간과되었기 때문이었다. 그러니까 그것은 바다에 떨어진 물 한 방울에 불과했던 것이다. 또한 진실을 말하자면, 행정 당국이 개입할 엄두도 내지 못할 정도로 이와 비슷한 장면들이 자주 반복되었다. 모든 주민에게 충격을 준 듯한 유일한 조치는 등화관제였다. 11시부터, 완전한 암흑 속에 잠긴 도시는 마치 돌 같았다.

달이 뜬 하늘 아래에서 오랑 시에는 희끄무레한 담들과 곧은 거리들이 일렬로 늘어서 있었을 뿐 검은 나무 그림자 하나 생기지 않았으며 보행자의 발소리나 개 짖는 소리에 의해 소란스러워지지도 않았다. 해서 침묵에 휩싸인 이 도시는 이미 거대하고 활기 없는 입방체들의 조립에 불과했고, 영원히 청동 속에 억눌려 있는 잊힌 선행가들과 옛 위인들의 적막한 인물상들만이 그 입방체들 사이에서 돌이나 쇠로 된 모조 얼굴을 통해 살아 있을 때의 달랐던 타락한 인간의 모습을 연상시켜 주고 있었다. 이 하찮은 우상들은 짙은 하늘 아래 생기 없는 교차로에서 보좌에 서 있었다. 그것들은 우리가 들어선 부동의 세계나 혹은 적어도 그 지고한 질서, 그러니까 페스트, 돌, 어둠 등에 의해 모든 소리가 침묵을 지키는 어느 지하 묘지와 같은 질서를 잘 보여 주는 무감각한 석두들이었다.

하지만 밤은 모두의 마음속에도 자리 잡고 있었으며, 장례와 관련해 사람들이 전해 주던 전설 같은 진실들은 우리 시민들을 안심시키는 성질의 것들이 아니었다. 장례에 대해선 어쩔 수 없이 이야기를 해야 하는 것이고, 따라서 서술자는 이 점에 대해 양해를 구하고자 한다. 서술자는 이 점에 대해 사람들이 비난을 할 수도 있다는 것을 잘 알고는 있다. 하지만 서술자가 할 수 있는 유일한 변명은 그 시절 내내 장례가 있었고, 어떤 의미에서는 모든 시민들이 그럴 수밖에 없었던 것처럼 서술자도 역시 장례에 대해 염려할 수밖에 없게 되었다는 것이다. 어쨌든 이렇게 된 건 서술자가 이런 종류의 의식에 흥미를 가지고 있어서가 아니다. 이와는 달리 서술자는 오히려 살아 있는 자들의 사회, 예를 하나 들자면 해수욕을 더 좋아한다. 하지만 해수욕은 금지된 상태였고, 살아 있는 자들의 사회는 죽은 자들의 사회에 밀릴 수밖에 없게 될까 봐 종일 근심하고 있었던 터였다. 이것은 자명했다. 물론 이 자명함을 안 보려고 하면서 눈을 가리고 이것을 항상 거부할 수야 있었지만, 이것은 항상 모든 것을 앗아 가고야 마는 끔찍한 힘을 가지고 있었다. 예컨대 사랑하는 사람들을 매장해야 하는 날 매장을 거부할 수 있는 방법이 있겠는가?

그러니까 초기에 우리의 의식(儀式)을 특징짓는 것은 바로 신속함이었다! 모든 형식은 간소화되었고, 전체적으로 장례식은 폐지되었다. 환자들은 가족과 멀리 떨어진 곳에서 죽었고 의례적인 밤샘은 금지되었다. 그 결과 저녁에 죽은 자는 완전히 혼자 밤을 보냈고, 낮에 죽은 자는 곧바로 매장되었다. 물론 가족에게 통보는 했지만, 대부분의 경우 가족이 병자 곁에서 지냈다면 예방 격리되어 있는 상황이어서 이동할 수가 없었다. 고인과 함께 살지 않았던 경우라면, 가족은 지정된 시각, 즉 시신의 염이 끝나 입관되어 묘지로 떠나는 시각에 입회했다.

이런 절차가 의사 리외가 담당하고 있는 보조 병원에서 행해졌다고 가정해 보자. 그 학교에는 본관 뒤에 출구가 하나 있었다. 복도로 난 커다란 창고에는 관들이 보관되어 있었다. 이 복도에서 가족은 이미 뚜껑이 닫힌 관만 볼 뿐이었다. 그러고 나면 곧바로 가장 중요한 일, 즉 여러 가지 서류에 세대주가 서명하는 일로 넘어갔다. 그다음에 시신을 화물차나 개조한 대형 구급차인 자동차에 실었다. 가족들이 아직은 운행이 허가된 택시에 타면, 차들은 전속력으로 외곽 도로를 통해 묘지에 도착했다. 묘지 문에서 헌병들이 운송차를 세워 정식 통과증에 도장을 찍어 주고 옆으로 사라졌다. 이 도장이 없으면 우리 시민들이 말하는 '마지막 거처'를 얻는 것이 불가능했다. 그다음에 차들은 수많은 구덩이가 메워지기를 기다리는 네모진 장소 근처로 가서 섰다. 성당에서 상례가 폐지되었기 때문에 신부 한 명이 시신을 맞이했다. 기도를 하는 중에 관을 꺼내 밧줄로 감으면 그것을 끌어다가 미끄러뜨려 구덩이 바닥에 닿게 했고, 신부가 성수채를 흔들 때는 이미 첫 흙이 덮개 위에 떨어지면서 튀고 있었다. 구급차는 조금 먼저 출발해 소독약 살포를 받았고, 흙 삽질 소리가 점점 더 낮게 울리는 동안 가족은 택시 안으로 들어갔다. 15분 후면 가족은 집에 도착할 것이다.

모든 일이 이처럼 정말 최대한의 신속함과 최소한의 위험성 속에서 진행되었다. 그리고 적어도 초기에는 이것이 가족들의 감정을 상하게 한다는 것을 알았다. 하지만 페스트가 창궐한 때에는 이런 배려를 한다는 것은 가능하지 않았다. 요컨대 효율성을 위해 모든 것을 희생시켰던 것이다. 게다가 격식을 갖춰 묻히려는 욕망은 생각 이상으로 널리 퍼져 있었으므로, 초기에는 이런 처리들로 인해 민심이 상처를 받았을 수도 있다. 하지만 다행히 얼마 지나지 않아 물자 보급 문제가 까다로워져 주민들의 관심은 보다 직접적인 민생고 쪽으로 돌려지게 되었다. 먹기 위해 줄을 서야 하고 수속을 밟아야 하고 서류를 갖추느라 여념이 없었던 사람들은, 그들 주위에서 다른 사람들이 어떻게 죽어 가고 있는지, 또 언젠가 자기들이 어떻게 죽어 갈는지에 대해 생각해 볼 겨를이 없었다. 이렇게 해서 당연히 곤란한 일이어야 했을 물질적인 어려움이 나중에는 좋은 일로 나타났다. 그리고 이미 살펴보았지만, 전염병이 확산되지 않았다면 모든 것이 다 괜찮았으리라.

게다가 그 무렵에 관은 더 귀해졌고, 수의를 만들 천과 공동 묘지에 묏자리가 부족하게 되었다. 방법을 강구해야 했다. 효율성이라는 이유 때문에 가장 간단한 방법은 의식을 합동으로 치르고, 필요할 때마다 병원과 묘지 사이의 운행 횟수를 몇 배 늘리는 것이었다. 이렇게 해서 리외의 부서와 관련해서 말하자면, 병원은 그 당시 다섯 개의 관을 이용할 수 있었다. 거기에 시신이 다 차면 그것들을 구급차에 실었다. 공동묘지에서 관이 비워지고 쇳빛 시신들은 들것에 실려 대기실용으로 쓰려고 지은 헛간 속에서 차례를 기다렸다. 관들이 살균제 세례를 받고 다시 병원으로 운반되면 운구 작업은 필요한 횟수만큼 다시 시작되었다. 조직이 아주 잘되어 있어 도지사는 만족감을 드러냈다. 심지어 그는 리외에게, 옛날 페스트에 대한 기록에서 볼 수 있는 것처럼, 흑인들이 끌었던 시체 운반 수레보다 이편이 훨씬 낫다고 말하기까지 했다.

"그렇습니다. 같은 장례지만 우리의 경우 목록을 만들고 있습니다. 진보했다는 건 부정할 수 없습니다." 리외가 말했다.

이런 행정적인 성공에도 불구하고 도청은 이제 이 장례 절차가 지니게 된 불쾌한 성격으로 인해 어쩔 수 없이 가족들을 의식에서 배제해야 했다. 가족들이 공동묘지 정문에 오는 것은 허용되었지만, 이것 역시 공식적인 것은 아니었다. 왜냐하면 마지막 의식에 대해서 말하자면, 사정이 조금 바뀌었기 때문이다. 공동묘지 맨 끝, 유향나무들로 뒤덮인 빈터에 커다란 두 개의 구덩이를 팠다. 남자용 구덩이와 여자용 구덩이였다. 이런 시각에서 보면, 행정 당국이 예의는 지키고 있었으며, 불가항력에 의해 이런 마지막 조심스러움이 사라져 품위에 대한 생각 없이 주검들 위에 다른 주검들을, 여자들과 남자들을 한데 섞어 매장한 것은 훨씬 뒤의 일일 뿐이다. 다행히도 이런 극한의 혼잡은 재앙의 말기에 나타났을 뿐이다. 우리가 언급하고 있는 시기에는 구덩이들이 구별되어 있었고, 도청에서도 이걸 아주 중요시했다. 구덩이 밑바닥에서 두꺼운 생석회 층이 김을 내며 끓고 있었다. 구멍의 둘레 위에서 같은 생석회 더미로부터 거품이 노출되어 터지고 있었다. 구급차의 운행이 끝나면 줄을 지어 들것으로 날라다가 살짝 뒤틀린 벌거벗은 시신들을 거의 나란히 붙여 구덩이 밑바닥으로 미끄러뜨리고, 먼저 생석회로, 그다음에는 흙으로, 그것도 다음에 올 주인들의 자리를 마련해 두기 위해 어느 정도의 높이까지만 그것들을 뒤덮었다. 그다음 날 가족들은 서류에 서명하도록 초청되었는데, 이것이 사람과 가령 개 사이에 있을 수 있는 차이를 보여 주는 것이었다. 이때까진 그래도 통제가 가능했던 것이다.

이 모든 작업을 위해 필요한 일손은 항상 모자라기 일보 직전이었다. 처음에는 정식으로 나중에는 그때그때 채용된 많은 간호사와 묘를 파는 인부가 페스트로 죽어 갔다. 조심을 한다고 해도 어느 날 감염되고 말았다. 하지만 이 일에 대해 잘 생각해 보면, 가장 놀라웠던 것은 전염병이 창궐하는 동안 내내 이 일을 위한 인력이 결코 모자라지 않았다는 점이다. 고비는 페스트가 절정에 달하기 바로 직전에 왔고, 해서 의사 리외의 걱정은 당연한 것이었다. 간부직이거나 잡역이거나 간에 사람의 손은 결코 충분하지 못했다. 하지만 페스트가 도시 전체를 실질적으로 완전히 장악한 때부터 이 병의 과도함 자체가 아주 편리한 결과들을 낳았다. 그도 그럴 것이 페스트로 인해 모든 경제활동이 붕괴된 것과 마찬가지로 상당한 숫자의 실업자가 발생했기 때문이었다. 대부분의 경우, 이들은 간부직을 위한 충원 대상이 되지는 못했지만 잡역과 관련해서는 일이 쉬웠다. 사실 그때부터 계속 삯은 일의 위험도에 비례하여 지불된 만큼, 빈곤이 공포보다 더 강하다는 것을 항상 보게 되었다. 보건위생과에서는 취업 희망자 목록을 이용할 수 있어서 결원이 생기게 되면 이 목록의 맨 위에 올라 있는 사람들에게 알렸고, 이 사람들은 그사이에 자신들 역시 죽은 경우를 제외하고는 빠지지 않고 출두했다. 유기 또는 무기 죄수들을 활용하기를 오랫동안 주저했던 도지사는 이렇게 해서 그런 극단적 조치를 취하는 것을 피할 수 있게 되었다. 그는 실업자들이 있는 한은 견딜 수 있다는 의견이었다.

그럭저럭 8월 말까지, 우리 시민들은 이처럼 충분히 질서 있게 그들의 최후의 거처까지 옮겨질 수 있어서 행정 당국은 예의를 갖춰서는 아니더라도 적어도 의무를 다하고 있다는 의식을 가질 수 있었다. 하지만 마지막에 어떤 최후의 조치들을 취해야 했는지를 전하기 위해서는 그동안 사건이 어떻게 진행되었는지를 미리 말해야 할 필요가 있다. 페스트가 사실상 8월부터 정체 상태에 있는 동안 누적된 희생자들의 수가 우리 조그만 공동묘지가 제공할 수 있는 한도를 훨씬 넘어선 상황이었다. 담을 헐어 주변의 땅에 시신들을 위한 공터를 만들었지만 소용이 없었고, 따라서 신속하게 다른 방도를 강구해야 했다. 우선 밤에 매장하기로 결정했다. 이렇게 하면 즉각 몇 가지 격식을 갖추지 않아도 되었다. 구급차들에 점점 더 많은 시체를 쌓을 수 있었다. 해서 규칙에 반하여 통행금지 이후에도 외곽 동네를 돌아다니던 몇몇 늦장 보행객들(또는 직업상 그곳에 오게 된 사람들)은 때때로, 또렷하지 않은 경적을 울리며 텅 빈 밤거리를 전속력으로 달리던 백색의 구급차들과 마주쳤다. 시신들은 서둘러 구덩이에 던져졌다. 삽으로 푼 석회가 얼굴에 쏟아지고 흙이 마구 덮이는 동안 시신들은 점점 더 깊게 판 구덩이 속에서 멈추지 않고 계속 흔들거렸다.

하지만 얼마 후에는 다른 장소를 찾아 더 넓은 공간을 확보할 수밖에 없었다. 도지사령으로 영구 임대 묘지의 소유권을 수용하여 파낸 모든 유해는 화장터로 옮겨졌다. 얼마 안 되어 페스트로 인한 사망자들 역시 화장터로 보내져야 했다. 하지만 그때는 시의 동쪽 관문들 밖에 있는 옛 화덕을 이용해야 했다. 상설 경비대를 더 멀리 퇴각시켰고, 예전에는 바닷가 언덕에서 운행되었으나 지금은 사용되지 않고 있는 전차를 이용하라고 한 시청 직원이 조언함으로써 당국의 일을 아주 용이하게 해 줬다. 이 용도로 전차 좌석들을 들어내어 차량들과 기관차들의 내부를 개조했고, 선로를 화덕까지 우회시켜 그곳이 이제는 노선의 한 기점이 되었다.

이렇게 해서 그 여름 끝자락 내내, 그리고 가을비가 한창일 때도 역시 매일 한밤중에 승객 없는 이상한 전차 차량들이 바다 저 위쪽에서 흔들거리면서 해안 언덕을 따라 지나가는 것을 볼 수 있었다. 주민들은 결국 일이 그런 식으로 진행되고 있다는 것을 알게 되었다. 그래서 바닷가 언덕으로 접근하는 것을 금지시키는 순찰대에도 불구하고 정말 여러 무리의 사람들이 파도를 굽어보는 바위 사이로 몰래 들어가 전차가 지나갈 때 종종 차량 안으로 꽃을 던지는 데 성공하기도 했다. 그때 꽃과 시신을 실은 열차가 여름밤 속에서 더 크게 흔들리는 소리가 들렸다.

아침 무렵, 적어도 처음 며칠 동안은 짙고 구역질 나는 수증기가 도시의 동쪽 지역 위를 떠다녔다. 모든 의사의 견해에 의하면 이 발산물은 불쾌한 것이기는 하지만 누구에게도 해를 끼치진 않는다는 것이었다. 하지만 페스트가 그런 식으로 하늘에서 자기들 위로 떨어질 거라고 믿는 지역민들이 그 지역을 떠나겠다고 위협했고, 그 결과 당국이 종국에는 복잡한 배관 장치를 통해 배기 방향을 다른 쪽으로 돌릴 수밖에 없게 되자 진정되었다. 큰 바람이 부는 날에만 동쪽에서부터 온 어렴풋한 냄새로 인해 주민들은 자신들이 새로운 질서 속에 자리하고 있다는 사실과 페스트의 불길이 매일 저녁 그들의 공물을 집어삼키고 있다는 것을 떠올렸다.

이 모든 것이 결국 그 전염병이 끼친 극단적인 영향이었다. 하지만 이 전염병이 그때 이후 전혀 확산되지 않은 것은 다행이었다. 이것은 우리 부서들의 재치와 도청의 대책들이 주효했기 때문이었다고 생각할 수 있을 것이다. 심지어 화장용 화덕의 처리 능력의 한계를 넘어섰을 수도 있었을 것이다. 리외는 시체를 바다에 버리는 등의 절망적인 해결책들도 그 당시에 고려되었다는 것을 알고 있었기 때문에, 푸른 파도 위의 끔직스러운 시체 거품을 쉽게 상상할 수 있었다. 또한 만일 통계 수치가 계속 상승할 경우, 제아무리 우수한 조직이라 해도 거기에 버틸 수 없고, 도청으로서도 어쩔 수 없이 사람들이 첩첩이 죽어서 쌓여 거리에서 썩어 갈 수도 있기 때문에, 오랑 시는 공공장소에서 죽어 가는 사람들이 당연한 증오심과 어리석은 희망이 뒤섞인 심정에서 산 사람들을 붙들고 늘어지는 것을 보게 되리라는 것도 그는 알고 있었다.

어쨌든 이런 종류의 자명성이나 두려움이 우리 시민들에게 귀양살이와 이별의 감정을 지속시키고 있었다. 이 점에 대해 서술자는 예컨대 옛날이야기에서 읽게 되는 것들과 비슷하게 용기를 북돋워 주는 몇몇 영웅이나 훌륭한 행동과도 같은 정말로 멋진 장면 중 그 어떤 것도 여기에 옮겨 적을 수 없다는 것이 얼마나 유감스러운지 잘 안다. 이것은 재앙만큼 볼거리 없는 것은 아무것도 없고, 또 큰 불행은 그 지속성 자체로 인해 단조롭기 때문이다. 페스트의 끔찍한 나날들을 겪은 사람들의 추억 속에서, 이날들은 화려하고 잔인하며 거대한 화염으로서보다는 오히려 그 여정 위에 있는 모든 것을 뭉개 버리는 한없는 제자리걸음으로 보였다.

그렇다. 페스트는 전염병 초기에 의사 리외를 괴롭힌 극도로 자극적인 엄청난 영상들과는 아무런 관계도 없었다. 페스트는 우선 신중하고 흠이 없으며 잘 작동하는 하나의 체제였다. 바로 그렇게 때문에, 여담이지만 서술자는 아무것도 왜곡하지 않고, 또 무엇보다도 자신을 드러내지 않으려고 객관성을 추구했다. 서술자는 어느 정도 일관된 진술에 기본적으로 필요한 것과 상관이 있는 경우를 제외하고는 기교를 부려 거의 아무것도 바꾸고 싶지 않았다. 정확히 이 객관성 자체가 서술자에게 이제 이렇게 말하라고 명을 내린다. 즉, 그 시절의 커다란 고통,

가장 깊고 가장 일반적인 고통이 이별이었고, 또 페스트의 현 단계에서 이별에 대해 새로운 묘사를 하는 것이 양심상 필요 불가결한 것이라 해도, 이 고통 자체는 그때 비장감을 잃고 있었다는 것은 여전히 사실이라고 말이다.

우리 시민들, 즉 적어도 이런 이별로 인해 가장 괴로워한 사람들은 그런 상황에 익숙해졌을까? 그렇다고 단정하는 것이 반드시 옳지만은 않을 것이다. 그들은 육체적으로나 정신적으로나 헐벗어 고통을 받았다고 말하는 편이 더 정확할 것이다. 페스트의 초기 때, 그들은 잃어버린 존재를 아주 잘 기억하고 있었고, 또 그 존재를 그리워하곤 했다. 하지만 사랑하는 얼굴을, 그 웃음을, 나중에야 행복했다는 것을 알게 된 어떤 날을 또렷이 기억하고 있었다고 해도, 그들이 그날을 회상하던 바로 그 시간에, 또 이제는 너무나 먼 곳에서 상대방이 무엇을 하고 있을지를 상상한다는 것은 힘든 일이었다. 요컨대 그때 그 순간에 그들은 기억은 있었지만 상상력은 부족했다. 페스트의 제2 단계에서 그들은 기억 또한 잃어버렸다. 그 얼굴을 잊어버렸다는 것이 아니라, 결국 같은 이야기가 되겠지만, 그 얼굴은 살을 잃어버려 그들은 더 이상 그들 내부에서 그 얼굴을 알아볼 수 없었다. 그리고 그들은 처음 몇 주간, 자신들의 사랑 속에는 이제 그림자들밖에 없다는 것에 대해 불만스러워하는 경향이 있었으나, 그 후에는 이 그림자들이 그들의 추억 속에 간직되어

왔던 희미한 빛깔들마저 상실하면서 더 희박해질 수도 있다는 사실을 깨닫게 되었다. 기나긴 시간 동안 이별을 겪고 나자 그들은 더 이상 그들의 것이었던 정감도, 언제라도 그들이 손을 얹을 수 있는 한 존재가 그들 곁에서 어떤 식으로 살았는지도 상상할 수 없었다.

이런 시각에서 보면, 그들은 더 하찮은 것이기에 더 효과적이었던 페스트의 질서 그 자체 속에 들어가 있었던 것이다. 우리 중 누구도 더 이상 거창한 감정을 가지고 있지 않았다. 모든 사람이 단조로운 감정을 경험하고 있었다. "이거 끝날 때가 됐어." 라고 우리 시민들은 말하곤 했다. 왜냐하면 재앙의 시절에는 집단적인 고통이 끝나기를 바라는 것이 정상이고, 또 실제로 그들은 그것이 끝나기를 바라고 있었기 때문이다. 그러나 이런 모든 말은 페스트 초기의 화염이나 쓸쓸한 감정 없이, 그리고 아직 뚜렷이 우리에게 남아 있던 빈약한 약간의 이성 위에서만 표현되곤 했다. 기력 부진을 체념으로 여기는 것은 잘못일지 모르지만 처음 몇 주간의 강하고 거센 충동 다음에는 적어도 일종의 임시적 동의라 할 수 있는 기력 부진이 이어졌다.

우리 시민들은 다른 방법이 없었기 때문에 보조를 맞췄고 또 흔히 말하듯이 적응해 있었다. 그들은 당연히 불행과 고통을 여전히 안고 있었지만, 그것들을 더 이상 날카롭게 느끼지는 않고 있었다. 한편, 가령 의사 리외는 그런 것이 바로 불행이고, 또 절망에 익숙해지는 것이 절망 그 자체보다 더 나쁜 것이라고 여겼었다. 과거에는 이별 당한 사람들이 정말 불행하지는 않았는데, 그들의 고통 속에는 막 꺼져 버린 어떤 계시가 있었던 것이다. 이제는 길모퉁이에서, 카페나 친구 집에서 그들은 평온하고 한가해 보였고, 어찌나 눈길이 따분했는지 그들 덕택에 시 전체가 마치 하나의 대합실과 닮아 보였다. 직업을 가지고 있던 사람들은 페스트의 속도에 맞춰 꼼꼼하면서도 튀지 않게 일을 했다. 모든 사람이 겸손했다. 이별한 사람들은 부재자에 대해 말을 하거나, 상투적인 말투를 쓰거나, 자신들의 이별을 돌림병의 통계 수치와 같은 각도 아래에서 검토하거나 하는 일을 처음으로 꺼리지 않았다. 그들은 지금까지 한사코 자신들의 고통을 집단적인 불행에서 떼어 내왔지만, 이제는 그 병합을 받아들였다. 기억도 희망도 없이 그들은 현재 속에 자리를 잡고 있었다. 사실을 말하자면, 모든 것이 그들에게는 현재가 되었다. 이건 분명히 말해야 한다. 페스트가 모두에게서 사랑의 힘과 우정의 힘까지도 앗아가 버렸다는 사실을 말이다. 사랑은 약간의 미래를 요구하는데, 우리에게는 순간들밖에 없었기 때문이다.

물론 이런 것 중에서 그 어떤 것도 절대적이지 않았다. 이별 당한 모든 사람이 그런 상태가 되고 만 것이 사실이기는 하지만, 그들 모두가 같은 시간에 그런 상태에 이른 것이 아니고, 또 어쨌든 일단 이런 새로운 태도 속에 자리를 잡았어도 섬광 같은 기억, 갑작스러운 각성으로 인해 이 피해자들이 더 생생하고 더 고통스러운 감수성으로 다시 빠져들었다고 덧붙이는 것이 온당하기 때문이다. 그러기 위해서는 페스트가 그치리라는 것을 전제로 모종의 계획을 세워 보려는 기분 전환의 순간들이 그들에게 있어야 했다. 그들은 느닷없기는 해도 약간의 가호가 있어 대상 없는 질투심에 깨물린 아픔을 느끼기도 했을 것이다. 다른 사람들 또한 여러 차례 갑작스러운 갱생을 경험했고, 또 일요일과 토요일 오후는 물론이고 다른 요일들에도 마비 상태에서 벗어나곤 했다. 왜냐하면 부재자들과 함께 지낸 때에는 이런 날들은 여러 의식(儀式)에 할애되었기 때문이었다. 혹은 하루가 저물어 갈 무렵이면 그들의 마음을 사로잡던 어떤 우수가 밀려와 기억이 되돌아올 것이라는, 한편으로 보면 항상 확인된 것은 아니었던 사실을 알려 주었다. 신자들에게는 자기반성의 시간인 그런 저녁 시간이, 반성할 것이라고는 오직 공허밖에 없는 감금자나 귀양객에게는 가혹한 시간이기도 했다. 그 시간이 잠시 그들을 붙잡았지만, 곧이어 그들은 무기력 상태로 돌아가 페스트 속에 다시 틀어박혔다.

사람들은 이미 그런 것은 결국 그들이 가진 가장 사적인 것을 포기하는 데 있다는 것을 이해했다. 페스트의 초기에 다른 사람들에게는 아무런 존재감이 없지만 자신들에게는 아주 중요한 사소한 것들의 양에 놀라 사생활이라는 것을 경험하게 되었다. 하지만 그들은 이제 이와 반대로 오직 다른 사람들의 관심을 끄는 일에만 관심을 가졌고, 일반적인 관념만 가졌을 뿐이며, 심지어는 사랑조차 그들에게는 가장 추상적인 모습을 띠고 있었다. 그들은 잠잘 때 말고는 더 이상 희망을 갖지 못하는 일이 종종 생겼을 정도로, 또 '가래톳, 그만 좀 끝내자!'라고 스스로 생각하고 있는 것을 갑자기 깨닫는 경우가 종종 생겼을 정도로 페스트에 방기(放棄)되어 있었다. 하지만 실제로 그들은 이미 잠들어 있어서, 그 모든 시간은 긴 잠에 불과했다. 오랑 시는 선잠이 든 사람들로 가득했는데, 그들이 실질적으로 자신들의 운명에서 벗어나는 것은 불현듯 한밤중에 겉보기에는 아문 상처가 다시 벌어지는 드문 순간들뿐이었다. 그리고 소스라쳐 깨어난 그들은 그때 얼빠진 듯한 태도로 도진 상처의 가장자리를 어루만지다가 갑자기 생생해진 그들의 고통, 또 이 고통과 더불어 사랑 때문에 격앙된 얼굴을 아주 짧은 순간 동안 되찾았다. 아침마다 그들은 다시 재앙으로, 그러니까 틀에 박힌 생활로 되돌아오곤 했다.

하지만 이별 당한 사람들은 어떤 모습을 하고 있었다고 할 것인가? 그건 간단하다. 그들은 아무것도 아닌 모습을 하고 있었다. 혹은 이렇게 말할 수 있다면, 그들은 모든 사람과 같은 모습, 완전히 일반적인 모습을 하고 있었다. 그들은 도시의 평온함과 유치한 소란스러움을 공유하고 있었다. 냉정한 외양을 유지하고는 있었지만 비판적 감각의 외양은 잃고 있었다. 예컨대 그들 중에서도 가장 총명한 사람들이 모든 사람과 마찬가지로 신문이나 라디오방송에서 페스트의 조속한 종말을 믿을 만한 단서들을 찾는 척하거나, 겉으로 허황된 희망을 품거나, 혹은 어떤 신문기자가 따분하다는 듯이 하품을 해 대며 조금은 되는대로 썼던 기사를 읽고 근거 없는 공포를 느끼거나 하는 것을 볼 수가 있었다. 나머지 사람들은 맥주를 마시거나 환자들을 치료하거나 게으름을 피우거나 지치게 일하거나 목록을 정리하거나 이것인지 저것인지 잘 구별이 안 되는 레코드판들을 돌리거나 했다. 달리 말하자면 그들은 더 이상 아무것도 선택하지 않았다. 페스트가 가치 판단을 없애 버린 상태였다. 그리고 이런 것은 누구도 자기가 구입하는 옷이나 식품의 품질에 더 이상 신경을 쓰지 않는 모습에서도 볼 수 있었다. 사람들은 모든 것을 통째로 받아들이고 있었던 것이다.

마지막으로 이별 당한 사람들은 처음에는 그들을 보호해 준 신기한 특권을 더 이상 갖고 있지 않았다고 말할 수 있다. 그들은 사랑의 이기주의와 거기서 끌어내던 혜택을 모두 상실해 버렸다. 적어도 이제는 상황이 명백했다. 모든 사람이 재앙과 관련이 있었던 것이다. 시의 관문들에 부딪히던 총성과 우리의 생사에 박자를 주던 도장 찍는 소리 한가운데서, 화재와 목록,

공포와 수속 절차 한가운데서, 무시무시한 화장터의 연기와 구급차의 단조로운 경적 사이에서, 굴욕적이지만 장부에 등록되는 죽음을 약속 받은 우리 모두는 자기도 모르는 사이에 똑같은 벅찬 재회와 똑같은 벅찬 평화를 기다리면서 귀양살이라는 같은 빵으로 자양분을 섭취하고 있었다. 우리의 사랑은 분명 여전히 거기에 있었지만 사용할 수 없었고, 지니기에는 너무 무거웠고, 우리 마음속에서 생기를 잃었고, 범죄나 유죄 선고처럼 메말라 있었을 뿐이다. 이것은 미래가 없는 인내와 좌절된 기다림에 불과했다. 그리고 이런 시각에서 시민들 중 몇몇의 태도는 시의 여기저기에 있는 식료품 가게들 앞에 늘어선 긴 줄을 생각나게 했다. 이것은 무제한적인 동시에 환상이 없는 똑같은 체념과 똑같은 자제심이었다. 다만 이별에 대해서는 이런 감정의 수위를 천 배 이상 올려야만 했다. 왜냐하면 이 감정은 또 다른 굶주림이자 모든 것을 삼켜 버릴 수 있는 굶주림과 관련되었기 때문이다.

어쨌든 우리 시의 이별 당한 사람들이 처한 정신 상태에 대한 정확한 생각을 알고자 한다면, 남녀의 무리가 거리로 쏟아져 나올 때 나무 한 그루 없는 도시를 엄습하던, 먼지가 자욱하고 황금색으로 물든 한없는 저녁들을 새삼 연상해야 할 것이다. 왜냐하면 기이하게도 일상적으로는 도시의 모든 언어를 이루는 차량 소음과 기계 소음의 부재 속에서, 그때 여전히 햇빛을 받고 있는 테라스 쪽으로 계속 올라오던 것은, 발걸음들과 낮은 음성들로 된 거대한 웅성거림, 즉 무거워진 하늘 속에서 재앙이 내는 소리에 의해 박자가 매겨진 수천의 구두창들의 고통스러운 미끄러짐, 결국 조금씩 시 전체를 채워 저녁마다, 우리의 마음속에서 사랑 대신 자리를 잡고 있던 맹목적인 고집에 그 가장 충실하고 가장 음울한 소리를 제공하던 끝없고 숨 막히는 제자리걸음뿐이었기 때문이다.

제4부

9월과 10월 두 달 동안 페스트는 오랑 시를 자기 발 아래에 굴종시켰다. 여전히 페스트가 정체 상태에 있었기 때문에, 좀처럼 끝날 줄 모르던 몇 주 동안 수십만의 사람들이 여전히 제자리걸음을 하고 있었다. 하늘에서는 안개, 더위, 비가 이어졌다. 찌르레기와 개똥지빠귀 떼가 남쪽에서 와서 아주 높이 조용하게 도시를 우회해 지나갔다. 마치 파늘루가 말했던 재앙이, 집들의 상공에서 획획 소리를 내면서 회전하는 이상한 나무 도리깨가 새들의 접근을 막는 듯했다. 10월 초에 여러 차례의 큰 폭우가 거리를 쓸어 냈다. 그 기간 동안 그 거대한 제자리걸음보다 더 중요한 일은 아무것도 발생하지 않았다.

　리외와 그의 친구들은 그때 자신들이 어느 정도까지 지쳐 있는가를 발견했다. 사실 보건위생대의 사람들은 더 이상 피로를 감당해 내지 못하고 있었다. 의사 리외는 자기 친구들과 자기에게서 기이한 무관심이 만연하는 것을 관찰함으로써 그것을 깨달았다. 예컨대 지금까지 페스트와 관련된 모든 소식에 대해 아주 활발한 관심을 보여 준 사람들이 이제 더 이상 그것들에 대해 전혀 관심을 보이지 않고 있었다. 랑베르는 자신이 유숙하던 호텔에 얼마 전부터 설치된 예방 격리소의 관리를 임시로 맡고 있었는데, 자신이 감호하는 사람들의 수를 완벽하게 알고 있었다. 그가 급병 증세를 보이는 사람들을 위해 마련해 놓은 즉각적 퇴실 체계의 가장 사소한 사항들까지 그는 알고 있었다. 예방 격리자들에게 미친 혈청 효과에 대한 통계 역시 그의 기억 속에 새겨져 있었다. 하지만 그는 페스트로 희생된 자들의 주간 수치를 말할 수 없었고, 따라서 페스트가 진전 중인지 후퇴 중인지를 실제로 모르고 있었다. 그리고 그의 경우 만사 불구하고 가까운 장래에 탈출하리라는 희망을 여전히 가지고 있었다.

다른 사람들에 대해 말하자면, 그들은 밤낮으로 일에 몰입되어 신문도 읽지 않고 라디오도 듣지 않고 있었다. 그리고 누군가가 어떤 결과를 알려 주면 흥미롭다는 시늉은 하지만 실상 건성으로 무관심하게 대응했다. 이것은 일에 진이 빠져 일상적 의무를 그르치지 않는 데만 집중하느라 결정적인 작전도 휴전의 날도 더 이상 기대하지 않는 대규모 전쟁에 참전한 병사들에게서나 상상할 수 있는 그런 무관심이었다.

페스트로 인해 발생한 계산 업무를 수행해 왔던 그랑은 분명 종합적 결론을 내릴 능력이 없었을 것이다. 보기에도 피로에 강한 타루, 랑베르, 리외와는 달리 그랑의 건강은 아주 좋은 편이 아니었다. 그런데도 그는 시청 보조 직원직, 리외의 서기직, 자신의 야간작업을 겸하고 있었다. 해서 그가 계속 탈진상태에 있음을 볼 수 있었는데, 그는 페스트가 물러간 뒤에 최소한 일주일 동안은 완전한 휴가를 얻어 하던 일에 본격적으로 '모자를 벗고' 전념하겠다는 것과 같은 두세 가지의 확고한 생각으로 버티고 있었다. 그는 갑작스럽게 나약해지는 편이었고, 그럴 때면 굳이 리외에게 잔에 대해 말하면서 그녀가 그 순간 어디에 있을지, 또 그녀가 신문을 읽는다면 그에 대해 생각할지를 알고 싶어 했다. 리외가 어느 날 극히 평범한 어조로 아내에 대해 말하는 자신에게 놀랐던 것도 바로 그와 함께 있었을 때였다. 리외는 그때까지 결코 그래 본 적이 없었다. 늘 안심시키려는 내용을 담고 있는 아내의 전보를 믿어야 할지 확신이 없어서, 그는 그녀가 요양하고 있는 요양소의 원장에게 전보를 치기로 마음먹었다. 그 답신으로 환자의 병세가 악화되었다는 통지와 병의 진행을 막기 위해 최선을 다하겠다는 다짐을 받았다. 리외는 피로 때문이 아니었더라면 혼자만 알고 있던 이런 소식을 어떻게 그랑에게 털어놓을 수 있었는지 이해할 수 없었다. 시청 서기가 잔에 대해 말한 후에 아내에 대해 물어보자 리외가 대답했던 것이다. 하지만 그랑은 이렇게 말했다. "알다시피 그거 요새 잘 완치된다고 하던데요." 이 말에 리외는 순순히 수긍하며, 이별이 길어지기 시작했다, 어쩌면 자기는 아내가 병을 극복하도록 도왔어야 했다, 그런데 아내는 지금 정말 혼자라고 느낄 것이다, 하고 말했다. 그러고 나서 입을 다물더니 리외는 그랑의 질문에 얼버무리듯이 대답했을 뿐이다.

다른 사람들도 같은 상태에 처해 있었다. 타루가 가장 잘 이겨 내고 있었지만, 그의 수첩을 보면 호기심의 깊이는 줄어들지 않았어도 다양성을 잃었다는 것을 알 수 있었다. 실제로 그 기간 내내 그는 유난히 코타르에게만 관심을 가졌다. 호텔이 예방 격리소로 바뀐 이래로 묵게 된 리외의 집에서 타루는 그랑이나 의사가 성과에 대해 말해도 거의 듣지 않았다. 그는 곧장 대화를 그의 일반적인 관심사이던 시시콜콜한 오랑 시의 생활사로 몰아가곤 했다.

카스텔에 대해 말하자면, 의사 리외에게 혈청이 준비되었다고 알리러 온 그날, 방금 병원에 데려왔으나 리외의 판단으로 증상이 절망적이던 오통 씨의 어린 아들에게 첫 시험을 해 보기로 둘이 결정한 후, 리외는 나이 든 동료 의사에게 최근의 통계를 건네주다가 상대방이 안락의자에 앉아 깊이 잠들어 있는 것을 발견했다. 그리고 평소에는 부드러우면서도 일면 냉소적인 분위기로 영원한 젊음이 깃들곤 하던 이 얼굴의 반쯤 벌려진 입술에서 침 한 줄기가 갑자기 흘러나와 피곤과 노쇠를 드러내자, 리외는 그 앞에서 목이 조여드는 것을 느꼈다.

바로 이런 쇠약해진 면에 비추어 리외는 자신의 피로를 판단할 수 있었다. 그는 자기의 감성을 통제할 수 없었다. 거의 언제나 조여져 있고, 경직되어 있고, 말라 버린 상태에 있던 그의 감성은 가끔 폭발해 그는 더 이상 통제할 수 없는 격정에 사로잡히곤 했다. 그의 유일한 방비는 이런 경직성 속으로 피신해 그의 내부에 형성된 매듭을 더 조이는 것뿐이었다. 그는 바로 이것이 계속해 나갈 수 있는 좋은 방법임을 알고 있었다. 그 외의 점에 대해서 그는 많은 환상을 가지고 있지 않았고, 더군다나 피로로 인해 그는 여태 간직해 온 환상들 역시 제거해 버렸다. 왜냐하면 그로서는 끝이 어디인지 내다볼 수 없던 기간 동안 그 자신이 맡은 역할은 더 이상 병을 고치는 데 있지 않다는 것을 알고 있었기 때문이다. 그의 역할은 진단하는 일이었다. 발견하고, 보고, 묘사하고, 등록하고, 그다음에 선고를 내리는 것, 이것이 그의 일이었다. 부인들이 그의 손목을 잡고 울부짖곤 했다. "선생님, 저 사람 좀 살려 주세요!" 하지만 그는 목숨을 살리기 위해서가 아니라 격리를 명령하기 위해 거기에 있었던 것이다. 그가 그때 그 사람들의 얼굴에서 읽어 냈던 증오심이 무슨 소용이 있었겠는가? 어느 날 누군가가 그에게 "당신은 인정이라곤 없군요."라고 말했다. 하지만 아니다, 그에게는 인정이 있었다. 바로 이 인정이 그로 하여금 매일 스무 시간씩, 살기 위해 태어난 사람들이 죽어 가는 것을 참고 볼 수 있게 해 주었던 것이다. 그것이 그로 하여금 매일 다시 시작할 수 있도록 해 주었던 것이다. 이제 그에게는 딱 그 정도의 인정밖에 남아 있지 않았다. 대체 어떻게 이런 인정이 목숨을 살리기에 충분했겠는가?

그렇다. 리외가 하루 내내 나눠 주던 것은 구호책이 아니라 정보뿐이었다. 물론 그런 것을 사람의 본분이라고 부를 수는 없었다. 하지만 어쨌든 공포에 질려 대량으로 죽어 가던 군중 사이에서 사람의 본분을 다할 여유가 대체 누구에게 남아 있었겠는가? 피곤하다는 것은 그래도 다행이었다. 만일 리외가 좀더 원기 왕성했다면, 그는 도처에 퍼져 있는 죽음의 냄새로 인해 감상적이 되었을 수도 있다. 하지만 네 시간밖에 못 잔 사람은 감상적이지 않다. 매사를 있는 그대로, 즉 정의(正義), 가증스럽고 하찮은 정의에 따라 보게 되는 법이다. 그리고 다른 사람들, 선고를 받은 사람들 역시 그것을 잘 느끼고 있었다. 페스트로 판명되기 전에 사람들은 리외를 구원자처럼 맞이했다. 약세 알과 주사 한 대로 모든 것을 해결하면, 사람들이 그의 팔을 잡고 복도 끝까지 모셨다. 그건 흐뭇했지만 위험했다. 지금은 이와 반대로 그는 군인들과 함께 나타났고, 가족들이 마음의 문을 열게 하기 위해 개머리판으로 두들겨야만 했다. 그들은 리외와 인류 전체를 자신들과 함께 죽음으로 끌고 들어가고 싶은 마음이 간절했으리라. 아! 정말 인간들은 다른 인간들 없이 지낼 수 없었고 또 그 역시 이 불행한 자들과 마찬가지로 속수무책이었으니, 그는 울컥하는 동정을 받을 만도 했다. 그들을 떠나자 그의 마음속에서 저절로 커져 가던 것과 똑같은 그런 동정을 말이다.

그 끝날 것 같지 않던 여러 주 동안 의사 리외는 적어도 이런 생각들을 자기가 처해 있는 이별 상태와 관련된 생각들과 함께 떠올리곤 했다. 그리고 그는 친구들의 얼굴에서 이런 생각들의 반영을 읽기도 했다. 하지만 재앙에 맞서 투쟁을 계속하던 모든 사람을 조금씩 무너뜨리던 탈진 현상의 가장 위험한 결과는, 외부 사건들이나 다른 사람들의 격정에 대한 무관심이 아니라 오히려 스스로를 방치하는 부주의에 있었다. 왜냐하면 그들은 그때 절대적으로 필요한 것이 아닌 경우 자신들의 힘에 벅차 보이는 모든 동작을 항상 피하려는 경향을 가지고 있었기 때문이었다. 이렇듯 그 사람들은 자신들이 세웠던 위생 규칙에 점점 더 소홀해졌고, 때로는 스스로에게 시행해야 하는 여러 소독 조치 중 몇 가지를 잊어버리게 되었고, 또 때로는 전염에 대한 예방 조치도 없이 페스트에 걸린 환자들에게 달려갔다. 그도 그럴 것이 감염된 집들에 가야 한다는 통지를 뒤늦게 받아 든 그들이 보기에 필수적인 준비를 갖추기 위해 정해진 장소까지 되돌아가는 일은 우선 피곤한 일이었기 때문이다. 바로 이것이 정말로 위험했던 점이었다. 그때 그들로 하여금 페스트에 가장 취약하게 만들었던 것은 페스트에 대처한 투쟁 자체였다. 결국 그들은 우연에 내기를 걸었던 것인데, 우연은 누구의 편도 아니다.

하지만 시내에는 탈진하거나 낙담해 보이지도 않고 만족감의 살아 있는 표상으로 남아 있던 사람이 한 명 있었다. 바로 코타르였다. 그는 다른 사람들과 관계를 유지하면서도 여전히 거리를 두고 지냈다. 하지만 그는 타루의 일이 허용하는 한 자주 타루를 만나기로 했다. 왜냐하면 한편으로 타루가 코타르의 형편을 잘 알고 있었기 때문이고, 다른 한편으로 타루가 그 키 작은 하숙인을 변함없이 우의를 가지고 반겨 주기 때문이었다. 그것은 계속되는 기적이었으나, 타루는 힘든 일을 하고 있었음에도 불구하고 늘 반기며 세심한 태도를 보여 주었다. 어떤 날 저녁에는 피로가 그를 짓눌러도 그다음 날이면 다시 기운을 회복했다. "누구나 그 사람하고 대화를 할 수 있어요. 인간적이니까요. 언제나 이해해 주죠." 코타르는 랑베르에게 이렇게 말한 적이 있었다.

정확히 이런 이유로 그 시기의 타루의 기록은 점차 코타르라는 인물에 집중되었다. 타루는 코타르가 자기에게 털어놓았거나 해석을 가한 대로의 반응과 고찰을 나열하려고 노력했다.

그것들은 '코타르와 페스트의 관계'라는 표제 아래 수첩의 몇 쪽을 차지하고 있다. 서술자는 여기에 그 개요를 소개하는 것이 유익하다고 생각한다. 이 키 작은 하숙인에 대한 타루의 전반적인 생각은 다음과 같은 판단 속에 잘 요약되어 있었다. "그는 성장하고 있는 인물이다." 어쨌든 그는 보기에도 좋은 기분 속에서 성장하고 있었다. 그는 사건들이 진행되던 추이에 불만이 없었다. 그는 가끔 타루 앞에서 이런 종류의 말을 통해 그의 본심을 표현했다. "물론, 아주 좋지는 않아요. 하지만 최소한 모든 사람이 같은 처지에 있죠."

　타루는 이렇게 덧붙였다. "물론 그는 다른 사람들처럼 위협을 받고 있지만, 정확히 다른 사람들과 함께 그런 일을 겪고 있다. 그다음으로, 확신컨대 그는 페스트에 걸릴 수 있다고 진지하게 생각하지 않는다. 그는 큰 병이나 깊은 불안에 사로잡혀 있는 사람은 그와 동시에 다른 모든 병이나 고민을 면제받는다는, 어찌 보면 그다지 어리석지 않은 생각을 하면서 살아가는 모습이다. 그가 내게 말했다. '사람은 병을 겹쳐서 앓을 수 없다는 걸 주목해 본 적이 있나요? 당신이 위험한 불치의 병, 중증의 암이나 심한 폐병을 앓는다고 가정해 봐요. 그러면 당신은 결코 페스트나 장티푸스에 안 걸릴 거예요. 그건 불가능해요. 하여간 이것은 더 범위가 넓어지겠죠. 왜냐하면 자동차 사고로 죽는 암 환자는 결코 못 봤으니까요.' 맞거나 틀리거나 이런 생각이 코타르를 명랑하게 만든다. 그가 원하지 않는 단 하나는 다른 사람들과 헤어져 있는 일이다. 그는 혼자서 죄수가 되는 것보다는 모두와 함께 포위당하는 쪽을 더 좋아한다. 페스트와 더불어 더 이상 사찰, 서류, 명단, 수수께끼 같은 심리와 목전의 체포 등과 같은 것은 이제 문젯거리가 아니다. 알기 쉽게 말하자면 거기에는 더 이상 경찰도, 해묵은 혹은 새로운 범죄도, 죄인도 없고, 경찰관들도 포함되는 가장 임의적인 사면을 기다리는 사형수들이 있을 뿐이다." 타루의 계속되는 주석에 따르면, 다음과 같은 한 구절로 표현될 수 있는, 너그럽고 이해심 많은 만족감을 드러내면서 코타르가 우리 시민들이 보여 주던 불안과 혼란의 징조에 주목하는 것은 그 나름의 근거가 있긴 했다. "언제든지 이야기하세요. 난 당신보다 먼저 그걸 겪었어요."

"내가 아무리 그에게 다른 사람들과 떨어지지 않는 유일한 방법은 결국 양심을 갖는 데 있다고 말해도 소용없었다. 그는 나를 빤히 보며 이렇게 말했다. '그렇다면 그 누구도 결코 누군가와 함께 있을 수 없죠.' 그러고 나서 이렇게 말했다. '해도 돼요. 내가 장담합니다. 사람들을 함께하도록 만드는 유일한 방법은 역시 그들에게 페스트를 보내 주는 겁니다. 그러니 당신 주위를 좀 보세요.' 그리고 사실을 말하자면 나는 그가 무슨 말을 하고픈지, 또 현재의 생활이 그에게는 얼마나 편안하게 보일지 잘 이해한다. 어떻게 자기 것이었던 다른 사람들의 반응을 그가 곧 알아차리지 못하겠는가? 각자가 모든 사람을 자기편으로 만들려고 하는 노력, 어떤 때는 길 잃은 행인에게 길을 알려 주려고 베푸는 호의, 또 어떤 때는 가끔 그 행인에게 드러내는 불쾌한 기분, 고급 식당으로 향하는 사람들의 황급한 발걸음, 고급 식당에 있으며 거기에서 시간을 보낸다는 만족감, 매일같이 영화관 앞에 줄을 서고 모든 공연장과 심지어 댄스홀을 채우며 또 모든 공공장소 속으로 사슬 풀린 물결처럼 퍼져 가는 무질서한 인파, 모든 접촉 앞에서 하는 뒷걸음질, 그럼에도 사람들을 다른 사람들에게로, 팔꿈치를 팔꿈치에게로, 이성을 이성에게로 밀어 대는 인간적인 체온에 대한 갈망? 코타르는 그들보다 앞서 이 모든 것을 경험했다는 것, 그것은 명백하다. 여자만은 예외였는데, 왜냐하면 그의 생김새가……. 그리고 내 짐작에 그는 여자를 만날 기회가 가까워졌다고 느꼈어도, 나중에 자신에게 피해를 줄 수 있을 나쁜 취미는 갖지 않으려고 그 기회를 단념한 것으로 보인다.

결국 페스트는 그에게 이롭게 작용했다. 페스트는 고독하면서도 고독을 원치 않던 사람을 공범으로 만든다. 왜냐하면 가시적으로 그가 바로 공범이고 또 기꺼이 즐기는 공범이기 때문이다. 코타르는 자신이 보는 모든 것, 즉 여러 종류의 미신, 당치 않은 두려움, 경계하는 영혼들의 과민성의 공범이다. 가능한 한 페스트 이야기는 안 하기를 바라면서도 계속해서 그 이야기를 하는 그들의 괴벽, 그 병이 두통으로 시작된다는 것을 안 다음부터 조금만 머리가 아파도 질색하며 파리해지는 그들의 모습, 그리고 사소한 기억 상실을 큰 일로 변질시켜 바지 단추 하나만 잃어버려도 슬퍼하게 되는 신경질적이고 격해지기 쉬운 감수성, 결국 불안정한 감수성의 공범이다."

타루가 코타르와 함께 저녁에 외출하는 일이 자주 생겼다. 그는 뒤이어 수첩에서, 어떻게 그들이 어깨를 맞대고서 황혼 녘이나 밤에 어두운 군중 속으로 뛰어들어, 드문드문 가로등이 희미한 빛을 발하던 희고 검은 덩어리 속에 잠겨, 페스트의 냉기를 막아 주는 뜨거운 쾌락을 향해 한 무리의 사람들과 함께 나아갔는지를 말하고 있었다. 몇 개월 전에 코타르가 공공장소에서 찾던 것, 가령 사치와 여유 있는 생활, 만족시킬 수 없이 꿈만 꾸던 것, 즉 고삐 풀린 향락, 그것을 이제는 주민 전체가 추구하고 있었다. 모든 물가가 걷잡을 수 없이 올랐지만, 사람들이 그처럼 돈을 낭비한 적은 결코 없었고, 또한 대다수에게 생필품이 부족하던 때에 사람들이 그처럼 과잉 소비를 한 적은 결코 없었다. 사실 실업을 의미했을 뿐인 한가한 시간을 보내기 위한 온갖 놀이가 우후죽순처럼 늘어나는 것을 보게 되었다. 타루와 코타르는 가끔 쌍쌍의 남녀들 중 한 쌍의 뒤를 한동안 눈으로 좇기도 했는데, 그들 남녀는 전에는 서로의 관계를 감추려고 애쓰다가 이제는 서로 안은 채, 자기들을 에워싼 군중은 보지도 않고 커다란 열정으로 인해 약간 무례해져서 고집스럽게 거리를 걸어 다녔다. 코타르는 감상적이 되어 이렇게 말했다. "아! 청춘들!" 그리고 그는 집단적 흥분과 그들 주위에서 요란한 소리를 내던 큰 액수의 팁과 그들의 눈앞에서 얶이던 사건들 한복판에서 얼굴이 밝아지며 큰 소리로 말하곤 했다.

그러나 타루는 코타르의 태도에 악의는 거의 없다고 생각했다. "난 그들보다 먼저 그런 것을 경험했다."라는 그의 표현은 승리보다는 불행을 더 많이 보여 주었다. 타루는 이렇게 말했다. "생각건대 그는 하늘과 도시의 벽 사이에 갇힌 이 사람들을 사랑하기 시작했다. 예컨대 그는 가능했다면 기꺼이 그들에게 그것은 그리 무서운 것이 아니라고 설명했을 것이다. 그는 나에게 말했다. '저들의 말이 들리죠. 페스트 후에 난 이걸 할 거야, 페스트 후에 난 저걸 할 거야…… 저 사람들은 가만히 있지 않고 자신들의 삶을 중독시키고 있어요. 그리고 심지어 그들은 자기들의 이점을 알지 못해요. 내 경우 체포된다면 이걸 할 거야, 하는 말을 할 수 있을까요? 체포는 시작이지 끝이 아닙니다. 반면에 페스트는…… 내 의견을 알고 싶죠? 저들은 일이 되어 가는 대로 그냥 놔두지 않으니까 불행한 거예요. 그리고 사실 나는 다 아니까 말하는 겁니다.'"

타루는 이렇게 덧붙였다. "'사실 그는 다 아니까 말한다.' 서로를 가깝게 해 주는 열기의 필요성을 깊이 느낌에도 불구하고 동시에 서로를 멀어지게 하는 경계심 때문에, 감히 자신들을 이 열기에 내맡기지 못하는 오랑 시민들의 모순을 타루는 정확히 판단하고 있다. 이웃을 신뢰할 수 없다는 것, 이 이웃이 당신도 모르게 페스트를 건넬 수 있고, 당신이 포기하고 있으면 그 기회에 당신을 감염시킬 수 있다는 것을 누구나 너무 잘 알고 있었다. 코타르처럼, 사귀어 보려고 애쓰던 상대들이기는 하지만, 이들 가운데 밀고를 할 가능성이 있는 자들을 지켜보며 시간을 보낸 사람들은 이런 감정을 이해할 수 있다. 아직 건강하고 안전하다고 기뻐하는 순간, 페스트가 오늘 내일 사이에 그들의 어깨에 손을 얹을 수 있다거나, 어쩌면 그럴 준비를 하고 있다는 생각을 하면서 살아가는 사람들과 그는 아주 잘 공감한다. 가능한 한 그는 공포 속에서 편안하게 지낸다. 하지만 그는 그들보다 앞서 이 모든 것을 느꼈기 때문에, 내 생각에 그는 이런 잔인한 불확실성을 그들과 똑같이 경험하는 것은 불가능하다. 결국 페스트로 인해 아직 죽지 않은 우리 모두처럼 그 자신의 자유와 생명이 매일 파괴되기 직전에 있음을 그는 잘 느끼고 있다. 하지만 자기 자신은 공포 속에서 산 적이 있기 때문에, 그는 이번에는 다른 사람들이 공포를 겪게 되는 것이 정상이라고 생각한다. 더 정확하게 말하자면, 공포는 이제 그에게 그가 완전히 혼자였을 때보다 짊어지기에 덜 무거워 보인다. 바로 이런 점에서 그가 잘못된 것이고, 또한 그를 이해하는 것이 다른 사람들을 이해하는 것보다 더 어렵다. 하지만 어쨌든 바로 이런 점에서 그는 다른 사람들보다 더 우리가 이해하고자 애써 볼 가치가 있는 사람이다."

마지막으로 타루의 수기는 코타르와 페스트에 걸린 사람들에게 동시에 생긴 독특한 의식(意識)을 보여 주는 하나의 이야기로 막을 내리고 있다. 이 이야기는 그 시기의 힘들었던 분위기를 거의 재구축하고 있으며, 바로 이런 이유로 서술자는 거기에 중요성을 부여한다.

타루와 코타르는 〈오르페우스와 에우리디케〉를 공연하고 있던 시립 오페라좌에 갔었다. 코타르가 타루를 초대했던 것이다. 페스트가 창궐한 해의 봄에 오페라단 하나가 우리 시로 공연을 하러 왔었다. 병에 의해 갇혀 버린 오페라단은 우리 오페라좌와 협의 후에 주 1회씩 이 오페라를 재공연할 수밖에 없었다. 이렇게 해서 몇 달 전부터 금요일마다 우리 시립극장에서는 오르페우스의 음악적 탄식과 에우리디케의 무력한 호소가 울려 퍼졌다. 하지만 이 공연은 계속 대중의 인기를 얻어 항상 막대한 수입을 올렸다. 가장 비싼 좌석에 앉은 코타르와 타루는 우리 시민 중 제일 멋쟁이로 꽉 찬 일반석을 내려다보고 있었다. 극장에 도착한 사람들은 시작 시간을 놓치지 않으려고 눈에 보일 정도로 노심초사했다. 막이 오르기 전, 눈부신 조명 아래 악사들이 조심스럽게 악기를 조율하는 동안에 실루엣들이 뚜렷하게 드러나며 이 열에서 저 열로 지나가거나 고상하게 허리를 굽히곤 했다. 점잖은 대화 정도의 가벼운 웅성거림 속에서 사람들은 몇 시간 전 캄캄한 시가에서는 부족했던 안정을 되찾고 있었다. 정장 차림이 페스트를 쫓아 버리고 있었다.

1막 내내 오르페우스는 능숙하게 탄식을 했고, 그리스 튜닉을 입은 몇몇 여자가 우아하게 오르페우스의 불행을 설명했으며, 사랑은 소영창으로 노래되었다. 장내는 은근한 열기로 반응을 보였다. 오르페우스가 2막의 영창 속에는 표시되어 있지 않은 떨리는 소리를 집어넣어 지옥의 주인에게 자신의 눈물에 감동해 달라고 조금 지나칠 정도로 비장하게 부탁하는 것을 눈치챈 사람은 거의 없었다. 그가 자기도 모르게 한 발작적인 몇몇 몸짓들은 아주 주의력이 깊은 사람들에게는 이 가수의 연기에 더욱 보탬이 되는 스타일의 효과로 보였다.

3막에서 오르페우스와 에우리디케의 이중창(에우리디케가 연인을 떠나는 순간이었다.)이 되어서야 모종의 놀라움이 장내에 감돌았다. 그리고 마치 관객의 이런 움직임만을 기다렸다는 듯이, 혹은 더 분명히 말해서 일반석에서 오는 웅성거림이 그가 느끼던 것을 확인시켜 줬다는 듯이, 이 가수는 그때를 택해 고대의 의상을 입고 팔과 다리를 벌리면서 그로테스크한 몸짓으로 바닥조명 장치 쪽으로 걸어 나오더니, 줄곧 시대착오적인 것이었지만 관객의 눈에는 처음으로, 그리고 끔찍한 방식으로 그렇게 보인 목가적인 무대장치 한복판에서 쓰러졌다. 이와 동시에 오케스트라가 연주를 멈췄기 때문에 일반석의 사람들이 일어나 천천히 장내를 비우기 시작했는데, 우선 조용히 예배가 끝나고 교회에서 나오듯이, 혹은 문상을 하고 빈소에서 나오듯이, 여자들은 치마를 여미고 머리를 숙인 채로 나갔고, 남자들은 같이 온 여자들의 팔꿈치를 잡아 관람석에 걸리지 않도록 안내하면서 나갔다. 하지만 점차로 동작이 급해지고, 수군거리는 소리가 외침으로 변하더니, 군중이 출구 쪽으로 몰려 달려가 마침내 비명을 지르면서 서로를 밀고 당기는 것이었다. 단지 일어서기만 한 코타르와 타루는 그때 자신들의 것이던 삶의 한 영상을 마주한 채 외로이 남아 있었다. 전신이 풀린 한 광대의 모양을 하고 있는 무대 위의 페스트와 홀 안의 버려진 부채들과 붉은 의자 위에 늘어진 레이스 형체를 하고 있는 아무 쓸모가 없어진 사치가 바로 그 영상이었다.

***

랑베르는 9월 초 며칠 동안 리외 옆에서 진지하게 일했다. 다만 남자고등학교 앞에서 곤살레스와 두 청년을 만나야 했던 날에 하루 휴가를 청했을 뿐이었다.

그날 정오, 곤살레스와 신문기자는 두 녀석이 웃으면서 도착하는 것을 보았다. 그들은 지난번에는 운이 없었지만 그런 일은 예상했어야 했다고 말했다. 어쨌든 이번 주에 그들은 경비 당번이 아니었다. 그래서 다음 주까지 참아야 했다. 그때가 되어야 다시 시작할 수 있을 거라고 했다. 랑베르는 그것이 딱 맞는 말이라고 했다. 그래서 곤살레스가 다음 월요일로 약속을 정하자고 제안했다. 하지만 이번에는 랑베르를 마르셀과 루이의 집에서 지내게 하려 했다. "자네하고 나하고는 따로 만나자고. 혹시 내가 거기 없으면, 자네가 곧장 저 애들 집으로 가. 어디 사는지 가르쳐 주겠네." 하지만 그때 마르셀인지 루이인지가 즉시 이 친구를 데려가는 것이 가장 간단하다고 말했다. 랑베르의 입맛이 까다롭지 않다면 그들 네 명이 먹을 것은 있다고 했다. 이런 식으로 해서 랑베르는 그들의 집이 어딘지 알게 될 것이다. 곤살레스가 좋은 생각이라고 말하자 그들은 항구 쪽으로 내려갔다.

마르셀과 루이는 마린 동네의 끝, 해안 기슭 쪽으로 난 동네 근처에 살고 있었다. 벽은 두꺼웠고, 창문에는 페인트칠을 한 나무 덧문이 달려 있으며, 방에는 아무 장식 없는 어둡고 작은 스페인식의 집이었다. 이 청년들의 어머니는 웃는 낯에 주름이 많은 늙은 스페인 여자였는데, 쌀밥을 대접했다. 곤살레스는 깜짝 놀랐다. 시내에는 벌써 쌀이 떨어졌기 때문이었다. "관문에서 가져온 거야." 마르셀이 말했다. 랑베르가 먹고 마시자, 곤살레스는 이제 그가 진짜 친구라고 말했다. 그때 신문기자는 자기가 보내야 할 1주일에 대해서만 생각하고 있었다.

　사실 2주를 기다려야 했다. 왜냐하면 조원을 줄이기 위해 경비의 교대가 보름으로 연장되었기 때문이었다. 그리고 이 2주일 동안 랑베르는 몸을 아끼지 않고 계속해서, 어떤 의미로는 두 눈을 감고 하듯이 새벽부터 밤까지 일했다. 그는 밤늦게 잠자리에 들어 깊은 잠에 빠졌다. 하는 일 없이 지내다가 녹초로 만드는 노역으로 인해 생활이 급격하게 바뀐 그는 거의 꿈도 꾸지 않고 기력도 없는 상태에 있었다. 머지않은 탈출에 대해서도 그는 거의 말을 하지 않았다. 단 한 가지 특기할 만한 사실은, 한 주가 지난 끝에 자기가 어제저녁 처음으로 술에 취했다는 이야기를 리외에게 털어놓았다는 것이다. 바에서 나왔을 때 그는 문득 서혜부가 부어오르고 겨드랑이 주위에서 두 팔을 놀리기가 힘든 느낌이 들었다. 그는 페스트라고 생각했다. 그리고 그때 그가 할 수 있었던 유일한 반응은, 그도 리외와 함께 온당치 않은 짓이었다는 것을 인정한 유일한 반응은, 시의 위쪽으로 뛰어 올라가 여전히 바다를 볼 수는 없지만 하늘이 조금 더 보이는 조그만 광장에서 시의 벽 위를 향해 큰 소리로 아내를 부른 것이었다. 숙소로 돌아와 몸에서 아무런 감염 증세를 발견하지 못하자, 그는 그런 갑작스러운 발작이 별로 자랑스럽지 못했다. 리외는 그렇게 행동할 수 있다는 것을 잘 이해한다고 말했다. "어쨌든 그러고 싶을 때가 올 수 있어요." 그가 말했다.

"오통 씨가 오늘 아침에 당신 이야기를 했어요. 당신을 아느냐고 묻더군요. '알면 그에게 충고 좀 해 주세요. 암거래꾼들하고 자주 접촉하지 말라고요. 주시의 대상이 되고 있어요.'라고 말하던데요." 리외가 갑작스럽게 말했다.

"그게 무슨 뜻인가요?"

"서둘러야 한다는 뜻이죠."

"고맙습니다." 리외와 악수하면서 랑베르가 말했다.

문에서 랑베르는 불쑥 몸을 돌렸다. 리외는 페스트가 시작된 후 처음으로 그가 미소를 짓고 있다는 것을 깨달았다.

"그런데 왜 내가 떠나는 것을 막지 않죠? 그럴 수 있잖아요."

리외는 습관적인 동작으로 고개를 끄덕이고서, 그것은 랑베르의 일이자 행복을 택한 것이기 때문에, 리외 자신은 거기에 반대할 논리가 없다고 말했다. 리외는 이 문제에 대해서 무엇이 옳고 무엇이 나쁜가를 판단할 능력이 자신에게 없음을 느끼고 있었다.

"이런 상황인데 왜 나한테 빨리 탈출하라고 말하는 거죠?"

이번에는 리외가 미소를 지었다.

"어쩌면 나 역시 행복을 위해 뭔가 하고 싶기 때문일 거예요."

그다음 날, 그들은 더 이상 아무것에 대해서도 말하지 않고 함께 일했다. 그다음 주에 랑베르는 마침내 그 작은 스페인식

집에 자리를 잡았다. 그를 위해 거실에 침대를 하나 들여놓았다. 젊은이들이 식사를 하러 집에 오는 일은 없었으므로, 또한 되도록 밖에 나가지 말라는 당부를 받았으므로, 랑베르는 대부분의 시간을 혼자 거실에서 지내거나 그들의 노모와 이야기를 나눴다. 그녀는 무뚝뚝하고 활동적이었는데, 검은 옷을 입었고 아주 깨끗한 흰 머리칼 아래의 얼굴은 갈색에다 주름이 많았다. 말수가 없어서 랑베르를 쳐다볼 때면 두 눈 가득 미소를 지을 뿐이었다.

언젠가 그들의 노모가 랑베르에게 페스트를 아내에게 옮길까 봐 두렵지 않느냐고 물었다. 그는 감수해야 할 위험이야 있지만, 실제로 위험은 거의 없는 반면, 도시에 남는다면 그들은 영원히 헤어지게 될 위험성이 있다는 것이 그의 생각이라고 말했다.

"부인은 상냥하죠?" 노모가 미소를 지으면서 말했다.

"아주 상냥합니다."

"예쁘고?"

"그런 것 같아요."

"아! 그래서군요." 그녀의 말이었다.

랑베르는 곰곰이 생각해 봤다. 분명 그래서이긴 하지만, 그렇다고 오직 그래서일 수만은 없었다.

"하느님은 안 믿으시죠?" 매일 아침 미사에 가는 노모가 물었다.

271

랑베르가 안 믿는다고 시인하자 노모는 다시 바로 그래서 그런 거라고 말했다.

"그녀를 만나야 합니다, 맞습니다. 그러지 않으면 뭐가 남겠어요?"

그 외의 시간에 랑베르는 장식 없는 초벽칠이 된 벽을 따라 거닐면서 칸막이에 못으로 박아 둔 부채들을 어루만지거나 탁자보에 달린 양모 술을 헤아려 보곤 했다. 젊은이들은 저녁에 돌아왔다. 그들은 아직 때가 아니라고 말하려는 경우가 아니면 거의 말이 없었다. 저녁 식사 후에는 마르셀이 기타를 쳤고, 그들은 아니스 향의 술을 마셨다. 랑베르는 생각에 잠긴 표정이었다.

수요일에 마르셀이 이렇게 말하면서 집으로 돌아왔다. "내일 저녁 자정이야. 준비하도록." 그들과 함께 근무를 서던 두 사람 중 한 명은 페스트에 걸렸고, 평상시 그와 한 방을 쓰던 다른 한 명은 격리 관찰을 받고 있었다. 이렇게 해서 이삼일 동안 마르셀과 루이만이 있게 될지 모른다. 그날 밤에 그들은 마지막 세부 사항들을 정리했다. 그다음 날이면 일이 가능해질 것이다. 랑베르가 고맙다고 말했다. "기뻐요?" 노모가 물었다. 그는 그렇다고 대답했으나 다른 것을 생각하고 있었다.

그다음 날, 무거운 하늘 아래 축축하고 숨이 막힐 듯이 더웠다. 페스트 소식은 좋지 않았다. 하지만 스페인 노모는 평정심을 유지하고 있었다. "세상이 죄를 지은 거예요. 그러니 어쩌겠어요!" 그녀가 말했다. 마르셀과 루이처럼 랑베르도 웃통을 벗고 있었다. 하지만 어떻게 해도 어깨 사이와 가슴팍 위로 땀이 흘러내렸다. 그래서 덧창을 닫아 반쯤 그늘진 집 안에서 그들의 상반신은 갈색을 띠며 반질거렸다. 랑베르는 말없이 방 안을 뱅뱅 돌고 있었다. 오후 4시에 그는 갑자기 옷을 입더니 외출을 하겠다고 말했다.

"유념해. 자정이야. 다 준비되어 있어." 마르셀이 말했다.

랑베르는 의사의 집으로 갔다. 리외의 어머니는 랑베르에게 시 위쪽의 병원에 가면 그를 볼 수 있을 거라고 말했다. 경비 초소 앞에는 여전히 같은 군중이 제자리를 돌고 있었다. "저리들 가세요!" 눈이 튀어나온 한 하사가 말했다. 군중은 움직였으나 제자리를 돌고 있었다. "아무것도 기대할 게 없어요." 땀이 저고리에 밴 그 하사가 말했다. 다른 사람들도 이와 같은 견해였지만, 그들은 살인적인 더위에도 아랑곳하지 않고 그냥 있었다. 랑베르가 하사에게 통행증을 내보이자 하사는 타루의 사무실을 가리켰다. 사무실의 문은 마당 쪽으로 나 있었다. 그는 사무실에서 나오던 파늘루 신부와 마주쳤다.

약품과 축축한 홑이불 냄새가 나는 더럽고 작은 하얀 방에서 타루는 검은색 나무 책상 뒤에 앉아 윗옷 소매를 걷고서 팔오금에서 흘러내리는 땀을 손수건으로 닦아 내고 있었다.

"아직도 여기 있어요?" 그가 말했다.

"네, 리외와 이야기를 좀 하고 싶습니다."

"병실에 있어요. 하지만 리외 없이도 해결될 수 있으면 좋겠네요."

"왜요?"

"그는 혹사당하고 있어요. 그러지 않도록 내가 할 수 있는 일은 내가 해야죠."

랑베르는 타루를 보고 있었다. 타루는 야위었다. 피로로 인해 눈과 얼굴이 흐트러져 있었다. 그의 튼튼한 어깨는 동그랗게 오그라들어 있었다. 문 두드리는 소리가 났고, 흰 마스크를 쓴 남자 간호사 한 명이 들어왔다. 그는 타루의 책상 위에 한 묶음의 목록을 놓고는 마스크 천에 눌린 목소리로 "여섯."이라고 말하고 나서 나갔다. 타루가 신문기자를 보고는 목록을 부채처럼 펴서 보여 줬다.

"종이는 멋있죠, 그렇죠? 그런데 그게 아니에요. 지난밤 사망자들입니다."

그의 이마에 주름이 잡혔다. 그는 목록 묶음을 접었다.

"우리에게 남은 유일한 일은 통계를 작성하는 일입니다."

타루가 탁자를 짚고 일어섰다.

"곧 떠날 건가요?"

"오늘 밤 자정에요."

타루는 랑베르에게 그렇게 되어서 기쁘다고, 하지만 조심해야 한다고 말했다.

"그 말씀 진심인가요?"

타루는 어깨를 으쓱하더니 이렇게 말했다.

"내 나이가 되면 사람은 진심일 수밖에 없어요. 거짓말하는 건 너무 피곤하죠."

"타루, 의사 선생님을 만나고 싶습니다. 미안해요." 신문기자가 말했다.

"압니다. 그가 나보다 인간적이죠. 갑시다."

"그건 아닙니다." 랑베르가 어렵게 말했다. 그리고 멈춰 섰다.

타루는 그를 보다가 돌연 그에게 미소를 지었다.

그들은 벽에 밝은 초록색 페인트가 칠해져 있고, 수족관 속 같은 빛이 떠도는 작은 복도를 따라갔다. 뒤에 그림자들이 기이하게 움직이는 것이 보이는 이중 유리문에 도달하기 직전에, 타루는 랑베르를 온통 벽장으로 둘러싸인 아주 작은 방으로 들여보냈다. 그는 벽장 하나를 열어 소독기에서 수성 붕대로 된 마스크 두 개를 꺼내 랑베르에게 하나를 내밀며 쓰라고 했다. 신문기자가 그것이 무슨 소용이 있겠느냐고 묻자, 타루는 소용이야 없지만 다른 사람들에게 신뢰감을 준다고 답했다.

그들은 유리문을 밀었다. 커다란 방이었는데, 이런 계절에도 불구하고 창문은 밀봉되어 있었다. 벽 위쪽에 달린 환풍기들이 윙윙대고 있었고, 두 열로 놓여 있는 회색 침대들 위에서 환풍기의 흰 날개들이 걸쭉하게 데워진 공기를 휘젓고 있었다. 여기저기에서 낮거나 혹은 날카로운 신음 소리들이 올라왔는데, 이것들 전체가 단조로운 탄식으로 들렸다. 흰 옷을 입은 남자들이 철책이 달린 높은 유리창으로 쏟아져 들어오는 잔인한 햇살 속에서 느리게 움직이고 있었다. 랑베르는 이 방의 끔찍한 더위 속에서 거북함을 느꼈고, 신음을 하는 한 형체 위로 몸을 수그리고 있는 리외를 겨우 알아보았다. 의사는 침대 양쪽에서 두 간호사가 활짝 벌려 붙잡고 있던 환자의 서혜부를 째고 있었다. 그는 몸을 다시 일으켜 수술 도구를 조수가 내민 쟁반에 떨어뜨리더니 잠시 우두커니 서서 붕대를 감고 있는 그 남자를 보고 있었다.

"새로운 소식이 있나요?" 리외가 다가서던 타루에게 말했다.

"파늘루가 랑베르 대신 예방 격리소를 맡겠다고 했어요. 그는 벌써 일을 많이 했죠. 이제 남은 일은 랑베르 없이 세 번째 조사반을 다시 모으는 거예요."

리외는 고개를 끄덕여 찬성했다.

"카스텔이 첫 혈청 제조를 마쳤답니다. 시험해 보자더군요."

"아! 잘됐네요." 리외가 말했다.

"마지막으로 하나, 랑베르가 여기 와 있어요."

리외가 몸을 돌렸다. 신문기자를 보자 마스크 위로 보이는 그의 눈이 찌푸려졌다.

"여기서 뭐 해요? 지금 다른 곳에 있어야 하잖아요." 그가 말했다.

타루가 오늘 밤 자정이라고 말하자, 랑베르가 덧붙였다. "원칙적으로는요."

그들 중 누군가 말을 할 때면 붕대 마스크가 불룩해지고 입 있는 부분이 축축해졌다. 그래서 그들의 대화는 조각들의 대화처럼 약간 비현실적이 되었다.

"드릴 말씀이 있어서요." 랑베르가 말했다.

"괜찮다면 같이 나갑시다. 타루의 사무실에서 기다려요."

잠시 후, 랑베르와 리외는 의사의 자동차 뒷좌석에 자리를 잡았다. 타루가 운전을 했다.

"휘발유가 동이 났어요. 내일은 걸어 다닐 겁니다." 시동을 걸면서 타루가 말했다.

"선생님, 떠나지 않고 함께 남고 싶습니다." 랑베르가 말했다.

타루는 꼼짝하지 않았다. 그는 계속 운전을 했다. 리외는 피로를 떨쳐 낼 기력이 없는 듯했다.

"그러면 부인은요?" 리외가 가라앉은 목소리로 물었다.

랑베르는 다시 생각해 보니 그 자신이 믿어 온 것을 계속 믿고 있지만, 그래도 이곳을 떠난다면 부끄러울 것 같다고 말했다. 그렇게 되면 두고 온 아내를 사랑하기가 거북해질 수도 있다는 것이었다. 하지만 리외는 몸을 곧추세우고 앉아 단호한 목소리로 그것은 어리석다, 행복을 우선시하는 것은 부끄러운 일이 아니다, 하고 말했다.

"그렇습니다. 하지만 혼자만 행복하다는 것은 부끄러울 수 있는 일입니다." 랑베르가 말했다.

그때까지 입을 다물고 있던 타루가 그들을 향해 고개를 돌리지 않은 채, 만일 랑베르가 사람들의 불행을 공유하려 한다면, 행복을 위한 시간을 더 이상 가질 수 없을지 모른다고 지적했다. 따라서 선택을 해야 한다고 말했다.

"그런 게 아닙니다. 저는 늘 이 도시의 이방인이고, 여러분과는 아무 상관 없다고 생각했어요. 하지만 볼 거 다 보고 난 지금, 원하든 원하지 않는 간에, 제가 이곳 사람이라는 것을 저는 압니다. 이 일은 우리 모두와 관계됩니다." 랑베르가 말했다.

아무도 답을 하지 않자 랑베르는 초조해 보였다.

"게다가 그건 잘 알고 계시는 일이잖아요! 그렇지 않다면 이 병원에서 뭘 하고 있는 거죠? 대체 두 분은 행복을 단념하는 것을 선택했다는 겁니까?"

타루도 리외도 여전히 답을 하지 않았다. 의사의 집에 가까워질 때까지 침묵이 한동안 이어졌다. 그리고 랑베르는 더 힘을 주어 마지막 질문을 반복했다. 그러자 리외만이 그에게로 돌아섰다. 그는 애써 몸을 일으켰다.

"미안하지만, 랑베르, 난 모르겠어요. 원한다면 우리하고 남아 있어요." 그가 말했다.

자동차가 한 번 흔들리자 그는 입을 다물었다. 그러고 나서 그는 앞을 보면서 말을 이었다.

"이 세상에 있는 그 어떤 것도 사랑하는 것으로부터 돌아설 만한 가치는 없어요. 하지만 알 수 없는 이유로 나 역시 그것으로부터 돌아서 있죠."

그는 등받이에 다시 몸을 기대었다.

"이건 분명한 사실입니다. 그것뿐이에요. 사실을 사실로 받아들이고 거기서 결과를 끌어내 봅시다." 그는 피곤한 듯이 말했다.

"무슨 결과죠?" 랑베르가 물었다.

"아! 치료하는 동시에 결과를 알 수는 없습니다. 그러니 가능한 한 빨리 치료부터 합시다. 이게 급선무예요." 리외가 말했다.

자정에 타루와 리외는 랑베르에게 그가 조사를 맡게 된 지역의 약도를 그려 주었는데, 그때 타루가 시계를 쳐다보았다. 그는 고개를 들다가 랑베르의 시선과 마주쳤다.

"안 간다고 알려 줬어요?"

신문기자는 눈을 돌리며 힘주어 말했다.

"한마디 전했어요. 두 분을 보러 오기 전에요."

* * *

카스텔의 혈청은 10월 말에 시험되었다. 현실적으로 이것이 리외의 마지막 희망이었다. 다시 실패하는 경우, 전염병이 몇 달 동안 효력을 더 지속하거나 아니면 이유 없이 멈추기로 결정하거나 하는 식으로 시 전체가 페스트의 변덕에 맡겨지게 될 것이라고 의사는 확신했다.

카스텔이 리외를 만나러 오기 전날에도 오통 씨의 아들이 병에 감염되었고, 모든 가족이 예방 격리소로 들어가야 했다. 얼마 전에 격리소에서 나온 아이 엄마는 두 번째로 격리되어야 하는 상황이었다. 주어진 규정을 준수하던 판사는 아이의 몸에서 병의 증세를 확인하자마자 의사 리외를 부르게 했다. 리외가 도착했을 때 아이의 부모는 침대의 발치에 서 있었다. 어린 딸은 멀리 떨어져 있었다. 아이는 탈진 단계여서 보채지 않고 검사를 받았다. 고개를 다시 들었을 때 리외는 판사의 시선과 그의 뒤에서 손수건을 입에 대고 눈이 휘둥그레져서 의사의 동작을 주시하던 어머니의 창백한 얼굴과 마주쳤다.

"그거죠, 안 그래요?" 판사가 냉담한 목소리로 물었다.

"예." 리외가 다시 아이를 보면서 대답했다.

어머니는 두 눈이 커졌지만 여전히 말은 없었다. 판사도 입을 다물었다가 더 나지막한 소리로 이렇게 말했다.

"그럼, 의사 선생, 우리는 지침대로 해야겠군요."

리외는 여전히 손수건을 입에 대고 있는 아이 엄마를 쳐다보지 않으려고 했다.

"빨리 진행될 겁니다. 제가 전화를 걸 수 있다면요." 그는 주저하면서 말했다.

오통 씨는 그를 안내하겠다고 말했다. 하지만 의사는 부인 쪽으로 돌아서서 이렇게 말했다.

"유감입니다. 부인께서 필요한 것들을 준비해 주셔야 할 겁니다. 이게 뭔지 아시잖아요."

오통 부인은 마비된 듯해 보였다. 그녀는 땅을 쳐다보고 있었다.

"네. 곧 할게요." 그녀는 고개를 끄덕이면서 말했다.

그들과 헤어지기 전에 리외는 혹시 필요한 것은 없느냐고 묻지 않을 수 없었다. 부인은 여전히 말없이 그를 바라보았다. 하지만 판사가 이번에는 눈을 다른 데로 돌렸다.

"없습니다. 하지만 제 자식 좀 살려 주십시오." 그는 이렇게 말하고 나서 침을 삼켰다.

초기에는 그저 단순한 형식에 불과했던 예방 격리는 이제 리외와 랑베르에 의해 아주 엄격한 방식으로 이루어졌다. 특히 그들은 한 가족의 구성원들이 항상 따로 격리되어야 한다고 요구했다. 모르는 사이에 가족 구성원 중 한 명이 감염되었을지도 모르니, 다른 구성원의 발병 가능성을 증폭시켜서는 안 되었다. 리외가 판사에게 이런 이유를 설명하자 판사는 그것을 훌륭한 조치로 생각했다. 하지만 이 이별로 인해 그의 부인과 그가 어느 정도로 얼이 빠져 버렸는가를 느낄 수 있을 정도로 서로를 쳐다보았다. 오통 부인과 어린 딸은 랑베르에 의해 관리되는 예방 격리 호텔에 수용될 수 있었다. 하지만 예심판사에게는 도청이 도로관리과에서 빌린 천막을 이용해서 시립운동장에 마련 중이었던 격리 수용소 외에는 더 이상 자리가 없었다. 리외는 이 점에 대해 양해를 구했지만 오통 씨는 모든 사람에게 규칙은 단 하나이니 복종하는 것이 옳다고 말했다.

아이는 열 개의 침대가 마련된 옛 교실이 있는 보조 병원으로 이송되었다. 스무 시간 정도가 지나자 리외는 아이의 증상이 아주 절망적이라고 판단했다. 그 작은 몸은 저항 한 번 못하고 감염에 의해 삼켜지고 있었다. 형성된 지 얼마 안 되었지만 통증을 동반하는 작은 가래톳이 가냘픈 사지의 마디를 꼼짝 못하게 했다. 아이는 일찌감치 패배 상태였다. 정확히 이런 이유로 리외는 카스텔의 혈청을 이 아이에게 시험해 볼 생각을 가지게 되었다. 그날 저녁, 저녁 식사 후에 긴 접종을 실시했으나 아이에게서는 단 한 번의 반응도 얻을 수가 없었다. 그다음 날 새벽, 모두가 그 결정적 실험을 평가하기 위해 아이 곁에 모였다.

아이는 마비 상태에서 벗어나 이불 속에서 경련하듯이 몸을 뒤틀고 있었다. 리외, 카스텔, 타루는 새벽 4시부터 이 아이의 곁을 지키면서 병세의 진전이나 후퇴를 하나하나 지켜보았다. 침대 머리맡에서 타루는 큰 덩치를 약간 구부정하게 하고 있었다. 카스텔은 침대 발치에 서 있는 리외의 곁에 앉아 모든 면에서 침착한 모습으로 낡은 책을 읽고 있었다. 점차 해가 옛 교실 안에 넓게 퍼져 가자 다른 사람들이 한 명씩 도착했다. 먼저 파늘루가 와서 침대 다른 쪽에 타루와 마주해 자리를 잡고 벽에 등을 기대었다. 그의 얼굴에서 괴로운 표정을 읽을 수 있었는데, 몸을 바쳐 일해 온 이 며칠 동안의 피로가 상기된 이마에 주름을 새겨 놓은 상태였다. 이번에는 조제프 그랑이 도착했다. 그때가 7시였고, 시청 서기는 미안해하며 가쁜 숨을 내쉬었다. 그는 잠시만 머물 것이지만, 그래도 확실한 뭔가를 벌써 알고 있었을 것이다. 한마디 말도 없이 리외는 그에게 아이를 가리켰는데, 아이는 일그러진 얼굴로 눈을 감은 채 있는 힘껏 이를 악물고 몸은 고정한 채 보 없는 동그란 베개 위에서 머리를 좌우로 반복해서 돌리고 있었다. 날이 충분히 밝아져 방 안 깊숙이 원래 자리에 걸려 있던 칠판에서 예전에 쓴 방정식의 흔적을 분간할 수 있을 정도가 되었을 때 랑베르가 도착했다. 그는 옆 침대의 발치에 기대서서 담뱃갑을 꺼냈다. 하지만 아이를 한 번 쳐다본 후 담뱃갑을 다시 호주머니 속에 넣었다.

계속 앉아 있던 카스텔이 안경 위로 리외를 보았다.

"아이 아버지의 소식은 있소?"

"아닙니다. 격리 수용소에 있어요." 리외가 말했다.

리외는 아이가 신음하고 있는 침대의 가로대를 힘껏 움켜쥐었다. 그는 어린 환자에게서 눈을 떼지 않고 있었는데, 아이는 갑자기 몸이 굳어지더니 다시 이를 악물고 허리 근처를 약간 굽히며 서서히 팔다리를 벌렸다. 군용 이불 아래의 벌거벗은 작은 몸에서 털실 냄새와 시큼한 땀 냄새가 올라오고 있었다. 아이는 조금씩 몸을 늘어뜨리더니 팔다리를 침대 한가운데로 모은 채 여전히 눈도 못 뜨고 말도 못하면서 더 가쁘게 숨을 쉬는 듯해 보였다. 리외가 타루와 시선과 마주치자 타루는 눈을 돌려 버렸다.

이 무시무시한 병은 몇 달 전부터 사람을 가리지 않았기 때문에, 그들은 이미 여러 아이가 죽어 가는 것을 보아 왔다. 하지만 그들이 그날 아침부터 그렇게 하고 있던 것처럼 아이들의 고통을 시시각각 추적하면서 본 적은 한 번도 없었다. 물론 그들의 눈에는 죄 없는 아이들에게 가해진 고통은 정말로 용납될 수 없는 추한 현실로 보였다. 하지만 그때까지는 그들은 어찌 보면 추상적으로 울분을 느껴 왔을 뿐이다. 그도 그럴 것이 죄 없는 한 아이가 겪는 극한의 고통을 그처럼 오래 정면으로 바라본 적이 없었기 때문이다.

바로 그때 아이는 위가 꼬인 듯이 가냘픈 신음을 하며 다시 몸을 구부렸다. 몇 초 동안 그렇게 몸을 구부린 채로 마치 연약한 뼈대가 페스트의 광풍 아래 꺾이고 반복되는 신열의 입김에 깨지는 듯이 아이의 몸은 경련과 오한으로 뒤흔들렸다. 돌풍이 지나가자 아이는 약간 몸을 늘어뜨렸고, 신열이 물러서며 헐떡거리는 아이를 휴식이 이미 죽음을 닮은 곳, 즉 습하고 독이 서린 모래사장 위에 내버리는 것 같았다. 타오르는 파동이 세 번째로 아이를 공격해 약간 들어 올렸을 때, 아이는 몸을 다시 바싹 오그리며 그를 태우던 불꽃이 무서워 침대 깊숙한 곳으로 물러났다가 담요를 젖혀 버리면서 미친 듯이 머리를 저어 댔다. 벌겋게 된 눈꺼풀 아래에서 굵은 눈물이 솟아 납빛 얼굴 위로 흐르기 시작했고, 발작이 끝나 갈 무렵 탈진한 아이는 48시간 만에 살이 녹아 버려 뼈만 앙상해진 팔다리를 오그라뜨리며 헝클어진 침대 속에서 십자가에 못 박힌 듯한 기이한 자세를 취했다.

타루가 몸을 굽혀 육중한 손으로 눈물과 땀으로 흠뻑 젖은 그 조그만 얼굴을 닦아 주었다. 얼마 전부터 카스텔은 책을 덮고 환자를 바라보았다. 그는 무슨 말을 하려 했지만 갑자기 음성이 갈라져 그 말을 끝내려면 기침을 하지 않을 수 없었다.

"아침에 있는 증상 완화 현상도 없었지, 안 그런가, 리외?"

리외는 없었다고 대답했으나, 아이가 그 이후로 보통 때보다 더 오래 버티고 있다고 말했다. 그러자 벽에 약간 쓰러질 듯이 기대어 있던 파늘루가 나지막하게 이렇게 말했다.

"이 아이가 죽게 된다면 더 오래 고통을 겪는 셈이 되겠지요."

리외는 돌연 그에게로 몸을 돌리더니 뭔가 말하려고 입을 벌렸지만, 아무 말 없이 자기를 억제하려고 눈에 띄게 애를 쓰다가 다시 아이에게로 시선을 돌렸다.

방이 햇빛으로 더 환해졌다. 다른 다섯 개의 침대 위에서 여러 형체들이 꿈틀거리며 신음하고 있었지만, 서로 합의라도 한 듯이 조심스러운 양상이었다. 방의 저쪽 끝에서 비명을 지르던 한 환자만 규칙적인 간격으로, 고통보다는 차라리 놀라움을 표시하는 듯한 작은 탄성을 발하곤 했다. 환자들에게조차 그것은 발병 초기의 공포로 보이진 않을 것 같았다. 이제 병을 대하는 그들의 태도 속에는 일종의 동의 같은 것이 있었다. 오직 이 아이만이 온 힘을 다해서 발버둥 치며 싸우고 있었다. 리외는 어쩌면 필요해서라기보다는 무기력하게 아무것도 못하는 자신의 상태에서 벗어나기 위해 가끔 아이의 맥을 짚어 보고는 했는데, 눈을 감으면 이 아이의 맥이 그 자신의 피의 흐름과 뒤섞이는 것이 느껴졌다. 이때 그는 이 고통받는 아이와 하나가 되어 아직 성한 자신의 모든 힘으로 이 아이를 받쳐 주려고 했다. 하지만 1분 정도 일치하던 두 사람의 심장의 고동이 서로 엇갈리자 아이는 그에게서 빠져나갔고, 해서 그의 노력은 헛일이 되어 버렸다. 그러자 그는 그 가느다란 손목을 놓고 자기 자리로

286

돌아왔다.

석회로 바른 벽을 따라 햇빛이 장밋빛에서 노란빛으로 바뀌고 있었다. 창문 너머에서 더운 아침이 타닥거리기 시작했다. 그랑이 떠나면서 다시 오겠다고 하는 말소리도 사람들은 제대로 듣지 못했다. 모두 기다리고 있었다. 아이는 여전히 눈을 감은 채 조금 진정된 것 같았다. 짐승의 발톱처럼 되어 버린 두 손이 침대 가장자리를 조용히 긁적대고 있었다. 그 손을 위로 올려 무릎 근처의 이불을 긁다가 갑자기 아이는 두 다리를 접더니 허벅지를 배 근처로 당기고는 움직이지 않았다. 아이는 그때 처음으로 눈을 뜨고 자기 앞에 있는 리외를 보았다. 이제는 잿빛 찰흙처럼 굳어 버린 그 파인 얼굴에서 입이 벌어지는 것과 거의 동시에 한마디의 비명이 계속 이어졌다. 그런데 이 비명은 호흡으로 인해 약간 변조되었고, 단조롭고 화음이 맞지 않으며 너무 비인간적이어서, 마치 전 인류로부터 동시에 오는 것처럼 보이는 항변으로 단번에 방 안을 가득 채웠다. 리외는 이를 악물었고, 타루는 얼굴을 돌렸다. 랑베르는 카스텔 곁의 침대로 다가갔고, 카스텔은 무릎 위에 펼쳐져 있던 책을 덮었다. 파늘루는 병에 의해 더럽혀지고, 모든 세대의 비명으로 가득 찬 그 앳된 입을 바라봤다. 그리고 그가 무릎을 꿇고서 약간 목이 멘 음성으로, 하지만 멈추지 않는 그 이름 모를 신음 속에서도 또렷한 음성으로 이렇게 말하는 것을 듣는 것은 누가 보

287

아도 당연했다. "주여, 이 아이를 구해 주소서."

하지만 아이가 계속 비명을 질러 대자, 이 아이의 주위에 있던 환자들이 동요했다. 방 저쪽 끝에서 줄곧 탄성을 발하던 환자의 탄식 속도가 더 빨라지더니, 마침내 그 역시 진짜 비명을 질러 댔고, 그러는 동안 다른 환자들의 신음은 점점 더 커져 갔다. 오열의 물결이 방 안에서 일어나 파늘루의 기도를 뒤덮어 버렸고, 리외는 침대의 가로대에 달라붙어 피로와 혐오에 치여 두 눈을 감아 버렸다.

다시 눈을 뜨자 타루가 그의 가까이에 있었다.

"난 가야겠어요. 저 소리를 더 이상 못 견디겠어요." 리외가 말했다.

하지만 다른 환자들이 갑자기 입을 다물었다. 의사는 그때 약해졌던 아이의 비명이 더 약해지더니 방금 멎었다는 것을 알게 되었다. 그의 주위에서 탄식들이 재차 이어졌지만, 그 소리는 아주 낮아 막 끝난 싸움의 머나먼 메아리 같았다. 그도 그럴 것이 이 싸움은 실제로 끝났기 때문이었다. 카스텔이 침대의 다른 쪽으로 가며 모든 게 끝났다고 말했다. 입은 벌리고 있지만 말을 못하는 아이는 헝클어진 이부자리에 파묻혀 누워 있었는데, 갑자기 더 작아져 있었고 얼굴에는 눈물 자국이 가득했다.

파늘루가 침대로 다가가서 성체 강복식의 동작을 했다. 그러고 나서 그는 사제복을 다시 여미고 중앙 통로를 통해 밖으로 나갔다.

"전부 다시 시작해야 하나요?" 타루가 카스텔에게 물어보았다.

늙은 의사는 고개를 끄덕거렸다.

"아마도요. 여하튼 아이가 오래 버티긴 했어요." 그가 쓸쓸한 미소를 지으면서 말했다.

하지만 리외는 벌써 방에서 나가고 있었다. 너무 서두르는 걸음걸이였고 또 그런 분위기여서, 파늘루를 지나쳐 갈 때 파늘루가 그를 붙잡으려고 팔을 내밀었을 정도였다.

"저기, 의사 선생." 파늘루가 말했다.

리외는 여전히 흥분한 듯한 동작으로 몸을 돌리더니 거칠게 그에게 이렇게 말을 내뱉었다.

"아! 적어도 저 아이는 아무 죄가 없었어요, 그건 잘 알고 계시죠!"

그러고 나서 등을 돌려 파늘루보다 먼저 방문들을 넘어 학교 뜰의 깊숙한 곳으로 갔다. 그는 먼지가 내려앉은, 두 그루의 작은 나무 사이에 있는 벤치에 앉아 이미 눈 속까지 흘러내린 땀을 씻어 냈다. 심장을 조르는 격렬한 매듭을 풀기 위해 다시 소리를 지르고 싶었다. 더위가 무화과나무 가지들 사이로 서서히 내리쬐고 있었다. 아침나절의 푸른 하늘은 대기를 더 숨 막히게 만드는 희멀건 막으로 덮여 가고 있었다. 리외는 벤치에 몸을 늘어뜨렸다. 그는 나뭇가지와 하늘을 바라보며 서서히 호흡을 가다듬고 조금씩 피로를 삭이고 있었다.

"왜 저한테 그렇게 화난 태도로 말씀하셨죠? 저도 그 광경은 견딜 수 없었습니다." 그의 뒤에서 한 음성이 말했다.

리외는 파늘루를 향해 돌아서서 이렇게 말했다.

"맞습니다. 용서하세요. 하지만 피곤해서 정신을 잃은 겁니다. 그리고 이 도시에서는 제가 반항심 외에 아무것도 못 느끼는 시간이 있습니다."

"이해합니다. 그런 것은 우리의 능력을 벗어나니까 반항심이 생기는 일이죠. 하지만 우리가 이해할 수 없는 것을 어쩌면 우리는 사랑해야 할지도 모릅니다." 파늘루가 말했다.

리외는 벌떡 일어났다. 그는 자신이 할 수 있는 모든 힘과 정열을 기울여서 파늘루를 바라보고는 고개를 흔들었다.

"아닙니다, 신부님. 저는 사랑에 대해 다른 생각을 가지고 있습니다. 그리고 아이들이 고문당하도록 이렇게 창조된 세상은 죽어도 거부하겠습니다."

파늘루의 얼굴에는 격동의 그림자가 스쳐 갔다.

"아! 의사 선생, 은총이 무엇인가를 방금 이해하게 되었어요." 그가 서글프게 내뱉었다.

하지만 리외는 다시 벤치에 몸을 늘어뜨렸다. 그는 다시 밀려온 피로로 인해 더 부드럽게 대답했다.

"그것이 저한테는 없어요. 알고 있습니다. 하지만 그런 것에 대해 신부님과 따지고 싶지 않아요. 우리는 신성모독이나 기도를 초월해서 우리를 모이게 하는 뭔가를 위해 함께 일하고 있어요. 그것만이 중요합니다."

파늘루가 리외의 곁에 앉았다. 그는 감동한 모습이었다.

"그래요, 맞습니다. 당신 역시 인간의 구원을 위해 일하고 있습니다." 그가 말했다.

리외는 미소를 지으려 애썼다.

"인간의 구원이란 저한테 너무 거창한 말입니다. 그렇게까지 멀리 안 가겠습니다. 제 관심은 인간의 건강입니다. 인간의 건강이 우선입니다."

파늘루는 머뭇거렸다.

"의사 선생……." 그가 말했다.

하지만 말을 멈췄다. 그의 이마에도 땀이 흐르기 시작했다. 그는 중얼거렸다. "또 뵙죠." 그리고 일어섰을 때 그의 눈은 반짝거리고 있었다. 그가 막 떠나려 할 때, 생각에 잠겨 있던 리외 역시 일어나 그에게로 한 걸음 다가갔다.

"다시 사과드립니다. 그런 물의는 다시 일어나지 않을 겁니다." 그가 말했다.

파늘루는 손을 내밀고 서글프게 말했다.

"하지만 나는 당신을 납득시키지는 못했습니다!"

"그게 뭐 어떻습니까? 제가 미워하는 것은 죽음과 악이라는 건 잘 아시잖아요. 그리고 원하시든 그렇지 않든, 우리는 함께 그것들 때문에 괴로워하고 또 그것들과 싸우고 있습니다." 리외가 말했다.

리외는 파늘루의 손을 잡고 있었다.

"아시죠. 이제 하느님도 우리를 갈라놓을 수 없습니다." 그는 파늘루를 보지 않으려고 하면서 말했다.

***

보건위생대에 가입한 이후, 파늘루는 페스트가 스쳐 간 병원과 장소를 떠난 적이 없었다. 그는 구조원 사이에서 마땅히 자신이 있어야 한다고 생각한 자리, 다시 말해 선두에 섰다. 그는 죽음의 광경들을 빠짐없이 보았다. 그리고 비록 이론적으로는 혈청에 의해 안전이 보장되어 있었다고 해도, 그 자신의 죽음에 대한 우려 역시 그에게 생소하지 않았다. 겉으로 보기에 그는 항상 침착함을 유지하고 있었다. 하지만 한 아이가 죽어 가는 것을 오랫동안 지켜본 그날부터 그는 변한 듯이 보였다. 그의 얼굴에서 고조되는 긴장을 읽을 수 있었다. 그리고 그가 리외에게 미소를 지으면서 자신이 지금 '사제가 의사의 진찰을 받을 수 있는가?'라는 주제로 짧은 논문을 준비하고 있다고 말한 날, 의사는 그것이 파늘루가 말하고자 하는 것보다 더 심각한 무엇인가와 관련이 있다는 인상을 받았다. 의사가 이 연구에 대해 알고 싶다는 뜻을 표했기 때문에, 파늘루는 남자들을 위한 미사에서 설교를 해야 해서 그 기회에 그의 견해 중 적어도 몇 가지를 설명할 작정이라고 알려 주면서 이렇게 말했다.

"오시길 바랍니다, 의사 선생, 당신에게 흥미로운 주제일 겁니다."

신부는 강한 바람이 불던 어느 날 두 번째 설교를 했다. 사실을 말하자면 청중석은 첫 번째 설교 때보다 더 한산했다. 이런 종류의 행사에 우리 시민들을 끌어당기는 새로운 것이 더 이상 없었기 때문이다. 시가 겪고 있는 여러 어려운 상황에서 '새로운 것'이라는 단어 자체가 의미를 잃고 있었다. 게다가 대부분의 사람들이 종교적 의무들을 완전히 저버린 것은 아니었지만, 혹은 이 의무들을 아주 부도덕한 개인적 삶에 맞추려고 한 것은 아니었지만, 일상적인 종교적 행위들을 그다지 이성적이지 못한 미신들로 대체하곤 했다. 그들은 미사에 참석하기보다는 수호용 목걸이라든가 성 로크의 부적을 지니는 데 더 자발적이었던 것이다.

우리 시민들이 예언을 남용한 사실을 그 예로 들 수 있다. 실제로 봄에는 이제나저제나 병이 끝나기를 기다렸지만, 그 누구도 전염병의 종말에 대한 전망을 다른 사람에게 물어볼 생각을 하지 못했었다. 모두가 이 병에 종말은 없을 거라고 확신했기 때문이었다. 하지만 시간이 지나자 사람들은 이 불행이 정말 끝나지 않을지도 모른다고 두려워하기 시작했고, 이와 동시에 전염병의 종지부는 모두가 바라는 목표가 되었다. 이렇게 해서 점성가들이나 가톨릭교회의 성인들이 했던 다양한 예언들이 이 손에서 저 손으로 건네졌다. 시의 인쇄업자들은 이런 열광적인 분위기를 이용해 큰 이익을 볼 수 있다는 것을 재빠르게 알아채고서는 전래되는 이야기들을 대량으로 발행했다. 대중의 호기심이 끝이 없다는 것을 알게 되자 그들은 야사에서 가져올 수 있는 이런 종류의 모든 증언을 시립 도서관에서 조사하게 해서 시중에 퍼뜨렸다. 예언들의 이야기 자체가 짧은 경우에는 기자들에게 이야기를 쓰라고 주문했는데, 기자들은 적어도 이런 일에서는 그들의 모방 대상인 지난 시대의 예언자들만큼이나 능력이 있음을 보여 주었다.

심지어 이런 예언 중 어떤 것들은 신문에 연재되기도 했으며, 건강 시대에 신문에서 볼 수 있었던 염문들 못지않게 게걸스레 읽히기도 했다. 이런 예언 중 몇몇은 그해의 연도, 사망자의 수, 페스트가 발병한 개월 수가 합쳐진 괴상한 계산에 근거를 두고 있기도 했다. 또 다른 몇몇 예언은 역사상 대규모 페스트들과의 비교표를 작성하고, 거기에서 비슷한 점(예언들이 불변의 사실이라고 부른 것)을 추출해서 앞의 것들 못지않게 괴상한 계산을 이용해 현재의 시련과 관련된 교훈을 준다고 주장하기도 했다. 하지만 대중이 가장 높이 평가해 준 것들은 이론의 여지없이 묵시록의 언어로 일련의 사건들을 예고해 주는 것들이었는데, 그 각각의 사건은 그때 오랑 시가 겪고 있던 사건일 수도 있었고, 그 복잡성으로 인해 온갖 해석이 가능했던 사건일 수도 있었다. 이렇게 해서 노스트라다무스와 성(聖) 오딜에게 일상적으로 조언을 구했고 또 항상 결실이 있었다. 게다가 모든 예언에 공통되었던 것은, 그것들이 결국 마음을 놓이게 하는 예언들이었다는 것이었다. 다만, 페스트는 그렇지 않았다.

따라서 우리 시민들에게는 이런 미신들이 종교를 대신하고 있었으며, 바로 이런 이유로 파늘루의 설교는 청중이 4분의 3밖에 채워지지 않은 교회에서 행해졌다. 설교일 저녁 리외가 도착했을 때, 입구의 여닫이문들을 통해 가는 줄기로 스며든 바람이 청중 사이를 유유히 돌아다니고 있었다. 그리고 그는 싸늘하고 고요한 교회 안의 남자만으로 구성된 청중 사이에 앉아 신부가 설교대에 오르는 것을 보았다. 이 사람은 첫 번째 설교보다 더 부드럽고 더 신중한 어조로 이야기를 했고, 청중은 그의 연설에서 수차례 모종의 망설임을 발견했다. 더욱 기이한 일은 그가 이제는 '여러분'이 아니라 '우리'라고 말하고 있었다는 것이다.

하지만 파늘루의 음성은 차츰 단호해졌다. 페스트가 여러 달 전부터 우리 사이에 있어 왔다는 사실, 페스트가 우리의 식탁이나 우리가 사랑하는 사람들의 침대 협탁에 앉아 있고, 우리 옆에서 걷고 있으며, 일터에서 우리가 오기를 기다리는 것을 하도 자주 보았기에 우리가 페스트를 훨씬 잘 알고 있는 지금, 페스트가 쉬지 않고 우리에게 말해 왔으나 처음에는 놀라 우리가 잘 알아듣지 못했을 가능성이 있는 어떤 것을 훨씬 더 잘 받아들일 수도 있다는 사실을 환기시키면서 그는 설교를 시작했다. 파늘루 신부가 같은 장소에서 이미 설교한 내용은 여전히 옳았다, 아니 적어도 이것이 그의 신념이었다. 하지만 어쩌면 또한 우리 모두에게 그런 일이 생겼듯이, 그리고 그가 이런 일로 가슴을 치고 있듯이, 그는 아무런 자비심 없이 그런 생각과 말을 하지 않았나 싶다. 그래도 모든 일에는 항상 배울 점이 있다는 것은 여전히 사실이었다. 가장 잔인한 시련은 기독교도에게는 더욱이나 특전이었다. 그리고 기독교도는 당연히 이런 종류의 시련에서 자신의 특전을 추구해야 하는데, 그 특전이 무엇으로 되어 있고 또 어떻게 그것을 발견할 것인지를 아는 것이다.

그때 리외의 주위에서 사람들이 의자 팔걸이 사이로 들어앉아 가능한 한 편한 자세를 취하려는 듯해 보였다. 출입구의 가죽 문 하나가 부드럽게 덜거덕거렸다. 누군가 그것을 고정시키려고 일어섰다. 그리고 이런 어수선한 분위기 때문에 정신이 산란해져서 리외는 파늘루가 다시 이어 가던 설교를 겨우 들을 수 있었다. 그의 말은 대강, 페스트가 보여 주는 광경의 의미를 설명하려고 애써서는 안 되지만, 그것에서 배울 수 있는 것을 배우려고 해야 한다는 것이었다. 리외는 신부에 의하면 페스트에는 설명할 것이 아무것도 없다는 것을 막연하게나마 이해했다. 그의 관심은 파늘루가 세상에는 하느님에 비추어 설명할 수 있는 것과 그렇지 않은 것이 있다고 강하게 말했을 때 집중되었다. 선과 악이 분명히 있어 왔고, 일반적으로 이것들을 가르는 것을 쉽게 설명할 수 있다. 하지만 어려움은 악의 내부에서 시작되었다. 예컨대 분명히 필요한 악과 분명히 불필요한 악이 있다. 지옥에 빠진 돈 후안과 한 아이의 죽음이 있다. 왜냐하면 탕아가 벼락을 맞는 것은 옳은 일이지만, 아이가 고통받는 것은 이해할 수 없기 때문이다. 그리고 지구상에서 한 아이의 고통, 이 고통이 끌고 다니는 공포, 그리고 그 아이에게 찾아 주어야 하는 보상보다 더 중대한 것은 정말이지 아무것도 없다. 그 밖의 삶 속에서 신은 우리에게 모든 것을 용이하게 해 주었으며, 따라서 그때까지 종교가 할 가치 있는 일은 없었다. 여기서는 이와 반대로 신은 우리를 고통의 벽 밑에 가져다 놓았다. 우리는 이렇게 해서 페스트의 담벼락 밑에 있게 되었고, 이 담벼락의 치명적인 그림자에서 우리의 특전을 찾아내야 했다. 파늘루 신부는 심지어 그 벽을 기어오를 수 있게 해 주었을 안이한 우선권을 갖는 것을 거부했다. 그 아이를 기다리는 더없는 즐거움의 영원한 시간이 고통을 보상해 줄 수 있다고 말하는 것이 그에게는 용이했어야 했는데, 사실 그는 이 점에 대해서 아무것도 모르고 있었다. 대체 누가 기쁨의 영원함이 인간적 고통의 한순간을 보상해 줄 수 있다고 말할 수 있겠는가? 단정하건대 그런 사람은 육신과 영혼의 고통을 겪은 '주 예수 그리스도'를 섬기는 기독교도가 아닐 것이다. 그렇다, 신부는 십자가가 상징하는 사지가 찢기는 고통을 충실하게 본받아서 아이가 받는 고통과 마주하고 여전히 그 벽 아래에 있게 되리라. 그리고 그는 그날 그의 말을 듣고 있던 사람들에게 거리낌 없이 이렇게 말하게 되리라. "형제님들, 때가 왔습니다. 모든 것을 믿거나 모든 것을 부정해야 합니다. 그리고 대체 여러분 중 누가 감히 모든 것을 부정할 수 있겠습니까?"

신부가 이단에 가까워지고 있다는 생각이 리외에게 들던 순간, 상대는 벌써 힘차게 말을 이어 가 이런 명령, 이런 무조건적인 요구가 기독교도의 특전이라고 단언했다. 이것은 또한 기독교도의 미덕이기도 했다. 신부는 자기가 말하고자 하는 미덕 속에 과격한 점이 있다는 것이 더 관대하고 더 전통적인 도덕에 익숙해진 많은 영혼에게 충격을 줄 것임을 잘 알고 있었다. 하지만 페스트 시대의 종교는 여느 때의 종교일 수 없었고, 하느님은 행복한 시절에는 영혼이 안식하고 향유하기를 허용하고 염원하기도 할 수 있었지만, 과도한 불행 속에서는 과도한 영혼을 원했다. 하느님은 오늘날 자신의 피조물들에게, '전부' 아니면 '무'인 가장 위대한 미덕을 되찾아 떠맡아야 하는 하나의 불행 속에 그들을 있게 하는 선의를 베풀었던 것이다.

지난 세기에 세속의 한 작가가 '연옥'은 없다고 단언하면서 교회의 비밀을 폭로했다고 주장했다. 그는 이 말을 통해 중간의 방안(方案)이란 없고 오직 '천당'과 '지옥'만 있으며, 따라서 스스로 선택한 것에 따라 구원을 받거나 저주를 받는 수밖에 없다고 암시했다. 파늘루의 말을 믿자면, 이것은 방종한 마음속에서만 생겨날 수 있는 것이므로 하나의 이단이었다. 왜냐하면 '연옥'이란 존재하기 때문이었다. 하지만 분명 이런 연옥을 지나치게 기대해서는 안 되고, 죄의 경중을 따져서는 안 되는 시대들이 있었다. 모든 죄는 치명적이었고, 모든 무관심은 범죄였다. 전부 아니면 무였던 것이다.

파늘루가 말을 멈추자 리외는 그 순간 문 아래를 통해 성당 밖의 몇 배 더 심해지는 것 같은 바람의 탄식을 더 잘 들었다. 신부는 바로 그때, 자신이 말하는 완전 수용이라는 미덕은, 사람들이 그것에 일상적으로 부여하는 제한된 의미로 이해될 수 없고, 비천한 체념과도 심지어 고도의 겸손과도 무관하다고 말했다. 이것은 굴종이지만, 굴종하는 사람이 동의하는 굴종의 문제였다. 아이가 고통받는 것은 정신적으로나 심적으로나 당연히 굴욕적이었다. 하지만 정확히 이런 이유로 그 고통 속으로 들어가야 했다. 하지만 정확히 이런 이유로 파늘루는 자신이 하려는 말을 하기가 쉽지 않음을 청중에게 분명히 했는데, 신이 그 고통을 원하면 그것을 받아들여야만 하는 것이다. 이렇게 해서 기독교도는 신을 위해 아무것도 남기지 않게 되고, 모든 출구가 닫혔을 때조차도 근원적 선택의 토대로 갈 수 있을 것이다. 그는 모든 것을 부정하는 지경에 있지 않기 위해 모든 것을 믿는 쪽을 택하게 될 것이다. 그리고 가래톳이 생기는 것은 인간의 몸이 그것을 통해 감염을 물리치는 자연의 이치임을 알고, 이 순간에 교회에서 "하느님, 저 사람에게 가래톳을 주세요."라고 말하는 용감한 여인들처럼, 기독교도는 이해할 수 없는 신적 의지에도 자신을 내맡길 줄 알게 된다. "그건 이해하지만 받아들일 수는 없다."고 말할 수 없기 때문에, 우리가 선택을 하려면 당연히 우리에게 주어진 이런 받아들일 수 없는 것의 핵심을 향해 뛰어올라야 한다. 아이들이 고통받는 것은 우리의 쓰디쓴 빵이었지만, 이 빵이 없으면 우리의 마음은 영적 굶주림으로 죽게 될지도 모를 일이었다.

여기서 파늘루 신부가 잠시 숨을 고를 때마다 나던 가라앉은 소음이 귀에 들려오기 시작했는데도, 이 설교자는 고집스럽게 청중을 대신해 결국 어떻게 행동해야 올바른가를 묻는 듯한 자세로 힘차게 말을 이어 갔다. 그가 혹여 곧 숙명론이라는 깜짝 놀랄 단어를 입에 담지 않을까, 하는 생각이 들기도 했다. 다만 이 단어에 '능동적'이라는 형용사를 붙이는 것이 허락된다면, 그는 물러서지 않고 이 단어를 입에 올리게 될 터이다. 분명, 그리고 이번에도 역시 그가 말한 아비시니아의 기독교도들을 따라 해서는 안 된다. 심지어는 기독교도 방역 반원들에게 자신들의 헌 옷들을 던지면서 신이 보낸 병에 대항하려는 불신자들에게 페스트를 주라고 큰 소리로 하늘에 기도한 페르시아의 페스트 환자들을 따라 할 생각을 해서도 안 된다. 하지만 역으로, 지난 세기의 전염병 기간에 감염균이 자고 있을 수도 있는 축축하고 열이 나는 입술들과의 접촉을 피하기 위해 성체 빵을 집게로 집어서 영성체를 준 카이로의 수도승들을 따라 해서도 안 된다. 페르시아의 페스트 환자들과 수도승들은 똑같이 죄를 지었다. 왜냐하면 전자들에게는 아이들의 고통이 헤아려지지 않았고, 후자들에게는 이와 반대로 고통에 대한 참으로 인간적인 두려움이 모든 것을 덮어 버렸기 때문이다. 이 두 경우에 문제가 회피되었다. 모두가 신의 목소리에 귀를 막고 있었던 것이다. 하지만 파늘루가 상기시키려고 한 다른 예들이 있었다. 마르세유의 대(大)페스트 창궐 당시의 기록자를 믿자면, 메르시 수도원의 81명의 수도사 중 네 명만 이 열병에서 살아남았다. 그리고 이 네 명 가운데 세 명은 도망을 쳤다. 기록자들은 이렇게 이야기했는데, 이것에 대해 더 말하는 것은 그들의 직분이 아니었다. 하지만 이것을 읽으면서 파늘루 신부의 생각은 온통

77구의 시체, 특히 세 형제들의 예에도 불구하고 홀로 남아 있던 수도승에게로 향했다. 그리고 신부는 주먹으로 설교대의 가장자리를 두드리면서 이렇게 외쳤다. "형제님들, 남아 있는 사람이 되어야 하는 것입니다!"

물론 이것은 한 사회가 무질서한 재앙의 시기에 도입한 주의 사항들과 현명한 규율을 거부하라는 것이 아니다. 무릎을 꿇고 모든 것을 포기해야 한다는 도덕론자들의 말을 들어서는 안 된다. 다만 어둠 속에서 조금 더듬으며 앞으로 나아가기 시작해 선을 행하려고 노력해야 한다. 하지만 그 밖의 것에 대해서는, 아이의 죽음에 대해서조차 개인적 구제를 모색하지 않고 가만히 지내며 하느님의 손에 내맡기는 것을 받아들여야 한다.

여기서 파늘루 신부는 마르세유에서 페스트가 창궐하던 시절에 벨쥔스 주교의 대표적 사례를 언급했다. 파늘루는 이 주교가 전염병이 끝날 무렵 해야 할 일을 모두 한 후 더 이상 치료책이 없다고 생각하여 먹을 것을 가지고 손수 담을 쌓은 집에 칩거하자, 그를 우상화해 온 주민들이 과도한 고통에 사로잡힌 사람에게서 나타날 수 있는 감정의 기복 때문에, 주교에게 분개해서 그를 감염시키기 위해 시체들로 그의 집을 둘렀고, 더 확실하게 그를 파멸시키기 위해 시체들을 담 너머로 던져 넣기조차 했다는 것을 상기시켰다. 이렇게 해서 마지막 순간에 마음이 약해져 죽음의 세계에서 떨어져 있으려고 한 주교의 머리 위로 시체들이 하늘에서 떨어지게 되었다. 우리의 경우도 또한 마찬가지이며, 따라서 우리는 페스트 속에서 섬이란 없다고 다짐해야 한다. 그렇다, 거기에는 중간이란 없었던 것이다. 터무니없는 일을 받아들여야 한다. 왜냐하면 우리는 신을 증오하는가, 아니면 사랑하는가를 선택해야 한다. 그런데 누가 감히 신에 대한 증오를 선택할 수 있겠는가?

파늘루는 마침내 결론을 내리겠다고 알리면서 이렇게 말했다. "형제님들, 하느님에 대한 사랑은 힘든 사랑입니다. 이것은 전적인 자기 포기와 자기 인격의 무시를 전제로 합니다. 그래도 그분만이 아이들의 고통과 죽음을 지울 수 있고, 또 어쨌든 이 죽음을 유용하게 할 수 있습니다. 왜냐하면 죽음을 이해하는 것은 불가능하고, 따라서 이것을 받아들일 수밖에 없기 때문입니다. 바로 이것이 제가 여러분과 나누고 싶은 힘든 교훈입니다. 바로 이것이 인간들의 눈에는 잔인하고 신의 눈에는 결정적인 신앙인데, 우리는 이것에 가까워져야 합니다. 우리는 이 끔찍한 형상에 필적할 수 있어야 합니다. 이 꼭대기에서는 모든 것이 서로 섞여 동등하게 될 것이며, 진리는 표면적인 불의로부터 솟아오를 것입니다. 이렇게 해서 프랑스 남부의 많은 교회 안에 수세기 전부터 성당 내진(內陣)의 판석들 밑에는 페스트로 쓰러진 많은 사람이 잠들어 있는 것이고, 그들의 무덤 위에서 많은 사제들이 이야기를 하는 것이며, 그들이 전파하는 정신이 아이들조차 그 일부를 보탠 재(災)로부터 솟아나오는 겁니다."

리외가 밖으로 나오려 하자 반쯤 열린 문 사이로 거센 바람이 들이쳐 신자들의 얼굴을 정면으로 덮쳤다. 비 냄새와 젖은 보도의 향기가 바람에 실려 교회 안으로 들어와 신자들은 밖으로 나가기도 전에 거리의 모습을 짐작할 수 있었다. 그때 의사리외보다 먼저 밖으로 나가던 늙은 신부와 젊은 부제가 모자를 붙잡기 위해 애를 먹고 있었다. 그렇지만 나이 많은 사람은 설교에 대해 계속 평하고 있었다. 그는 파늘루의 웅변에 대해서는 경의를 표했지만, 파늘루가 보여 준 사유의 대담성에 대해서는 우려를 표시했다. 그에 의하면 설교가 힘보다는 불안을 더 많이 보여 줬는데, 파늘루 나이 정도의 사제라면 불안해해서는 안 된다는 것이다. 젊은 부제는 바람을 피해 머리를 수그린 채, 자기는 파늘루 신부 집에 자주 드나들어 그의 변화를 잘 아는데, 그의 논문은 훨씬 더 대담할 것이므로 분명 교회의 '출판 허가'를 얻지 못할 것이라고 장담하기도 했다.

"그래, 그의 사상이라는 게 어떤 건가?" 늙은 신부가 말했다.

그들이 성당 앞뜰에 다다르자 바람이 큰 소리를 내며 그들을 둘러싸며 두 사람 중 나이 어린 사람의 말을 끊었다. 말을 할 수 있게 되자 그는 이렇게만 말했다.

"신부가 의사의 진찰을 받는다면, 그건 모순된다는 겁니다."

타루는 파늘루의 설교 내용을 전하던 리외에게, 전쟁 때 두 눈이 파인 한 청년의 얼굴을 보고 신앙을 잃은 한 신부를 안다고 말했다.

"파늘루가 옳아요. 죄 없는 사람이 두 눈을 파인 경우 기독교인이라면 신앙을 잃거나 아니면 눈이 파인 것을 받아들이거나 해야 할 겁니다. 파늘루는 신앙을 잃고 싶지 않으니까 끝까지 갈 거예요. 그는 바로 이걸 말하고 싶었던 겁니다." 타루가 말했다.

이런 타루의 고찰은 과연 파늘루의 행동이 주위 사람들에게는 이해가 잘 안 되었던, 나중에 발생한 불행한 사건들을 조금이라도 해명하는 데 도움이 되는가? 각자 판단해 보길 바란다.

그 설교 후 며칠이 지난 다음 파늘루는 사실 이사를 하느라 바빴다. 병의 확산으로 시내에서 사람들이 빈번하게 이사를 하던 시기였다. 그리고 타루가 호텔을 떠나 리외의 집에서 묵어야 했던 것과 마찬가지로, 신부 역시 교구에서 거주하도록 해줬던 아파트를 놔두고 교회에 잘 다니며 아직 페스트에 감염되지 않은 한 노부인의 집에 가서 묵어야 했다. 신부는 이사를 하면서 피로와 시름이 커져 가는 느낌이었다. 그리고 이로 인해 그는 민박집 여주인의 존경을 잃었다. 왜냐하면 여주인이 성 오딜이 한 예언의 장점을 열렬히 칭찬하는데 분명 피로한 탓에 그가 조금 바쁜 기색을 보였기 때문이다. 노부인에게서 최소한 너그러운 중립적 태도라도 얻기 위해 곧바로 노력했지만 성공하지 못했다. 그는 이미 좋지 않은 인상을 준 셈이었다. 해서 매일 저녁 뜨개질한 레이스들로 가득한 방으로 돌아가기 전에, 그는 그녀가 돌아보지도 않고 무뚝뚝하게 그에게 "안녕히 주무세요, 신부님."이라고 하는 밤 인사를 기억에 새기며, 거실에 앉아 있는 여주인의 등을 바라보아야 했다. 그러던 어느 날 저녁 잠자리에 들 때, 그는 머리가 쑤시고 여러 날 전부터 있던 신열이 걷잡을 수 없이 손목과 관자놀이로 빠져나오는 느낌이었다.

그다음 일은 후일 여주인의 이야기를 통해 알려졌다. 아침에 그녀는 평소처럼 일찍 일어났다. 어느 정도 시간이 지나자, 신부가 방에서 나오는 것을 보지 못해 놀란 그녀는 한참 망설인 끝에 방문을 두드려 보기로 했다. 그녀는 밤새 잠을 못 자고 아직 자리에 누워 있는 신부를 보았다. 그는 가슴이 답답해 고통스러워했고 평소보다 더 충혈이 되어 보였다. 그녀의 표현에 의하면, 그녀는 의사를 부르자고 공손하게 제안했으나, 그녀가 섭섭하다고 여길 정도로 매몰차게 거절당했다. 그녀는 물러 나올 수밖에 없었다. 잠시 후 신부가 벨을 눌러 그녀에게 와달라고 청했다. 그는 자신의 기분 나쁜 행동을 사과하고, 그녀에게 이게 페스트일 리가 없으며, 그런 증세는 전혀 보이지 않으니 일시적인 피로일 거라고 말했다. 노부인은 의젓하게 자기의 제안은 이런 종류의 불안에서 기인한 것이 아니며, 하느님의 손에 있는 자기의 안전은 안중에도 없지만 부분적으로나마 자기도 책임이 있다고 여겨지는 신부의 건강에 대해서만 생각했다고 대답했다. 하지만 신부로부터 아무런 대꾸가 없자, 그녀의 말을 믿자면 자기 의무를 다하고 싶어 여주인은 한 번 더 의사를 부르자고 제안했다. 신부는 이번에는 노부인의 판단으로 아주 불분명한 설명을 덧붙이기는 했지만 다시 거절했다. 그녀는 다만 신부가 그의 원칙에 부합하지 않기 때문에 거부하는 것으로 판단했다고 생각했지만, 그녀는 정확히 이것을 이해할 수 없었던 것이었다. 그녀는 신열로 인해 세입자의 생각이 흐트러졌다고 결론짓고 그에게 차를 갖다 주는 데 만족했다.

그러한 상황에서 발생하는 자기의 의무를 아주 정확하게 완수하리라 결심한 그녀는 두 시간마다 규칙적으로 환자를 들여다보았다. 신부가 계속 뒤척거리며 그날을 보내고 있다는 사실이 가장 먼저 그녀의 눈에 띄었다. 그는 이불을 젖혔다가 자기 쪽으로 끌어당기곤 했고, 연신 손을 축축한 이마에 갖다 대기도 했으며, 가끔 몸을 일으켜 거칠고 축축하고 막힌 기침을 쥐어짜듯 뱉어내 보려고도 했다. 그래도 그는 그를 숨 막히게 하는 듯한 솜 같은 덩어리를 목구멍 저 안쪽에서 뽑아낼 수 없는 것처럼 보였다. 이런 발작이 지나자, 그는 완전히 탈진한 모습으로 뒤로 나자빠졌다. 끝으로, 그는 다시 반쯤 일어나더니 잠시 동안 이전의 모든 흥분 상태보다 더 강하게 집중해서 정면을 바라보았다. 하지만 의사를 부르면 환자의 기분이 나빠질까 봐 노부인은 계속 망설였다. 아주 심해 보이지만 이건 단순한 발열 증세일 수도 있는 것이다.

그래도 그날 오후 노부인은 신부에게 이야기를 해 보았다. 하지만 그녀는 그저 혼란스러운 말만 들었을 뿐이었다. 그녀는 거듭 제안했다. 그러나 이번에는 신부가 몸을 일으켜 반쯤 막힌 목소리로 자기는 의사를 원치 않는다고 또박또박 말했다. 그 순간, 집주인은 그다음 날 아침까지 기다려 보다가 신부의 상태에 차도가 없으면 랑스도크 통신사에서 라디오를 통해 하루에도 열 번씩 반복되는 번호로 전화를 걸리라 결심했다. 항상 의무를 다하고자 그녀는 밤에 환자를 찾아가 밤샘을 하며 돌봐 줄 생각이었다. 하지만 그날 저녁 신부에게 막 끓인 차를 갖다 주고 나서 그녀는 잠깐 누워 있으려고 했지만, 이튿날 새벽에야 잠에서 깨어났다. 그녀는 그의 방으로 달려갔다.

신부는 미동도 없이 누워 있었다. 전날에 극도로 충혈되어 있던 얼굴에는 납빛 기운이 돌고 있었는데, 얼굴의 윤곽이 아직 멀쩡하니만큼 그 기운이 더 뚜렷하게 느껴졌다. 신부는 침대 위에 걸려 있는 여러 색의 작은 유리구슬들로 된 샹들리에를 응시하고 있었다. 노부인이 들어서자 그는 그녀 쪽으로 고개를 돌렸다. 그녀의 말에 의하면, 그때 그는 밤새도록 병마와 싸워 모든 기력을 잃은 듯했다. 그녀는 그에게 상태가 어떠냐고 물어보았다. 이상할 정도로 무관심한 투라고 느껴지는 목소리로 그는 자신의 상태가 안 좋은데, 의사는 필요 없고 규정대로 자신을 병원으로 옮겨 달라고 말했다. 질겁한 노부인은 전화로 달려갔다.

리외가 정오에 도착했다. 여주인의 말에 그는 파늘루의 말대로 때가 너무 늦은 것 같다고만 대답했다. 신부는 여전히 초연한 태도로 그를 맞았다. 그를 진찰해 보더니 리외는 울혈과 폐의 압박을 제외하고는 선(腺)페스트 또는 폐페스트의 기본 증세를 하나도 발견할 수 없어 놀랐다. 어쨌든 맥박이 너무 낮았고 전체적으로 몸 상태가 너무 위태로워 가망이 거의 없었다.

"그 병의 주요 증상은 하나도 없습니다. 하지만 사실대로 말하자면 석연치 않으니 격리를 해야만 합니다." 리외가 파늘루에게 말했다.

신부는 예의를 갖추려는 듯 이상하게 미소를 지었지만 입을 다물었다. 리외는 전화를 걸러 나갔다가 돌아왔다. 그는 신부를 쳐다보았다.

"제가 곁에 있겠습니다." 그가 신부에게 부드럽게 말했다.

상대방은 약간 생기를 되찾은 듯, 온기가 되돌아온 것 같은 눈을 의사 쪽으로 돌렸다. 그리고 나서 힘들게 한마디씩 끊어 말을 했는데, 그가 슬프게 말하고 있는지 아닌지를 알 수 없는 어투였다.

"감사합니다. 하지만 성직자들에게 친구란 없습니다. 모든 것을 신께 맡겼죠." 그가 말했다.

그는 침대 머리맡에 걸려 있는 십자가를 달라고 부탁했고, 그것을 쥐자 그걸 보려고 시선을 돌렸다.

파늘루는 병원에서도 이를 꽉 물고 입을 열지 않았다. 마치 하나의 물건처럼 그는 자기에게 행해지는 모든 치료에 자신을 맡겼지만, 십자가를 손에서 놓지 않았다. 하지만 신부의 사례는 여전히 애매했다. 리외의 머릿속에서 계속 의문이 일었다. 페스트이기도 했고 아니기도 했다. 얼마 전부터 페스트는 진단을 엇갈리게 하는 데 재미가 붙은 것 같았다. 하지만 파늘루의 사례에서는 그 결말이 증명하게 될 것처럼 이런 불확실성은 중요한 게 아니었다.

신열이 높아졌다. 기침은 점점 더 거칠어져 온종일 환자를 고문했다. 마침내 그날 저녁, 신부는 호흡을 방해했던 솜 같은 덩어리를 토해 냈다. 새빨간 색이었다. 신열이 들끓는 와중에도 파늘루는 초연한 시선을 유지했다. 이튿날 아침 침대 밖으로 몸을 반쯤 내놓고 죽은 채 발견되었을 때, 그의 시선에는 아무런 표정도 없었다. 그의 병록에 기록되었다. '병명 미상.'

* * *

그해의 만성절은 여느 때의 만성절이 아니었다. 분명 날씨는 제철 날씨였다. 날씨가 갑작스레 변하더니 늦더위가 대번에 선선한 공기에 자리를 양보했다. 이제는 예년처럼 찬바람이 계속 불고 있었다. 큼직한 구름들이 이쪽 지평선에서 저쪽 지평선으로 달려가면서 집들에 그늘을 드리웠고, 그것들이 지나간 후에는 11월의 쌀쌀한 금빛 햇빛이 집들 위로 다시 내리쬐었다. 처음으로 우비가 등장했다. 하지만 번들거리는 고무질의 천들이 유독 많이 눈에 띄었다. 사실 신문들이 지금부터 2백 년 전 프랑스 남부를 휩쓸었던 대페스트 때 의사들이 자기들을 보호하기 위해 기름 먹인 천을 둘렀다는 보도를 했다. 상점들은 그 틈을 타서 유행이 지난 재고품들을 방출했고, 누구나 이것들 덕택에 면역력이 생기기를 기대했다.

하지만 이런 모든 계절적인 징후도 공동묘지가 황량하다는 것을 잊게 할 수는 없었다. 예년에는 텁텁한 국화꽃 냄새가 전차에 가득했고, 여자들은 친지들의 무덤에 헌화하려고 그들이 묻혀 있는 곳으로 줄을 지어 갔다. 이런 날은 여러 달 동안 고립되어 망각 속에 지낸 고인들을 위로하려고 애쓰는 날이었다. 하지만 이번 해에는 그 누구도 더 이상 죽은 사람들을 생각하고 싶어 하지 않았다. 정확히 말해 사람들은 이미 그들을 지나칠 정도로 생각하고 있었던 것이다. 그리고 약간의 회한과 가득한 우수에 잠겨 죽은 사람들을 찾는 것이 더 이상 중요한 일이 아니었다. 죽은 사람들은 더 이상 산 사람들이 일 년에 하루

변명을 하러 찾아가는 소외된 자들이 아니었다. 죽은 자들은 오히려 잊고 싶은 침입자들이었다. 정확히 이런 이유로 그해에는 '망자들의 축제'가 어찌 보면 기피되었다. 타루가 보기에 말투가 점점 야유 조로 변해 가던 코타르에 의하면, 매일매일이 '망자들의 축제'였던 것이다.

그리고 실제로 페스트의 신명 난 불꽃은 아직도 더 크게 흥을 내며 화덕 속에서 타오르고 있었다. 사실을 말하자면 사망자 수가 날마다 늘어나고 있지는 않았다. 하지만 페스트는 정점에 편안히 자리 잡고서 착실한 관리처럼 정확성과 규칙성을 기해 매일매일 살인을 저지르는 것 같았다. 이것은 이론적으로, 그리고 전문가들의 견해로는 좋은 징조였다. 페스트의 진행 도표는 계속되었던 상승기 다음으로 긴 정체기가 이어지고 있었는데, 이것은 예컨대 의사 리샤르에게는 아주 다행스러워 보였다. "좋아, 도표가 멋진데." 그가 말했다. 그는 스스로 마지막 계단이라 부르는 곳에 병이 도달했다고 평가했다. 이제부터 병은 감소할 수밖에 없을 것이다. 그는 이것을 카스텔이 제조한 새 혈청의 공으로 돌렸는데, 혈청은 실제로 얼마 전에 예상외로 몇 건의 성공을 거두었다. 늙은 카스텔은 이것을 부인하지 않았지만, 전염병의 역사에서 예기치 못한 변화가 많았으므로 실상 아무것도 예견할 수 없다고 평가했다. 오래전부터 민심을 진정시킬 뭔가를 주고자 원했지만 페스트가 그럴 여력을 주지 않자, 도청은 이 사안에 대해 보고를 해 달라고 부탁하기 위해 의사들을 모이게 할 작정이었는데, 바로 그 무렵에 의사 리샤르 역시 페스트로 인해, 그리고 정확히 이 병이 마지막 계단에 있을 때 세상을 떠나게 되었다.

분명 이런 예는 충격적이기는 하지만 결론적으로 아무것도 증명해 주지 않는데도, 행정 당국은 초기에 낙관론을 환영했던 것만큼이나 비일관성을 보이며 비관론으로 돌아섰다. 카스텔은 가능한 한 정성을 다해 혈청을 준비하는 일에 만족했다. 어쨌든 병원이나 검역소로 개조되지 않은 공공장소는 이제 한 곳도 없었고, 도청을 손대지 않은 채 그대로 둔 것은 분명 모일 장소를 한 군데는 남겨 뒤야 했기 때문이었다. 하지만 전체적으로 보아 그 시기에는 페스트가 비교적 일정한 상태에 있었으므로 리외에 의해 준비된 조직은 조금도 무력해지지 않았다. 의사들이나 조수들은 탈진할 정도의 노력을 쏟고 있기는 했지만, 더 큰 노력을 생각해야 할 정도는 아니었다. 다만 그들은 규칙적으로 초인적이라고 할 수 있는 일을 계속해야 했다. 이미 나타난 폐장성(肺臟性) 감염 형태들은, 마치 바람이 사람들의 가슴속에 불을 지핀 것처럼, 시의 여기저기서 확산일로에 있었다. 환자들은 객혈을 하다가 더 빨리 세상을 떠났다. 이런 새로운 전염병의 형태와 더불어 전염성은 이제 더 커질 위험이 있었다. 사실 전문가들의 의견은 이 점에서 늘 서로 상충되어 왔다.

하지만 더욱 안전을 기하기 위해 보건위생 관계자들은 계속 소독된 붕대 마스크를 한 채 호흡을 하고 있었다. 얼핏 보면 병은 어쨌든 확산일로에 있어야 했다. 하지만 선페스트의 사례가 줄어들고 있어 총계는 평형 상태였다.

하지만 시간과 더불어 물자 보급의 어려움이 증가해 다른 불안한 문제들이 생기게 되었다. 투기가 극성을 부려 일반 시장에 부족하던 일차적 필수품들이 터무니없는 가격에 판매되고 있었다. 부유한 가정들은 부족한 것이 거의 없었던 반면, 빈곤한 가정들은 그로 인해 무척 괴로운 상황에 처하게 되었다. 페스트는 그 작용상 효과적으로 발휘해 온 무차별성으로 인해 우리 시민들 사이의 평등을 조장해야 했을 텐데, 이와 반대로 이기심들의 정상적인 작용으로 인해 사람들의 마음속에서 불공정이라는 감정을 더 첨예하게 만들었다. 물론 죽음이라는 나무랄 데 없는 평등은 여전했지만, 그 누구도 이것을 원하지는 않았다. 이렇게 해서 배고픔에 고통을 받던 가난한 사람들은 더 향수에 잠겨 삶이 자유롭고 빵이 비싸지 않은 이웃 도시나 시골을 생각했다. 그들은 자기들을 충분히 먹일 수 없으니 떠나는 것을 허용해 주어야 한다는, 어찌 보면 그다지 이성적이지 못한 생각을 가지고 있었다. 그 결과 다음과 같은 하나의 구호가 퍼지게 되었고, 때로는 그것을 담벼락에서 읽기도 했으며, 또 때로는 지사가 지나가는 길에서 외치기도 했다. "빵 아니면 공기를." 이런 비꼬는 문구는 빠르게 진압되고 만 몇몇 시위의 기폭제가 되었지만, 그 심각한 본질을 의심하는 사람은 아무도 없었다.

당연히 신문들은 무조건적인 낙관론이라는 하달된 명령을 따랐다. 신문들을 읽어 보면, 그 당시 상황을 잘 증명해 주는 것은 바로 주민들이 보여 준 '감동적인 본보기인 침착함과 냉정함'이었다. 하지만 그 어떤 것도 비밀이 될 수 없는 고립된 한 도시에서 공동체가 제공하는 '본보기'라는 말에 그 누구도 속지 않았다. 그리고 문제가 되는 그 침착함과 냉정함이 정확히 무엇인지 생각해 보려면, 행정 당국이 세운 예방 격리소나 격리 수용소 중 한 곳에 들어가 보는 것만으로도 충분했다. 다른 일에 바빴던 서술자는 그런 곳에 대한 경험이 없다. 해서 서술자는 여기서 타루의 목격담을 인용할 수밖에 없다.

타루는 과연 수첩에서 시립 운동장에 설치된 수용소를 랑베르와 함께 방문한 이야기를 하고 있다. 운동장은 도시 관문들 가까이에 있었는데, 한쪽에는 전차가 지나다니는 거리가, 또 한쪽에는 도시가 건설된 고원의 끝까지 뻗어 있는 공터가 있었다. 그곳 어디에나 높은 콘크리트 담이 둘러 있어 네 군데의 출입구에 보초병을 세워 두는 것만으로도 충분히 탈주를 어렵게 했다. 동시에 그 담은 외부 사람들이 호기심으로 예방 격리된 불행한 사람들을 불편하게 하는 것을 막아 주기도 했다. 이에 반해 그 불행한 사람들은 보이지도 않는 전차가 지나가는 소리를 하루 종일 듣고 있었고, 전차가 신고 가는 더 큰 소음으로 출퇴근 시간을 짐작하기도 했다. 따라서 그들은 몇 미터 떨어진 곳에서 자신들이 배제된 삶이 계속 이어지고 있고, 또 콘크리트 담이 서로 다른 별에 있는 것보다 더 낯선 두 개의 세계를 가르고 있다는 것을 알고 있었다.

타루와 랑베르가 그 운동장에 갔던 것은 어느 일요일 오후였다. 랑베르는 축구 선수인 곤살레스를 다시 만나게 되었고, 곤살레스는 결국 교대로 운동장의 경비를 서는 일을 받아들였으므로 그들은 함께 갔다. 랑베르는 그를 수용소 소장에게 소개해야 했다. 곤살레스는 두 사람과 다시 만났을 때, 페스트 발병 이전에는 그때쯤이 경기를 시작하기 위해 유니폼을 갈아입는 시간이었다고 말했다. 하지만 이것은 경기장이 징발된 지금은 더 이상 가능하지 않아서, 곤살레스는 완전히 낙이 없는 사람 같은 기분이었고 또 그런 모습을 하고 있었다. 그가 주말에만 한다는 조건으로 감시 업무를 받아들인 이유 중 하나가 바로 그것이었다. 하늘이 반쯤 구름에 덮여 있었는데, 곤살레스는 공기 냄새를 맡더니 아쉽다는 표정으로 비도 안 오고 덥지도 않은 이런 날씨가 경기를 제대로 치르기에 제격이라고 말했다. 그는 탈의실의 찜질약 냄새, 무너질 듯한 관람석, 엷은 황갈색 경기장 위의 산뜻한 빛깔의 유니폼, 중간 휴식 시간의 레몬이나 바싹 마른 목구멍을 수천 개의 바늘처럼 시원하게 해 주는 레모네이드 탄산수 등을 상기시켜 주었다. 타루가 거기에 더해 기록한 바로는, 이 선수는 변두리의 푹 꺼진 길을 가던 내내 돌멩이가 보이는 족족 계속 발길질을 해 댔다. 그는 돌멩이를 정통으로 하수구로 날려 보내려고 하다가 성공하면 "1 대 0"이라고 말했다. 그리고 담배를 다 피우면 꽁초를 내뱉고는 재빨리 몸을 날려 떨어지는 꽁초를 발로 차려고 하기도 했다. 운동장 근처에서 놀던 아이들의 공이 길을 가던 그들 쪽으로 날아오자 곤살레스는 몸을 움직여 그것을 정확하게 돌려보냈다.

드디어 그들은 운동장으로 들어섰다. 관람석은 사람들로 꽉 차 있었다. 하지만 운동장은 수백 개의 붉은 천막으로 덮여 있었고, 멀리서도 천막 안에 들어 있는 침구들과 보따리들이 보였다. 관람석은 몹시 덥거나 비가 오는 날에는 수용자들이 그곳으로 피할 수 있도록 그대로 뒀다. 그들은 다만 해 질 녘에 각자의 천막으로 되돌아가야 했다. 관람석 아래에는 얼마 전에 설치한 욕실과 예전의 선수용 탈의실을 개조한 사무실과 병실이 있었다. 수용자들은 관람석에 자리를 잡았다. 다른 사람들은 터치라인 근처에서 서성대고 있었다. 몇몇 사람은 천막 입구에 쭈그리고 앉아 흐릿한 시선으로 두리번거리고 있었다. 관람석에서 많은 사람이 털썩 주저앉아 뭔가를 기다리는 것처럼 보였다.

"저 사람들은 하루 종일 뭘 하죠?" 타루가 랑베르에게 물었다.

"아무것도 안 해요."

거의 대부분의 사람들이 사실 맨손에 두 팔을 떨구고 있었다. 이 거대한 인간 집단은 이상하리만큼 조용했다.

"여기서 처음 며칠 동안은 서로 말하는 소리도 안 들렸어요. 그런데 날이 갈수록 점점 말수가 줄었어요." 랑베르가 말했다.

타루의 기록을 믿는다면, 타루는 그들을 이해했던 것으로 보이며, 겹겹이 쌓인 천막 속에서 파리 소리를 듣거나 몸을 긁적거리다가 기꺼이 귀를 기울여 줄 사람을 찾게 되면, 큰 소리로 분노와 공포를 이야기하는 그들의 초기 모습이 눈에 선했다. 하지만 수용소의 인원이 초과된 때부터 기꺼이 귀를 기울여 줄 사람들의 수가 점점 줄어들었다. 따라서 입을 다물고 경계하는 것 외에는 더 이상 남은 일이 없었다. 사실 거기에는 잿빛이기는 해도 빛나는 하늘에서부터 붉은 수용소 위로 쏟아져 내린 일종의 경계심이 있었던 것이다.

그렇다. 그들은 모두 경계하는 모습이었다. 그들을 다른 사람들로부터 격리시켰기 때문에, 그들이 아무 이유 없이 그렇게 된 것은 아니었으며, 그들은 트집을 잡으려 하고 두려워하는 자들의 얼굴을 하고 있었다. 타루가 본 사람들은 하나같이 텅 빈 눈이었고, 모두가 자신들의 삶을 이뤄 온 터전에서 완전히 떨어져 있게 되어 고통받는 모습이었다. 그리고 항상 죽음을 생각할 수는 없었으므로 그들은 어떤 것에 대해서도 생각하지 않았다. 그들은 휴가 중이었던 것이다. 타루는 이렇게 적고 있다. "하지만 가장 안 좋은 것은, 그들이 잊힌 사람들이라는 것, 그들이 그것을 알고 있다는 것이다. 그들을 아는 사람들은 다른 것을 생각하느라 그들을 잊었는데, 이것은 쉽게 이해되는 일이다. 그들을 사랑하는 사람들에 대해 말하자면, 이들 또한 수용자들을 빼내기 위한 절차나 계획에 안간힘을 쓰느라 그들을 잊고 있었다. 빼내는 것에 대해 많은 생각을 하다 보니, 이들은 더 이상 빼내야 할 사람들 생각을 하지 않게 되었다. 이것 또한 당연하다. 그리고 결국에 가서는 어떤 사람도, 심지어 그것이 가장 처참한 불행 속이라 해도, 누군가를 생각할 실질적인 힘이 없다는 것을 깨닫게 된다. 어떤 사람을 실질적으로 생각한다는 것은, 살림살이, 날아다니는 파리, 식사, 가려움 등과 같은 다른 어떤 것에 의해서도 산만해지지 않으면서 그 사람을 매순간 생각한다는 것을 의미하기 때문이다. 하지만 파리와 가려움은 늘 있게 마련이다. 그렇기 때문에 삶다운 삶을 산다는 것은 어려운 일이다. 그리고 이 사람들은 그것을 잘 알고 있다."

그들을 향해 오던 소장이 오통 씨가 그들을 보고 싶어 한다고 말했다. 소장이 곤살레스를 사무실로 안내한 후 관람석의 한 모퉁이로 그들을 데려가자 혼자 떨어져 앉아 있던 오통 씨가 그들을 맞기 위해 일어섰다. 그는 여전히 같은 옷차림에 여전히 빳빳한 깃이 달린 옷을 입고 있었다. 하지만 타루는 그의 관자놀이 부분의 머리털이 더 곤두서 있고 또 한쪽 구두끈이 풀려 있는 것에 주목했다. 판사는 지친 모습이었고, 말하는 동안에 단 한 번도 상대방을 정면으로 쳐다보지 않았다. 그는 그들을 만나서 기쁘고 또 의사 리외에게 그가 베풀어 준 것에 대한 감사를 전해 달라고 말했다.

다른 사람들은 입을 다물었다.

"바라건대, 필리프가 너무 고통받지 않았으면 합니다." 조금 후에 판사가 이렇게 말했다.

판사가 자기 아들의 이름을 부르는 것을 들은 것이 타루로서는 이것이 처음이어서 뭔가 변했다는 것을 알게 되었다. 해가 지평선으로 기울어 두 개의 구름 사이로 햇살이 비스듬히 관람석을 비추며 세 사람의 얼굴을 금빛으로 물들이고 있었다.

"아닙니다, 그러지 않았어요. 정말 고통받지 않았습니다." 타루가 말했다.

그들이 떠날 때 판사는 햇빛이 오는 쪽을 계속 보고 있었다.

그들은 곤살레스에게 또 보자는 인사를 하러 갔다. 그는 감시 교대 일정표를 보고 있었다. 축구 선수는 그들과 악수를 하며 웃었다.

"적어도 탈의실은 되찾았네. 그게 어디야." 그가 말했다.

조금 후에 소장이 타루와 랑베르를 다시 안내할 때 관람석에서 찌지직거리는 커다란 소음이 들려왔다. 그리고 나서 좋은 시절에는 경기 결과를 알리거나 선수 명단을 소개하는 데 사용된 확성기가 코맹맹이 소리를 내며 저녁 식사가 배급될 수 있도록 수용자들은 각자의 천막으로 돌아가야 한다고 알렸다. 사람들은 천천히 관람석을 떠나 발을 끌며 천막 안으로 들어갔다. 그들이 모두 제자리로 돌아가자 기차역에서 볼 수 있는 조그만 전기 자동차 두 대가 천막들 사이로 커다란 냄비를 싣고 다녔다. 사람들이 팔을 내밀자 국자 두 개가 두 냄비에 담겼다 나오더니 두 개의 식기로 옮아갔다. 차가 다시 움직였다. 다음 천막에서 같은 일이 다시 시작되었다.

"과학적이네요." 타루가 소장에게 말했다.

"예, 과학적입니다." 소장은 그들과 악수를 하면서 만족스러운 듯이 대답했다.

황혼 녘이 되자 하늘이 개었다. 부드럽고 신선한 햇빛이 수용소를 감싸고 있었다. 저녁의 평화 속에서 숟가락과 그릇 소리가 여기저기서 들려왔다. 박쥐들이 천막 위에서 이리저리 날다가 급히 사라졌다. 전차 한 대가 벽 저쪽에서 분기선(分岐線) 위를 지나며 시끄럽게 삐걱대고 있었다.

"판사가 불쌍한데. 뭘 좀 해 줘야겠어. 하지만 판사인 사람을 어떻게 돕지?" 타루가 문턱을 넘어서면서 중얼거렸다.

***

　시내에는 이처럼 다른 수용소가 몇 개 더 있었는데, 서술자는 마음에 걸리기도 하고 직접적인 정보도 부족하기 때문에 더 이상 그것들에 대해 얘기할 수 없다. 하지만 확실히 말할 수 있는 것은, 이런 수용소들의 존재, 거기서 나는 사람들의 냄새, 황혼 속 커다란 확성기 소리, 그 담들의 비밀, 그리고 그런 배척된 장소에 대한 두려움 등이 우리 시민들의 사기를 무겁게 짓눌러 그들 모두의 당혹감과 거북함을 더욱 가중시키고 있었다는 것이다. 행정 당국과의 분규와 충돌은 더 늘어났다.

　하지만 11월 하순에 아침 기온이 아주 쌀쌀해졌다. 억수 같은 비가 물을 퍼붓듯이 포장도로와 하늘을 맑게 씻어 내어 반질거리는 거리 저 위로 구름 한 점 없이 깨끗한 하늘을 남겨 두었다. 기운을 잃은 해는 매일 아침 반짝이는 차가운 햇빛을 도시 위로 퍼뜨렸다. 이와는 달리 저녁 무렵에는 다시 공기가 훈훈해졌다. 타루는 그때를 택해 의사 리외에게 속내를 조금 털어놓았다.

　어느 날 저녁 10시경, 길고 힘든 하루를 보낸 후 타루는 늙은 천식 환자에게 저녁 왕진을 가던 리외를 따라갔다. 오래된 동네의 집들 저 위로 하늘은 부드럽게 윤이 흐르고 있었다. 산들바람이 어두운 교차로를 소리 없이 가로지르며 불고 있었다.

조용한 거리를 지나 온 두 사람은 노인의 수다에 걸려들었다. 노인은 그들에게 동의하지 않는 자들이 있다, 맛있는 반찬은 늘 같은 자들의 것이다, 그릇을 너무 자주 물로 닦다 보면 결국 깨진다, 십중팔구 — 여기서 그는 손을 비벼댔다. — 무슨 사달이 날 것이다 등등의 소식을 알려 주었다. 의사는 노인이 여러 사건에 계속 토를 다는 와중에도 그를 치료했다.

그들은 위에서 누군가 걸어 다니는 소리를 들었다. 타루가 궁금해하는 모습을 눈치채고 늙은 부인이 그들에게 이웃집 여자들이 테라스에 나와 있는 것이라고 설명해 주었다. 그들은 저 위쪽은 전망이 좋은 동시에 집 테라스가 대부분 서로 잇닿아 있어 동네 여자들이 밖으로 나가지 않고도 다른 집을 방문할 수 있다는 것을 알게 되었다.

"그래요. 올라가 보세요. 저 위는 공기가 좋아요." 노인이 말했다.

그들은 인적이 없고 의자 세 개가 놓여 있는 테라스에 섰다. 한쪽으로는 시선이 닿는 곳까지 어두운 바위 더미를 등진 테라스들만 보였는데, 그들은 이 바위 더미가 첫 번째 산언덕임을 알아보았다. 다른 한쪽으로는 몇몇 거리와 보이지 않는 항구 너머로 하늘과 바다가 희미한 약동 속에서 서로 섞여 있는 수평선이 보였다. 그들이 알기로는 벼랑이 있는 저쪽에서 그들로서는 어디서 오는지를 알 수 없는 섬광이 규칙적으로 다시 나타나곤 했다. 봄부터 해협의 등대가 다른 항구로 항로를 바꾸는 선박들을 위해 계속 돌아가고 있었던 것이다. 바람에 쓸리고 닦인 하늘에서는 맑은 별이 빛나고 있었고, 멀리서 등대의 섬광이 잠시 그치며 반짝했다가 사라지는 잿빛을 하늘에 더하고 있었다. 미풍은 향료와 돌 냄새를 실어다 주고 있었다. 완전한 침묵이었다.

"날씨가 좋습니다. 마치 여기는 페스트가 전혀 올라오지 못한 것 같은데요." 리외가 앉으면서 말했다.

타루는 그에게 등을 돌리고 바다를 보고 있었다.

"예, 날씨가 좋네요." 잠시 후에 그가 말했다.

그는 의사 옆에 와서 앉아 그를 유심히 보았다. 섬광이 세 번 하늘에 다시 나타났다. 접시 부딪치는 소리가 길의 안쪽 깊숙한 곳에서부터 그들에게까지 들려왔다. 집 안에서 문이 닫히는 소리가 났다.

"리외! 내가 어떤 사람인지 알려고 해 본 적이 한 번도 없지 않나요? 나를 친구로 여기죠?" 타루는 아주 자연스러운 어조로 말했다.

"예, 친구로 여기죠. 하지만 지금까지 우리에게는 시간이 없었어요." 리외가 말했다.

"좋습니다, 그럼 안심입니다. 이 시간이 우정의 시간이기를 원합니까?"

대답으로 리외는 그에게 미소를 지었다.

"좋아요, 자, 그럼……."

조금 떨어진 거리에서 자동차 한 대가 젖은 포장도로 위를 한동안 미끄러져 가는 듯했다. 자동차가 멀어진 후에는 멀리서 들려오는 시끄러운 고함들이 또 한 번 침묵을 깨뜨렸다. 그러고 나서 침묵이 다시 하늘과 별들의 무게처럼 무겁게 두 사람 위에 드리웠다. 타루가 일어서더니 여전히 의자에 몸을 깊이 묻고 있는 리외의 맞은편 난간에 걸터앉았다. 그에게서 보이는 것이라고는 하늘을 배경으로 한 윤곽이 뚜렷한 육중한 형태뿐이었다. 타루는 아주 오랫동안 이야기를 했고, 그가 털어놓은 바를 간추리면 대략 이렇다.

"간단히 말하자면, 리외, 나는 이 도시와 전염병을 만나기 훨씬 전에 이미 페스트로 고통을 받았다고 할 수 있습니다. 내가 모든 사람과 똑같다는 말은 할 필요가 없죠. 하지만 세상에는 그걸 모르거나 또 모르는 상태에서 잘 지내는 사람들이 있고, 그걸 알고 거기서 빠져나오고 싶어 하는 사람들도 있어요. 나는 항상 거기서 빠져나오고 싶어 했어요.

젊었을 때 나는 순진한 생각으로, 다시 말해 아무 생각 없이 지냈습니다. 고민하는 성격도 아니었고, 순조롭게 사회생활을 시작했습니다. 모든 게 성공적이었고, 머리도 괜찮았고, 여자들과의 관계도 순조로웠던 데다가 혹여 걱정거리가 생겼어도 쉽게 해결되었어요. 어느 날 곰곰 생각해 보기 시작했죠. 지금 은……

당신과 달리 내가 가난하지 않았다는 것은 말해 둘 필요가 있습니다. 아버지가 차장검사셨으니, 좋은 환경이었죠. 하지만 아버지는 정말 호인이셔서 검사 같은 모습은 없었어요. 어머니 는 편한 성격에 얌전한 분이셨고, 어머니를 늘 사랑했지만, 어 머니 이야기는 하고 싶지 않아요. 아버지는 애정을 가지고 나 를 돌보셨고, 나는 아버지가 나를 이해하려고 노력하셨다고 생 각합니다. 아버지는 바람을 피우셨어요. 지금은 아버지가 그러 셨으리라 확신하지만, 어쨌든 그것에 대해선 결코 분개하지 않 아요. 아버지는 이런 모든 일에서 누구의 감정도 상하게 하지 않고, 마땅히 지켜야 할 도리대로 행동하셨어요. 간단히 말하자 면, 그렇게 특출한 인물은 아니어서 돌아가시고 난 지금 생각 해 보면, 아버지는 성자처럼 살지도 않았고 또 악인도 아니었 던 것 같아요. 그 중간을 지키신 것뿐인데, 사람들은 바로 이런 부류의 사람에 대해 적당한 애정, 계속 유지할 수 있는 애정을 느낍니다.

하지만 아버지는 한 가지 특이한 점이 있었습니다. 아버지는 종합 열차 시간표를 머리맡에 두고 읽고는 했어요. 휴가 때 이 외에, 땅이 조금 있던 브르타뉴로 여행을 하려고 그런 것은 아 닙니다. 하지만 파리-베를린 선의 출발 및 도착 시각, 리옹에서 바르샤바로 가기 위한 환승 시각, 그곳이 어떤 곳이든지 수도들 사이의 정확한 킬로미터를 누구에게나 정확하게 말해 줄 정도였어요. 브리앙송에서 샤모니까지 어떻게 가는지 말할 수 있겠어요? 어떤 역장이라도 이런 질문에는 허둥댈 겁니다. 아버지는 허둥대지 않았어요. 이런 것에 대한 지식을 풍부히 하려고 거의 매일 저녁 연습하셨고, 또 이걸 오히려 자랑으로 삼으셨어요. 나는 그런 것이 상당히 재미있어서 아버지한테 자주 문제를 냈는데, 안내서에서 아버지의 대답을 보고 안 틀렸다는 것을 확인하게 되어 기뻤죠. 이런 자질구레한 연습이 우리 부자를 가깝게 해 주었거든요. 아버지의 청중이 되어 드렸기 때문인데, 아버지는 이런 호의를 가상히 여기셨습니다. 나로 말할 것 같으면, 철도에 대해 뛰어난 것도 다른 것에 대해 뛰어난 것만큼이나 가치가 있다고 생각했어요.

그러고 보니 별 생각 없이 그 양반한테 너무 큰 비중을 둔 것이 아닌가 합니다. 결론을 내리자면 아버지는 나의 결심에 간접적인 영향만을 미쳤을 뿐입니다. 기껏해야 어떤 기회만을 제공해 주신 겁니다. 사실 내가 열일곱 살 때, 아버지는 당신의 논고를 들으러 오라고 권하셨어요. 지방법원에서 공판 중인 한 중대 사건과 관련된 것이었는데, 분명 당신의 가장 훌륭한 모습을 보여 줄 수 있을 거라 생각하셨던 거죠. 또한 아버지는 당신이 택한 길로 들어서도록 나를 유도하려고 젊은이의 상상력을 자극하는 데 적합한 그런 의례에 뭔가를 기대했다는 생각도 들어요. 받아들였죠. 왜냐하면 그렇게 하면 아버지가 좋아하실 것 같았고, 또 가족에게 하시던 것과 다른 역할을 하시는 것을 보고 들으려는 호기심도 있었기 때문이었습니다. 그 이상 어떤 것을 생각했던 건 아닙니다.

법정에서 일어나는 일은 늘 나에겐 7월 14일의 열병식이나 상장 수여식과 마찬가지로 자연스럽고 불가피한 것으로 보였습니다. 나는 법정에 대해 아주 추상적인 생각을 가졌었지만, 그게 거북한 것은 아니었어요.

하지만 그날 나는 단 하나의 영상, 죄인의 영상만 간직하게 되었습니다. 나는 그 사람이 정말 유죄였다고 생각하는데, 무슨 죄인지는 중요하지 않았어요. 하지만 서른 살 정도 된 그 키가 작고 불쌍한 빨강 머리 남자는 모든 것을 인정하기로 아주 굳게 결심을 한 듯이 보였고, 또 자기가 한 일과 자기에게 부과될 일로 인해 아주 겁을 먹은 것 같아서, 몇 분 지나자 내 눈은 오직 그 사람만 보게 되었습니다. 그는 아주 강한 빛을 받아 질겁한 올빼미의 모습이었습니다. 넥타이의 매듭도 웃옷의 옷깃에 반듯하게 맞춰져 있지 않았어요. 그는 한쪽 손의 손톱만 깨물고 있었는데, 오른쪽……. 이 정도로만 하겠습니다. 당신은 그가 생명체였다는 건 이해했을 겁니다.

하지만 나는 그때까지 '혐의자'라는 편리한 범주를 통해서만 그에 대해 생각해 오다가 이 사실을 문득 깨달았던 겁니다. 그 때 내가 아버지를 잊고 있었다고는 말할 수 없지만, 뭔가가 배를 조여 그 피고에게 기울이던 주의 이외의 다른 모든 것을 앗아가 버렸습니다. 나는 거의 아무것도 듣지 못했고, 사람들이 생명체인 이 사람을 죽이려 한다고 느꼈는데, 파도처럼 엄청난 어떤 본능이 나로 하여금 고집스럽고도 맹목적으로 그의 편에 서게 했습니다. 아버지의 논고와 더불어 나는 정신을 차리고 현실로 돌아왔습니다.

붉은 옷을 입어 달라지신, 호인도 다정한 사람도 아닌 아버지의 입에서 엄청난 말들이 우글대다가 마치 뱀들처럼 계속해서 튀어나왔습니다. 그리고 나는 아버지가 사회의 이름으로 그 사람의 죽음을, 그리고 심지어 목을 치는 것을 요구한다는 것을 깨달았습니다. 사실 아버지는 이렇게 말했을 뿐이에요. '그의 머리는 떨어져야 합니다.' 하지만 결국 크게 다를 바가 없죠. 그리고 실제로 아버지는 그의 머리를 얻으셨으니까 같은 결과가 된 겁니다. 다만 그때 그 일을 한 사람이 아버지가 아니었을 뿐이죠. 그러고 나서 오직 이 사건만을 끝까지 지켜본 나는 그 불행한 사람에 대해 아버지가 결코 느끼지 못한, 현기증이 날 정도로 아주 강한 친밀감을 느꼈어요. 하지만 아버지는 관례에 따라 사람들이 완곡하게 최후의 순간이라고 부르는 일, 가장 비열한 살인이라고 불러야 할 일에 입회해야 했던 것입니다.

그날부터 나는 종합 열차 시간표를 아주 역겨운 눈으로 쳐다볼 수밖에 없었습니다. 그날부터 나는 치를 떨며 법, 사형선고, 형의 집행에 관심을 갖게 됐는데, 아버지가 여러 번 살인에 입회해야 했고, 아버지가 아침 일찍 일어나는 날이 바로 그런 날이었다는 것을 확인하고는 아찔했습니다. 그렇습니다, 아버지는 그런 날에는 자명종을 맞춰 뒀어요. 나는 감히 어머니에게 이런 이야기를 하지는 못했지만, 그때 어머니를 훨씬 잘 관찰하게 되었고, 어머니는 두 분 사이에 더 이상 아무것도 없이 체념하고 살아가신다는 것을 이해하게 되었습니다. 그때 내가 말했던 것처럼, 이런 일은 내가 어머니를 용서하는 데 도움이 되었어요. 나는 후일 어머니가 용서받아야 할 것이 아무것도 없다는 것을 알았습니다. 왜냐하면 어머니는 결혼하기 전까지 평생 가난했고, 가난은 어머니한테 체념을 가르쳐 줬기 때문입니다.

당신은 내가 즉시 집을 떠났다고 말하기를 어쩌면 기다리고 있을 겁니다. 아닙니다, 나는 그대로 수개월 동안, 거의 1년 동안 집에 남아 있었어요. 하지만 마음은 병이 들어 있었습니다. 어느 날 저녁 아버지가 일찍 일어나야 하니 자명종을 가져오라고 하셨어요. 나는 그날 밤에 잠을 못 잤습니다. 그다음 날 아버지가 돌아왔을 때 나는 집을 떠나고 없었습니다. 곧장 얘기하죠. 아버지가 나를 찾아 나서자 나는 당신을 찾아가 아무런 설명 없이 침착하게 만일 강제로 나를 돌아오게 하면 자살할 거라고 말했어요. 아버지는 본성이 온순하셨기 때문에 결국 수락하셨고, 왜 제멋대로 살고 싶어 하는 것이 어리석은지에 대한 연설(아버지는 내 행동을 그런 식으로 해석했지만, 나는 전혀 아버지를 납득시키려고 하지 않았죠.)을 하면서 수천 가지 주의를 주더니 진심에서 우러나오는 눈물을 눌러 참으셨어요. 그 후에, 제법 오랜 후의 일이지만 나는 정기적으로 어머니를 뵈러 집에 들렀고 아버지도 뵈었어요. 내 생각에 아버지는 이런 만남으로 만족해하셨어요. 나는 아버지에게 적대감은 없었고, 다만 약간 슬픈 마음이었습니다. 아버지가 돌아가시자 어머니를 모셨는데, 어머니가 돌아가지 않으셨다면 여전히 모시고 있었을 겁니다.

내가 길게 이 이야기의 시작 부분을 강조한 것은, 사실 그것이 모든 것의 단초였기 때문입니다. 이제 이야기를 더 빨리 하겠습니다. 나는 열여덟 살 때 안락한 생활에서 벗어나 가난을 맛보았습니다. 먹고 살기 위해 많은 일을 했죠. 결과가 아주 나쁘지는 않았어요. 하지만 내 흥미를 끈 것은 사형선고였습니다. 그 빨강 머리 외톨이 올빼미하고 결말을 짓고 싶었어요. 결과적으로 이른바 정치를 하게 됐어요. 페스트 환자가 되고 싶지 않았죠, 그것뿐이었습니다. 내가 살고 있는 사회는 사형선고를 근거로 하고 있고, 이것을 물리침으로써 살인을 물리치게 될 거라고 생각했어요. 나는 그렇게 믿었고, 다른 사람들도 나한테 그렇게 말했으며, 또한 결론을 말하자면 그건 대체로 진실이었습니다. 해서 나는 내가 좋아해 왔고 늘 좋아한 다른 사람들과 한편이 되었습니다. 나는 오랫동안 계속 그편에 서 있었고, 유럽 국가 중에서 내가 대항해 싸우지 않은 국가는 없었어요. 다음으로 넘어갑시다.

물론 우리 역시 경우에 따라 사형선고를 선언한다는 것을 나는 알고 있었습니다. 하지만 사람들은 나에게 그런 몇몇 사람의 죽음은 어떤 사람도 더 이상 살해당하지 않을 세계를 가져오기 위해 꼭 필요한 일이라고 말하곤 했죠. 어떤 점에서는 그것은 진실이었습니다. 하지만 결국 어쩌면 나는 이런 종류의 진실을 견지할 능력이 없었습니다. 내가 흔들렸다는 것은 확실합니다. 하지만 나는 외톨이 올빼미 씨를 생각했고, 그런 일은 계속되어 왔습니다. 사형 집행을 본 날이자(헝가리에서였어요.) 어린 나를 사로잡아 버렸던 바로 그 현기증이 어른이 된 내 눈을 멀게 한 그날까지는 그랬습니다.

당신은 사람을 총살하는 것을 본 적 없죠? 물론 없을 겁니다. 그건 보통 초청받은 사람들에게만 보여 주게 되어 있고 참석자는 미리 정해져 있어요. 결과적으로 우리가 아는 바는 그것에 대한 그림이나 책에 한정되어 있죠. 눈가리개, 말뚝, 멀리에 있는 몇 명의 병사들. 아, 그런데 그게 아닙니다! 그렇기는커녕 총살 집행자들의 열(列)이 사형수로부터 1.5미터 거리에 있다는 것을 아시나요? 사형수가 두 걸음 앞으로 나가면 총부리에 가슴이 부딪힐지 모른다는 것을 아시나요? 이런 짧은 거리에서 사격수들이 굵직한 탄환으로 한꺼번에 심장 근처를 집중 사격해 주먹이라도 들어갈 만한 구멍을 만든다는 것을 아시나요? 아니요, 모를 겁니다. 왜냐하면 이건 이야기되지 않는 세부 사항이니까요. 사람들의 숙면이 페스트 환자들의 목숨보다 더 신성하죠. 선량한 사람들이 잠자는 것을 방해하지 말아야 합니다. 당연히 나쁜 맛이 남게 되니, 맛이란 곱씹지 않아야 한다는 것은 누구나 알아요. 하지만 나는 그 무렵부터 잠을 제대로 못 잤습니다. 나쁜 맛이 계속 입속에 남아 있었는데, 그 맛을 곱씹었어요. 다시 말해 그것을 생각했던 겁니다.

나는 그때 적어도 내 경우 긴 세월 동안 끊임없이 페스트에 걸려 있었다는 것을 이해했습니다. 분명 페스트에 맞서 혼신의 힘을 다해 싸우고 있다고 생각해 온 세월이었음에도 불구하고 말입니다. 내가 간접적으로 수천 명의 사람들의 죽음에 동의했다는 것, 숙명적으로 이런 죽음을 유도한 행위나 원칙을 선(善)이라고 여김으로써 그것을 야기하기까지 했다는 것을 알게 되었습니다. 다른 사람들은 이런 일로 인해 거북해하는 것 같지 않았거나, 적어도 결코 선뜻 그것에 대해 얘기하지는 않았습니다. 나는 목이 콱 잠겼어요. 나는 그들과 같이 있었지만 혼자였습니다. 나의 꺼림칙함을 표현하기라도 하면, 그들은 나더러 무엇이 쟁점인지를 잘 생각해야 한다고 말하면서, 나로서는 소화시킬 수 없는 것을 삼키게 하려고 자주 엄청난 여러 이유를 갖다 댔습니다. 하지만 나는 그렇다면 최상급의 페스트 환자들, 붉은 법복을 입은 그들 역시 훌륭한 이유들이 있으니, 만일 내가 최하급의 페스트 환자들이 주장하는 불가항력적 이유와 필요성을 인정한다면, 최상급 환자들의 그것도 거부할 수 없는 것이라고 대답했습니다. 그들은 나에게 사형선고 독점권을 붉은 법복들에게 남겨 둔 것은, 그들이 옳다고 인정하는 좋은 수법이었다는 점을 지적했습니다. 하지만 그때 나는 일단 양보하게 되면 멈출 리가 없다고 생각했어요. 역사는 내가 옳다는 것을 증명해 주는 것처럼 보여요. 해서 오늘날에는 너도 나도 가장 많이 죽이려 듭니다. 그들은 모두 살인에 광분하고 있고, 달리 어떻게 할 수 없어요.

어쨌든 내 문제는 이치를 따지는 게 아니었습니다. 문제는 빨강 머리 외톨이 올빼미였고, 또한 페스트에 걸린 더러운 입이 수갑을 찬 한 사람에게 죽게 될 거라는 선고를 내리고, 결과적으로 눈을 뜬 채 살해되기를 기다리는 처절한 수많은 밤들이 지난 후에 그가 죽음을 맞도록 모든 것을 조절해 둔 고약한 상황이었습니다. 내 문제는 가슴에 난 구멍이었습니다. 참고 기다리면서, 그리고 최소한 내 역할을 하기 위해, 나는 그 역겨운 도살 행위에 정당성을 부여하는 것은 절대로 거부하겠다고 다짐했죠. 그래요, 그것이 단 하나의 정당성, 오직 하나뿐일지라도 말이에요. 그렇습니다. 나는 이 문제에 대해 더 잘 보게 되기를 기다리면서 이런 고집스러운 맹목성을 선택했던 것입니다.

그 이후로 나는 변하지 않았습니다. 멀리에서건 선의에 의해서건 일단 내가 한 명의 살인자였다는 것을 부끄러워한 지가, 죽을 정도로 부끄러워한 지가 꽤 오래됩니다. 다른 사람들보다 훌륭한 사람들조차 살해하거나 살해하도록 방임하거나 하는 일이 그들이 살아온 논리 속에 있어서, 오늘날에는 이런 일을 막을 수 없고, 또 우리는 사람을 죽게 하는 위험을 무릅쓰지 않고서는 이 세상에서 아무런 행동도 할 수 없다는 것을 깨닫게 되었습니다. 그래요, 우리 모두 페스트 속에 있다는 것, 나는 이걸 알게 되어 계속 부끄러웠으며 마음의 평화를 잃어버렸습니다. 나는 오늘도 여전히, 그들 모두를 이해하고 또 그 누구에게도 치명적인 적이 되지 않으려고 노력하면서 마음의 평화를 찾고 있습니다. 다만 페스트에 걸린 자로 있지 않으려면 당연히 해야 할 일을 해야 하고, 바로 거기에 우리로 하여금 평화를, 또는 평화가 없을 때는 떳떳한 죽음을 희망할 수 있게 해 줄 수 있는 유일한 뭔가가 있다는 것은 압니다. 이런 것이 사람들을 편하게 해 줄 수 있고, 그들을 구원해 주지는 못한다 해도 어쨌든 가능한 한 적게 해를 끼치며, 종종 약간의 선까지도 행하도록 해 줄 수 있는 것입니다. 그리고 정확히 이런 이유로 가까이에서건 멀리에서건, 좋은 이유에서건 나쁜 이유에서건, 사람을 죽게 하는 것 또는 죽이는 일을 정당화하는 것은 모두 거부하기로 결심한 겁니다.

또한 정확히 이런 이유로 이 전염병은 당신 편에서 서서 그것과 싸워야 한다는 것 이외에는 나에게 아무것도 가르쳐 주지 않습니다. 내가 명명백백히 알고 있는 것(그래요, 리외, 나는 인생에 대해 다 알고 있고, 당신도 이건 잘 알고 있죠.)은, 각자가 그것을, 페스트를 자기 속에 지니고 있다는 것입니다. 왜냐하면 누구도, 그래요, 세상에 그 누구도 그 해를 입지 않는 사람은 없기 때문입니다. 그리고 잠시 방심해서 감염균을 내쉬어 다른 사람의 얼굴에 붙이지 않도록 하기 위해서는 계속해서 스스로를 경계해야 한다는 것도 나는 잘 압니다. 미생물은 자연적입니다. 그 이외의 것, 건강, 온전함, 무결점 등을 원하신다면, 그건 의지에 달려 있어요. 결코 멈춰서는 안 될 의지에 달려 있습니다. 선량한 사람, 거의 누구도 감염시키지 않는 사람이란 가능한 한 방심을 안 하는 사람입니다. 그리고 방심하지 않으려면 의지가 있어야 하고, 긴장해야 합니다! 그래요, 리외, 페스트 환자로 있어야 한다는 것은 매우 피곤한 일입니다. 하지만 페스트 환자로 있기를 원치 않는 것은 더 피곤한 일입니다. 이런 이유로 모든 사람이 피곤해 보이는 것이고, 이것은 오늘날 모든 사람이 약간 페스트에 걸려 있기 때문이기도 합니다. 하지만 바로 이런 이유로 이런 상태를 끝내고 싶어 하는 몇몇 사람이 죽음 이외에는 아무것도 그들을 해방시켜 주지 않을 극도의 피로를 자진해서 겪는 겁니다.

지금부터 죽을 때까지, 나는 내가 더 이상 이 세계 자체를 위해 아무 가치가 없다는 것과 살인을 단념한 그 순간부터 나는 나 자신에게 영원한 추방형을 선고했음을 알고 있습니다. 역사를 만들 사람들, 그건 다른 사람들입니다. 나는 또한 내가 이 사람들을 비판할 수 없다는 것도 잘 압니다. 나에게는 이성적인 살인자가 될 자질이 부족해요. 그렇다고 이게 우월성은 아닙니다. 하지만 이제 나는 본래의 나로 존재하는 것에 대해 동의했고, 또 겸손이라는 것을 배웠습니다. 다만 나는 지상에 재앙과 희생자들이 있기 때문에, 우리가 할 수 있는 만큼은 재앙의 편이 되기를 거부해야만 한다고 말하는 겁니다. 이런 것이 당신의 눈에는 어쩌면 좀 단순해 보일 수 있고, 나는 이런 것이 단순한 것인지 아닌지는 잘 모르지만, 진실이라는 것은 알아요. 나는 내 머리를 돌아 버리게 할 뻔했고, 또 다른 사람들로 하여금 살인 행위에 동의하게 만들 정도로 충분히 머리를 돌아 버리게 만든 많은 이론을 들었습니다. 그런데 이런 이론들이 너무 많아서 사람들의 모든 불행은 그들이 선명한 언어를 사용하지 않는 데서 기인한다는 것을 내가 이해하게 되었을 정도입니다. 나는 그때 정도(正道)를 가기 위해 선명하게 말하고 행동하기로 결심했습니다. 그 결과, 나는 재앙과 희생자들이 있다고 말하고, 다른 것은 말하지 않은 겁니다. 그렇게 말함으로써 내 자신이 재앙이 된다 해도, 나는 어쨌든 그것에 동조하는 것은 아닙니다. 나는 죄 없는 살인자로 있으려고 노력합니다. 보다시피 이건 큰 야망은 아닙니다.

물론 세 번째 카테고리, 진정한 치유사들이라는 카테고리가 있어야 될 것입니다. 하지만 이것은 자주 보게 되는 일이 아니고, 당연히 어려운 일일 겁니다. 그렇기 때문에 나는 되도록 피해를 줄이기 위해 어떤 경우든 희생자들 편에 서기로 결심한 겁니다. 그들 사이에서 나는 어떻게 하면 세 번째 카테고리에, 즉 평화에 이를 수 있는가를 최소한 찾아볼 수는 있습니다."

이야기를 마치면서 타루는 한쪽 다리를 흔들다가 발로 부드럽게 테라스를 두드렸다. 잠시 침묵이 흐른 뒤, 의사는 몸을 약간 일으켜 마음의 평화에 도달하기 위해 가야 할 길에 대해 타루가 가진 생각이 있느냐고 물었다.

"예, 공감이 그겁니다."

먼 곳에서 구급차의 경적이 두 번 울렸다. 조금 전에는 흐릿하던 아우성이 바위 언덕 근처, 시의 경계 쪽으로 모였다. 이와 동시에 폭발음 비슷한 소리가 들렸다. 그러고 나서 다시 조용해졌다. 리외는 등대불이 두 번 깜빡거리는 것을 헤아렸다. 미풍이 더 강해지는 듯하면서 동시에 바다에서 불어온 바람이 소금 냄새를 풍겼다. 이제 낭떠러지에 부딪히는 둔탁한 파도의 숨소리를 뚜렷이 들을 수 있었다.

"결국 내 관심사는 어떻게 성자가 되는지를 아는 겁니다." 타루가 솔직한 어조로 말했다.

"그러나 신은 안 믿잖아요."

"맞아요. 신 없이 성자일 수 있느냐, 이것이 오늘날 내가 겪고 있는 단 하나의 구체적인 문제입니다."

고함치는 소리가 들려오던 쪽에서 갑자기 큰 섬광이 일더니 바람결을 거슬러 뭔지 모를 함성이 두 사람에게까지 왔다. 섬광은 바로 꺼졌고, 멀리 테라스의 경계에 불그스레한 빛만이 남았다. 바람이 잠시 멈추자 사람들의 고함, 이어서 발포음과 군중의 함성이 뚜렷하게 들렸다. 타루가 일어서서 귀를 기울였다. 더 이상 아무것도 들리지 않았다.

"또 관문에서 싸웠나 봅니다."

"이제 끝났어요." 리외가 말했다.

타루는 절대 끝이 아니어서 희생자가 더 생길 것이다, 왜냐하면 그렇게 정해져 있기 때문이다, 하고 중얼거렸다.

"어쩌면요. 그런데 나는 성자들보다는 패배자들과 더 연대감을 느껴요. 내 생각에 나는 영웅주의와 성스러움에 취미가 없습니다. 내 관심사는 한 명의 인간으로 있는 겁니다." 의사가 대답했다.

"그래요. 우리는 같은 것을 추구하고 있어요. 하지만 내 야심이 덜하죠."

리외는 타루가 농담을 한다고 생각하고 그를 쳐다보았다. 하지만 리외는 하늘에서 내려오는 희미한 미광 속에서 그의 슬프고 심각한 얼굴을 보았다. 바람이 다시 일기 시작하자 리외는 피부에 닿는 바람이 미지근하다고 느꼈다. 타루는 몸을 흔들었다.

"우정을 위해서 우리가 뭔가 해야 한다는 걸 아세요?" 그가 말했다.

"아무거나 괜찮아요," 리외가 말했다.

"해수욕이에요. 미래의 성자를 위해서도 그건 합당한 쾌락입니다."

리외는 미소를 짓고 있었다.

"우리의 통행증이면 방파제까지 갈 수 있어요. 아무리 해도 페스트 속에서만 살아야 한다는 건 너무 어리석어요. 물론 인간이라면 희생자들을 위해 싸워야 해요. 하지만 아무것도 사랑하지 않는다면 싸운다는 게 무슨 소용 있겠어요?"

"그래요. 갑시다." 리외가 말했다.

잠시 뒤, 자동차는 항구의 철책 근처에 멈춰 섰다. 달이 떠 있었다. 우윳빛 하늘이 도처에 옅은 그늘을 드리우고 있었다. 두 사람 뒤에서 오랑 시는 층계 형태로 서 있었고, 그곳으로부터 불어오는 뜨겁고 병든 바람이 그들을 바다 쪽으로 밀었다. 그들은 경비병에게 신분증을 제시했다. 경비병은 한동안 그것을 검사했다. 그들은 그곳을 지나자 큰 통들로 뒤덮인 살짝 높게 다진 평지를 가로질러 포도주와 생선 냄새가 진동하는 방파제 쪽으로 향했다. 거기에 이르기 조금 전에 요오드와 해초 냄새가 바다가 있음을 알려 주었다. 이어서 그들은 바다 소리를 들었다.

바다는 방파제의 커다란 돌덩어리들 발치에서 부드러운 숨소리를 내고 있었고, 그들이 방파제 위로 기어 올라가자 바다는 우단처럼 두툼하고 짐승처럼 유연하고 매끈한 모습을 드러냈다. 그들은 대양을 마주한 바윗돌 위에 자리를 잡았다. 물은 서서히 부풀어 올랐다가 다시 가라앉았다 했다. 바다의 이 고요한 숨결은 수면에 기름기 있는 반사광을 나타났다 사라지게 하고 있었다. 그들 앞의 밤은 무한했다. 손바닥으로 울퉁불퉁한 바위 표면을 느끼던 리외에게 이상한 행복감이 가득 차올랐다. 타루 쪽으로 돌아선 그는 친구의 침착하고 무게 있는 얼굴에서 그 어떤 것도, 심지어는 살해 행위조차도 잊지 않는, 자신의 것과 똑같은 행복감을 짐작할 수 있었다.

그들은 옷을 벗었다. 리외가 먼저 뛰어들었다. 처음에는 차갑던 물이 다시 떠올랐을 때는 미지근하게 느껴졌다. 몇 번 팔을 젓고 나서 그는 그날 저녁 바다가 여러 달 동안 축적된 열을 대지로부터 되받은 가을 바다의 온도 정도로 따뜻하다는 것을 알았다. 그는 규칙적으로 헤엄을 쳤다. 그의 발짓은 솟구치는 물

거품을 뒤에 남겼고, 두 팔을 따라 흘러내린 물이 다리에 감겼다. 무거운 풍덩 소리가 그에게 타루가 뛰어든 것을 알렸다. 리외는 등을 대고 누워, 달과 별들로 가득 찬 뒤집어진 하늘을 마주하고서 미동도 하지 않았다. 그는 길게 숨을 내쉬었다. 이어서 점점 더 선명하게, 밤의 침묵과 고요 속에서 이상하게도 맑은 물 튀기는 소리를 느꼈다. 타루가 가까워지자 곧 그의 숨소리가 들렸다. 리외는 몸을 돌려 친구와 나란히 같은 리듬으로 헤엄을 쳤다. 타루가 그보다 더 힘차게 전진해서 그는 속도를 올려야 했다. 그리고 몇 분 동안 그들은 똑같은 장단과 강도로 전진했는데, 단둘이서 세상에서 먼 곳에서, 도시와 페스트로부터 드디어 해방되었던 것이다. 리외가 먼저 멈췄고, 그들은 천천히 되돌아왔는데, 얼음 같은 조류를 만난 한순간은 예외였다. 바다의 돌변에 후려 맞은 그 순간 둘 다 아무 말 없이 동작을 서둘렀다.

그들은 다시 옷을 입고서 말 한마디 없이 발길을 돌렸다. 하지만 그들은 같은 마음이었고, 그들에게 이날 밤의 추억은 포근했다. 멀리 페스트의 보초병이 그들의 시야에 들어왔을 때, 리외는 타루도 자신처럼 그 병이 방금 전까지 자신들을 잊고 있어서 좋았으나, 이제는 다시 시작해야 한다고 생각하는 것을 알고 있었다.

***

그렇다. 다시 시작해야 했고, 페스트는 그 누구라도 너무 오랫동안 잊어버리는 적이 없었다. 12월 내내, 페스트는 우리 시민들의 가슴속에서 타올랐고, 화덕을 밝혔고, 수용소들을 맨손의 그림자들로 들끓게 했다. 결국 페스트는 끈덕지고 발작적인 보폭으로 그칠 줄 모르고 전진했다. 당국자들은 이런 진행을 멈출 수 있는 동절기에 기대를 걸고 있었다. 그럼에도 불구하고 페스트는 물러섬 없이 겨울의 첫 혹한을 뚫고 지나갔다. 더 기다려야 했다. 하지만 너무 기다리면 지치는 법이어서 우리 시 전체는 미래 없이 살아가고 있었다.

의사에 대해 말하자면, 그가 가졌던 짧은 평화와 우정은 그 다음 날로 사라졌다. 병원이 하나 더 개설되어 리외는 이제 환자들 말고는 만나지 못했다. 그렇지만 그는 지금 단계에서 페스트가 점점 폐 질환 형태로 나타나는 반면, 환자들이 어찌 보면 의사에게 협조하려는 듯하다는 느낌을 가졌다. 초기에 허탈이나 광기로 자포자기했던 모습 대신에, 그들은 자기들의 이익에 대해 더 올바른 생각을 갖는 듯이 보였고 또 자기들에게 가장 득이 될 수 있는 것을 스스로 요구했다. 그들은 끊임없이 마실 것을 요구했고, 모두가 따뜻한 것을 원했다. 의사로서 피곤하기는 마찬가지였음에도 불구하고 이 경우에 덜 외롭다는 느낌을 가졌다.

12월 말 무렵, 리외는 여전히 수용소에 있던 예심판사 오통 씨로부터 편지 한 통을 받았다. 예방 격리 기간이 지났는데도 자기가 격리소에 들어온 날짜를 당국이 확인하지 못해, 실수로 인해 자기가 여태 격리 수용소에 억류되고 있는 것이 확실하다는 내용이었다. 얼마 전에 퇴소한 그의 아내가 도청에 항의했지만, 그녀는 냉대를 받았고 결코 그런 실수는 없다는 말을 들어야 했다. 리외는 랑베르에게 중재를 부탁했고, 며칠 후에 오통 씨가 도착하는 것을 보게 되었다. 실제로 실수가 있었고, 리외는 그것에 대해 화가 났다. 하지만 몸이 야윈 오통 씨는 힘없는 손을 들어 올리더니 신중하게 누구나 실수할 수 있다고 말했다. 의사는 다만 그에게서 뭔가 달라졌다고만 생각했다.

"뭘 하실 겁니까, 판사님? 처리할 사건이 많겠군요." 리외가 말했다.

"그건 아니에요. 휴직을 하고 싶습니다." 판사가 말했다.

"사실, 좀 쉬셔야 됩니다."

"그런 게 아닙니다, 수용소로 다시 돌아가렵니다."

리외는 놀랐다.

"아니, 거기서 나오셨잖아요!"

"오해하게 했군요. 수용소 내에 행정 자원봉사자들이 있다고 하던데요." 판사는 그의 둥근 눈을 약간 굴리고서 한쪽 머리칼을 눌러 두려 애를 썼고…….

"이해하시죠, 뭔가 집중할 거리를 가질 수 있을 것 같아서요. 그다음에, 어리석은 말이지만, 아들과 헤어졌다는 느낌이 덜해질지도 모르죠."

리외는 그를 바라보고 있었다. 그 딱딱하고 멋없는 눈 속에 갑자기 어떤 부드러움이 깃든다는 것은 불가능한 일이었다. 하지만 그의 두 눈은 더 흐릿했고 금속과 같은 정기를 잃고 있었다.

"물론이죠. 원하시니 곧 알아보겠습니다." 리외가 말했다.

의사는 이 일을 알아봐 줬고, 페스트에 휩싸인 도시의 삶은 성탄절까지 다시 계속되었다. 타루는 어디에서나 계속 그의 효과적인 차분함을 드러내 보이고 있었다. 랑베르는 의사에게 두 젊은 보초들의 도움으로 아내와 비밀리에 서신을 주고받을 방편을 마련했다고 털어놓았다. 그는 드문드문 아내의 편지를 받았다. 랑베르가 자신이 이용하는 방편을 써 보라고 권하자 리외는 받아들였다. 그는 몇 달 만에 처음으로 아주 어렵게 편지를 썼다. 그가 잃어버린 어떤 말이 있었다. 편지는 발송되었다. 답장은 도착이 늦어졌다. 코타르는 장사가 잘되었고 자질구레한 투기로 돈을 벌었다. 그랑에 대해 말하자면 좋지 못한 명절이 되었다.

그해의 성탄절은 복음의 축제라기보다는 차라리 지옥의 축제였다. 텅 빈 불 꺼진 가게들, 진열장 속의 모형 초콜릿이나 빈

상자들, 어두운 얼굴들로 가득 찬 전차, 어느 것도 지난 성탄절을 떠오르게 해 주지 않았다. 전에는 부유하거나 가난하거나 모든 사람이 함께했던 이 명절에 꾀죄죄한 가게 뒷방 깊숙이에서 일부 특권층만이 비싼 값을 치르고 장만하는 부끄러운 몇 가지 명절 용품을 위한 자리만이 있었을 뿐이었다. 성당들은 하느님에 대한 감사보다는 오히려 불평으로 가득했다. 음울하고 얼어 버린 시내에서는 자기들을 위협하는 것이 뭔지도 모르고 몇몇 아이들이 뛰어놀고 있었다. 하지만 감히 누구도 그 아이들에게, 인간의 고통만큼이나 오래되었지만 젊은 유망주만큼이나 신선하며 공물에 싸여 있는 옛적의 신을 알려 주지 못했다. 이제 모두의 마음속에는 아주 늙고 우울한 희망을 위한 자리밖에 없었다. 그런데 이것은 사람들로 하여금 자신들을 죽음에 방치하는 것을 막는, 삶에 대한 단순 집착에 불과한 희망이었다.

성탄 전야에 그랑이 약속 시간을 어겼다. 걱정이 된 리외는 이른 새벽에 그의 집에 갔으나 그를 만나지 못했다. 모든 사람이 촉각을 곤두세웠다. 11시경, 랑베르가 병원으로 와서 의사에게 그랑이 일그러진 모습으로 거리를 헤매는 것을 먼발치에서 보았다고 말했다. 그러고 나서 그는 그랑을 시야에서 놓쳤던 것이다. 의사와 타루는 차를 타고 그랑을 찾으러 나섰다.

정오, 추운 날씨에 리외는 차에서 내려 조잡하게 조각된 나무 장난감들로 가득 찬 어느 가게 진열장 앞에 바싹 붙어 있던 그랑을 멀리서 주시하고 있었다. 이 늙은 공무원의 얼굴 위에서 눈물이 계속 흘러내리고 있었다. 그리고 이 눈물은 리외를 뒤흔들었다. 그도 그럴 것이 이 눈물의 의미를 이해하던 그 역시 목구멍 깊숙한 곳에서 그것을 느끼고 있었기 때문이다. 리외 역시 이 불행한 사람이 성탄절 용품 가게 앞에서 했던 약혼과 그에게 기대면서 자기는 기쁘다고 말하던 잔의 모습을 기억하고 있었기 때문이었다. 먼 세월의 밑바닥으로부터 이런 광기의 한복판에서조차 잔의 생생한 목소리가 그랑에게 되돌아오고 있는 것은 분명했다. 리외는 울고 있는 이 늙은 남자가 그 순간 무엇을 생각하는지 알고 있어서 그와 마찬가지로 그것을 생각하고 있었다. 사랑이 없는 이 세상은 죽은 세상이나 마찬가지라는 것, 감옥, 일, 용기 등에 진절머리가 나서 누군가의 얼굴과 감동적인 사랑의 마음을 바라는 시간이 꼭 오게 되는 법이라는 것을 말이다.

그런데 그랑이 유리에 비친 리외를 알아봤다. 계속 울면서 그는 돌아서서 진열장 유리에 등을 기대고 리외가 다가오는 것을 바라보았다.

"아! 선생님, 아! 선생님." 그가 말했다.

리외는 말을 할 수가 없어 그에게 고개를 끄덕여 동의를 표했다. 그것이 리외의 비통함이었고, 그 순간 리외의 마음을 아프게 했던 것은 모든 사람이 함께 받는 고통과 마주한 인간에게 생기는 거대한 분노였다.

"예, 그랑." 그가 말했다.

"그녀에게 편지를 쓸 시간을 갖고 싶어요. 그녀가 알 수 있도록…… 그리고 그녀가 회한 없이 행복하게 살 수 있도록……."

리외는 거의 강제로 그랑을 앞세우고 걸었다. 상대는 거의 끌려가듯이 몸을 내맡기더니 몇 마디 더듬거리며 말을 이어 갔다.

"이건 너무 오래 가고 있어요. 될 대로 되라는 생각일 거예요. 안 그럴 수가 없어요. 아! 선생님! 내가 그런대로 침착해 보이죠. 하지만 그저 보통 정도만 되기 위해서도 늘 엄청난 노력이 필요했어요. 그런데 이제 너무 지나쳐요."

그는 사지를 떨면서 정신 나간 눈을 하고서 멈춰 섰다. 리외가 그의 손을 잡았다. 손이 뜨거웠다.

"돌아가야 돼요."

하지만 그랑은 그에게서 빠져나와 몇 발짝 뛰어가다가 곧 멈춰 서서는 두 팔을 벌리고 앞뒤로 휘청거리기 시작했다. 그는 제자리에서 돌다가 얼어 버린 인도 위로 쓰러졌는데, 얼굴은 계속해서 흘러내리는 눈물로 범벅이 되어 있었다. 행인들이 급히 서더니 감히 더 다가서지 못하고 거리를 둔 채 그를 바라보고 있었다. 리외가 두 팔로 그 늙은 남자를 부축해야 했다.

그랑은 이제 자기 침대 속에서 숨을 가쁘게 쉬고 있었다. 폐가 감염되었던 것이다. 리외는 곰곰 생각했다. 이 시청 서기에게는 가족이 없었다. 그를 병원으로 이송한다고 좋을 게 뭐 있겠는가? 자기가 타루와 함께 그를 돌볼 수 있는 유일한 사람일 텐데……

그랑은 베개에 푹 박혀 있었고, 푸르스름한 피부에 광채가 없는 눈을 하고 있었다. 그는 타루가 상자 부스러기로 벽난로에 지핀 약한 불을 응시하고 있었다. "몸이 안 좋아요." 그랑이 말했다. 그리고 그가 말을 할 때마다 불붙은 폐 깊숙한 곳에서 바스락거리는 이상한 소리가 났다. 리외는 그에게 말을 하지 말라고 타이르고, 곧 다시 오겠다고 말했다. 환자의 얼굴에 묘한 미소가 일더니, 아픈데도 불구하고 모종의 다정함이 얼굴에 나타났다. 그는 애써 윙크했다. "만일 내가 여기서 벗어나면, 모자를 벗어 경의를 표해요, 선생님!" 하지만 그랑은 곧바로 탈진 상태에 빠졌다.

몇 시간 후, 리외와 타루는 침대에서 반쯤 일어나 있는 환자에게 다시 왔는데, 리외는 그의 얼굴에서 그를 괴롭히는 병세의 진전을 보게 될까 봐 몹시 걱정스러웠다. 하지만 환자는 훨씬 정신이 맑은 듯했고, 곧 이상하게 허전한 목소리로 두 사람에게 서랍에 넣어 둔 원고를 갖다 달라고 부탁했다. 타루가 원고를 건네주자 그는 그것을 쳐다보지도 않고 껴안아 본 후 의사에게 내밀면서 몸짓으로 그것을 읽어 달라고 부탁했다. 손으로 쓴 50쪽 정도의 짧은 글이었다. 리외는 원고를 훑어보고서 거기에는 수없이 다시 베끼고, 고치고, 가필하거나 삭제한 같은 문장밖에 없다는 것을 알게 되었다. '5월, 그달', '여기사', '숲의 오솔길들' 등과 같은 말들이 여러 방법으로 계속 대비되고 배열되어 있었다. 거기에는 또한 종종 아주 긴 여러 설명들과 문장 변화들이 포함되어 있었다. 하지만 마지막 쪽 끝 부분에는 잉크가 채 마르지도 않은 힘줘 쓴 글씨가 있었다. '소중한 잔, 오늘이 성탄절이오…….' 그 위에는 아주 공들인 필체로 이 문장의 최종 문안이 실려 있었다. "읽어 줘요." 그랑이 말했다. 그러자 리외가 읽었다.

"어느 아름다운 5월 오전 나절, 날씬한 한 여기사가 화려한 알레잔 암말을 타고 꽃이 가득한 숲의 오솔길들을 누비고 있었다……."

"그게 맞나요?" 그 친구는 열에 뜬 목소리로 말했다.

리외는 그를 쳐다보지 않았다.

"아! 잘 알겠어요, 아름다운, 아름다운, 그건 적절한 말이 아니에요." 상대가 흥분해서 말했다.

리외는 이불 위로 그의 손을 잡았다.

"놔둬요, 선생님. 나한테는 시간이 없을 겁니다……."

힘겹게 그의 가슴이 부풀어 오르더니 그는 별안간 소리를 질렀다.

"태워 버려요!"

의사는 주저했지만, 그랑이 너무나 무서운 말투와 괴로운 목소리로 거듭 요구하자 거의 꺼진 불 속에 원고를 던졌다. 순간 방 안이 밝아지며 잠깐의 열기가 방을 덥혔다. 의사가 환자에게로 돌아왔을 때 그는 등을 돌린 채 얼굴을 거의 벽에 닿을 듯이 하고 있었다. 타루는 국외자처럼 창밖을 내다보고 있었다. 혈청주사를 놓은 다음 리외가 타루에게 그랑이 밤을 못 넘길 것이라고 말하자, 타루는 자기가 남아 있겠다고 자청했다. 의사는 받아들였다.

그랑이 죽을 것이라는 생각이 밤새도록 리외를 쫓아다녔다. 하지만 그다음 날 아침, 리외는 침대 위에 일어나 앉아 있는 그랑을 보게 되었는데, 그는 타루와 이야기를 나누고 있었다. 신열이 사라져 있었다. 전신 탈진 증세만 남아 있었다.

"아! 선생님, 내가 틀렸어요. 다시 시작할 겁니다. 다 기억하고 있거든요, 두고 보세요." 그가 말했다.

"기다려 봅시다." 리외가 타루에게 말했다.

하지만 정오에도 아무런 변화가 없었다. 저녁에 그랑은 살아났다고 볼 수 있었다. 리외는 그런 회복이 전혀 이해되지 않았다.

그런데 거의 같은 시기에 리외에게 한 여자 환자가 인도되었는데, 그는 병세가 절망적이라고 보고 그녀가 병원에 오자마자 격리시키도록 했다. 이 처녀는 완전히 혼수상태였고, 폐페스트의 온갖 증세를 보이고 있었다. 그렇지만 그다음 날 아침에 신열이 내렸다. 의사는 이번에도 그랑의 사례에서처럼 자신의 경험으로 인해 습관적으로 나쁜 징조라고 여겨 온 아침녘의 일시적인 병세 완화로 생각했다. 하지만 정오가 되었음에도 신열은 다시 오르지 않았다. 저녁때 신열은 겨우 소수점 이하로 몇 도 올랐을 뿐, 그다음 날 아침에는 말끔히 가서 있었다. 그 처녀는 쇠약하기는 해도 침대에 누워 자유롭게 호흡을 했다. 리외는 타루에게 그녀가 모든 법칙과 반대로 살아난 것이라고 말했다. 하지만 그 주 동안에 리외의 관할 부서에서 유사한 사례가 네 건 나타났다.

바로 그 주가 끝날 때쯤, 늙은 천식 환자가 몹시 흥분한 기색으로 리외와 타루를 맞이했다.

"됐어요. 그것들이 다시 나와요." 그가 말했다.

"누가요?"

"아, 그야 쥐들이지요!"

4월 이후로 죽은 쥐는 단 한 마리도 발견되지 않고 있었다.

"또 나올까요?" 타루가 리외에게 말했다.

노인은 손을 비벼 댔다.

"그것들이 뛰어다니는 것을 봐야 해요! 좋은 일이에요."

그는 산 쥐 두 마리가 거리로 난 문을 통해 집으로 들어오는 것을 보았다. 이웃 사람들이 그에게 자기들 집에도 그 짐승들이 다시 나타났다고 했다. 어떤 서까래에서는 몇 달 전부터 잊고 지냈던 바스락 소리가 다시 들렸다. 리외는 매주 초에 있었던 전체 통계의 발표를 기다렸다. 통계는 병의 일보 후퇴를 보여 주고 있었다.

제5부

병의 급격한 퇴각은 기대하지 않은 일이었으나 우리 시민들은 성급히 기뻐하지는 않았다. 지난 몇 개월 동안, 그들은 해방에 대한 욕망을 키웠지만, 또한 조심스러움 역시 배워서 전염병이 조만간 끝난다는 기대를 점점 덜하도록 길들여졌었다. 하지만 모두 이런 새로운 사실을 입에 올렸고, 그들의 마음 깊은 곳에서는 밖으로 내뱉지 못했던 커다란 희망이 꿈틀거리고 있었다. 그 외의 모든 일은 이차적인 것이 되었다. 페스트의 새로운 희생자들은 통계 수치가 내려갔다는 엄청난 사실에 비한다면 정말 별 의미가 없었다. 건강 시대가 오기를 드러내 놓고 바라지는 않았지만 은근히 기대하고 있었다는 징조 중 하나는, 우리 시민들이 이때부터 비록 무관심한 표정이기는 하지만 페스트 후에 어떤 식으로 삶이 재구성될지에 대해 기꺼이 이야기를 했다는 것이다.

모든 사람이 과거의 편했던 생활이 단번에 복구될 리는 만무하고 재건보다는 파괴가 더 쉽다는 데 의견을 같이했다. 다만 물자 조달 자체는 좀 나아질 수 있을 것이고 또 그런 식으로 해서 가장 시급한 걱정거리는 덜 수 있으리라고 추정했다. 하지만 사실 이런 하찮은 생각들 밑에서 터무니없는 희망도 덩달아 굴레를 벗었고, 그 정도가 하도 심해 우리 시민들은 종종 이런 사실을 자각하게 되면, 여하튼 내일 당장 해방되지는 않을 것이라고 급히 언명하기도 했다.

그리고 실제로 페스트는 그다음 날 당장 멈추지 않았다. 하지만 외관상으로 보면 상식적으로 기대할 수 있던 것 이상으로 빠르게 약해지고 있었다. 1월 초순 동안, 추위가 여느 때와 다르게 오래 자리를 잡아 오랑 시 위에서 굳어진 듯했다. 여하튼 하늘이 이렇게 푸르렀던 적은 없었다. 며칠 내내 부동의 그 차가운 광채가 끊임없이 밝게 우리 시를 뒤덮었다. 이렇게 깨끗해진 대기 속에서 페스트는 3주 동안 연속적으로 하락하면서 그것이 늘어놓던 점점 줄어드는 시체의 숫자만큼 약해져 가는 것 같았다. 짧은 시간 사이에 페스트는 여러 달 걸려 축적한 대부분의 힘을 잃었다. 리외가 치료한 그랑이나 그 처녀 같은 완전히 점찍어 놓은 먹잇감을 놓치고, 어떤 동네에서는 이삼일간 기승을 부리는 반면에 다른 동네에서는 완전히 사라지고, 월요일에는 희생자의 수를 배가하고 수요일에는 그들 대부분이 피해 가게 놔두고 하는 것을 볼 때, 또한 이처럼 페스트가 숨 가빠하거나 서두르는 것을 볼 때, 페스트는 신경질과 피로에 의해 붕괴되어 스스로를 통제하지 못함과 동시에 강점이었던 수학적이고 지고한 효율성을 잃고 있다고 말할 수 있었다. 카스텔의 혈청은 그때까지는 거부되었던 연이은 성공을 단숨에 거두고 있었다. 의사들에 의해 처방되었지만 전에는 아무런 성과를 낳지 못했던 각각의 조치가 갑자기 확실한 효과를 올리는 형국이었다. 이번에는 페스트가 쫓겨 다니는 듯했고, 그 갑작스러운 허약함은 그때까지 페스트에 맞섰던 무딘 무기들에게 힘을 주는 듯했다. 가끔 거세진 병이 마구잡이로 뛰어올라 사람들이 완치를 기대하던 서너 명의 환자를 앗아 가기는 했다. 그들은 페스트에 당한 운이 나쁜 사람들, 희망이 가득할 때 페스트에 의해 희생된 사람들이었다. 예방 격리 수용소에서 퇴소시켜야 했던 오통 판사가 이런 경우에 해당되었다. 실제로 타루는 그에 대해 운이 없었다고 말했지만, 그가 판사의 죽음을 염두에 두었는지, 아니면 삶을 염두에 두었는지는 알 수 없었다.

하지만 전체적으로 보아 모든 전선에서 감염이 퇴각하고 있었고, 따라서 도청의 공보들은 처음에는 소심하고 은근한 소망만 갖게 하다가, 급기야 승리가 확보된 상태이자 병이 자기 진지들을 버리고 있다고 인정하기에 이르렀다. 사실상 그것을 승리라고 확정하기는 어려웠다. 다만 이 병이 올 때와 같은 식으로 떠나는 것 같다는 사실을 단언할 수밖에 없었다. 병에 대응하는 전략은 바뀌지 않았는데, 어제는 효과가 없다가 오늘은 다행스럽게 효과를 내기도 했다. 병이 제풀에 지쳤거나 어쩌면 모든 목적을 달성한 후에 스스로 물러가고 있다는 인상뿐이었다. 그러니까 병의 역할은 끝났던 것이다.

그렇다고 해도 시에는 아무런 변화가 없다고 말할 만했다. 낮에는 늘 조용하던 거리로 저녁에 비슷한 수의 군중이 몰려들고 있었다. 다만 외투와 목도리 차림을 한 사람들의 수가 압도적이었다. 영화관과 카페의 영업은 여전했다. 하지만 좀 더 가까이에서 보면, 사람들의 얼굴이 한결 더 느긋해지고 또 가끔은 미소를 짓는다는 것을 알 수 있었다. 그리고 지금까지 거리에서 그 누구도 미소를 짓고 있지 않았다는 것을 알게 되는 계기가 되었다. 사실 몇 달 전부터 시를 에워싸고 있던 불투명한 장막의 한 부분이 막 찢겨졌고, 또 월요일마다 라디오 보도를 통해 누구나 이 찢겨진 부분이 더 커져 가고 있고, 결국 곧 숨을 쉴 수 있게 될 것이라고 단언할 수 있었다. 이것은 아직 솔직하게 표현되지 않은 걱정거리만 없어진 위안감이었다. 하지만 이전에는 기차가 떠난다든지 배가 도착한다든지 또는 자동차의 운행이 다시 허가된다든지 하는 소식을 조금의 의심도 없이 받아들이지 못했지만, 이런 일들이 정월 중순에 공표되었다면 반대로 아무런 놀라움도 야기하지 않았을지 모를 일이다. 분명 이런 것은 대단한 것이 아니었다. 하지만 사실 이런 가벼운 차이는 우리 시민들이 소망의 길에서 이룬 굉장한 진전을 의미했다. 게다가 주민들에게 가장 미미한 희망이 가능해진 그 순간부터 페스트의 실질적인 군림은 끝났다고 말할 수 있다.

하지만 1월 달 내내 우리 시민들이 모순적인 방식으로 반응했던 것은 사실이다. 정확히 말해 그들은 흥분과 우울을 번갈아 가며 겪었다. 이런 이유로 통계 수치가 가장 희망적이던 그 시점에 기록적인 새로운 탈주 시도들이 있었다. 이런 일로 인해 관계 당국들과 해당 감시 초소들은 크게 놀랐다. 왜냐하면 대부분의 탈주가 성공했기 때문이었다. 그런데 사실 그 시기에 탈주했던 사람들은 본능적인 감정을 따르고 있었다. 어떤 사람들에게 페스트는 그들이 떨쳐 낼 수 없던 깊은 비관주의를 심어 놓은 상태였다. 희망은 그들에게 더 이상 영향을 미칠 수 없었다. 페스트의 시대는 만료되었다고 해도, 그들은 계속 이 페스트를 기준으로 삼아 살고 있었던 것이다. 그들은 사건의 추이보다 뒤떨어져 있었다. 다른 사람들에게는 이와는 반대로 이런 장기간의 유폐와 낙심을 겪은 후 일어나는 희망의 바람은, 그들에게서 모든 자제력을 앗아 가는 열광과 초조함에 불을 질러 놓은 상태였는데, 이런 사람들의 수는 그때까지 사랑하는 존재들과 떨어져 지내 온 사람 중에서 특히 늘어나고 있었다. 일종의 갑작스러운 공포감으로 인해 그들은, 목표에 거의 가까이 왔지만 자칫 죽을 수도 있어서 그리운 존재를 다시 못 보게 될 수도 있을 것이고, 또 이런 오랜 고통이 보상을 받지 못할 수도 있다는 생각에 빠져 있었다. 그들은 여러 달 동안 감옥살이와 귀양살이에도 불구하고 은근한 끈기를 가지고 꾸준히 기다려 왔으나 그들이 처음 갖게 된 희망은 공포나 절망이 망가뜨릴 수 없었던 것을 파괴하기에 충분했다. 마지막 순간까지 페스트에 보조를 맞출 수 없었던 그들은 페스트를 앞지르려고 미친 사람들처럼 서둘렀다.

더군다나 같은 시기에 수많은 낙관적 징후들이 저절로 나타났다. 물가가 현저하게 떨어지는 현상이 그중 하나였다. 순수경제학의 관점에서는 이런 동향은 설명이 안 된다. 어려움은 그대로였고, 관문에서 방역 격리 체제가 유지되고 있어서 물자 배급이 개선되기에는 아직 요원한 상태였다. 따라서 사람들은 마치 페스트의 후퇴가 도처에서 반영되는 것과 같은 순전히 정신적인 어떤 현상을 목도했던 것이다. 이와 동시에 전에는 집단생활을 하다가 병 때문에 서로 떨어져 살아야 했던 사람들에게 낙관주의가 번지고 있었다. 시의 두 수도원이 다시 활동하기 시작함으로써 공동생활이 재개될 수 있었다. 군인들의 경우도 마찬가지였다. 그들은 빈 병영에 재집결되었다. 정상적인 병영 생활이 재개되었다. 이런 작은 일들이 큰 징조들이었다.

주민들은 1월 25일까지 이런 은밀한 동요 속에서 지냈다. 그

주에 통계 수치가 아주 낮아지자 도청은 의사협회의 자문을 구한 후 전염병이 제거된 것으로 간주될 수 있다고 공표했다. 사실 공보는 주민들이 찬성하지 않을 수 없던 신중한 취지에서 향후 2주간 관문들은 계속 폐쇄될 것이고, 예방 조치들은 1개월 더 계속될 것이라는 사실을 덧붙였다. 이 기간 중에 위기가 재발할 수 있는 징후가 조금이라도 있다면, '현 상태'가 유지되어야 했고 또 조치들은 그 이후에도 유효했다. 하지만 모든 사람은 이구동성으로 이런 추가 항목들을 형식적인 조항들로 간주하는 데 동의했으며, 해서 1월 25일 저녁 즐거운 소동이 도시를 가득 채웠다. 도지사는 전반적인 기쁨에 부응하고자 거리 조명을 건강 시대로 복구하라는 명령을 내렸다. 차갑고 깨끗한 하늘 아래에서 우리 시민들은 떠들썩하고 웃음이 가득한 무리를 지어 불이 환하게 켜진 거리로 쏟아져 나왔다.

분명 많은 집의 덧문은 닫혀 있었고, 많은 가정은 다른 사람들이 환호로 채우던 그날 밤을 침묵 속에서 보냈다. 그럼에도 불구하고 다른 친지들이 목숨을 잃는 것을 보게 되는 공포가 마침내 진정되어서든지, 아니면 자신들을 보전하려는 감정이 더 이상 경계 태세에 있지 않아도 되어서든지, 상중인 사람 중 상당수의 안도감 역시 컸다. 하지만 전반적인 기쁨에 대해 가장 이질적인 태도를 보여 주고 있는 가족들은 말할 필요도 없이 가족 중 누군가가 그때 병원에서 페스트와 씨름하는 환자여서, 예방 격리처나 혹은 집에서 재앙이 다른 사람들에게는 끝났듯이 그들에게도 정말 끝나기를 기다리는 가족들이었다. 이런 가족들도 분명 희망을 품고 있었지만, 그것을 아껴 창고에 간직해 두었고, 진정으로 그럴 권리가 생기기 전까지는 그것을 꺼내 쓰지 않고 있었다. 이렇게 해서 고뇌와 기쁨의 중간 지점에서의 이런 기다림, 이런 침묵에 싸인 전야는 전체적인 환희의 한복판에서 그들에게 더 잔인해 보였다.

하지만 이런 예외들은 다른 사람들의 만족감을 전혀 앗아 가지 못했다. 분명 페스트는 아직 끝나지 않았고, 또 끝나지 않았음을 증명해 보일 것이다. 하지만 이미 모든 사람의 머릿속에서는 몇 주를 앞질러 기차들이 기적을 울리면서 끝없는 철로 위를 달리고 있었고, 또 선박들이 빛나는 바다를 가르며 나아가고 있었다. 내일, 사람들의 정신은 더 차분해지고 의혹이 되살아날지도 모른다. 하지만 지금 당장으로서는 시 전체가 뒤흔들리고 있었으며, 그 돌 같은 뿌리를 뻗어 둔 어둡고 움직임 없는 유폐지를 떠나 생존자들을 싣고 드디어 앞으로 나아가기 시작했다. 그날 저녁 타루와 리외, 랑베르와 다른 사람들은 군중 사이에서 걸었는데, 그들 역시 발 디딜 곳이 없다는 느낌이었다. 대로에서 벗어난 지 한참 후에 인적 없는 골목길에서 덧창이 닫힌 창문들을 따라 걷던 시간에도 타루와 리외는 여전히 그런 기쁨이 자기들을 따라오는 것을 듣고 있었다. 그리고 단지 피로 때문에 그들은 덧창 뒤에서 이어지던 괴로움과 거기서 좀 떨어진 거리를 채우고 있던 기쁨을 분리시킬 수가 없었다. 다가오고 있는 해방은 웃음과 눈물이 뒤섞인 얼굴을 하고 있었다.

웅성거림이 더 크고 더 즐겁게 울려 퍼진 한순간, 타루가 멈춰 섰다. 어두운 포장도로 위를 한 형체가 가볍게 달려가고 있었다. 고양이, 지난봄 이후에 처음으로 보는 고양이였다. 고양이는 도로 한복판에서 잠시 움직이지 않고 망설이더니, 한쪽 발을 핥고는 그 발로 재빨리 오른쪽 귀를 문지르고서는 다시 소리 없이 달려가 어둠 속으로 사라졌다. 타루는 미소를 지었다. 키 작은 노인 역시 만족할 것이다.

***

하지만 어느 미지의 굴에서 소리 없이 나온 페스트가 그곳으로 되돌아가려고 멀어져 가는 듯하던 순간, 시내에서 적어도 누군가는 이런 동향에 의해 내쳐져 망연자실했는데, 타루의 수첩을 믿자면, 그것은 코타르였다.

사실을 말하자면, 이 수첩은 통계 수치가 내려가기 시작하는 순간부터 상당히 이상해지고 있다. 피로 때문인지 글씨가 읽기 어려워지고 너무 자주 이 화제에서 저 화제로 넘어간다. 게다가 처음으로 객관성을 잃고 개인적 생각에 할애된다. 코타르의 사례와 관련된 꽤 긴 부분 안에 고양이들과 장난하는 노인에 대한 짧은 보고문이 그렇다. 타루를 믿자면, 페스트는 이 병의 창궐 후에 그의 흥미를 끌어 온 이 인물에 대한 그의 평가를 결코 아무것도 앗아 가지 못했다. 그런데 이 인물은 불행히도 예전에 그랬던 것과는 달리 그의 흥미를 더 이상 끌 수 없게 된 것이다. 이것은 타루 자신의 호의가 원인은 아니었다. 왜냐하면 타루는 이 노인을 다시 보려고 했기 때문이다. 1월 25일 저녁이 지난 며칠 후에 그는 그 작은 길의 한 모퉁이를 노려보고 있었다. 고양이들은 늘 그러던 것처럼 저쪽 따뜻한 양지에서 몸을 녹이고 있었다. 하지만 평소와 같은 시간이 되어도 덧창들은 굳게 닫혀 있었다. 그날 이후 타루는 결코 더 이상 이 덧창들이 열려 있는 것을 보지 못했다. 그는 그로부터 이 키 작은 노인이 화가 났거나 죽었다는 기이한 결론을 내렸다. 만일 화가 났다면, 노인은 자기가 옳다고 생각했는데 페스트가 그에게 해를 끼쳤기 때문이고, 만일 죽었다면, 늙은 천식 환자에 대해서와 마찬가지로 그에 대해서도 그가 과연 성자였는지를 생각해 보아야 한다는 것이었다. 타루는 그를 성인으로 생각하지 않았지만, 노인의 경우 어떤 '실마리'가 있다고 평가하고 있었다. 수첩의 관찰에 의하면, "어쩌면 우리는 오직 성스러움의 근사치까지만 다가갈 수 있을 뿐이다. 그렇다면 절제되고 자비로운 어떤 악마주의에 만족해야 할지 모른다."

수첩 속에는 코타르와 관련된 관찰들과 늘 섞여 있고, 흔히 여기저기 분산되어 있는 많은 지적이 있는데, 그중 어떤 것들은 이제 회복 중이고 아무 일도 없었다는 듯 다시 일을 시작한 그랑과 관련되어 있고, 다른 것들은 의사 리외의 어머니를 환기하고 있다. 같은 집에서 지냈기에 가능했던 그녀와 타루 사이의 몇몇 대화들, 노부인의 자태, 그녀의 미소, 페스트에 대한 그녀의 견해 등이 상세히 적혀 있었다. 타루가 특히 강조하고 있는 것을 보면, 리외 부인의 얌전함, 모든 것을 간단한 문장으로 표현하던 그녀의 방식, 자신의 움직이지 않는 실루엣을 녹이면서 점점 짙어져 가는 회색빛 속에서 그녀를 검은 그림자로 만들던 황혼 무렵까지 저녁마다 약간 꼿꼿하게 앉아 두 손을 가만히 모으고 주의 깊은 시선으로 조용한 거리로 난 한쪽 창문을 바라보던 그녀의 특별한 취향, 이 방에서 저 방으로 옮겨 다닐 때의 경쾌한 모습, 결코 타루 앞에서 분명한 증거들로 내보인 적은 없으나 그가 그녀의 모든 행동이나 말에서 번뜩임을 알아볼 수 있는 선량함, 끝으로 타루에 의하면 리외 부인은 결코 성찰을 해 본 적이 없지만 모든 것을 다 알고 있어서 깊은 침묵과 어둠에도 불구하고 그 어떤 빛과도, 심지어는 그것이 페스트의 빛이라 해도 어깨를 나란히 할 수 있었다는 사실 등이다. 게다가 여기서 타루의 글씨는 이상하게도 비뚤어지는 기미를 보이고 있었다. 이어지는 줄들은 읽기 어려웠고, 이런 비뚤어짐의 새로운 증거를 주려는 듯이 마지막 이야기는 처음으로 개인적인 것이었다. "나의 어머니는 그런 분이셨다. 나는 어머니에게서 이런 얌전함을 좋아했고, 나는 늘 어머니를 다시 만나고 싶어 했다. 8년 전부터 나는 어머니가 돌아가셨다는 말을 못 한다. 어머니는 평소보다 조금 더 얌전하게 계실 뿐이었는데, 뒤를 돌아보면 어머니는 더 이상 거기에 안 계셨다."

그런데 코타르에 대한 이야기로 돌아가야 한다. 코타르는 통계 수치가 내려가기 시작한 때부터 이런저런 구실로 리외를 몇 차례 방문했다. 하지만 사실 매번 리외에게 전염병의 진행에 대한 예상을 물어보았다. "이 병이 이렇게 갑자기 예고도 없이 끝날 거라고 생각하세요?" 그는 이 점에 대해 회의적이었거나 적어도 그렇다고 선언했다. 하지만 그가 반복해서 의문을 제기한다는 것은 그의 확신이 덜 견고하다는 것을 보여 주는 듯했다. 1월 중순에 리외는 꽤 낙관적인 어투로 대답했다. 그리고 매번 이 대답으로 인해 코타르는 기뻐하기는커녕, 날에 따라 다르기는 하지만 불쾌감에서부터 우울증에까지 이르는 여러 가지 반응을 보였다. 그 뒤로 의사는 그에게 통계 수치가 보여 주는 유리한 지표들에도 불구하고 아직은 승리를 외치지 않는 것이 훨씬 낫다고 말하게 되었다.

"달리 말하면, 아무것도 알지 못하고, 오늘이나 내일 재개될 수 있다는 거죠?" 코타르가 지적했다.

"예, 치유 속도가 더 빨라질 수 있다는 것 역시 가능한 것처럼 요."

모든 사람을 걱정시키는 것이지만 이런 불확실성은 코타르를 눈에 띄게 진정시켰고, 그는 타루 앞에서 자기 동네의 상인들에게 말을 걸어 리외의 의견을 전파하려고 애쓰기도 했다. 사실 그가 그렇게 하기는 어렵지 않았다. 그도 그럴 것이 첫 승리의 열광 이후 많은 사람의 머릿속에서 도청의 발표가 야기했던 흥분보다 오래가기 마련인 모종의 의심이 다시 나타나고 있었기 때문이었다. 코타르는 이런 불안한 광경에 안심했다. 그리고 때로는 낙담하기도 했다. "예, 관문들은 결국 열릴 겁니다. 그리고 두고 봐요, 사람들 모두 내가 곤두박질쳐도 못 본 척할 겁니다!" 그가 타루에게 말했다.

1월 25일까지는 모든 사람이 코타르의 안절부절못하는 정신 상태를 알게 되었다. 그는 동네 사람들이나 지인들과 함께 어울려 보려고 애쓴 후 며칠 내내 그들과 심하게 대립하기도 했다. 그러더니 적어도 외관상으로는 세상과 연을 끊은 듯 줄곧 야만인처럼 생활하기 시작했다. 그가 좋아하던 식당, 극장, 카페에서 그를 다시 볼 수 없었다. 그렇다고 해서 그가 전염병 이전에 영위했던 조심스럽고 은밀한 생활을 되찾은 것으로 보이지는 않았다. 그는 완전히 아파트에 틀어박혀 지내며 근처 식당에서 식사를 시켜 먹었다. 저녁에만 몰래 외출해서는 필요한 물건들을 사서 가게를 나와 한적한 거리로 달음박질했다. 그때에는 그와 마주쳤어도 타루는 그에게서 짤막한 말들만 끌어낼 수 있었다. 그러고 나서 그는 난데없이 사교적이 되었는데, 페스트에 대한 이야기를 잔뜩 하면서 각자의 의견을 구했으며, 매일 저녁 고분고분하게 군중의 물결 속으로 다시 빠져들었다.

도청의 발표가 있던 날 코타르는 거리에서 완전히 사라졌다. 이틀 후, 타루는 거리를 헤매던 그와 마주쳤다. 코타르는 그에게 변두리까지 같이 가 달라고 부탁했다. 타루는 자신의 하루 일에 유난히 피곤함을 느껴 망설였다. 하지만 상대방이 졸라댔다. 그는 몹시 흥분되어 보였는데, 큰 몸짓을 하면서 빠르고 크게 말했다. 그는 동행자에게 도청의 발표로 정말 페스트에 종지부가 찍혔다고 생각하느냐고 물었다. 물론 타루는 행정적 공표가 그 자체만으로 재앙을 멎게 하기에는 충분하지 않지만, 예기치 못한 경우를 제외하고 전염병이 곧 끝난다는 생각을 당연히 할 수 있다고 평가했다.

"예, 예기치 못한 경우를 제외하고요. 그리고 예기치 못한 경우는 늘 있죠." 코타르가 말했다.

게다가 타루는 그에게 도청은 관문 개방까지 2주간의 연장 기간을 정함으로써 예기치 못한 경우 같은 것에 대비하고 있다고 지적해 주었다.

"그러니 도청이 잘한 거죠. 왜냐하면 상황이 흘러가는 것을 보아 공연한 소리를 한 것이 될지도 모르니까요." 코타르가 여전히 우울하고 흥분한 모습으로 말했다.

타루는 그럴 가능성이 있다고 평했지만, 임박한 관문 개방과 정상 생활로의 복귀를 내다보는 것이 그래도 훨씬 낫다는 생각이었다.

"그렇다고 치죠. 그렇다고 쳐요. 그런데 어떤 것을 정상 생활로의 복귀라고 하는 겁니까?" 코타르가 그에게 말했다.

"영화관에 새 영화가 들어오는 거죠." 타루가 미소를 지으면서 말했다.

하지만 코타르는 미소를 짓지 않았다. 그는 페스트가 시내에서 아무것도 바꾸지 않을 것이라고, 또 모든 것이 전처럼 다시 시작될 수 있을 것이라고, 다시 말해 마치 아무 일도 없었던 것처럼 생각할 수 있는지를 알고 싶어 했다. 타루는 페스트가 도시를 바꿀 수도 바꾸지 않을 수도 있는데, 우리 시민들의 가장 강한 욕망은 물론 마치 아무것도 안 바뀐 것처럼 행동하는 것이었고 또 그것이 될 것이니, 따라서 어떤 의미에서는 아무것도 안 바뀔 것이지만, 다른 의미에서는 어지간한 의지가 있다 해도 모든 것을 잊을 수는 없으며, 페스트는 적어도 많은 이의 마음속에 흔적들을 남길 것이라고 생각했다. 이 키 작은 하숙인은 자기는 마음에는 관심이 없고, 심지어 마음에 대해 거의 신경을 쓰지 않는다고 아주 분명하게 선언했다. 그의 관심을 끌던 것은 조직 자체가 변화하지 않을지, 혹시 예컨대 모든 기관이 과거처럼 기능할지를 아는 것이었다. 타루는 이런 것에 대해서는 아무것도 모른다는 것을 인정해야 했다. 그에 의하면 전염병 중에 망가진 모든 기관이 새로이 작동하는 데는 약간의 어려움이 있을 것이라는 점을 가정해야 했다. 상당수의 새로운 문제들이 생기게 될 것이고, 또 이 문제들은 최소한 기존 기관들의 재편성을 필요로 할 것이라는 생각도 가능할 것이다.

"아! 그럴 수 있겠네요. 사실, 모든 사람이 다시 시작해야 할 거예요." 코타르가 말했다.

두 산책자는 코타르의 집 근처에 이르렀다. 코타르는 활기를 되찾았고 낙관적이 되려고 애를 썼다. 그는 영에서 다시 시작하기 위해 과거를 지워 버리고 다시 삶을 시작하는 도시를 상상하고 있었다.

"그래요. 어쨌든 당신에게도 역시 일이 잘 정리될 거예요. 어떤 식으로든 새로운 삶이 곧 시작되는 겁니다." 타루가 말했다.

그들은 문 앞에서 서로 악수했다.

"맞아요, 영에서 다시 출발한다는 것은 좋은 일일 겁니다." 코타르가 점점 더 흥분해서 말했다.

그런데 어두운 복도에서 두 남자가 불쑥 나타났다. 타루는 자신의 동행자가 이 짭새들이 뭘 원하는지를 묻는 소리를 겨우 들었을 뿐이다. 이 짭새들은 주일용 옷을 입은 공무원들 같은 모습이었는데, 당신 이름이 코타르가 맞느냐고 묻자, 코타르는 묵직한 탄성 같은 것을 내지르면서 몸을 돌리더니 그들이나 타루가 손짓 한 번 해 볼 사이도 없이 이미 어둠 속으로 줄행랑을 치고 있었다. 놀라움이 가시자 타루는 두 남자에게 뭘 원하느냐고 물었다. 그들은 신중하고 친절한 모습으로 조사할 일이 있어서 그런다고 말하더니 태연하게 코타르가 간 쪽으로 떠났다.

집에 돌아온 타루는 이 장면을 옮겨 적었고 또 곧바로(글씨가 그것을 충분히 증명해 주었다.) 자신의 피로감에 대해 기록해 뒀다. 자신에게는 아직도 할 일이 많지만, 이것이 준비를 하지 않아도 되는 이유가 될 수는 없다고 덧붙이고는, 자기가 분명히 준비가 되어 있는지를 그는 자문했다. 끝으로, 그리고 또 타루의 수첩이 끊기는 여기에서 그는 이렇게 대답했다. 낮이고 밤이고 어느 인간이나 비겁해지는 시간은 항상 있는 법이고, 그는 이런 시간만을 두려워할 뿐이라고 말이다.

***

그로부터 이틀 후, 관문들이 열리기 며칠 전 정오에 의사 리외는 기다리고 있던 전보를 보게 될까 생각하면서 집으로 돌아왔다. 그때에도 그의 일과는 페스트가 가장 강했던 때와 마찬가지로 힘들었지만, 최종적인 해방에 대한 기대로 그의 모든 피로가 해소되었다. 그는 이제 희망을 갖고 있었고 그게 기뻤다. 항상 의지를 굳게 하거나 항상 강건해지거나 할 수는 없는 법이고, 따라서 싸움을 위해 모았던 힘을 마침내 풀어 버린다는 것은 그야말로 행복한 일이다. 만일 기다리던 전보 역시 좋은 내용이라면, 리외는 다시 시작할 수 있게 되리라. 그리고 그는 모두가 다시 시작해야 한다는 의견을 가지고 있었다.

리외는 수위실 앞을 지나갔다. 새로 온 수위가 들창에 착 붙어서 그에게 미소를 지었다. 리외는 계단을 올라가면서 피로와 영양부족으로 창백해진 수위의 얼굴을 떠올렸다.

그렇다, 추상(抽象)이 끝나게 되면 그는 다시 시작할 것이고, 조금 운이 따라 준다면……. 하지만 그가 집 문을 여는 순간, 어머니가 마중 나와서 타루 씨가 몸이 안 좋다고 일러 주었다. 타루는 아침에 일어났으나 나가지를 못하고 곧 자리에 다시 누웠던 것이다. 리외 부인은 불안해했다.

"아마 별로 심각한 건 아닐 거예요." 아들이 말했다.

타루는 길게 누워 원형 베개에 머리를 깊이 파묻고 있었고, 튼튼한 가슴의 윤곽이 여러 겹의 이불 밑에서 뚜렷이 드러났다. 신열이 있었고 두통으로 괴로워하고 있었다. 그는 리외에게 페스트 증세일 가능성도 있는 애매한 증세라고 말했다.

"아니에요. 아직 아무것도 확실하지 않아요." 그를 진찰하고 나서 리외가 말했다.

하지만 타루는 갈증으로 인해 몹시 괴로워했다. 복도에서 의사는 어머니에게 페스트의 초기일 수 있다고 말했다.

"아! 이럴 수가, 지금에 와서!" 그녀가 말했다.

그러고 나서 곧바로 이렇게 말했다.

"집에 있게 하자, 베르나르야."

리외는 생각해 보았다.

"전 그럴 권리가 없어요. 어쨌든 관문들은 곧 열리겠죠. 정말 어머니만 안 계셨다면 처음으로 내 마음대로 할 거라는 생각을 해 보았어요." 그가 말했다.

"베르나르야, 우리 둘 다 집에 있게 해 다오. 내가 얼마 전에 새로 백신을 맞았다는 걸 잘 알잖니?" 어머니가 말했다.

의사는 타루도 그랬을 것이지만, 어쩌면 피곤해서 그 바로 전 혈청주사를 빼먹었거나 몇 가지 주의 사항을 잊어먹었을 것이라고 말했다.

리외는 이미 진료실로 들어가고 있었다. 그가 방으로 돌아왔을 때 타루는 그가 큼직한 혈청 병을 들고 있는 것을 보았다.

"아! 역시 페스트군요." 그가 말했다.

"아닙니다, 하지만 예방 차원에서입니다."

타루는 대답 대신 말없이 팔을 내밀어 자기가 다른 환자들에게 놓았던 그 긴 주사를 맞았다.

"오늘 저녁에 상태를 봅시다." 이렇게 말하고 나서 리외는 타루를 보았다.

"그러면 격리는요, 리외?"

"페스트에 걸린 건지 전혀 확실치 않아요."

타루는 애써 미소를 지었다.

"혈청주사를 놓으면서 격리 지시를 같이 안 내리는 건 처음인데요."

리외는 몸을 돌렸다.

"어머니와 내가 간호할 거예요. 여기가 훨씬 나을 겁니다."

타루가 입을 다물자 의사는 혈청 병을 정리하면서 그가 무슨 말을 하면 돌아서려고 기다렸다. 결국 그가 침대 쪽으로 몸을 돌렸다. 환자는 그를 보고 있었다. 환자의 얼굴은 피곤해 보였으나 회색빛 눈은 담담했다. 리외는 그에게 미소를 지었다.

"가능하면 잠을 자요. 곧 다시 올게요."

문 앞에 다 왔을 때 의사는 타루가 자기를 부르는 소리를 들었다. 그는 타루 쪽으로 돌아섰다.

하지만 타루는 자기가 말해야 하는 것을 표현하는 것조차 힘이 들어 보였다.

"리외, 전부 말해 줘야 해요, 나에게 필요한 일이에요." 마침내 그가 한 음절씩 말했다.

"약속할게요."

상대방이 큼직한 얼굴에 억지 미소를 지었다.

"고마워요. 난 죽고 싶지 않으니 싸울 겁니다. 하지만 이미 진 거면 깨끗하게 마치고 싶어요."

리외는 몸을 낮추더니 그의 어깨를 잡았다.

"아니에요, 성자가 되려면 살아야죠. 싸워요." 리외가 말했다.

매서웠던 추위가 낮 동안 조금 주춤했던 반면, 오후에는 비와 우박이 세차게 쏟아졌다. 황혼 녘에는 하늘이 약간 개었고 추위가 더 심해졌다. 리외는 저녁때 집에 돌아왔다. 그는 외투도 벗지 않고 친구의 방으로 들어갔다. 리외의 어머니는 뜨개질을 하고 있었다. 타루는 움직이지 않는 듯했지만 신열 때문에 허옇게 된 입술이 그가 버텨 내고 있는 중인 싸움을 말해 주고 있었다.

"어때요?" 의사가 물었다.

타루는 두툼한 어깨를 침대 밖으로 약간 으쓱했다.

"지금 경기에서 지고 있어요." 그가 말했다.

의사는 그에게로 몸을 숙였다. 몹시 뜨거운 피부 아래에 신경절이 맺혀 있었고, 그의 가슴에서는 땅속 대장간의 풀무 소리가 울리는 것 같았다. 타루는 기이하게도 두 종류의 증세를 보이고 있었다. 리외는 몸을 일으켜 세우면서 혈청이 아직 효력을 다 발휘할 시간이 없었다고 말했다. 하지만 물밀 듯한 신열이 목구멍으로 굴러 내려가 타루가 하고자 애쓰던 몇 마디 말을 덮어 버렸다.

저녁 식사 후, 리외와 어머니는 환자 옆에 와서 앉았다. 타루에게 밤은 싸움과 함께 시작되었고, 리외는 페스트 전령과의 힘든 싸움이 새벽까지 계속될 것임을 알고 있었다. 타루의 최선의 무기는 단단한 어깨와 넓은 가슴이라기보다는 오히려 리외가 조금 전에 주삿바늘로 솟구치게 한 피와 그 핏속에 있는 영혼보다도 더 내밀하고 어떤 과학도 밝힐 수 없는 그 뭔가였다. 그리고 리외는 친구가 싸우는 것을 보고 있어야 했다. 그가 하려던 일, 즉 화농 촉진술, 필수적인 강장제 주입 등은 여러 달 동안의 거듭된 실패로 그 효과가 무엇인지를 그로 하여금 잘 가늠하게 해 주었다. 사실, 그의 유일한 임무는 자극을 주어야만 겨우 움직일 뿐인 요행이 일어날 기회를 주는 것뿐이었다. 그리고 이런 요행이 반드시 일어나야만 했다. 그도 그럴 것이 리외는 자기를 어리둥절하게 만드는 페스트와 맞대면하고 있었기 때문이다. 다시 한 번 더 페스트는 그것에 맞서 수립된 여러 전략을 교란시키는 데 힘을 썼고, 이미 자리를 잡았다고 보이던 곳에서는 사라진 대신에 예상치 못한 곳에서 다시 나타나곤 했다. 다시 한 번 더 페스트는 놀라게 하는 데 힘을 쓰고 있었다.

타루는 움직이지 않은 채 싸우고 있었다. 밤새 단 한 번도 고통의 공격에 몸부림으로 대응하지 않고 몸집과 침묵을 다해서만 싸우고 있었다. 어쨌든 단 한 번도 말을 하지 않았는데, 이처럼 그는 더 이상 여유가 없음을 그만의 방식으로 토로하고 있었던 것이다. 떴다 감았다를 번갈아 하는 자기 친구의 눈, 안구를 더 바짝 조이거나 반대로 축 늘어지는 눈꺼풀, 뭔가를 응시하거나 자신과 자신의 어머니에게로 돌아온 시선 등을 통해서만 리외는 투쟁의 단계를 좇아가고 있었다. 의사의 시선과 마주칠 때마다 타루는 안간힘을 써서 미소를 지어 보이곤 했다.

한순간 거리에서 급한 발소리들이 들려왔다. 발소리들은 멀리서 들리는 폭음을 피해 도망치는 듯했는데, 폭음이 차츰 가까워지더니 결국 쏴 하고 쏟아지며 거리를 가득 채웠다. 비가다시 내리기 시작했고 곧 우박이 비에 섞여 인도를 강타했다. 창문 위의 긴 커튼들이 일렁거렸다. 그늘진 방 안에서 리외는 잠시 비에 정신이 팔려 있다가 다시 침대 협탁의 전등 빛 아래에서 빛을 받고 있는 타루를 보았다. 리외의 어머니는 뜨개질을 하면서 가끔 고개를 들어 유심히 환자를 바라보았다. 의사는 이제 해야 할 일은 다한 상태였다. 비가 내린 후, 보이지 않는 전쟁의 소리 없는 소용돌이만 가득한 방 안에서 침묵만 더욱 짙어져 갔다. 불면으로 인해 몸이 뻐근했던 의사는 전염병 내내 그를 따라다니던 부드럽고 규칙적인 획획 소리를 침묵의 경계선상에서 듣고 있다고 상상했다. 그는 신호를 해서 어머니에게 잠을 권했다. 그녀는 고갯짓으로 거절하더니 눈이 또렷해졌고, 이어서 뜨개바늘 끝으로 확신이 들지 않던 뜨개질 코 하나를 찬찬히 보았다. 리외는 일어나서 환자의 목을 축여 주고 다시 돌아와 앉았다.

비가 잠시 멈춘 틈을 타 행인들이 인도를 빠르게 걷고 있었다. 발소리가 줄어들며 멀어져 갔다. 의사는 늦게까지 산책객들이 가득하고 구급차들의 경적이 없는 그날 밤이 예전의 밤들과 비슷하다는 것을 처음으로 느꼈다. 페스트에서 해방된 하룻밤이었던 것이다. 그런데 추위, 가로등, 군중에 의해 축출당한 이 병은 도시의 어두운 깊은 바닥에서 도망쳐 나와 이 더운 방으로 피신해서 그 최후의 공격을 타루의 생기 없는 몸에 가하는 것 같았다. 재앙은 이제 더 이상 도시의 하늘을 휘젓고 있지 못했다. 하지만 방 안의 무거운 공기 속에서 조용히 휙휙 소리를 내고 있었다. 리외는 몇 시간 전부터 바로 이 소리를 듣고 있었다. 이곳에서도 역시 재앙이 멎기를, 이곳에서도 역시 페스트가 패배를 선언하기를 기다려야 했다.

새벽이 되기 조금 전에 리외는 어머니 쪽으로 몸을 수그리고 이렇게 말했다.

"8시에 저하고 교대하려면 어머니는 주무세요. 주무시기 전에 점안하세요."

리외 부인은 일어나서 뜨개질 용품을 정리하고 환자의 침대로 다가갔다. 타루는 이미 얼마 전부터 눈을 감고 있었다. 머리카락이 단단한 이마 위에 땀으로 엉겨 붙어 있었다. 리외 부인이 한숨을 쉬자 환자가 눈을 떴다. 그를 굽어보는 부드러운 얼굴을 보자 신열이 파상적으로 흐르는 얼굴 아래로 끈질긴 미소가 다시 떠올랐다. 하지만 이내 눈이 감겼다. 혼자 남게 된 리외는 막 어머니가 떠난 안락의자에 앉았다. 거리는 잠잠해져 이제 완전한 침묵이 흐르고 있었다. 방 안에서 아침 추위가 느껴지기 시작했다.

의사는 선잠이 들었지만 새벽의 첫 자동차 소리에 잠을 깼다. 그는 부르르 떨었다. 그리고 타루를 바라보자 병이 잠시 가라앉아서 환자 역시 잠이 들었음을 알았다. 멀리서 나무와 쇠로 된 마차 바퀴가 계속 구르고 있었다. 창문에는 날이 아직 어두웠다. 의사가 침대 쪽으로 다가서자 타루는 무표정한 눈으로 그를 바라보았는데, 여전히 잠을 자고 있는 듯했다.

"잠은 좀 잤어요?" 리외가 물었다.

"예."

"숨쉬기가 더 나아요?"

"약간요. 그게 어떤 의미가 있는 건가요?"

리외는 입을 다물었다가 잠시 후에 말했다.

"없어요, 타루. 아무 의미도요. 아침엔 일시적으로 나아진다는 걸 나만큼이나 잘 알잖아요."

타루가 동의했다.

"고마워요. 계속 정확하게 대답해 줘요." 그가 말했다.

리외는 침대 발치에 앉았다. 그는 가까이에서 환자의 다리를 느꼈는데, 그것은 횡와상(橫臥像)의 사지처럼 길고 딱딱했다. 타루는 더 세차게 숨을 내뱉었다.

"신열이 다시 나겠죠, 그렇죠, 리외?" 그가 숨이 가쁜 목소리로 말했다.

"그래요. 하지만 정오가 되면 결과를 알게 돼요."

타루는 힘을 모으는 듯 눈을 감았다. 그의 얼굴에서 지친 표정을 읽을 수 있었다. 그는 그의 몸 깊숙한 어느 곳에서 이미 꿈틀거리고 있던 신열이 올라오기를 기다리고 있었다. 그가 눈을 떴을 때 시선은 흐릿해져 있었다. 자기 곁에서 몸을 수그리고 있는 리외를 보고서야 그의 시선이 맑아졌다.

"마셔요." 리외가 말했다.

상대는 물을 마시고 고개를 다시 떨어뜨렸다.

"오래 걸리네요." 그가 말했다.

리외가 팔을 잡았지만 타루는 시선을 돌린 채 더 이상 반응을 보이지 않았다. 무슨 냇둑을 무너뜨린 것처럼 신열이 갑자기 그의 이마까지 눈에 보이게 올라왔다. 타루의 시선이 의사 쪽으로 향하자 의사는 긴장하라는 표정을 지어 그의 용기를 북돋우었다. 타루가 다시 지어 보이려고 애썼던 미소는 악문 턱과 뿌연 거품에 의해 시멘트처럼 붙어 버린 입술 밖으로 나오지 못했다. 하지만 굳은 얼굴 속의 두 눈은 여전히 용기의 광채를 가득 발하고 있었다.

7시에 리외 부인이 방으로 들어왔다. 의사는 진찰실로 가서 병원에 전화를 걸어 자기를 대신할 근무자를 찾았다. 그는 진료 또한 미루기로 하고 잠깐 진찰실의 긴 의자 위에 몸을 뉘었다. 하지만 이내 일어나서 방으로 돌아왔다. 타루는 리외 부인 쪽으로 고개를 돌리고 있었다. 그는 그의 곁에서 의자에 앉아 무릎 위에 두 손을 모아 올려놓고 있는 작고 구부정한 모습을 보고 있었다. 그리고 그가 하도 강렬하게 바라보고 있어서 리외 부인은 입술에 손가락을 갖다 대었다가 일어나서 침대 협탁의 불을 껐다. 하지만 커튼 뒤로 햇살이 빠르게 스며들어 잠시 후 환자의 모습이 어둠에서 솟아나자, 리외 부인은 그가 자기를 계속 보고 있었다는 것을 알 수 있었다. 그녀는 그를 향해 몸을 수그려 베개를 제대로 바로잡아 주었고, 몸을 다시 일으키면서 축축하게 젖어 엉킨 그의 머리칼 위에 잠깐 손을 얹었다. 그때 그녀는 고맙다고, 그리고 이제 다 편하다고 말하는, 멀리서 들려오는 듯한 낮은 목소리를 들었다. 그녀가 다시 자리에 앉았을 때 타루는 눈을 감고 있었는데, 딱 붙어 버린 입술에도 불구하고 그의 기진맥진한 얼굴에 다시 미소가 떠오르는 것 같았다.

정오에 신열이 절정에 달했다. 일종의 내장성 기침이 환자의 몸을 뒤흔들었는데, 환자는 그때 피를 토하기 시작했다. 신경절들은 부어오르지 않은 상태였다. 이것들은 아직 관절 부위마다 나사처럼 단단히 박혀 있어서 리외는 절개가 불가능하다고 판단했다. 신열과 기침 사이사이에 타루는 간간이 친구들을 쳐다보았다. 하지만 곧 눈을 뜨는 횟수가 점차 줄어들었고, 황폐해진 그의 얼굴을 밝혀 주던 눈빛은 매번 더 창백해졌다. 이 육신을 발작적인 경련으로 뒤흔들어 놓던 뇌우가 섬광을 일으켜 육신을 밝혀 주는 일이 점차 드물어졌고, 타루는 폭풍의 깊숙한 곳으로 서서히 표류해 갔다. 리외는 이제 자기 앞에 미소가 사라져 없어지고 생기도 없는 하나의 얼굴 거죽만을 대하고 있었다. 그에게 너무나 친근했던 이 인간 형상은 이제 사냥용 창에 의해 구멍이 뚫리고, 초인적인 악에 의해 불타 버리고, 하늘의 온갖 증오의 바람에 의해 뒤틀려 그의 눈앞에서 페스트의 검은 물속으로 침몰하고 있었다. 그런데도 그는 이 난파를 막기 위해 아무것도 할 수가 없었다. 그는 이 재난에 맞설 무기도 의지할 것도 없이 다시 한 번 더 빈 손으로, 그리고 고통스러운 마음으로 물가에 남아 있어야 했다. 그리고 마침내 분명 무력함의 눈물 때문에 리외는 타루가 갑자기 벽 쪽으로 돌아눕더니 벽에 부딪쳐 울리는 단말마 속에서 마치 그의 몸 어디에선가 생명의 끈이 끊어져 버린 것처럼 숨을 거두는 것을 보지 못했다.

그날 밤은 투쟁의 밤이 아니라 침묵의 밤이었다. 세상과 단절된 이 방에서 리외는, 오래전 밤에 페스트가 퍼졌던 도시의 저 위에 위치한 테라스에서 관문을 공격하는 소리에 이어졌던 놀라운 정적이 이제는 수의 차림인 이 죽은 육신 위에서 떠도는 것을 느꼈다. 이미 그 당시에 리외는 어쩔 수없이 많은 사람이 죽어 갔던 침대에서 올라오는 침묵에 대해 생각한 적이 있었다. 전투에 이어지는 것은 어디서나 똑같은 휴식, 똑같은 의례적인 휴전, 항시 똑같은 유화책이었는데, 그것이 바로 패배의 침묵이었다. 하지만 지금 그의 친구를 에워싸고 있는 이 침묵에 대해 말하자면, 이것은 너무 촘촘했고, 거리의 침묵, 페스트에서 해방된 도시의 침묵과 너무도 긴밀하게 일치하고 있었기에, 리외는 이번 패배가 결정적인 패배임을, 전쟁을 끝내 평화 자체를 치유 불가능한 고통으로 만들어 버리는 패배임을 잘 느끼고 있었다. 의사는 타루가 마침내 평화를 되찾았는지 알 수는 없었으나, 적어도 이 순간만큼은 아들을 빼앗긴 어머니나 혹은 친구를 묻은 사람에게 종전이란 없는 것과 같이 자기에게도 평화란 결코 더 이상 있을 수 없음을 알 것 같았다.

밖은 여전히 추운 밤이었고 맑고 차가운 하늘 속에는 얼어 버린 많은 별이 있었다. 반쯤 어둠이 깃든 방에서는 유리창을 내리누르는 추위가, 북극의 하룻밤 같은 핏기 없는 큰 바람이 느껴졌다. 침대 곁에는 리외 부인이 익숙한 자세로 침대 협탁의 불이 비추는 오른쪽에 앉아 있었다. 방 한가운데, 불빛으로부터 먼 곳에서 리외는 안락의자에 앉아 있었다. 그는 아내 생각이 났지만 매번 이 생각을 뿌리쳤다.

초저녁이 되자 차가운 밤공기 속에서 행인들의 구두 소리가 선명하게 울렸다.

"일은 다 봤니?" 리외 부인이 말했다.

"예, 전화했어요."

두 사람은 그때 침묵의 밤샘을 다시 시작한 상태였다. 리외 부인은 가끔 아들을 바라보았다. 어머니의 시선과 마주치게 되면 그는 미소를 지었다. 거리에서는 익숙한 밤 소음이 이어졌다. 아직 허가가 나지 않았는데도 많은 차가 다시 돌아다녔다. 차들이 빠르게 포장도로를 핥고 사라졌다가 다시 나타나곤 했다. 사람들의 말소리, 부르는 소리, 다시 돌아온 침묵, 말굽 소리, 어느 모퉁이를 도는 전차 두 대의 삐걱대는 소리, 불분명한 소음, 그리고 다시 밤의 숨소리.

"베르나르야?"

"예."

"피곤하지 않니?"

"괜찮아요."

그는 이 순간 어머니가 무슨 생각을 했는지 알고 있었고, 자기를 사랑한다는 것을 알고 있었다. 하지만 하나의 존재를 사랑한다는 것은 대단한 일이 아니라는 것, 아니 적어도 사랑은 결코 제대로 표현될 수 있을 만큼 충분히 강하지 못하다는 것 역시 알고 있었다. 그래서 그의 어머니와 그는 언제나 침묵 속에서 서로를 사랑하게 되리라. 그리고 때가 되면, 그들의 애정을 살아 있는 동안 그 이상으로 고백하지 못한 채 그의 어머니는 ─ 아니면 그가 ─ 죽을 것이다. 이와 같은 방식으로 그는 타루의 곁에서 지냈고, 타루는 진정으로 그들의 우정을 체험할 시간을 갖지 못한 채 이날 저녁 죽었던 것이다. 타루는 스스로 말했듯이 경기에서 졌다. 그렇다면 리외는 무엇을 얻었는가? 그가 얻은 것은 오직 페스트를 겪었고 그것을 기억한다는 것, 우정을 겪었고 또 그것을 기억한다는 것, 정을 체험했고 또 언젠가는 그것을 기억해야 한다는 것이었다. 인간이 페스트나 삶과의 경기에서 얻을 수 있는 전부는 경험과 기억이었다. 어쩌면 바로 이런 것을 타루는 경기에서 승리했다고 불렀을 것이다!

다시 자동차가 한 대 지나가자 리외 부인은 의자 위에서 약간 몸을 움직였다. 리외는 어머니에게 미소를 지었다. 그녀는 피곤하지 않다고 하면서 곧 이렇게 말했다.

"너도 산에 가서 쉬어야 할 거다, 거기 말이다."

"그래야죠, 어머니."

그렇다, 리외는 그곳에서 휴식을 취하리라. 왜 아니겠는가? 그것 역시 기억을 되살리는 구실이 될 것이다. 하지만 경기에서 승리를 거둔다는 것이 이런 것이었다면, 희망하는 것은 빼앗긴 채 오직 경험한 것과 기억하는 것만 가지고 살아가는 것은 힘들기 마련이다. 타루는 분명 이런 식으로 살아왔으며, 따라서 그는 환상이 없이 산다는 것은 메마르다는 것을 인식하고 있었던 것이다. 소망 없는 평화란 없다. 그런데 타루라는 사람은 인간에게 누군가를 단죄할 권리를 주기를 거부했으면서도, 인간은 어쩔 수 없이 누군가를 단죄하고 희생자들조차 종종 사형집행인이 된다는 것을 알고 있었기 때문에, 찢김과 모순 속에서 사느라 결코 소망을 경험하지 못했던 것이다. 정확히 이런 이유로 그는 성스러움을 원했고 인간에 대한 봉사에서 평화를 찾으려고 한 것이었을까? 사실, 리외는 이것에 대해서는 아는 것이 아무것도 없었고, 이런 것은 그다지 중요하지 않았다. 그가 간직하게 될 유일한 타루의 모습은 두 손으로 리외의 차 핸들을 움켜잡고 운전하는 한 인간의 모습이거나 혹은 미동 없이 누워 있는 한 육중한 육체의 모습일 것이다. 살아 있는 따뜻함과 죽어 있는 모습, 바로 이런 것이 소중한 경험인 것이다.

아침에 의사 리외가 아주 담담하게 아내의 부고를 받은 것도 분명 이런 이유에서였을 것이다. 그는 진찰실에 있었다. 어머니가 뛰다시피 들어와 전보 한 장을 건네주고 배달부에게 수고비를 주기 위해 나갔다. 그녀가 돌아왔을 때 아들은 손에 전보를 펼쳐 들고 있었다. 어머니가 그를 바라보았지만, 그는 창을 통해 항구 위로 떠오르는 찬란한 아침을 고집스럽게 바라보고 있었다.

"베르나르야." 리외 부인이 말했다.

의사는 멍한 표정으로 어머니를 살폈다.

"전보는?" 어머니가 물었다.

"그거예요. 일주일 전이래요." 의사가 시인했다.

리외 부인은 창 쪽으로 고개를 돌렸다. 의사는 입을 다물고 있었다. 이윽고 그는 어머니에게 울지 말라고, 각오는 하고 있었는데도 힘들다고 말했다. 다만 그는 그렇게 말하면서도 자기의 고통이 뜻밖의 것이 아니라는 것은 알고 있었다. 여러 달 전부터, 그리고 이틀 전부터 똑같은 아픔이 계속되어 왔던 것이다.

* * *

2월의 어느 아름다운 아침 동틀 무렵, 주민들, 신문들, 라디오, 도청 관보들의 환호를 받으며 관문들이 드디어 열렸다. 따라서 서술자에게 남은 일은 관문 개방에 이어진 기쁨의 시간의 기록자가 되는 것이다. 비록 그 자신은 거기에 완전히 섞일 자유가 없는 사람 가운데 한 명이었지만 말이다.

대규모 행사들이 밤낮으로 개최되었다. 이와 동시에 몇몇 외양선들이 벌써 우리 항구 쪽으로 뱃머리를 돌리고 있는 동안, 기차들은 역에서 연기를 뿜어내기 시작했다. 이 기차들은 그 나름의 방식으로 그날이 헤어짐으로 인해 신음해 왔던 모든 사람에게는 성대한 재회의 날임을 보여 주었다.

그렇게 많은 우리 시민들의 마음에 어려 있던 이별의 감정이 무엇으로 변할 수 있었을까 하는 것은 여기서 쉽게 상상할 수 있을 것이다. 낮 동안에 우리 시에 들어온 열차들은 시를 떠난 열차들 못지않게 많은 승객을 싣고 있었다. 각자 이날을 위해 2주일 동안의 유예 기간 중에 좌석을 예약하고서도 도청의 결정이 마지막 순간에 취소되지 않을까 전전긍긍하고 있었다. 더욱이 시로 접근하던 승객 가운데 몇몇은 이런 우려를 완전히 떨쳐 버리지 못하고 있었는데, 이것은 그들이 보통 가까운 친척들의 소식은 알고 있었어도 다른 사람들에 대해서나 혹은 끔찍한 모습일 거라 예상했던 시 자체에 대해서는 전혀 모르고 있었기 때문이었다. 하지만 이런 것은 이 모든 기간에 그래도 열정이 소멸되지 않은 사람들에게만 해당되는 사실이었다.

실제로 열정적인 사람들은 고정관념에 사로잡혀 있었다. 그들에게서는 단 한 가지만이 변한 상태였다. 그것은 시간이었다. 그들은 몇 개월 동안의 귀양살이를 서둘러 보내려고 시간을 앞으로 떠밀고 싶어 했고, 자신들은 이미 우리 시가 보이기 시작하는 곳에 있었음에도 더 빨리 보려고 악착을 부렸지만, 기차가 역에 서려고 제동을 걸기 시작하자마자 그것을 늦추고 붙잡아 세우기를 원했는지도 모를 일이다. 이 몇 달 동안 자신들의 사랑을 잃어버린 채 살아왔다는 마음속의 막연하고도 날카로운 감정으로 인해 그들은 기쁨의 시간이 기다림의 시간보다 두 배는 더디게 흘러가야 한다는 일종의 보상을 요구하게 되었다. 그리고 아내가 몇 주 전에 소식을 전해 듣고서 오랑으로 올 준비를 마친 랑베르처럼 방에서나 승강장에서 그들은 똑같은 초조함과 혼란 속에 처해 있었다. 그도 그럴 것이 랑베르는 몇 달간의 페스트로 인해 추상으로 줄어든 사랑이나 애정이 그 토대였던 실체적 존재와의 대면을 떨림 속에서 기다리고 있었기 때문이었다.

랑베르는 다시 전염병의 초기에 한달음에 시 밖으로 달려 나가 사랑하는 그녀를 만나러 뛰어가고 싶어 했던 바로 그 사람이 되길 바랐을 것이다. 하지만 그는 그렇게 하는 것은 더 이상 불가능하다는 것을 알고 있었다. 그는 변해 있었다. 페스트는 그가 온 힘을 다해 부정하려 애썼는데도 불구하고 그의 내부에서 나지막한 고뇌로 계속되던 모종의 산만함을 그에게 불어넣어 둔 상태였다. 어떤 의미에서 그는 페스트가 너무 갑작스럽게 끝났다는 기분이 들어 정신을 차릴 수가 없었다. 행복이 전속력으로 도착하고 있었고, 사건은 기대보다 훨씬 더 빠르게 진행되고 있었다. 랑베르는 모든 것이 한꺼번에 그에게 닥쳐올 것이고, 기쁨은 음미할 수 없는 쓰라림이라는 것을 알고 있었다.

모두가 어느 정도 의식적인 면에서는 적어도 랑베르와 비슷했으며, 따라서 그들 모두에 대해 이야기를 해야 할 필요가 있다. 사생활을 다시 시작하는 역 승강장에서 서로 눈짓과 미소를 교환할 때 그들은 여전히 공동체 의식을 느끼고 있었다. 하지만 기차의 연기를 보게 되면 곧바로 혼돈스럽고 정신을 잃게 하는 기쁨이 쏟아져 내려 그들의 귀양살이의 감정은 갑자기 사라져 버리곤 했다. 기차가 멈춰 서자, 대부분 같은 역 승강장에서 시작되었던 한없는 이별들은, 그들이 그 살아 있는 형체를 잊어버렸던 몸을 신이 난 아귀처럼 다시 팔로 얼싸안는 같은 장소에서 순식간에 끝이 났다. 랑베르는 그 형체가 자기를 향해 달려오는 것을 볼 겨를도 없었는데, 그것은 벌써 그의 가슴에 쓰러지듯이 안겼다. 그리고 그는 두 팔을 활짝 벌려 그 형체를 잡아 낯익은 머리카락밖에 안 보이는 머리를 가슴에 껴안자 눈물을 흘렸는데, 그것이 지금의 행복에서 오는 것인지 아니면 너무나 오랫동안 억누른 고통에서 오는 것인지는 알 수 없으나, 적어도 이 눈물이 자기의 어깨놀이에 파묻혀 있는 그 얼굴이 과연 그 자신 그렇게나 꿈꿨던 얼굴인지 아니면 반대로 어느 낯선 사람의 얼굴인지를 확인하지 못하게 막아 주리라는 것에 안심하고 있었다. 그는 나중에 이 추측이 맞는가를 알게 될 것이다. 하지만 지금 당장에 그는 페스트란 왔다가 다시 떠날 수 있으나 그로 인해 인간의 마음이 변하지는 않는다고 믿는 주위의 모든 사람과 마찬가지로 행동하고 싶었다.

서로를 껴안은 사람들 모두가 그런 다음에는 집으로 돌아갔는데, 그들은 외관상으로는 페스트를 이겨 냈기에 다른 사람들은 안중에 없었고, 그들 역시 같은 기차로 왔지만 아무도 만나지 못하고 오랜 무소식으로 인해 이미 마음속에 생겨난 두려움을 확인하게 된 사람들의 존재와 그들의 비참함을 잊고 있었다. 이제 동반자라고는 아주 생생한 고통밖에 없는 사람들, 당시 사라진 자들에 대한 추억에 몰입하던 다른 사람들에게는 사정이 완전히 다르게 돌아가고 있었으며, 이별의 감정은 당연히 그 절정에 달해 있었다. 이런 사람들에게, 즉 지금은 이름 없는 구덩이 속을 헤매거나 한 무더기의 분골 속에 섞여 있는 자들과 더불어 모든 기쁨을 잃은 어머니, 배우자, 연인에게 페스트는 여전히 위력을 떨치고 있었다.

　하지만 누가 이런 고독을 생각하고 있었겠는가? 정오, 아침부터 맞서 싸우던 차가운 기류를 이겨 낸 태양은 잔잔한 햇살을 계속해서 이 도시 위에 쏟아붓고 있었다. 낮은 정지되어 있었다. 언덕의 꼭대기에 있는 요새에서 대포 소리가 맑은 하늘에서 쉬지 않고 울렸다. 고통의 시간은 끝나고 망각의 시간은 아직 시작되지 않은 이 짓눌린 순간을 축하하기 위해 시 전체가 밖으로 쏟아져 나왔다.

　사람들은 모든 광장에서 춤을 추고 있었다. 하루 사이에 교통량이 현저하게 증가해, 수가 더 많아진 자동차들은 사람들이 점령한 거리를 힘들게 돌아다니고 있었다. 도시의 모든 종들이 오후 내내 힘껏 울렸다. 그 진동음이 파란색과 금색이 어우러진 하늘을 채우고 있었다. 실제로 교회마다 사람들이 감사의 기도를 반복해서 올리고 있었다. 또한 같은 순간에 축하 장소들에는 인파가 미어터졌고, 카페들은 앞날에 대한 걱정 없이 마지막 남은 술까지 내주었다. 카페들의 스탠드바 앞에는 한결같이 흥분한 사람들의 무리가 북적대고 있었고, 그들 가운데는 구경거리가 되는 것에 아랑곳하지 않고 많은 여인이 서로를 부둥켜안고 있었다. 모두 고함치거나 웃고 있었다. 그들은 영혼의 불을 낮추고 지낸 이 몇 달 동안 각자가 비축해 온 활기를 회생의 날이나 같았던 그날 다 써 버리고 있었다. 그다음 날, 본래의 삶이 조심스럽게 시작될 것이다. 하지만 지금 당장에는 출신이 서로 다른 사람들이 서로 팔꿈치를 맞대고 우애를 나누고 있었다. 사실, 해방의 기쁨을 통해 죽음의 군림으로 현실화되지 못했던 평등이 몇 시간이나마 구현되고 있었던 것이다.

하지만 이런 평범한 호들갑이 전부는 아니었고, 오후가 끝날 무렵 랑베르 옆에서 거리를 메웠던 사람들은 종종 담담한 태도로 더 미묘한 기쁨들을 가리고 있었다. 많은 연인과 많은 가족의 겉모습은 실제로 평화로운 산책객들의 그것 이상이 아니었다. 사실 그들 대부분은 자신들이 아픔을 겪은 장소들을 조심스럽게 순례하고 있었다. 새로 온 사람들에게 역력하거나 숨겨진 페스트의 흔적을, 그 역사의 잔해를 보여 주는 것이었다. 어떤 경우에는 안내자, 많은 것을 본 사람, 페스트의 동시대인 등의 역할을 하는 데 만족하면서, 공포감을 떠올리지 않으면서 그 위험에 대해 이야기하고 있었다. 이런 즐거움은 해롭지 않았다. 하지만 다른 경우들에는 더 떨리는 노정이어서 한 연인은 마음이 아픈 기억에 빠져 동반자에게 이렇게 말하기도 했다. "이곳에서, 그 시절에 네가 간절했는데, 거기 네가 없었어." 이런 연정의 탐방객들은 눈에 쉽게 들어왔다. 그들은 북새통 한가운데에서 속삭임과 은밀한 이야기로 된 외딴섬을 이루면서 군중을 헤쳐 나가고 있었던 것이다. 교차로에서 볼 수 있는 어느 오케스트라보다 바로 그들이 진정한 해방을 더 잘 알려 준 주인공들이었다. 그도 그럴 것이 희색이 가득하고 서로 달라붙어 말을 삼키던 이런 연인들은 그 북새통 속에서 행복의 승리와 불공정함을 전부 누리며, 페스트가 끝났고 또 공포는 시간이 다했다고 단정하고 있었기 때문이었다. 그들은 자명한 사실과는 정반대로, 사람을 한 명 죽이는 일이 파리를 죽이는 일만큼 일상적이던 어처구니없는 세상, 분명하게 규정된 야만성, 계산된 광기, 갇혀 있는 것이 아닌 모든 것에 소름 끼치는 자유를 가져다주었던 감금 생활, 죽이지는 않았으나 모든 사람을 아연실색하게 하던 그런 치명적 냄새를 태연하게 반박하고 있었다. 또한 그들은 마지막으로 우리 시민들이 매일매일 일부는 화덕의 아궁이 속에 쌓여 지방질의 연기로 사라지던 순간에, 다른 일부는 무력감과 공포의 쇠사슬을 이고 자기 차례를 기다리던 질겁한 민중이었다는 사실을 태연하게 반박하고 있었다.

어쨌든 바로 그때 이런 사실이 리외의 눈에 확 들어왔는데, 그는 그날 오후 늦게 종소리, 대포 소리, 음악, 귀를 먹먹하게 하던 고함의 한가운데를 홀로 헤쳐 나가면서 변두리로 가고 있었다. 그의 일은 계속되고 있었다. 쉬어 가며 환자들을 돌볼 수는 없는 노릇이었다. 시에 내리쬐던 화창하고 섬세한 햇빛 속에서 예전처럼 구운 고기와 아니스 술 냄새가 피어올랐다. 그의 주위에서 사람들이 하늘로 행복한 얼굴을 젖히고 있었다. 많은 남녀가 서로를 꼭 붙잡고 있었는데, 그들은 몹시 흥분해서 달아오른 얼굴이었고 욕망의 외침을 질러 댔다. 그렇다, 이제 페스트는 공포와 더불어 끝났고, 서로 얽힌 그 팔들은 실제로 페스트란 바로 그 깊은 본뜻에서는 귀양살이이자 이별이었다는 것을 의미하고 있었다.

처음으로, 리외는 여러 달 동안 모든 행인의 얼굴에서 읽은 낯익은 분위기에 이름을 붙일 수 있었다. 지금은 주위를 둘러보기만 하는 것으로도 충분했다. 비참함과 궁핍함과 더불어 페스트의 끝에 이른 모든 사람은 결국 이미 오래전부터 해 온 분장, 그러니까 처음에는 그 얼굴이, 지금은 그 겉모습이 부재와

머나먼 고향을 의미하던 이민자들의 분장을 한 상태였다. 페스트가 시의 관문들을 폐쇄한 그 순간부터 그들은 이별 속에서만 살았을 뿐이었고, 따라서 그들은 모든 것을 잊게 해 주는 인간적 온기로부터 차단되어 있었다. 강도는 달라도 시의 어느 곳에서나 이런 남녀들은 모두에게 같은 것은 아니었지만 모두에게 똑같이 불가능했던 재결합을 동경했다. 그들 대부분은 부재자를 향해 온 힘을 다해 체온과 애정 혹은 일상성을 부르짖었다. 몇몇 사람은 부지불식간에 인간들 사이의 교제 밖에 놓여 있게 되어, 즉 편지, 기차, 배 등의 일상적인 교제 수단들로는 더 이상 사람들과 재결합할 수조차 없게 되어 고통을 받고 있었다. 어쩌면 타루 같은 보다 드문 다른 사람들은, 뭐라고 정의를 내릴 수는 없지만 그들에게 정말 유일하게 바람직한 것으로 보이는 그 무엇인가와의 재결합을 간절히 바라고 있었다. 그리고 다른 이름이 없어서 그들은 종종 이것을 평화라고 불렀다.

리외는 계속 걸었다. 앞으로 나아감에 따라 주위에서 군중이 불어났고, 소음은 커졌으며, 그가 가고자 하는 목적지인 변두리는 그만큼 뒤로 물러나는 것처럼 보였다. 점차 그는 이 시끌벅적하고 커다란 집단 속에 녹아들었는데, 적어도 일부분은 그 자신의 것인 이 집단의 외침을 더 잘 이해하게 되었다. 그렇다, 모두가 함께 힘든 무위, 치유책 없는 귀양살이, 결코 가시지 않는 갈증으로 인해 육체적으로는 물론이거니와 심적으로도 고통을 겪었던 것이다. 그 시체 더미, 구급차의 경적, 당연히 운명이라고 불러야 할 것이 던지는 충고, 공포의 끈질긴 제자리걸음, 그리고 그들의 처절한 반항심 사이를 하나의 커다란 기운이 계속 돌아다니며 겁에 질린 이 존재들에게 진정한 고향을 되찾아야 한다고 말하면서 경각심을 불러일으키고 있었다. 그들 모두에게 진정한 고향은 질식된 이 시의 담 저 너머에 있었다. 그것은 언덕 위의 향기로운 덤불 속에, 바다 속에, 자유로운 고장과 사랑의 무게 속에 있었다. 그리고 그들은 나머지 것에 대해서는 역겨워 고개를 돌리고 고향을 향해, 행복을 향해 되돌아가고 싶었던 것이다.

이런 귀양살이와 이런 재결합 욕구가 가질 수 있는 의미에 대해 리외는 아무것도 몰랐다. 계속 걷다가 사방에서 떠밀리고 재촉을 받던 그는 덜 붐비는 거리에 차츰 다다르고 있었고, 그는 이런 것들이 어떤 의미가 있을지 없을지는 중요하지 않지만 사람들의 희망에 주어진 답만큼은 알아야 한다는 생각을 하고 있었다.

리외는 이제 주어진 답을 알고 있었고, 거의 인적이 없는 변두리의 어귀에서 그것을 더 잘 이해할 수 있었다. 보잘것없던 자신들로 만족하기 때문에 사랑의 보금자리로 돌아가는 것만을 간절히 바랐던 사람들은 종종 보답을 받기도 했다. 그래도 분명 그들 가운데 몇몇은 기다려 온 사람을 빼앗긴 채 고독하게 시내를 계속 걸어 다니고 있었다. 전염병 이전에 자신들의 사랑을 단번에 이루지 못해서 여러 해 동안 맹목적으로 힘든 교제를 하다가 결국 서로가 서로에게 싫증이 난 연인이라는 낙인이 찍혔던 사람들처럼 두 번 이별하지 않았던 사람들 역시 다행이었다. 이런 사람들은 리외 자신처럼 시간에 의지하는 경솔한 짓을 했다. 즉, 그들은 영원히 헤어져 있었던 것이다. 하지만 의사 리외가 그날 아침에 "용기를 내요. 지금이야말로 정신을 바짝 차려야만 할 때입니다."라고 말해 주면서 헤어진 랑베르, 그 랑베르 같은 사람들은 잃어버리고 말았다고 생각했던 부재자를 망설임 없이 다시 만났다. 그들은 적어도 얼마 동안은 행복할 것이다. 이제 그들은 언제나 갖고 싶어 할 수 있고 또 가끔은 얻을 수 있는 것이 있다면, 그것은 인간적 애정이라는 것을 알게 되었다.

이와 반대로 상상조차 할 수 없던 어떤 것을 인간을 초월하여 지향한 모든 사람에게는 답이 없었다. 타루는 그 자신이 말했던 얻기 힘든 평화에 닿은 듯했지만, 죽은 후에야, 그러니까 그에게는 아무 소용이 없는 때에 그것을 얻게 되었다. 리외가 발견한 사람들, 노을 진 집들의 문턱에서 서로를 힘껏 껴안고 벅찬 시선을 나누던 다른 사람들은 이와는 달리 그들이 원하던 것을 얻었는데, 그것은 바로 그들이 자기들에게 달려 있는 것만을 요구했기 때문이다. 그리고 그랑과 코타르가 사는 거리로 꺾어 들었을 때, 리외는 이렇게 생각했다. 즉 인간으로, 그리고 인간의 부족하고 지독한 사랑으로 만족하는 사람들에게는 적어도 가끔씩은 기쁨이 보답하러 와야 옳다고 말이다.

***

　이 연대기는 종착역에 다다랐다. 의사 베르나르 리외가 이 연대기의 작가임을 고백해야 할 시간이 되었다. 하지만 이 연대기의 마지막 사건들을 기술하기 전에 그는 적어도 자기 행위의 정당성을 밝히고, 그가 객관적 증인의 어조를 견지했다는 것을 중요시했음을 이해시키고 싶은 마음이다. 페스트의 기간 내내 그는 직업상 대부분의 시민들을 볼 수 있어서 그들의 감정을 수집할 수 있는 입장에 있었다. 따라서 보고 들은 것을 전달하기에 좋은 자리에 있었던 것이다. 하지만 이 모든 것을 되도록 절제 있게 전달하고 싶었다. 전체적으로 말하자면, 그는 자기가 볼 수 있었던 것 이상의 것을 전달하거나, 페스트를 함께 겪은 자기 동반자들에게 결국 그들이 품지 않아도 되었던 생각을 전가하거나 하지 않고, 우연이나 불행한 일에 의해 그의 손에 오게 된 글들만을 사용하는 데 주의를 기울였을 따름이다.

　일종의 범죄에 대해 증언을 하러 호출되었기 때문에, 그는 선의의 증인이 당연히 그래야 하듯 신중을 기했다. 하지만 이와 동시에 그는 의로운 마음의 법칙에 따라 단호하게 희생자의 편을 들었고, 사람들, 즉 시민들과 함께하고 싶었다. 그들이 공통적으로 지닌 사랑과 고통, 귀양살이라는 유일한 확실성 속에서 말이다. 이렇게 해서 그는 시민들의 시름을 공유했고, 그들의 상황이 곧 그의 상황이었던 것이다.

충실한 증인이 되기 위해 리외는 조서, 문헌, 소문 같은 것을 우선적으로 전해야 했다. 하지만 그가 개인적으로 말하고 싶었던 것, 즉 그의 기대, 그의 시련 등에 대해서는 침묵을 지켰다. 만일 그가 이런 것들을 이용했다면, 그것은 단지 시민들을 이해하기 위해서나 이해시키기 위해서였고, 그들이 대개의 경우 깊이 혼란스럽게 느끼던 것에 되도록 정확한 형태를 주기 위해서였을 뿐이었다. 사실을 말하자면, 이런 이성적인 노력이 그에게는 전혀 힘들지 않았다. 페스트 환자들의 수많은 목소리에 직접 그 자신의 속내 이야기를 섞고 싶은 충동이 일 때마다, 그 자신이 겪었던 괴로움 중 다른 사람들 역시 그와 동시에 겪지 않았던 것은 하나도 없고, 또 너무 자주 고독하게 고통을 겪었던 세상에서 그런 사실이 하나의 이점이었다는 생각에 의해 그는 자제를 할 수 있었던 것이다. 정말 그는 모두를 위해서 이야기해야 했다.

하지만 우리 시민 가운데 의사 리외가 대신 이야기할 수 없는 한 사람이 있다. 사실 언젠가 타루가 리외에게 이렇게 말한 적이 있었던 사람이 그 주인공이다. "그의 단 하나의 진짜 범죄는 아이들과 사람들을 죽이는 일에 마음으로 찬동했다는 겁니다. 나머지 것은 이해하지만, 이것은 그를 내가 결국 용서해야 하느냐의 문제일 수밖에 없어요." 이 연대기는 무정한 마음, 다시 말해 외로운 마음을 지녀 온 그 사람에 대한 이야기로 끝나는 것이 옳다.

축제로 소란스러운 큰길을 빠져나와 그랑과 코타르가 살고 있는 거리로 접어들었을 때, 의사 리외는 경찰의 비상선에 의해 저지당했다. 예상하지 못한 상황이었다. 멀리서 들려오는 축제의 웅성거림이 이 동네를 조용한 것처럼 보이게 해서, 그는 이곳이 조용한 만큼이나 인적도 없으리라고 상상했다. 그는 신분증을 내보였다.

"안 됩니다, 의사 선생님. 한 미치광이가 군중에게 총을 쏴 대고 있습니다. 하지만 여기 계세요. 선생님이 필요할지도 모르겠습니다." 한 경관이 말했다.

그때 리외는 자기를 향해 오고 있는 그랑을 보았다. 그랑 역시 아무것도 모르고 있었다. 사람들이 그의 길을 막으려 했고, 그는 총이 그의 집에서 발사되고 있음을 알게 되었다. 실제로 식어 버린 태양의 마지막 광선에 금빛으로 물든 건물의 정면이 멀리에서 보였다. 그 주위에는 맞은편 인도까지 닿은 커다란 빈 공간이 드러나 있었다. 도로 한가운데에서 모자와 더러운 헝겊 조각을 분명하게 볼 수 있었다. 리외와 그랑은 아주 멀리 길 건너편에서 경찰의 방어선을 볼 수 있었는데, 이 방어선은 그들의 앞길을 막던 경찰의 방어선과 평행이었고, 동네 사람 몇몇이 그 뒤에서 빠르게 왔다 갔다 하고 있었다. 자세히 바라보니 손에 권총을 들고 그 집과 마주한 건물들의 문 안에 달라붙어 있는 경관들도 눈에 들어왔다. 그 집의 덧창은 모두 닫혀 있었다. 하지만 3층의 덧창 하나는 반쯤 떨어져 있는 듯했다. 거리에는 온통 침묵이 흐르고 있었다. 시내 중심에서 그곳까지 흘러온 단편적인 음악이 들릴 뿐이었다.

한순간 그 집 맞은편의 건물 중 하나에서 권총이 두 번 발사되자 망가진 덧창에서 파편이 튀었다. 그러고 나서 다시 잠잠해졌다. 한낮의 북새통 이후에 멀리서 벌어지는 이런 일이 리외에게는 좀 비현실적으로 느껴졌다.

"코타르의 창이에요. 하지만 코타르는 종적을 감췄는데." 그랑은 몹시 흥분해서 단번에 말했다.

"왜 총을 쏘는 겁니까?" 리외가 경관에게 물었다.

"저자의 주의를 끌고 있는 중입니다. 그가 건물 문으로 들어가려고 하는 사람들에게 총을 쏴 대서, 필수 장비들하고 경찰 버스를 기다리고 있습니다. 경관 한 명이 총에 맞았죠."

"저 사람은 왜 총을 쐈죠?"

"모르죠. 사람들이 거리에서 즐기고 있었어요. 첫 발이 발사되었을 때는 영문을 몰랐죠. 두 번째에는 비명이 일었는데, 한 명은 다쳤고, 다들 도망쳤습니다. 미친놈이죠, 뭐!"

다시 조용해지자 시간이 기어가는 것 같았다. 그들은 거리의 저쪽에서 개 한 마리가 갑자기 튀어나오는 것을 보았다. 리외가 오랜만에 본 첫 번째 개였다. 그때까지 주인들이 분명 숨겨 두었을 지저분한 스패니얼 개는 벽을 따라 걷고 있었다. 개는 문 근처에 이르자 망설이다가 꽁지 쪽을 땅에 대고 앉아 몸을 젖히고는 벼룩을 잡아먹었다. 경관들이 호루라기를 불어 개를 불렀다. 개는 고개를 들더니, 곧장 천천히 도로를 건너가 모자의 냄새를 맡았다. 그때 3층에서 다시 권총이 발사되었고, 개는 크레이프처럼 뒤집어져 네 발을 격렬하게 휘젓다가 마침내 옆으로 쓰러지더니 몇 차례에 걸쳐 길게 경련을 일으켰다. 그 반격으로 맞은편 문에서 터져 나온 대여섯 발의 총격에 덧창이 산산조각 났다. 다시 조용해졌다. 해가 조금 기울어져 그늘이 코타르의 창으로 가까워지고 있었다. 의사 뒤쪽의 거리에서 브레이크가 부드럽게 끼익 소리를 냈다.

"그들이다." 경관이 말했다.

경찰들이 밧줄, 사다리, 기름 먹인 천으로 싼 길쭉한 통 두 개를 들고 그들의 등 뒤에서 쏟아져 나왔다. 경찰들은 그랑의 건물 반대편에 있는 주택단지를 끼고 도는 길로 접어들었다. 잠시 후에 보이지는 않았지만 그 집들의 문에서 모종의 움직임이 일어나는 것이 감지되었다. 그다음에 사람들은 기다렸다. 개는 더 이상 움직이지 않았으나 이제는 칙칙한 액체 속에 잠겨 있었다.

갑자기 경찰들이 배치된 집들의 창에서 기관총 사격이 시작되었다. 다시 표적이 된 그 덧창은 사격 내내 문자 그대로 산산조각이 되어 가다가 검은 면이 노출되었는데, 리외와 그랑이 서 있는 곳에서는 아무것도 분간해 낼 수가 없었다. 사격이 멎자 두 번째 기관총이 조금 더 떨어진 어느 집으로부터 다른 각도에서 따닥따닥 소리를 냈다. 탄환 중 하나가 벽돌 파편을 튀어 오르게 한 것을 보면, 분명 네모진 창 안으로 그것들이 들어가고 있었다. 같은 순간에 세 명의 경관이 도로를 뛰어 건너가더니 대문으로 돌진했다. 거의 곧바로 다른 세 명의 경관이 그곳으로 뛰어 들어가고 나서 기관총 사격은 멎었다. 사람들은 여전히 기다렸다. 건물 안에서 어렴풋한 총성이 두 번 울렸다. 그러고 나서 웅성거리는 소리가 커지더니 그 집에서 셔츠 차림의 키 작은 사내가 계속해서 소리를 지르면서 거의 들리다시피 끌려 나오는 것이 보였다. 정말 기적처럼 거리의 덧창들이 전부 열리더니 창문들이 호기심에 찬 사람들로 채워진 반면, 많은 사람이 집에서 나와 바리케이드 앞으로 몰려들었다. 그 키 작은 사내는 이제 발은 땅을 딛고 두 팔은 경관들에 의해 뒤로 붙잡힌 모습이 도로 한복판에서 잠깐 보였다. 그는 소리를 질러 댔다. 경관 한 명이 그에게 다가가서 여유 있게 찍듯이 주먹으로 힘껏 두 번 후려쳤다.

"코타르예요. 미쳤군요." 그랑이 더듬거렸다.

코타르가 쓰러졌다. 그 경관이 땅 위에 웅크리고 누워 있는 그를 세게 걷어차는 것 역시 보였다. 이윽고 한 떼의 사람들이 뒤범벅이 되어 움직이더니 의사와 그의 늙은 친구 쪽으로 다가왔다.

"비켜서세요!" 경관이 말했다.

리외는 그 무리가 앞을 지나갈 때 눈을 돌려 버렸다.

그랑과 의사는 저무는 황혼 속에서 그 자리를 떴다. 마치 이 사건이 마비되었던 이 동네를 깨운 듯, 외진 길거리에서는 기쁨에 찬 군중의 웅성거리는 소리가 다시 넘쳐나고 있었다. 그랑은 집 앞에서 의사에게 작별 인사를 했다. 그는 일을 해야 했다. 하지만 집으로 올라가려다가 그는 잔에게 편지를 써 보냈고, 해서 지금 아주 흐뭇하다고 리외에게 말했다. 그다음에는 예의 그 구절을 다시 쓰기 시작했다고 했다. "지워 버렸어요. 모든 형용사를요." 그가 말했다.

그리고 짓궂은 미소를 지으며 모자를 벗어 정중하게 인사했다. 하지만 리외는 코타르를 생각하고 있었고, 코타르의 얼굴을 으깨는 둔탁한 주먹질 소리가 늙은 천식 환자의 집을 향해 가던 내내 그를 쫓아왔다. 어쩌면 죄지은 사람을 생각하는 것이 죽은 사람을 생각하는 것보다 더 괴로운 일인지도 모른다.

리외가 늙은 환자의 집에 도착했을 때는 이미 어둠이 온 하늘을 덮고 있었다. 어렴풋한 자유의 웅성거림을 방에서 들을 수가 있었고, 노인은 평소와 같은 기분으로 콩을 통에 옮겨 담고 있었다.

"저 사람들이 옳아요, 즐겨야지. 세상엔 모든 일이 다 필요한 법이오. 그런데 선생의 동료분은 어떻게 됐소?" 그가 말했다.

폭발음이 몇 번 그들에게까지 들려왔지만 평화로운 소리였다. 아이들이 폭죽놀이를 하고 있었던 것이다.

"죽었습니다." 의사는 노인의 거품 소리 나는 가슴에 청진기를 대고서 그렇게 말했다.

"아!" 약간 얼이 빠져 노인이 소리를 냈다.

"페스트로요." 리외가 덧붙였다.

"예." 잠시 후에 노인은 알아들었다.

"가장 훌륭한 사람들이 떠나게 되죠. 산다는 게 그래요. 하지만 그 사람은 자기가 뭘 원하는지 아는 사람이었어요."

"왜 그런 말씀을 하시죠?" 청진기를 거두면서 리외가 말했다.

"그냥요. 그 사람은 허튼 이야기는 하지 않았어요. 여하튼, 나는 그 사람이 마음에 들었어요. 정말 그랬다니까요. 다른 사람들은 '페스트, 우리가 페스트를 이겨 냈어.'라고 말하고 있겠네요. 그런 작자들은 조그만 일로 훈장을 달라고 할지 몰라요. 허나 페스트라는 게 대체 뭐겠어요? 살다 보면 생기는 일일 뿐이죠."

"때 맞춰서 훈증하세요."

"오! 걱정 마요. 나는 아직 살날이 창창해요, 난 그 작자들 모두가 죽는 것을 볼 겁니다. 나는 말이죠, 어떻게 살아야 할지 알아요."

멀리서 기쁘게 외치는 소리가 그에게까지 들려왔다. 의사는 방 한복판에서 멈춰 섰다.

"테라스에 좀 가 봐도 괜찮을까요?"

"오, 물론이죠! 저기 위에서 그 작자들을 보고 싶은 거죠, 그렇죠? 그렇게 해요. 그렇지만 저들은 정말 항상 똑같아요."

리외는 계단으로 갔다.

"그런데 선생님, 페스트로 죽은 사람들을 위한 추모비를 세운다는 게 정말인가요?"

"신문에서 그러더군요. 석주(石柱)나 동판이래요."

"그럴 줄 알았어요. 그리고 연설을 하겠군요."

노인은 킥킥 웃어 댔다.

"여기서도 그것들이 훤히 들려요. '고인들은…….' 그러고는 허겁지겁 먹어 치우겠죠."

리외는 이미 계단을 오르고 있었다. 커다랗고 싸늘한 하늘이 집들 저 위로 빛나고 있었고, 언덕 근처의 별들은 수정처럼 반짝거리고 있었다. 오늘 밤은 타루와 그가 페스트를 잊기 위해 테라스에 올라왔던 그날 밤과 별반 다르지 않았다. 바다는 절벽 아래에서 그때보다 더 요란한 소리를 내고 있었다. 공기는 잔잔하고 가벼웠으며, 따스한 가을바람이 날라 오던 짭짤한 맛은 없었다. 하지만 도시의 웅성거림은 파도 소리를 내며 테라스 밑을 계속 쳐 대고 있었다. 하지만 오늘 밤은 해방의 밤이었지 반항의 밤이 아니었다. 멀리서 대로와 휘황찬란한 광장이 암적색으로 빛나고 있었다. 막 해방된 밤 속에서 굴레를 벗게 된 욕망의 으르렁거림이 리외에게까지 들려오고 있었다.

어두운 항구로부터 공식적인 축하 행사의 첫 불꽃이 올라갔다. 도시는 길고 귀를 먹먹하게 하는 함성으로 이 불꽃을 반겼다. 코타르, 타루, 리외가 사랑했고 잃은 남자들과 여자들, 죽었거나 범죄자였거나 그들 모두가 잊혀 가고 있었다. 노인의 말이 옳았다, 사람들은 항상 같다. 하지만 이것이 그들의 힘이자 무고함이었고, 바로 여기에서 리외는 모든 고통을 넘어 그 자신이 그들과 하나가 되었다는 것을 느꼈다. 온갖 빛깔의 불꽃 다발이 더 많이 하늘로 치솟음에 따라 더욱 커지고 더욱 늘어나 테라스 발치까지 길게 울려 오던 함성 사이에서, 의사 리외는 이렇게 여기에서 끝나 가는 이야기를 쓰기로 결심했다. 이것은 다만 입을 다물고 지내는 사람들에 속하지 않고, 페스트에 걸린 사람들을 위한 증언을 하고, 또 그렇게 해서 최소한 그들에게 가해진 불의와 폭력의 기억을 남겨 재앙의 한복판에서 배우는 것, 즉 인간에게는 경멸해야 할 것보다 찬양해야 할 것이 더 많다는 것만큼은 말하기 위해서였다.

하지만 리외는 이 연대기가 최후의 승리의 연대기일 수 없다는 것을 알고 있었다. 이 연대기는 공포에 맞서, 그리고 공포의 지칠 줄 모르는 무기에 맞서 그가 수행해야 했던 것이자, 성자가 될 수는 없으나 재앙을 받아들이기를 거부하고 의사가 되기 위해 최선을 다하는 모든 사람이 개인적 아픔에도 불구하고 계속 수행해 나가야 할 것에 대한 증언일 뿐이었다.

실제로 도시에서 올라오는 환희에 찬 함성들을 들으면서 리외는 이런 환희가 늘 위협을 받아 왔다는 사실을 기억해 냈다. 그도 그럴 것이 기쁨에 찬 이 군중은 모르고 있지만, 그는 책에서 읽을 수 있는 다음과 같은 사실을 알고 있었기 때문이다. 페스트 간균은 결코 죽거나 사라지지 않고, 수십 년간 가구나 옷 속에서 잠들어 있을 수 있어서, 방, 지하실, 짐 가방, 손수건, 폐지 속에서 참을성 있게 기다리다가 사람들에게 불행과 교훈을 주기 위해 쥐들을 깨워 그것들을 어느 행복한 도시에서 죽으라고 보낼 날이 분명 오리라는 사실을 말이다.

언제라도 우리를 습격할
'페스트'를 경계하라

《페스트*La Peste*》는 20세기를 대표하는 프랑스 작가이자 지식인 가운데 한 명인 알베르 카뮈(Albert Camus)에 의해 1947년에 출간된 연대기적 소설이다. 이 작품은 1942년에 출간된《이방인*L'Etranger*》에 이어 그의 문학적 명성을 확인해 준 작품이기도 하다. 카뮈는 1947년에《페스트》로 '비평가상'을 수상하기도 했다. 1947년에 출간되었지만《페스트》는 카뮈의《작가 수첩》을 보면 1941년부터 구상된 것으로 알려져 있다.

악의 상징, 페스트

이처럼 오랜 숙성을 거친 이 작품을 통해 카뮈는 신(神)이 없는 사회에서의 도덕 정립의 가능성을 타진하고 있는 것으로 보인다. 보다 구체적으로 '페스트'로 상징되는 '악(惡)' ─ 그것이 제2차 세계대전으로 대표되는 '전쟁'이든, 히틀러로 대표되는 전체주의든, 페스트라는 실제 '질병'이든 간에 ─ 이 지배하는 사회에서 인간은 과연 어떤 도덕적 기준에 따라 행동해야 하는지를 잘 보여 주고 있다고 하겠다. 실제로 《페스트》는 '페스트'의 창궐로 인해 위기에 빠진 '오랑' 시의 시민들이 보여 주는 다양한 삶의 방식에 대한 '연대기(Chronique)'이다. 따라서 이 연대기에 기술된 그들의 다양한 삶의 방식, 그중에서도 이 연대기의 핵심 인물로 등장하는 자들의 삶의 방식을 추적해 보면 카뮈가 이 작품에서 제시하고 있는 도덕적 기준의 윤곽을 어렴풋하게나마 그려 볼 수 있을 것이다.

페스트가 발병하기 이전의 오랑 시를 지배하는 분위기는 도덕적 무자각 상태라고 명명할 수 있을 것이다. 그도 그럴 것이 오랑 시민들은 페스트 발병 이전에는 매일매일 같은 리듬으로 사업과 무역과 돈벌이를 위해 살고 있었기 때문이다. 요컨대 그들은 하루하루를 기계적이고 반복적인 습관에 따라 살아가면서 이른바 '일상성(Quotidienneté)'에 빠져 도덕적 긴장감을 전혀 느끼지 못하고 지내고 있었던 것이다. 하지만 이와 같은 기계적인 삶이 대세를 이루는 오랑에 페스트의 발병이라는 갑작스러운 변화가 발생하게 된다. 이처럼 갑작스럽게 발생한 변화는 결코 그들의 삶에 긍정적이지 못하다. 오히려 그들의 삶을 죽음으로 내모는 위기의 성격을 띠고 있다. 하지만 이 변화는 역으로 그들이 도덕적 무자각 상태에서 벗어나는 계기로도 작용한다. 물론 페스트에 맞서는 그들의 태도는 각자가 자라 온 삶의 환경과 지금 처해 있는 삶의 조건 등에 따라 다양하다. 이런 다양한 태도 가운데서도 카뮈는 몇몇 중심인물의 태도를 집중적으로 조명하고 있다.

페스트에 맞선 중심인물들의 태도

제일 먼저 눈에 띄는 것은 파늘루 신부의 태도이다. 그의 태도는 종교적이고 초월적이라고 할 수 있다. 오랑에서 페스트가 점점 그 위세를 떨치고 그에 비례해 점점 사람들이 죽어 가자 파늘루 신부는 이 위기를 극복하기 위해 신앙에 의존하게 된다. 그는 오랑의 주민들에게 '지금·여기'에서 맹렬하게 기승을 부리고 있는 페스트는 사악한 자들에게 가해진 신의 징벌이라는 논리를 내세운다. 이는 페스트가 위세를 떨치는 위기 상황에서 신에게 구원의 손길을 내밀면서 순종을 절대 미덕으로 삼는 도덕적 태도라고 할 수 있다. 하지만 오통 판사의 어린 아들이 페스트로 인해 단말마의 고통 속에서 죽어 가는 장면을 목격한 후 파늘루 신부의 태도에는 변화가 생기게 된다. 물론 이를 계기로 그가 신앙심을 완전히 상실한 것은 아니다. 가령, 후일 자기가 페스트에 걸렸을 때 그는 의사의 치료를 받는 것을 거부하고, 오로지 십자가를 손에 꼭 쥔 채 죽어 간다. 하지만 그는 이 세상에서 순진무구한 어린아이에게 가해진 극단의 고통을 이해하고 설명할 수 있는 설득력 있는 논리를 더 이상 갖지 못하게 된다. 다시 말해 페스트가 지배하는 '지금·여기' 오랑에서의 구원은 이 땅에 발을 딛고 선 자들의 '건강'에 있다는 사실을 마지못해 받아들이게 된다.

그다음으로 《페스트》에서 주목을 끄는 태도는 랑베르의 그것이다. 그는 파리에서 온 신문기자이다. 아랍인들의 삶의 여건을 취재하기 위해 오랑에 왔다가 페스트의 발병으로 인해 그곳에 갇히고 만다. 그는 파리에 연인을 두고 있다. 따라서 오랑 시의 입장에서 보면 '이방인'이라고 할 수 있는 랑베르는 페스트 창궐 이후 오랑을 빠져나가기 위해 모든 수단을 강구한다. '사랑'과 '행복'을 자신의 가치 체계의 가장 상위에 놓고 있는 그는 연인과의 재회를 위해 수단과 방법을 가리지 않는다. 이런 시각에서 그의 태도는 이른바 개인주의적, 도피적이라고 규정지을 수도 있을 것이다. 하지만 랑베르는 페스트가 창궐하며 위세를 떨치게 되자 점차 자신의 그런 태도를 부끄럽게 생각하게 된다. '지금·여기' 오랑에서 그 역시 어떤 식으로든 페스트와 관련이 되어 있다는 사실을 마침내 자각하게 되고, 이런 자각은 그대로 그 역시 오랑과 아무런 상관이 없는 '이방인'이 아니라는 사실에 대한 자각으로 이어지게 된다. 그 결과 그는 보건위생대에 자원하여 페스트에 맞서 열심히 싸우는 태도를 취하게 된다.

페스트에 맞서 처음에는 각각 종교적 · 초월적, 개인주의적 · 도피적 태도를 취했다가 점차 자신들의 태도를 바꿔 가는 파늘루 신부와 랑베르와는 달리 그랑, 타루, 리외는 처음부터 끝까지 현실적, 집단적, 적극적인 태도를 취한다고 하겠다. 그리고 이들 세 명의 태도는 자신들의 직무가 무엇이든지 간에 '지금 · 여기'에서 자신들이 맡은 소임을 다하는 '성실함'과 '진정성'이라는 특징을 갖는다고 하겠다. 먼저 그랑은 일개 시청 서기에 불과하다. 다시 말해 그는 오랑의 다른 주민들과 비교해 별다른 특징을 가지고 있지 않은 한 명의 보통 사람에 불과하다. 하지만 그랑은 그의 이름에 걸맞게도 — 프랑스어로 '그랑(Grand)'은 '위대한', '큰' 등의 의미를 가지고 있다. — 페스트와의 투쟁에 적극적으로 참여하고 있다. 그랑과 마찬가지로 타루 역시 페스트와의 싸움에서 영웅적 태도를 보여 주고 있다. 타루는 검사였던 아버지가 한 범법자에게 사형 언도를 하는 것을 보고 집을 뛰쳐나온 인물이다. 그 이후 타루는 정치 활동을 하기도 했다. 하지만 겉으로는 인간의 존엄을 내세우면서도 속으로는 비인간적인 행동을 서슴없이 행하는 정치 조직의 위선을 겪으면서 이른바 '목적-수단'의 관계에 대한 확고한 기준을 갖게 된다. 이 기준에 의하면 '목적'도 순수하고 정당해야 하며, 이런 '목적'을 실현하기 위해 동원하는 '수단' 역시 순수하고 정당해야 한다. 이와 같은 도덕적 기준에 따라 행동하게 된 타루는 후일 페스트가 위세를 떨칠 때 자원 보건위생대를 조직하고 이 조직의 선두에 서서 활동하게 된다.

부조리에 투쟁하는 인물들

《페스트》의 이야기를 풀어 나가는 화자인 리외는 의사이다. 그는 인간의 생명을 구한다는 대단한 소명 때문에 의사가 된 것이 아니다. 그저 자신의 남루한 과거의 삶의 조건으로부터 벗어나기 위한 수단으로 의사가 된 것뿐이다. 하지만 그는 오랑에서 페스트가 창궐하는 상황과 비례해서 점차 카뮈가 제시하고자 하는 도덕을 대표하는 인물로 변해 간다. 페스트로 인해 수많은 사람의 죽음을 직접 목도하게 된 리외는 점차 냉철한 현실주의자로 변해 간다. 그에게 추상적 페스트는 아무런 의미가 없다. 인간이 반드시 죽어야 하는 존재라는 사실도 부조리하지만, 인간이 페스트라는 질병으로 인해, 그것도 수많은 사람들이 죽어 가는 것은 더 부조리하다. 이런 상황에서 리외가 내세우는 도덕은 관념적이지도 추상적이지도 않다.

그에게 가장 중요한 것은, 첫째 페스트에 걸리지 않고, 둘째, 페스트에 걸려도 그것을 남에게 옮기지 않으며, 셋째, 걸렸으면 죽지 않고 살아남아야 하는 것이다. 물론 그의 최종 목표는 페스트를 퇴치하고 오랑을 위기에서 구하는 것이다.

따라서 리외는 이와 같은 목표 달성에 기여할 수 있는 현실적이고 구체적인 수단과 방법을 적극적으로 추구하게 된다. 물론 그렇다고 해서 그가 '사랑', '행복', '신앙' 등과 같은 관념적, 추상적 가치를 무시하거나 부정하는 것은 아니다.

다만 그는 이런 가치를 위해 현실적, 구체적으로 소용될 수 있는 방법과 수단을 추구하는 것이다. '삶'과 '죽음'의 경계선에 서 있는 사람에게는 그 어떤 가치도 '삶'이라는 가치를 대신할 수는 없다는 것이 리외의 태도를 정당화해 준다고 할 수 있다. 타루와 변치 않는 우정을 맺고, 이를 바탕으로 자원 위생보건대를 조직하고 페스트에 맞서는 리외의 모습은 신 없는 사회에서의 '성자(聖者)'의 모습이라고 할 수 있다. 극단적인 상황에서 초인간적인 노력을 요구하는 일을 해 내는 자를 '영웅'이라고 할 수 있다면, 리외는 참다운 의미에서 카뮈가 창조해 낸 현대적 영웅이라고 할 수 있을 것이다. 물론 리외와 마찬가지로 그랑, 타루 등도 이와 같은 '영웅'의 모습을 공유하고 있다는 것을 잊지 말아야 할 것이다.

그리고 리외, 타루, 그랑 등이 중심이 되어 조직한 자원 위생 보건대의 활동은 카뮈 사상의 한 축을 이루고 있는 '반항'이라는 개념을 통해 이해할 수 있다.

카뮈는 인간을 '반항'을 통해 정의한다. "나는 반항한다. 그러므로 나는 존재한다." 또한 카뮈는 이와 같은 개인적 반항이 집단적 차원으로 승화될 때 그 의미가 배가된다고 보고 있다. "나는 반항한다. 그러므로 우리는 존재한다."《페스트》에서 이성적 설명을 넘어서는 페스트의 갑작스러운 출현으로 부조리를 체험하기 시작한 오랑 시민 가운데 몇몇—리외, 타루, 그랑, 랑베르, 파늘루 신부 등—은 직간접적으로 페스트와의 투쟁, 곧 반항에 가담하게 된다. 그리고 이들의 반항은 곧 집단적인 형태를 띠게 된다.

다시 말해 페스트는 오랑 시민 전체와 관계를 맺게 되면서 그들 전체를 하나의 집단으로 변모시키고 있는 것이다. 페스트라는 위기 앞에서, 페스트라는 적 앞에서 너나 구별 없이—물론 페스트의 발병으로 불의의 득을 보는 코타르는 예외가 될 것이지만—'우리'가 되어 투쟁하는 동안, 따라서 '반항'하는 동안에 비로소 카뮈가 의도하는 도덕의 정립이 가능한 것이 아닌가 한다. 그러니까 이것은 인간들 사이의 '공감'과 '우정'을 바탕으로 하는 긍정적 도덕의 정립이라고 할 수 있다.

인간을 습격하는 악 경계

카뮈는 또한 이와 같은 도덕이 위기 상황이 아니라 평상시에도 그대로 유지되길 바랐다고 할 수 있을 것 같다. 그 까닭은 《페스트》의 말미에서 볼 수 있는 리외의 페스트에 대한 인식에서 발견된다.

실제로 그는 오랑에서 페스트가 물러났을 때조차도 페스트가 언제 어디에서라도 다시 인간을 습격할 수 있다는 사실을 지적하고, 이를 경계해야 한다고 말하고 있다. 이는 페스트가 인간들 주위에 항상 잠복하고 있다는 사실, 따라서 그 폐해를 예측하기 어려운 페스트의 발병을 방지하기 위해 평소에 노력을 게을리해서는 안 된다는 메시지일 것이다. 이는 평소에도 일상성이라는 도덕적 무자각에 빠져 있지 말고 항상 각성된 의식을 가지고 살아가야 한다는 카뮈의 메시지와도 같은 것이다.

또한 이와 같은 시각에서 《페스트》가 '지금·여기'에서 가지는 문학적 의의를 지적할 수 있을 것으로 보인다. 카뮈가 이 작품에서 문학적으로 형상화한 '페스트'는 분명 질병이다. 하지만 이 작품이 집필된 배경을 고려하면 '페스트'는 전쟁, 나치즘 등을 상징한다고도 할 수 있다. 리외가 지적하고 있는 것처럼 '페스트'는 언제라도 돌아올 수 있는 것이라면, '페스트'가 갖는 상징적 의미는 이와 같은 병리적, 사회·역사적 의미이며, 그것도 과거의 것에 그치지 않는다. 현재 우리 주위에서도 에이즈와 신종 인플루엔자 등과 같은 질병의 위협이 상존하고 있다는 것이 그 증거이다. 또한 현재 우리 주위에서 각종 전쟁, 테러, 범죄 등이 끊임없이 자행되고 있다는 것 역시 그 증거이다.

게다가 인간의 내부를 갉아먹는 이른바 우리 내부의 '악마적' 요소들 역시 '페스트'에 속한다고 하겠다. 중요한 것은 결국 각종 페스트에 걸리지 않는 건강한 사람이 되는 것, 그런 페스트에 걸렸을 때 남에게 옮기지 않기 위해 노력하는 것, 그런 페스트에 걸렸을 때 그것을 치유하기 위해 각자의 직분을 다해 성실하게 대처하는 것이라고 할 수 있겠다.

이 작품의 번역은 1985년에 출간된 카뮈의 《페스트 *Théatre, récits et nouvelles*》(갈리마르Gallimard 출판사의 플레이아드 총서 Bibliothèque de la Pléiade에 포함되어 있다. pp.1213-1474)를 저본으로 삼아 이루어졌다. 이 작품의 번역에서 가능한 한 원문에 충실한다는 원칙을 지켰다. 가령 《이방인》과는 달리 만연체에 가까운 《페스트》의 문체를 될 수 있으면 살려 내려고 했다는 점을 밝힌다.

어려운 출판 여건임에도 불구하고 이 작품의 의의를 높이 평가하여 번역을 결정해 주신 더클래식에 감사를 드리며 편집과 교열, 교정에 많은 노력을 경주해 주신 편집팀에게 특히 고맙다. 늘 그렇듯 옆에서 도와준 익수와 윤지에게도 고맙다는 인사를 전한다.

시지프 연구실에서

변광배

1913년 11월 7일 알제리의 몽도비에서 뤼시앵 카뮈와 카트린 생테스 사이에서 9남매 중 둘째로 태어났다.

1918년 초등학교 입학. 이때 카뮈는 교사 루이 제르맹의 각별한 총애를 받았다. 후에 카뮈는 노벨상 수상 연설집 《스웨덴 연설》을 그에게 헌정했다.

1923년 알제 고등학교에서 수학했다.

1930년 알제 대학 입학, 대학 축구팀에서 활약, 폐결핵 첫 발병, 장 그르니에를 사상적 스승으로 만났다.

1932년 잡지 《쉬드》에 4편의 글을 발표했다.

1933년 히틀러 권력 장악. 앙리 바르뷔스와 로맹 롤랑에 의해 주도된 암스테르담-폴레이엘 반파쇼 운동에 가입, 투쟁했다.

1934년 시몬 이에와 결혼, 장 그르니에의 권유로 공산당에 가입해 회교도 계층에서의 선전 임무를 맡아 활동했으나 그 이듬해 탈퇴했다.

1935년 아르바이트를 하면서 철학 공부를 계속하는 동시에 《안과 겉》 집필을 시작했다. 알제 대학 졸업. 플로티누스와 성 아우구스티누스를 통한 헬레니즘과 기독교의 관계를 주제로 한 졸업 논문 〈기독교적 형이상학과 신플라톤 철학〉을 제출했다. 첫 결혼이 파경에 이르렀다. 몇몇 친구와 함께 '노동 극단'을 창단해 희곡 《아스튀리의 반란》을 집필했으나 상연이 금지되었다.

1936년 알제리 라디오방송 극단의 배우로서 방방곡곡을 순회하며 공연했다.

1937년 《안과 겉》을 출간했다. 건강상의 이유로 철학교수 자격 획득을 포기했다.

1938년 파스칼 피아가 주도하는《알제 레피블리캥》신문기자로 취직했다.《칼리굴라》를 집필했다. 부조리에 대한 시론을 구상하며《이방인》집필에 도움이 될 자료를 수집했다.

1939년 제2차 세계대전 발발. 오디지오, 로블레스 등과 함께 〈리바주〉라는 잡지 창간했다. 앙드레 말로와 상봉했다.《결혼》을 출간했다.

1940년 수학 교사인 프랑신 포르와 결혼했다. 〈파리 스와르〉지에 입사했다.

1941년 파리에서 오랑으로 돌아와 유대인들이 많이 다니는 사립학교에서 교편을 잡았다. 소설《페스트》를 준비했다.

1942년 20세기 최고의 소설로 여겨지는《이방인》을 출간했다. 같은 해에《시시포스의 신화》를 출간했고 파스칼 피아에게 헌정했다. 1943년에 레지스탕스 조직 콩바 신문의 편집자가 되어 전후 상황을 보도했다.

1944년 사르트르와 상봉했다. 1951년 《반항인》의 출간으로
　　　　　　헤어질 때까지 돈독한 우정을 유지했다. 파스칼 피아
　　　　　　와 〈전투〉지를 편집, 출간했다.

1945년 《칼리굴라》를 상연했다. 1943~1944년 독일인 친구
　　　　　　에게 보낸 4편의 편지를 모은 《독일 친구에게 보내는
　　　　　　편지》를 출간 했다.

1946년 미국을 방문해 여러 대학에서 강연, 《페스트》를 탈고
　　　　　　했다.

1947년 《페스트》를 간행했다. 그해 '비평가상'을 수상했다. 수
　　　　　　많은 비평가들이 카뮈를 덕망 있는 '무신론적 성자'로
　　　　　　규정했다.

1948년 장 루이 바로와 함께 쓴 《계엄령》을 상연했다.

1949년 사형선고를 받은 그리스 공산당원들을 위한 구명을 호
　　　　　　소했다. 폐결핵이 재발했다.

1950년 《시사평론》 1권을 출간했다.

1951년 《반항인》을 출간. 이 저서의 출간을 계기로 사르트르, 메를로퐁티, 보부아르, 장송 등과 치열한 논쟁이 벌어져 1년여 동안 계속되었다.

1952년 사르트르와 결별했다.

1953년 《시사평론》 2권을 출간했다.

1954년 모든 정치적, 문학적 활동을 중단하고 1년 내내 아무 글도 쓰지 않았다. 1939년에서 1953년까지 쓴 글을 한데 모은 《여름》을 출간했다.

1955년 이탈리아 소설가 디노 부자티의 《흥미 있는 경우》를 각색했다. 기자 활동을 재개했다.

1956년 소설 《전락》을 출간했다. 《여름》의 속편으로 《축제》의 집필을 구상했다.

1957년 소설 《적지와 왕국》을 간행했다. 노벨 문학상을 수상했다.

1958년 《스웨덴 연설》을 출간했다.

1960년 미셸 갈리마르의 승용차에 동승한 카뮈, 몽트로 근교 빌블르뱅에서 교통사고로 사망했다. 가방에서 《최초의 인간》 원고가 발견되어 후일 유고집으로 출간되었다.

옮긴이 **변광배**

한국외국어대학교 불어과와 같은 대학 대학원을 졸업하고 프랑스 몽펠리에 Ⅲ대학에서 〈사르트르의 극작품과 소설에 나타난 폭력의 문제〉로 문학박사 학위를 받았다. 같은 대학에서 대우교수를 역임하고 강의하고 있으며, 프랑스연구모임 '시지프' 대표로 있다. 《사르트르 평전》, 《레비나스 평전》, 《사르트르와 카뮈: 우정과 투쟁》, 《어린 왕자》, 《카르멘》 등 다수의 역서가 있으며, 《존재와 무: 실존적 자유를 향한 탐색》, 《제2의 성: 여성학 백과사전》 등 여러 권의 저서를 냈다.

큰글씨 페스트

1판 1쇄 펴낸 날 2020년 3월 20일

지 은 이 알베르 카뮈
옮 긴 이 변광배
펴 낸 이 장영재
펴 낸 곳 (주)미르북컴퍼니
자 회 사 더클래식
전 화 02)3141-4421
팩 스 02)3141-4428
등 록 2012년 3월 16일(제313-2012-81호)
주 소 서울시 마포구 성미산로32길 12, 2층 (우 03983)
E-mail sanhonjinju@naver.com
카 페 cafe.naver.com/mirbookcompany

(주)미르북컴퍼니는 독자 여러분의 의견에 항상 귀 기울이고 있습니다.

파본은 책을 구입하신 서점에서 교환해 드립니다.
책값은 뒤표지에 있습니다.